Die Herrin der Träume

Für euch fünf,
die, wie der Dichter sagt, bald in See stechen, bald im Hafen ankommen und nicht wissen, was sie erwartet.

Die Quellen werden nur dort zu finden sein,
wo unsere Wünsche sie hervorsprudeln lassen.
André Gide

In meines Vaters Hause sind viele Wohnungen.
Johannesevangelium 14,2

Sara Sef

Die Herrin der Träume

Roman

Aus dem Spanischen
von Susanne Lange

Eichborn.

Titel der Originalausgabe: LA SEÑORA DE LOS SUEÑOS

Die Deutsche Bibliothek – CIP-Einheitsaufnahme

Sef, Sara:
Die Herrin der Träume : Roman / Sara Sef. Aus dem Span. von
Susanne Lange. – Frankfurt am Main : Eichborn, 1995
ISBN 3-8218-0343-6

Umschlaggestaltung: Uli Gleis.
Satz: Fuldaer Verlagsanstalt GmbH, 36003 Fulda.
Druck und Bindung: Wiener Verlag, Himberg.
ISBN 3-8218-0343-6.

Verlagsverzeichnis schickt gern:
Eichborn Verlag, Kaiserstraße 66, D-60329 Frankfurt

INHALT

Prolog:	Der Teufelskreis der ewigen Verdammnis	7
I.	Du bist bedürftig in der Wüste	18
II.	Die Zeit unserer Leidenschaften	67
III.	Das wahre Lebensgefühl	132
IV.	Die Seufzer der Einsamen	194
V.	Und meine Schleuder ist die Davids	238
VI.	Des Herrn sind die Erde und ihre Früchte	297
VII.	Die Quelle des Lichts	339
Epilog	Der unendliche Horizont Gottes	383

Prolog

Der Teufelskreis der ewigen Verdammnis

Ich, Ana Fernández, ich Unglückliche, bin eine Frau, die sich langweilt. Das Leben ist mir eine Last, nichts interessiert mich, mein Dasein hat keinen Sinn.

Eine Hausfrau, das bin ich, Herrin und Gebieterin meines Heims. Ich verbringe den ganzen Tag damit, von einem Zimmer ins andere zu gehen, hier mache ich das Bett, dort rühre ich in der Suppe, einmal wische ich mit einem feuchten Lappen Staub, und dann rücke ich einmal mehr die Nippsachen hin und her. Das bin ich, Königin des Hauses, Schutzheilige der Saftmaschine, der schmutzigen Wäsche, der Pfannen, des Bügeleisens, die Frau, der es freisteht, ihre Zeit mit Aufräumen oder Putzen, ihr Geld für Tomaten oder Brot, ihre Kräfte auf dem Markt oder im Wohnzimmer zu vergeuden.

In der Frühe klingelt der Wecker, und während meine Untertanen Wasserhähne aufdrehen, in Kommodenschubladen wühlen, zur Eile antreiben und Türen schließen, zerkleinere ich Früchte, brate Eier, toaste das Brot und koche Kaffee. Und obwohl dies jeden Tag geschieht, überrascht mich immer wieder die Geschwindigkeit, mit der all dies abläuft, und dann das tiefe Schweigen, in dem wir beide auf einmal versinken, das Haus und ich.

Das Haus, mein Haus, mein Königreich. Hier lebe ich seit fast zwanzig Jahren, hier habe ich meine Kinder, meine über alles geliebten Kinder, auf die Welt kommen und aufwachsen sehen und habe meinen Mann, meinen über alles geliebten Mann, Fett ansetzen und ergrauen sehen. Hier, in diesen vier Wänden, die nach jahrelangem Abzahlen der Monatsraten nun die meinen sind, habe ich gelernt, die besten Kuchen zu machen, wie ein wahrer Engel zu bügeln und wie die Frauen in den Märchen zu weben. Ich habe zu lächeln gelernt, als die nächtlichen Leidenschaften vom Loben meiner Gerichte abgelöst wurden. Hier, in diesen vier Wänden, habe ich gespürt, was für ein Glück es ist, ein paar alte Schuhe wegzuwerfen, einen Tisch zu verrücken, einen Schrank neu einzuräumen.

Mir gehören alle Stunden der Welt, von halb acht Uhr morgens bis halb acht Uhr abends. Es ist meine Zeit, die ich mit meinen Mühen und Aufgaben ausfülle, mit meinen Pflichten. Innerhalb dieses Zeitraums muß alles fertig, sauber, aufgeräumt, vorbereitet und gekocht sein. Ich habe die Waschmaschine bereits angestellt, die Soße zubereitet, den Schreibtisch abgestaubt, den Knopf angenäht, die Hemden zusammengelegt, die Wäschestärke angerührt, jeder Socken hat bereits seinen Zwillingsbruder, das Nußbrot geht im Ofen auf, das gründlich gewaschene und desinfizierte Gemüse wartet im Kühlschrank, die Weihnachtskarten habe ich auch schon zur Post gebracht, habe meine Schwiegermutter angerufen, habe ewig angestanden, um die Stromrechnung zu bezahlen, und dann nochmal, um einen Scheck bei der Bank einzulösen, habe den Anzug von der Reinigung abgeholt und das Bügeleisen von der Reparatur, ich habe bereits den Klempner und den Schlosser bestellt, Erfrischungsgetränke besorgt und die Zwiebeln gehackt, ich habe bereits dieses und jenes gemacht, habe bereits alles gemacht, was zu tun war, und das bin ich, das ist mein Leben, Tag für Tag, seit beinahe zwanzig Jahren.

Mir gehört auch alles Schweigen dieser Welt, das höchstens einmal vom Geräusch des Staubsaugers gestört wird oder vom Klingeln des Briefträgers, der kommt, wenn ich an der Reihe bin, und von dem der Nachbarin, die sich ein Ei borgen will, wann es ihr gerade in den Sinn kommt.

Mir gehört das Licht, das am Morgen durch die Fenster fällt, wenn ich sie öffne, um frische Luft hereinzulassen, damit die Zimmer auslüften können, und mir gehört die nächtliche Dunkelheit, wenn ich sie wieder schließe, damit die Kälte nicht hereinkommt.

Mir gehört aller Raum der Welt, innerhalb dieses Hauses, in das jeder seiner Bewohner in jedem Augenblick zurückkehren kann: Ich bin früher heimgekommen, weil ich mich nicht wohl fühle, ich esse lieber hier, um meine Diät einzuhalten, ich mußte noch einmal vorbeikommen, um mich vor der Sitzung umzuziehen.

Ich, die perfekte Frau. In diesem Haus findet man immer Zahnpasta vor und niemals Staubflocken, niemals gibt es Unordnung und immer gibt es Nachtisch, alle Freunde sind stets willkommen, und die Launen eines jeden werden geduldet. Ich, die perfekte Frau, die ihnen ihre Lieblingsgerichte zubereitet und zwei verschiedene Soßen auf den Tisch bringt, damit alle zufrieden sind. Ich, die perfekte Frau, die die Tortillas selbst zubereitet, um ihnen eine Freude zu machen, die die Avocado schält und die Zitrone aufschneidet, um ihnen Mühe zu ersparen. Ich, die ich es nicht vergesse, die Wäsche mit Weichspüler zu waschen, damit sie gut riecht, und die die dunklen Schuhe wichst, damit sie schön glänzen, die Bleistifte spitzt, damit sie gut schreiben. Ich, die ich glücklich lächle, wenn man mir ein Kompliment macht: Danke, Mama, du bist die Größte; alle Achtung, meine Liebe, dieses Fleisch ist wirklich ganz köstlich. Ich, die ich mir die Probleme von fernen Schulen und von noch ferneren Büros anhöre und die Namen von allen Lehrern, Chefs, Kollegen und Freunden kenne. Ich, die perfekte Frau, Königin ihres Heims, glückliche Gattin ihres Mannes, stolze Mutter ihrer Kinder, gute Tochter ihrer Eltern, liebenswürdige Schwägerin ihrer Schwägerinnen, freundliche Nachbarin ihrer Nachbarn, ordentliche Bürgerin, tugendhafte

Einwohnerin dieses Landes, mit einem Berg von Aufgaben, überhäuft mit Pflichten, die alles rechtzeitig, ordentlich und bereitwillig erledigt.

Sehen Sie, ich habe meine Frau wirklich sehr geliebt, habe ihr jahrelang den Hof gemacht, sie am Nachmittag besucht, bin mit ihr im Park spazierengegangen oder habe sie am Wochenende ins Kino mitgenommen, ich habe ihr Geschenke mitgebracht und mich ihrer Familie gegenüber mehr als korrekt verhalten. Als wir geheiratet haben, hielt ich mich für den glücklichsten Mann der Welt, den ganzen Tag über habe ich nur auf den Moment gewartet, nach Hause zu kommen und sie immer so fröhlich vorzufinden, immer so geschäftig und alles sauber und aufgeräumt, und sie immer hübsch, gut angezogen, die Haare frisiert, und mit irgendeinem neuen Gericht, mit dem sie mir Freude bereiten konnte. Außerdem hat sie sich meiner Mutter und meinen Schwestern gegenüber vorbildlich benommen, sie hat Kuchen für sie gebacken, sie jeden Tag angerufen, den Neffen Jäckchen gestrickt. Als dann die Kinder zur Welt kamen, das brauche ich ja wohl nicht erst zu sagen, da war ich überaus glücklich. Sicher, sie sind in der falschen Reihenfolge gekommen, erst das Mädchen, dann der Junge, das hat mich ein wenig gestört, aber auf alle Fälle war ich glücklich. Sie hat sich fürsorglich um sie gekümmert, hat sie nicht eine Minute aus den Augen gelassen, wie es sich gehört. Und die Kleinen waren immer hübsch artig, sind einem nicht auf den Wecker gefallen. Mich hat sie darüber ein wenig vernachlässigt, sie hat mir nicht mehr die Spezialgerichte gekocht, und nachts war sie immer todmüde, da gab es dann kein Geschmuse mehr und kein, wie soll ich sagen, Intimleben, damit war Schluß. Aber ich habe das verstanden, sagen wir, wohl oder übel, denn die Kinder haben immer Vorrang. Aber dann sind sie herangewachsen, und sie ist nie mehr dieselbe geworden und hat sich auch nicht mehr so für mich interessiert wie früher. Um offen zu sein, ich bin immer meinen Pflichten nachgekommen, wir haben eine schöne Wohnung, an Geld fehlt es uns nicht, wir schwimmen zwar nicht darin, aber wir kommen gut zurecht. Wir gehen nicht viel aus, denn ich komme immer müde von der Arbeit heim, manchmal sogar schlechtgelaunt, aber so ist es nun einmal im Leben, es ist eben nicht nur Zuckerschlecken, sondern harte Arbeit.

Wir sind zu Ihnen gekommen, weil es meiner Frau gar nicht gut geht, ich weiß nicht, seit wann genau sie sich so verändert hat und warum. Mit jedem Tag wird sie lustloser und läuft immer mit so einem Gesicht herum, daß ich es nicht mehr ertragen kann. Sie schleppt sich durch das Haus, macht alles, was zu tun ist, aber gleichgültig. Sie achtet nicht mehr auf ihre Kleidung, das Haar ist schlampig zusammengesteckt, sie frisiert und schminkt sich nicht, nicht einmal die Lippen; so bleich wie sie ist, könnte man sie für ein Gespenst halten. Kaum haben wir zu Ende gegessen, da setzt sie sich vor den Fernseher, aber sie schaut nicht einmal hin, sitzt einfach nur so davor, als wäre sie völlig weggetreten. Sie hört uns nicht zu, wenn wir mit ihr reden, und oft weint sie stundenlang, ohne uns zu sagen, warum.

Also am Anfang habe ich nichts gesagt, ich dachte, man müßte ihr nur etwas Zeit geben, aber dann habe ich mir Sorgen gemacht, so schlecht sah sie aus. Aber jetzt werde ich langsam böse, diese Depression hält nun schon mehrere Monate an, und ich bin auch kein Heiliger, es gibt Tage, an denen ich, wären da nicht die Kinder, sie fast schon geschlagen hätte. Deshalb hielt ich es für besser, sie zu Ihnen zu bringen, mein Chef hat mir das empfohlen, er meint, Sie könnten vielleicht helfen, das hoffe ich wenigstens.

Wir sind eine ganz normale Familie wie andere auch. Mein Vater geht ins Büro, mein Bruder und ich in die Schule und meine Mutter beschäftigt sich mit dem Haushalt. Wir leben wie alle Welt oder besser gesagt, wir haben wie alle Welt gelebt, bis sie plötzlich mit ihren Depressionen angefangen hat. Depressionen weswegen? Ich weiß es nicht. Und warum gerade jetzt? Auch das weiß ich nicht. Das ganze Leben lang ist es so gewesen, meine Mutter hat sich nie für irgend etwas anderes interessiert, als daß das Essen rechtzeitig auf dem Tisch, die Wohnung aufgeräumt und alles sauber ist. Sie hat nicht die geringste Ahnung von dem, was so in der Welt vor sich geht, sie redet nur unerhebliches Zeug, sie kann zwei Tage damit verbringen, ein Möbelstück zu polieren oder drei Stunden mit meinem Bruder streiten, weil er seine Strümpfe liegengelassen hat, aber so ist sie nun mal. Ich werde nicht so werden, darauf können Sie sich verlassen. Wenn ich einmal heirate, und ich hoffe, das wird bald geschehen, Luis hat mir schon gesagt, daß er um mich anhalten wird, dann werde ich die Leute aus dem Büro meines Mannes am Nachmittag nach Hause einladen, ich werde Zeitung lesen und über die wichtigsten Nachrichten auf dem laufenden sein und somit etwas zu den Gesprächen beitragen können. Nicht so wie meine Mutter, die stumm dasitzt, wie gelähmt, denn sie hat einfach nichts zu sagen.

Nun gut, die Schuld liegt auch ein wenig bei Papa. Niemals geht er mit ihr aus, nur ganz selten nimmt er sie mal ins Kino mit, weil er immer spät und müde nach Hause kommt. Außerdem ist er ein richtiger Wüterich geworden, alles, was meine Mutter macht oder sagt, regt ihn auf. Wenn es grüne Soße gibt, dann sagt er, er hätte lieber rote, und wenn es Hackfleisch gibt, dann sagt er, das sei ein Armeleuteessen. Er beklagt sich darüber, daß seine Hemden schlecht gebügelt sind oder daß in diesem Haus zu viel Geld ausgegeben wird. Er macht den Mund nur auf, um sich zu beklagen, niemals fragt er sie mal, was sie so denkt oder fühlt, und womöglich denkt und fühlt meine Mama ja gar nichts, ich weiß es nicht. Ich werde mal nicht so werden, und ich bin sicher, daß auch mein Mann nicht so wird.

Luis hat gesagt, daß wir spätestens in einem Jahr heiraten werden. Ich bin schon ganz aufgeregt, wenn ich mir vorstelle, daß ich die Herrin, die Gebieterin meines Heims bin. Ich sehe mich schon in meiner Wohnung, wie ich jeden Morgen, wenn der Wecker klingelt, aufstehe, um das Frühstück zuzubereiten, während er sich wäscht und für das Büro zurechtmacht. Schon am Vorabend werde ich ihm seinen frisch gereinigten Anzug über den Stuhl hängen, wie es früher meine Mama gemacht hat, als sie meinen Papa noch so verwöhnte, sie ließ ihn nicht einmal eine Schublade öffnen, sie sagte, er würde nur alles in Unordnung bringen und wüßte außerdem nicht einmal, zu welcher Farbe man welche Krawatte trägt. Also ich werde ihm sogar das Rasierwasser aussuchen, eins mit einem männlichen Duft, wie sie immer sagt.

Und den ganzen Tag über werde ich zu Hause bleiben, Herrin und Gebieterin meiner Zeit, werde die Fenster öffnen und die frische Morgenluft hereinlassen, werde bis in die letzte Ecke alles putzen, bis es glänzt, werde zum Markt gehen und die Essenszutaten für den Tag kaufen und meinem Mann köstliche Gerichte zubereiten und Überraschungsdesserts. Meine Mama macht ein vorzügliches Nußbrot, ich werde sie fragen, ob sie es mir beibringt, Kochen ist das einzige, was sie kann, die Arme. Nein, das stimmt nicht, sie webt auch sehr hübsch, ich wollte es nie lernen, weil ich immer so viel aufhabe, ich habe keine Zeit dazu. Am Nachmittag werde ich dann in den Schönheitssalon gehen und mich frisieren lassen, und immer werde ich gut angezogen und geschminkt sein, nicht so wie sie, die wie ein

Gespenst herumläuft, warum soll ich mich denn schminken, wenn ich doch nicht ausgehe, sagt sie. Ich werde mich schön herrichten, damit ich hübsch für Luis bin. Und abends wird alles fertig sein, bevor er zum Essen kommt, und wir werden uns zusammen an den schön gedeckten Tisch setzen, mit Blumen und süßen Fruchtsäften, und wir werden besprechen, was so alles am Tage passiert ist, wie Mama es früher gemacht hat, als ich noch ein kleines Mädchen war. Denn so war es damals, alle haben wir nur darauf gewartet, daß mein Papa nach Hause kam, denn wir freuten uns immer sehr darauf.

Und hoffentlich kommen dann auch bald Kinder, auch wenn ich die Dinge dann besser im Griff haben muß, um mich um sie zu kümmern, wie es sich gehört, und um sie in den Park mitzunehmen, damit sie etwas Sonne abbekommen, bis sie dann zur Schule gehen. Ich werde viel zu tun haben: Schuhe kaufen, sie zum Arzt bringen, ihre Geburtstagsfeste vorbereiten, ihnen bei den Hausaufgaben helfen. Das nenne ich Leben, mein Leben, das allein in meinen Händen liegt, in dem ich alle Entscheidungen treffe und alles selbst ordne und gestalte, wie es mir gefällt.

Aber ich wollte von meiner Mutter sprechen. Als ich klein war, da war sie immer fröhlich. Sie hat gesungen, uns spazierengeführt, mit uns die Großmutter und die Tanten besucht und Maispasteten für den Nachmittag eingekauft. Sonntags sind wir dann ausgegangen, ins Kino, oder wir haben den Tag auf dem Lande verbracht. Ich weiß nicht, wann genau alles anders geworden ist, jetzt ist sie so lustlos, sie verrichtet ihre Dinge nur ganz langsam und vor allem nur widerwillig.

Ich bin zu Ihnen gekommen, weil mich Papa geschickt und gesagt hat, ich soll Ihnen all das erzählen, damit Sie uns helfen.

Ich weiß nicht, warum man mich hierhergeschickt hat. Papa hat gesagt, ich soll Ihnen von Mama und den Problemen erzählen, die wir mit ihr haben, er sagt, sie sei krank, und Sie würden sie heilen. Aber ich habe keine Probleme mit ihr, und ich habe auch nicht den Eindruck, daß es ihr schlecht geht. Sie ist sehr lieb, ich mag sie sehr, immer hilft sie mir bei allem. Gut, jetzt kann sie das nicht mehr, weil die Hausaufgaben schwieriger sind und sie nichts von diesen Dingen versteht, aber als ich klein war, da hat sie sich immer am Nachmittag mit mir hingesetzt, als ich addiert und Buchstaben gemalt habe.

Das Leben meiner Mutter hat einfach nur keinen Pfiff, das habe ich schon Papa gesagt, aber der hat nicht auf mich gehört, er meint, daß alle verheirateten Frauen so leben, so muß es nun einmal sein. Ich aber bin der Ansicht, daß das nicht gerecht ist, die anderen haben alle ihre Beschäftigungen, ihre Freunde und ihre Verabredungen, sie dagegen hat keine Freundinnen, weil Papa die nicht leiden kann, er läßt sie nicht zum Kaffeetrinken zu ihnen gehen und will auch nicht, daß sie nach Hause kommen, weil er meint, das seien nur alte Klatschtanten, die nichts zu tun haben und nur die Zeit totschlagen. Aber dafür nimmt er sie auch nie irgendwohin mit. Früher haben sie sich mit seinen Freunden von der Arbeit getroffen oder sind ins Kino gegangen, aber das machen sie schon lange nicht mehr. Als wir Kinder waren, sind wir in den Ferien immer ans Meer gefahren, aber das hat aufgehört, seit sie uns einmal mit einer Ferienwohnung übers Ohr gehauen haben. Also ist meine Mutter immer zu Hause, ganz allein, sie geht höchstens mal zum Supermarkt, zur Bank oder holt jemanden, um irgend etwas zu reparieren, und ich glaube, das muß ziemlich öde sein, sie dürfte nicht viel Freude dabei haben. Ich kann mir das gut vorstellen, denn als ich die Masern hatte, war ich zehn Tage eingesperrt und konnte weder Besuch empfangen noch sonst irgend etwas tun. Das war schrecklich, so muß es im Gefängnis sein, wie fürchterlich. Und sie lebt die ganze Zeit über so, deshalb ist sie so deprimiert. Also, das denke ich zumindest, und deshalb erzähle ich Ihnen das alles.

Als ich ein Mädchen war, lebten wir gegenüber von einem Park, wo wir nachmittags mit den Nachbarkindern spielten. Mein Bruder war der, der alles bestimmte, man mußte ihm gehorchen, und ich war seine Sekretärin. Dann kam das Baby, und meine Mama mußte mich umarmen und küssen, weil ich ihre einzige Tochter war, ihre Gesellschaft im Alter, wie sie sagte, denn die Männer gehen fort, die Frauen bleiben. Aber in unserem Fall war es genau umgekehrt, die Männer sind geblieben, und ich bin fortgegangen, mein Mann hat mich hierhin mitgenommen, so weit weg von meiner Familie, ich sehe sie nie, sie kommen nicht zu uns, und wir fahren nicht hin. Früher habe ich noch ab und zu mit ihnen telefoniert, aber jetzt nicht mehr. Wozu denn? Wir sagen doch nichts anderes als »wie geht es dir, gut, und dir, auch gut, was gibt es Neues, nichts, und bei dir, auch nichts«.

In letzter Zeit habe ich viel an meine Mama gedacht, ich glaube, sie ist so unglücklich gewesen, wie ich es jetzt bin. Papa ist zur Arbeit gegangen und wir in die Schule, und sie hat ihr Leben zu Hause verbracht, mit Putzen, Aufräumen, Kochen. Als wir herangewachsen und aus dem Haus waren, ging es für sie genauso weiter, immer eingesperrt. Dann ist Papa gestorben, und so ist sie nun ganz allein. Mir kommen die Tränen, wenn ich an sie denke, wie sie in ihrem dunklen Kleid am Fenster sitzt und auf die Straße schaut. Ich erinnere mich, wie sie mich damals einmal gefragt hat, wie wohl das Leben all der anderen aussehen mochte, aber damals verstand ich sie nicht und habe ihr unwirsch geantwortet, wie soll das schon aussehen, genauso wie unseres. Ich war nicht so grob zu ihr, wie es meine Tochter zu mir ist; das war zu meiner Zeit nicht üblich, und außerdem entspricht es nicht meinem Charakter, aber ich habe ihren Klagen auch keine Beachtung geschenkt, ihr Leben war mir egal, oder besser gesagt, ich dachte nicht an sie, sie war zu Hause, alles lief gut, und das war's. Meine Brüder sagten, Mama würde immer so viel herumjammern, und jetzt tue auch ich das. Sie hatte dabei noch den Vorteil, daß sie Kontakt zu den Nachbarn hatte und alle im Dorf sie kannten, sie ging auf den Markt zu den Händlerinnen und schwätzte eine ganze Weile mit ihnen, in der Stadt bin ich dagegen ganz allein, allein die ganze Zeit über, ganze Tage vergehen, an denen ich kein Wort mit irgend jemandem gewechselt habe.

Manchmal, da lastet eine solche Traurigkeit auf mir, daß ich nicht aufhören kann zu weinen, ich frage mich selbst, was mit mir los ist, aber ich weiß es nicht, ich weiß es nicht. Ich habe alles, was sich eine Frau nur wünschen kann: einen Mann, Kinder, einen ordentlichen Haushalt, gute Kleidung und gutes Essen, es fehlt mir an nichts, ich weiß nicht, warum ich mich so schlecht fühle. Morgens stehe ich auf, sehe mich im Badezimmerspiegel an und denke, daß nun wieder so ein gleichförmiger Tag beginnt, von neuem das gleiche und so fort, all die Monate und Jahre, die ich noch zu leben habe, werde ich durch das Haus streifen, aufräumen, putzen, kochen. Ganz allein, eingesperrt, gelangweilt.

I

Du bist bedürftig in der Wüste

Meine Familie ist böse auf mich. Manchmal habe ich sogar das Gefühl, mein Mann würde mich am liebsten schlagen. Das war neulich, als ich, weiß Gott warum, den Topf auf dem Herd vergessen habe und das Essen angebrannt ist. Als sie nach Hause kamen, gab es statt des Essens nur schrecklichen Rauch und Gestank im ganzen Haus, so weit ich auch alle Fenster aufgerissen hatte. Da trat auf einmal diese Wut zutage. Das Mädchen, meine eigene Tochter, hat mich angeschrieen, daß sie genug hätte von meinen dummen Späßen, daß das keine Depression mehr sei, sondern nichts als Nachlässigkeit. Nur mein Junge hat mich verteidigt, er hat mich umarmt und es nicht zugelassen, daß sie mich weiter beschimpften.

Ich habe lange über das nachgedacht, was passiert ist. Ich verstehe es nicht, ich bin sonst so umsichtig, mein Haus ist spiegelblank geputzt, selbst die Töpfe sehen immer wie neu aus. Schubladen und Schränke sind aufgeräumt, auch die Papiere, Scheckhefte, Kontoauszüge der Kreditkarte, die Unterlagen meiner Kinder und ihre Schulzeugnisse sind schön ordentlich sortiert, selbst die Arzneirezepte, die Röntgenbilder und Laborberichte bewahre ich auf, falls sie noch einmal gebraucht werden. Rechnungen zahle ich auf den Tag genau, niemals bin ich im Rückstand. Wenn etwas kaputt geht, dann laufe ich tausendmal hin und her, bis ich den Klempner oder den Elektriker erreicht habe. Und meine Küche, die sollten sie mal sehen, die ist ein Schmuckstück, die Holzlöffel hängen alle an einem Ort, die Messinglöffel an einem anderen, Hack- und Brotmesser sind alle an ihrem Platz, die Plastikschüsseln der Größe nach geordnet, die Deckel in einer Extraschublade, die Gewürze befinden sich in beschrifteten Gläsern, das Öl ist in Stoff gewickelt, damit es einem nicht entgleitet. Ich bin so von Sauberkeit besessen, daß ich stundenlang mit meinen Kindern streiten kann, damit sie ihre Zimmer in Ordnung bringen und ihre Schreibtische aufräumen, und ich lasse meinen Mann nicht seine Anziehsachen hervorziehen, damit er mir nicht alles durcheinanderbringt, sondern lege sie ihm lieber am Abend vorher heraus. Was soll ich also sagen, selbst der Abfalleimer ist sauber, selbst die Strohmatten auf dem Boden. Und auf einmal brennt mir ein Topf an, brennt mir das Essen an, gerät mein Leben in Unordnung!

Schuld an allem war ein Buch. Ich weiß nicht, ob ich Ihnen schon erzählt habe, daß ich auf dem Weg zum Supermarkt immer an einer Buchhandlung in der Avenida vorbeikomme, aber ich bleibe nie stehen, immer habe ich es eilig, ich gehöre nicht zu denen, die Bücher kaufen. Aber neulich haben sie gerade das Schaufenster neu gestaltet, und da fiel mir ein Buchumschlag ins Auge, auf dem eine Frau hinter vielen Schleiern zu sehen war, aus denen große, sehr schöne und sehr traurige Augen schauten. Ich weiß nicht wieso, aber wie verzaubert konnte ich meine Augen nicht mehr von ihr abwenden. Der Ausdruck in diesem Gesicht ging mir zu Herzen, obwohl es doch nur ein Bild war! Es ist ein Roman über die Araber, sagte eine Männerstimme, er ist voller Zauber und Poesie, wollen Sie ihn nicht lesen? Da mußte ich lachen. Erstens habe ich keine Zeit zum Lesen, sagte ich zu ihm, ich habe viel zu tun, und was gehen mich außerdem die Araber an. Aber er drang weiter in mich, vielleicht sah er mir an, daß ich log und daß das einzige, was ich nicht hatte, etwas war, womit ich die Zeit ausfüllen konnte. Nehmen Sie es mit, sagte er zu mir, Sie werden hier und da sicher ein wenig Zeit dafür finden. Wenn es Ihnen nicht gefällt, bringen Sie es wieder zurück, und Sie bekommen ihr Geld wieder.

Sobald ich nach Hause kam, setzte ich das Huhn mit dem Gemüse auf, und während es kochte, streckte ich mich auf dem Bett aus und schlug das Buch auf. Zu Anfang las ich sehr langsam, denn ich bin es nicht gewohnt, aber sogleich war ich gefangengenommen und fühlte mich in eine andere Welt versetzt, mitten in die Wüste, ich konnte beinahe den Sand auf der Zunge spüren. Und da las ich nun eine ganze Weile und hielt ab und zu inne, um mir vorzustellen, daß ich an diesem Ort und in jener Zeit leben würde.

Und auf einmal riecht es nach Verbranntem, und als alle nach Hause kamen, da gab es nichts zu essen. Womit warst du denn gerade beschäftigt, daß du nicht auf den Herd geachtet hast, fragte mein Mann, und dumm wie ich bin, habe ich ihm die Wahrheit gesagt, nämlich daß ich gelesen hätte. Gelesen, wunderte er sich, was denn? Und als ich ihm das Buch zeigte, da warf er mir an den Kopf, wie ich denn dazu gekommen sei und seit wann ich eine Schwäche für Bücher hätte und daß es also kein Wunder sei, daß ich meine häuslichen Pflichten vernachlässigte, und was ich denn überhaupt mit den Arabern zu schaffen hätte und daß das einzig Gute bei denen ihre gehorsamen Frauen seien, die ihrem Mann immer brav dienten.

Ich schämte mich, weil er im Recht war: Ich hatte mich ihm gegenüber nicht richtig verhalten. In dem Buch steht, es gibt kein größeres Glück für einen Mann als eine demütige, folgsame Frau. In dieser Nacht konnte ich nicht einschlafen, ich war wie aufgewühlt und voller Schuldgefühle. In meinem Kopf verstrickten sich die Geschichten, die ich gelesen hatte, mit dem verärgerten Gesicht meiner Tochter und den barschen Worten meines Mannes, und so nahm ich mir vor, mich ab morgen zu ändern und eine Frau zu sein, wie Gott es befahl.

Das Problem ist nur, daß ich nicht weiß, ob ich das kann, denn ich bin nicht sicher, ob ich weiß, wie man so wird. Um wirklich so zu sein, müßte ich, glaube ich, dort geboren worden sein, in Arabien, und es von klein auf gelernt haben, so wie es auch meine Mutter und meine Großmutter gelernt hätten. Wäre dies der Fall gewesen, dann hätte ich gerne Aischa geheißen, wie die Lieblingsfrau des Propheten, und wie sie hätte man mich im Alter von sieben Jahren einem Mann versprochen, noch als grüne Dattel, wie er mich genannt hat. Aber davon würde ich nichts wissen, denn es müßten noch fünf Jahre bis zu meiner Heirat vergehen, und während dieser Zeit sollte mir niemand auch nur ein Wort davon sagen.

Wir lebten in At Taif, der Einzigartigen, die mit Mauern befestigt, blühend und mit herrlichen Palmen geschmückt war. Eine grüne Oase mitten in der Wüste konnten wir unser eigen nennen, ein Ort mit sanften Hügeln in dieser endlosen Ebene, ein Ort mit frischem Wind inmitten der sengenden Hitze. Meine Familie hatte kein Land zu bestellen, da sie zu denen gehörte, die hin und herzogen und Waren kauften und feilboten.

Ich konnte mich glücklich schätzen, daß sie mich überhaupt am Leben gelassen und nicht nach meiner Geburt im Wüstensand vergraben hatten, wie es früher Sitte war, denn auch wenn der Prophet dies inzwischen untersagt hat, so konnte doch niemand ein Mädchen gebrauchen: »Ein Sohn ist ein Geschenk des Himmels«, hieß es, »eine Frau dagegen nicht.« Aber es begab sich, daß weder mein Großvater noch mein Vater im Hause waren, als ich zur Welt kam, und sie kehrten erst zurück, als ich bereits drei Jahre alt war.

An die Männer in meiner Familie erinnere ich mich kaum. Vor Augen habe ich nicht mehr ihre Gesichter, sondern nur ihre Turbane und Pferde. Von ihren Besuchen zu Hause haben sich mir der Lärm und ihre

Befehle eingeprägt, das eilige Hin- und Herhuschen der Dienstboten und die Erregung, die das Gesicht meiner Mutter erleuchtete.

Ihre Aufenthalte bei uns waren nicht von Dauer. Sie kamen, um auszuruhen, ihre Besitztümer in Augenschein zu nehmen und meine Brüder zu holen, um sie in Religion und Beruf einzuweisen. Denn meine Familie hatte sich bereits zum Glauben bekehrt. Wenn sie auch Kaufleute waren, ein Berufsstand, der dem Propheten so verachtungswürdig erschien, so hatten sie sich ihm dennoch unterworfen.

Glücklich waren die Jahre, die ich alleine mit meiner Mutter verbrachte, denn all ihre Zärtlichkeit wandte sie mir zu. Sie hatte ein schönes Antlitz mit großen, traurigen Augen und sang mit sanfter Stimme die Verse der Dichter. Sie sagte, es gäbe unzählige davon, für jede Gelegenheit und jede Stimmung. Sie kannte Liebesverse und solche, die von großen Heldentaten erzählten oder die Schönheit eines bestimmten Ortes beschrieben. Von klein auf hatte ich ihnen gelauscht, noch während sie mir die Brust gab, und mit dieser Milch sog ich auch eine gewisse Wehmut in mich auf, die sich mir in Haut und Zunge eingrub und mein ganzes Leben lang begleitet hat.

Als ich mir eines Tages gerade meine langen Haare kämmte, sagte meine Mutter zu mir: »Gestern waren ein paar Blutflecken in deiner Wäsche. Das bedeutet, daß du jetzt eine Frau und bereit zum Heiraten bist. Bald wird der kommen, der dich zur Frau nehmen soll, und wird dich wegbringen, weit fort von mir.«

Bevor ich Zeit hatte, irgend etwas zu erwidern, fügte sie hinzu: »Du darfst nicht weinen oder betrübt sein, denn noch ist der Augenblick nicht gekommen. Es ist der Wille Allahs, des Barmherzigen, und der deines Großvaters und deines Vaters, wir müssen ihm gehorchen. Du bist von sanftem, fügsamem Wesen, wie es sich gehört. Bleibe, wie du bist, sei niemals vermessen, sondern immer ehrerbietig und dankbar.« Meine Mutter war keine Frau der vielen Worte, aber bei dieser Gelegenheit fuhr sie noch fort: »Denk immer daran, daß es nicht das Wichtigste ist, seinen Blutsverwandten nahe zu sein, sondern seinen Glaubensbrüdern, denn das ist dein Asl, dein Stolz und deine Zuversicht.«

Damals zählte ich gerade zwölf Jahre. Zwölf, wie der Zyklus der Weissagung, zwölf, wie die Zahl der Imame, zwölf, wie die Zahl der Inseln, aus denen die Erde besteht, zwölf, wie die Zahl der Jahre, die die Kindheit dauert.

Am Tag meiner Hochzeit wurde ich in ein Mindil aus feinster Seide gekleidet, das aus fernen Gegenden hergebracht worden war und alle Frauen der Familie bei ihrer Hochzeit getragen hatten. Mein Körper war schlank und geschmeidig wie der einer Palme. Mein endlos langes, schwarzes Haar wurde mit Öl getränkt, und meine dunkle Haut, die die Sonne liebte, umschmeichelten Essenzen und Duftwasser.

Während die Frauen bei mir blieben, feierten mein Vater und meine Brüder zusammen mit den Freunden bei Dattelwein, Weizensuppe, Tharid und Fleisch.

Drei Tage später trat meine Mutter zu mir und sprach: »Nun ist der Augenblick gekommen, jetzt laß uns weinen, Kifa Nakbi.« Dicke Tränen rannen ihr die Wangen hinunter, als sie hinzufügte: »Denk immer daran, daß das Gebet den Schlüssel zum Paradies und die Anrufung Gottes das Größte darstellt, was dem Menschen gegeben ist, um seelischen Frieden zu erlangen. Sprich im Namen des Herrn, deines Schöpfers.« Dann ließ sie mich folgende Sure aufsagen: »Oh Herr, gib, daß ich dir danke für die Gnade, die du mir und meinen Eltern erwiesen hast.«

Nachdem dies vollbracht war, nahm ich Abschied von ihr und wurde zusammen mit zwei Kamelen und einem Beutel Goldtaler meinem Manne übergeben. Ich schied nun von den meinen – damals wußte ich nicht, daß es für immer sein sollte –, ließ mein Zuhause hinter mir zurück, meine Lieben und meine Umma, die Hausgemeinschaft. Tiefe Traurigkeit befiel mich, und ich dachte daran, wie recht doch der Prophet hatte, wenn er sagte, daß die beste Behandlung auf dieser Erde zuallerest der Mutter gebührt, der Mutter und wiederum der Mutter und dann erst dem Vater und den anderen Familienmitgliedern.

Meinen Mann hatte ich kaum angeblickt, so wie es mir beigebracht worden war. Auf dem Rücken des Tieres folgte ich dem seinen, als wir unsere Reise durch den Wüstensand antraten. Nur ein einziges Mal richtete er das Wort an mich. Er sagte zu mir, ich müßte die Trübsal verscheuchen und nicht eine einzige Träne mehr vergießen, denn Heiraten sei eine Angelegenheit des Glücks und Weinen die Angelegenheit eines Kindes, das ich nun nicht länger war. Dann machte er mich darauf aufmerksam, daß die Ehe eine Übereinkunft sei, bei der die Frau den Mann einlassen müsse, Akd Nikah genannt, und daß ich ihm immer zu Willen sein müsse, da er jetzt mein Herr und Gebieter war.

Aber es sollte mir nicht die Zeit gegeben sein, diese Abmachung zu erfüllen, denn in eben jener Nacht wurden wir, während wir neben unseren Reittieren ruhten, überfallen. Alles geschah so schnell, ehe ich mich dessen versehen hatte. Mir waren schon Geschichten über die Araber des unbesiedelten Landes zu Ohren gekommen, aber niemals hätte ich gedacht, daß ich ihnen eines Tages selbst begegnen sollte. »Ich werde dich töten, wenn du Widerstand leistest«, sagten sie zu meinem Mann, »das Morden ist nicht unsere Sache, nur die Beute wollen wir.«

Er widersetzte sich nicht, und ich war ein Teil dieser Beute. Als der Tag anbrach, fand ich mich in einem Beduinenlager wieder. Ich hatte meinen Mann, mein Kamel und all die Dinge verloren, die mir meine Mutter als Mitgift mitgegeben hatte. Niemals sollte ich sie wiedererlangen. Nach mehreren Stunden des Wartens unter der Wüstensonne trat ein Mann zu mir und sprach: »Von heute an gehörst du mir, denn ich habe dich geraubt. Du wirst als eine Nomadenfrau leben, und die unendliche Wüste wird dein Zuhause sein. Wir verbringen keine zwei Nächte am selben Ort, noch legen wir uns am selben Platz nieder, an dem wir erwacht sind. Wir ziehen durch die Welt, auf der Suche nach Wasser und Nahrung, mit gekreuzten Beinen sitzen wir auf unseren Kamelfellen und harren darauf, daß die eisigen Nächte vorübergehen und die glühenden Tage anbrechen. Wir trinken Kamelmilch und essen Tarfa. Du wirst lernen, das zu verrichten, was unsere Frauen tun, und du wirst wie die Zeltbewohner leben.«

So begann mein neues Leben, mein Leben als Beduinenfrau. Ohne Unterlaß zogen wir von einem Ort zum nächsten und arbeiteten hart. Früh am Morgen brachen wir stets die Zelte ab und trotteten den Tag über an der Seite unserer Kamele und Ziegen einher, die Kinder auf dem Rücken oder in den Proviantkörben, aus denen kaum ihre Köpfe hervorlugten.

Der Sand baute Dünen auf, die der launische Wind wieder verwehte, die Sonne stand senkrecht über uns, so daß alle über die Hitze klagten. Unsere Begleiter waren Einsamkeit und tiefe Stille. Es gab nur Sand und Himmel, Hunger und Durst. Ab und an kündigte eine Palme oder ein Felsen die Nähe einer Oase an, wo wir uns mit frischem Wasser und Datteln versorgen konnten. Meine Haut nahm eine noch dunklere Farbe an, wurde rissig und ledern, obwohl ich sie immer ganz und gar bedeckt hielt.

Unsere Männer lauerten den Karawanen auf, die sie behende überfielen, um Fleisch, Teppiche und Essenzen, Frauen und Kamele zu erbeuten. Unterdessen kümmerten wir Frauen uns um die Herde, die uns während der halbjährlichen Waffenruhen ernährte.

Bei Nacht, wenn die Schakale auf der Lauer lagen und die Kälte die Steine ächzen ließ, als wollten sie bersten, bauten wir wieder unsere Zelte auf, und während die Männer absattelten und ihre Schwerter streichelten, fütterten die Frauen die Tiere, säugten die Kinder und bereiteten das Essen zu. Später dann, in der Dunkelheit, erwarteten sie unter dem strahlenden Sternenhimmel die Männer, die zu ihnen kamen, um ihnen Kinder zu machen. Für einen Beduinen gab es nichts Wichtigeres als Kinder zu zeugen, und so taten sie dies mit all ihrem Eifer.

Wegen meiner Jugend war ich der ältesten Frau des Mannes, der sich meiner bemächtigt hatte, anvertraut worden, damit sie mich in meine neuen Aufgaben einweisen konnte. Und so geschah es auch. Als erstes zog sie mir das Kleid der ledigen Frauen aus und gab mir das Kleid der Ehefrauen, obwohl ich damals noch Jungfrau war. Sie lehrte mich, die Steine und die Bäume, den Mond und die Sterne, die Tiere und das Feuer, den Wind und die Sonne anzubeten, so wie sie es taten. Sie lehrte mich, den guten und den bösen Geistern, die in ihrem Haram weilten, Opfer darzubringen und Beschwörungen und Zaubersprüche aufzusagen. Sie erzählte mir Legenden und sang mir schöne Lieder vor, Kameltreiberlieder, die Hidas, und Reitergesänge, die Jabads, und all dies in ihrem fremden Dialekt, den ich bald erlernt hatte.

Und obwohl ich in allem gehorsam war und meine Arbeit immer vorbildlich erfüllte, empfing ich doch nie den Besuch meines Mannes. Alle wunderte es, daß die Monde vergingen und mein Bauch immer noch flach war, daß die frostigen Winter ins Land zogen und ebenso die heißen Sommer, in denen die Kamele ihr Fell wechseln, und ich immer noch kein Kind zur Welt gebracht hatte. Von den Frauen angestachelt, wagte ich es eines Tages, meinen Gebieter nach dem Grund zu fragen, warum er mich nicht zu seiner Frau machte. Er verharrte so lange in Schweigen, daß ich schon glaubte, er würde mir gar nicht mehr antworten, doch schließlich sprach er: »Es ist der Brauch meines Stammes, den Frühling als geheiligte Zeit des Friedens anzusehen. Bevor ich dich traf, habe ich diese Frühlingsmonate dazu genutzt, in die Stadt Mekka zu reisen, wo sich der heilige Stein befindet, dem wir Beduinen huldigen. Doch als ich einmal dort war, lernte ich, anstatt den Bräuchen der meinen zu folgen, die Lehren des Propheten kennen, die mich tief berührt haben und über die ich seitdem meditiere. Dennoch wage ich es nicht, mich endgültig dafür zu entscheiden, zu diesem Glauben überzutreten, aus Ehrfurcht vor meinem Volk und meinen Vätern.«

»Du, Aischa«, sprach er weiter, »bist gottesfürchtig und von redlichem Wesen. Außerdem hast du ein liebliches Gesicht und eine schöne Stimme und bist folglich so, wie nach den Worten des Propheten die Frauen sein sollten. Du hast schnell und gut erlernt, mir zu dienen. Du hast dem Wüstenstaub getrotzt, der so sehr in den Augen brennt, hast unter offenem Sternenhimmel gegessen und geschlafen und hast dir den Gürtel enger zu schnallen gewußt, um den Hunger nicht so zu spüren, wenn das Korn einmal knapp war. Du hast die Sandstürme über dich ergehen lassen und auch den Wortschwall der Beduinen, die viel reden, da sie glauben, daß die männliche Anmut in der Redefertigkeit liegt. Ich habe dich geduldig die Beschimpfungen der jähzornigen Frauen ertragen und Ruhe bewahren sehen. All das habe ich an dir beobachtet, und es hat mir wohl gefallen.«

Er verstummte, und ich rührte mich nicht von meinem Platz. Kurz darauf fuhr er fort: »Soweit ich die Lehren Muhammeds verstanden habe, so handelt es sich um eine neue Art, zu leben und zu glauben, und nicht nur um einen Glaubenskodex, sondern auch um einen Verhaltenskodex, um ein Gebot, das zur gleichen

Zeit Dichtung ist. Noch kenne ich seine Vorschriften nicht allzugut, aber ich habe von der reinen Liebe sprechen hören, nämlich der der unberührten Frau, welche bereits auf Erden so sein kann wie die Huris, die im Paradies wohnen und die Gläubigen erwarten und die immer jung und immer jungfräulich sind. Und damit sich die Pforten Edens für mich öffnen, habe ich beschlossen, daß du, meine Frau, deine Reinheit, nämlich die Uffa, bewahren sollst, und daß unsere Liebe wie Izri sein soll, nämlich keusch.«

Das und nur das waren seine Worte. Mir gebot die Sittsamkeit, meine Hichma, und die Zurückhaltung, die einer Frau gebührt, zu schweigen.

Das Leben im Wüstensand nahm seinen Lauf, während ich unnütz dahinblühte. Die Gesichtszüge meines Mannes nahmen einen immer gequälteren, nachdenklicheren Ausdruck an. Er ergriff Besitz von seinen anderen Frauen und zeugte Kinder mit ihnen, aber mir näherte er sich niemals. »Wegen mangelnder Besprengung wirst du noch verwelken«, sagten sie mir, aber ich konnte nichts tun als gehorchen.

Eines Tages rief mein Mann mich zu sich und trug mir auf, unsere Habseligkeiten zusammenzusuchen, den Alten meine Ehrerbietung zu erweisen und mich von allen zu verabschieden, da wir fortgehen würden. Er hatte gehört, daß die Beduinen nichts vor Gott galten, und hatte somit beschlossen, sich nun dem Wort Gottes zu unterwerfen.

Nur ich konnte mit ihm gehen, denn niemand im ganzen Stamm machte Rechte auf mich geltend. Seine übrigen Frauen und Kinder blieben bei den Ihren. Vor unserem Aufbruch wiederholte mein Gebieter dreimal:

La Ilah Illa Lah Wa Muhammad Rasul Allah
»Es gibt keinen Gott außer Allah, und Muhammed ist sein Prophet.«

Und so begab es sich, daß ich zum zweiten Mal einem

Manne folgte, begleitet nur von unseren Kamelen. Und so gestattete Allah es mir, auf den Weg der Tugend zurückzukehren, den Weg des wahren Glaubens.

Während langer Tagesreisen, die sein Schweigen verdüsterte, zogen wir durch die Wüste. Unser Ziel war mir unbekannt, und erst als wir schon beinahe angekommen waren, erfuhr ich es. Eines Morgens, nachdem wir die Bergkette überquert hatten, konnten wir in der Ferne das Tal sehen, in dessen Mitte die Heilige Stadt Mekka ruhte, jene geweihte Stätte, in deren Richtung ich mich, wie man mir beigebracht hatte, in meinen Gebeten stets wandte. Ich war tief bewegt. Ich dachte an meine Mutter, von der ich seit so langer Zeit nichts mehr gehört hatte, und ich wußte, wie sehr es ihr gefallen hätte, mich auf dieser Pilgerfahrt nach der Kibla zu wissen.

Mein Mann, der den Ihram der Bußfertigen trug, welcher ganz weiß war, keine Nähte hatte und an Schulter und Taille nur mit einem Band zusammengehalten wurde, sprach zu mir: »Von heute an werde ich mich, dem Propheten zu Ehren, Muhammed nennen, und jedem einzelnen der Gebote der Heiligen Schrift werde ich Folge leisten.«

Wir betraten die Stadt durch das am meisten benutzte Tor, das Bab-el-Omrah, und folgten den Pilgerscharen, die immer wiederholten »Labaika Allahuma, hier bin ich, Herr«. Wir bahnten uns einen Weg durch die engen Gassen und kamen an Plätzen vorbei, an denen ansässige Kaufleute und fahrende Händler ihre Waren feilboten, während Untergebene und Herren ruhig die Zeit verstreichen ließen und etwas tranken.

Ohne innezuhalten, steuerten wir auf den geweihten Bereich zu, in dem die erhabene Moschee thronte, mit ihrem schwarzen Stein, der an jener Ecke ruhte, die in Richtung Osten wies, es war die geheiligte Ka'ba, getreues Ebenbild jener Stätte im Himmel, wo die Engel weilen.

Siebenmal umrundeten wir barfuß den Stein, auch wenn der Boden unsere Sohlen versengte, und ein einziges Mal berührten wir ihn sanft mit den Fingern, um durch ihn die rechte Hand des Schöpfers zu berühren.

Auf einmal konnte Muhammed sich nicht mehr zurückhalten und begann, den Stein mit Küssen zu bedecken und Bäche von Tränen zu vergießen, während er mit jenen Worten, die der Prophet gepredigt hatte, fragte: »Oh mein Schöpfer, habe ich meine Aufgabe erfüllt?«

Lange verweilte er dort so, gegen die Mauer gelehnt, die die Moschee umgab, ganz dem Erhabenen und seiner Andacht anheimgegeben. Seine Lippen bewegten sich beim Aufsagen der Suren und der Glaubensbekenntnisse: »Wir glauben an Allah, den Herrn, und an den, den er uns vom Himmel gesandt hat.«

Ich betrachtete ihn bei seiner inneren Sammlung; die Welt, sich selbst und mich hatte er darüber vollständig vergessen. Geduldig wartete ich, wie es meine Pflicht war, auch wenn der Hunger meinen Magen zusammenzog und mir vor Durst die Zunge am Gaumen klebte. Als er sich schließlich aufrichtete, tranken wir vom geweihten Wasser des Brunnens Zem, das bitter wie die Leiden der Menschen schmeckte, und dann gingen wir zur Mina, um das Böse zu steinigen. Erst dann, als wir von allen Sünden gereinigt waren, geläutert und in großem Frieden, gingen wir zu dem Ort, wo barmherzige Hände den Pilgern Wasser reichten; wir erfrischten uns und machten uns wieder auf den langen Weg, erneut in Schweigen versunken.

Unsere Pilgerfahrt vollzog die Hedschra nach. Muhammed schlug den Weg Richtung Norden ein, da er in sieben Tagesreisen durch die Wüste nach Yatrib ziehen wollte, der Stadt des Propheten, Madinat-al-Nabi, wo der Gesandte Allahs begraben lag. Die ganze Zeit über zog er sich in seine Andachten und Gebete zurück, ohne sich auch nur einmal an mich zu wenden. Kaum waren wir ans Ziel gekommen, da rezitierte er die heiligen Worte:

Al hamdu Lillah Rab Al-Alami
»Gelobt seist du, einziger Schöpfer, Herr des Universums.«
Al Rahman Al Rahim Malik yawn mal din
»Gnädiger, Barmherziger, Herr des Jüngsten Gerichts.«

Unverzüglich machten wir uns zur geheiligten Grabstätte auf, um den Propheten – möge er an Allahs Seite sitzen – anzuflehen, am Tage des Jüngsten Gerichts vor dem Allmächtigen für uns zu sprechen. Da verstand ich, daß sich das Leben meines Mannes nun in den Kampf verwandelt hatte, nicht mehr länger ein Zondik, ein Sünder, zu sein und in den siebenten Himmelskreis aufzusteigen und sich dem Einzigen zu nähern, gelobt sei sein Name. Ich begriff, wie sehr er litt, weil er die Seinen vermißte, seinen Volksstamm, und ich begriff, daß seine religiöse Hingabe Ausmaße erreicht hatte, die ich nicht für möglich gehalten hätte, denn eine solche Hingabe kann nur in der Wüste erblühen, dort, wo Weite und Einsamkeit uns dem Schöpfer so nahe bringen.

Was mich betraf, so war ich nach so vielen Jahren nun endlich, wie es sich meine Mutter gewünscht hatte, bei meinen Brüdern im Glauben, in dem ich geboren worden war. Wie es sich gehörte, verrichtete ich meine Gebete, diente redlich meinem Manne und war ihm in allem gehorsam, so daß mein Herz Frieden fand, denn nur diejenigen, die sich dem Willen des Allmächtigen unterwerfen, können auf Seine Barmherzigkeit hoffen.

Eines Tages verließen wir vor Morgengrauen Medina, um erneut aufzubrechen. Auch diesmal wußte ich nichts von dem Weg, der mich erwartete und der der längste werden sollte, den ich jemals gegangen war. Tage und Nächte in der Wüste, immer in Richtung

Norden, während der wir auf Feuer aus den Exkrementen unserer Kamele kochten und stets fünfmal am Tag, wie es geschrieben stand, zum Gebet anhielten.

Doch plötzlich begannen allmählich Schößlinge aus dem Boden zu sprießen, und mit einem Mal ertranken unsere Augen in Grün. Überall stießen wir auf bestellte Felder und auf Gehöfte mit vielen Menschen. »Dies sind die fruchtbarsten Landstriche«, sagte Muhammed, »es sind die des Halbmonds.« Für einen Augenblick stellte ich mir vor, ich würde an diesem herrlichen Ort wohnen, und mein Herz füllte sich mit Freude, aber als ich sah, daß wir nicht innehielten, nahm ich an, daß wir noch nicht an unserem Ziel waren, sondern zur gesegneten Stadt Jerusalem weiterreisten, die einzige, die wir auf unserer langen Pilgerfahrt noch nicht besucht hatten und die nach den Worten meines Mannes nicht weit entfernt lag. Doch auch so sollte es nicht kommen, denn hinter meinem Führer verließ ich wieder das herrliche, grüne Land, um erneut die Wüste zu betreten.

Und wieder waren es endlose Tage und Nächte des Wegs unter Sonne und unter Sternen, auf dem nachgebenden Sand, als Proviant nur getrocknete Datteln und Gerste. Einen Teil der Strecke legten wir zusammen mit einer Karawane zurück und konnten phantastischen Geschichten darüber lauschen, was sich alles in der Welt zutrug. Einige Male befiel uns die Angst, wir würden überfallen werden. Aber nichts geschah uns, bis wir schließlich zu einer prächtigen Stadt gelangten. Da sprach Muhammed: »Das ist Damaskus. Ich habe dich hierhergebracht, weil hier die Omaijaden, die Kalifen des Glaubens, vermögende Herren, regieren. Sie haben das Reich gegründet, seine Grenzen erweitert und haben diese Stadt zur Hauptstadt des Islam gemacht, in der sie die größte und schönste Moschee von allen errichtet haben. Hier werden wir leben, unter Muslimen wie wir.«

Und so geschah es, obwohl ich die Stadt selbst nie zu Gesicht bekam, denn an dem Tag, als ich sie betrat, tat ich dies mit gesenktem Haupte, so wie es mir gesagt worden war, und unser Haus sollte ich mit dem Rücken voran betreten und es niemals mehr verlassen, es sei denn nach meinem Tode. So hatten es die weisen Väter vorgeschrieben, und so mußte es geschehen. Gott ist allmächtig, Seine Gerechtigkeit ist eine andere als die der Menschen, ihm müssen wir uns fügen, ohne zu fragen. Er bestimmt, was gut ist und was schlecht, man muß im Glauben leben.

In Damaskus lebte ich in völliger Abgeschiedenheit. Ich verbrachte meine Zeit zu Hause, gekleidet in ein langes, schwarzes Kleid, Gesicht und Haare hinter einem Schleier verborgen, hinter dem ich nie aufschauen durfte. Ein altes Dienstmädchen putzte und kochte, so daß ich überhaupt keine Beschäftigung hatte und auch niemanden außer meinen Mann zu Gesicht bekam. Und auch ihn sah ich nur äußerst selten, denn er verbrachte seine Zeit in der Moschee. Er hatte sich an diesem Ort niedergelassen, um sich ganz der Aufgabe zu widmen, Gott zu dienen, den Propheten zu ehren und Studien zu betreiben. Er war ganz davon besessen, religiöse Weisheit, Ilm genannt, zu erlangen. Bald hatte er arabisch erlernt, um selbst den Heiligen Koran lesen zu können. Wir lebten von seiner hervorragenden Arbeit als Kunsthandwerker und hatten nur die wenigen Steuern zu zahlen, die denen auferlegt werden, die sich zum wahren Glauben bekennen.

Meine Tage waren lang und wollten nicht vergehen. Ich dachte an die ferne Zeit meiner Kindheit und an die Verse, die meine Mutter mir vorgesungen hatte. Ich wartete auf den Freitag, damit mir mein Mann erzählen konnte, was der Imam in seiner Minbar-Predigt beim Mittagsgebet verkündet hatte. Bei diesen Gelegenheiten war Muhammed wie verwandelt. Bisweilen sprach er sogar davon, daß er mehrere Frauen haben und ein richtiges Familienleben führen sollte. Ein andermal sprach er vom Heiligen Krieg gegen die Ungläubigen, und dann schliff und putzte er seinen Degen und machte ihn so scharf, bis das feine Blatt wie eine Schlange durch die Luft zischte. In manchen Nächten kehrte er erst spät nach Hause zurück, und ich hörte, wie er verzweifelt von einem Ende des Zimmers zum anderen ging.

Und eines Tages ging er fort. Er brach zwei Monde nach dem Ramadan zur Haddsch-Pilgerfahrt auf, im Gefolge des Imams der Stadt. Er verabschiedete sich von mir mit den Worten, er wolle sich einmal mehr der Quelle seines Glauben annähern. Wozu mußt du dafür so weit fort gehen, fragte ich ihn, wenn du doch bereits das Gebot des Gläubigen erfüllt hast, einmal im Leben die Heilige Stätte aufzusuchen? Muhammed antwortete nicht, doch ich verstand, daß noch immer das Nomadenherz in ihm schlug und er unfähig dazu war, allzulange am selben Ort zu verweilen, unfähig, jenes seßhafte Leben zu führen, das er im Grunde seiner Seele verachtete.

Mein Mann starb in Mekka. Nachdem ich mehrere Monate keine Nachrichten mehr von ihm bekommen hatte, klopfte eines Tages jemand an meine Tür, um mir zu offenbaren, daß er von den zahllosen Pilgern erdrückt worden war, die den heiligen Ort aufsuchten. Jener Mann gab mir folgenden Rat: »Tröste dich, Weib, denn er ist im Zustand der Gnade und voller Weisheit von uns gegangen, barmherzige Hände haben ihn gewaschen und begraben, damit er vor den Schöpfer treten kann. In der Heiligen Stadt war er Allah nahe, und man hat ihn mit Wange und Schläfe auf die Erde gebettet.«

Wie hinfällig ist doch das Los der Menschen und wie launisch! Unser Leben ist in der Hand Gottes, und wir sind machtlos gegenüber dem Schicksal. Nur Er weiß um den Sinn der Schicksalsschläge und bestimmt, warum er sie verteilt, und wie uns der Prohpet geboten hatte, mußte ich diesen Weg annehmen und dabei nicht nur von gehorsamem Wesen sein, sondern auch stets dankbar für mein Geschick.

Dreimal hatte sich nun schon der Lauf meines Lebens geändert. Als ich vom Haus meiner Eltern fortgeführt worden war, um zu heiraten, als man mich geraubt und zu einer Beduinenfrau gemacht hatte und als ich schließlich wieder meinem ursprünglichen Glauben zugeführt und in einem Haus in Damaskus eingesperrt worden war. Aber noch nie hatte ich mein Schicksal in meine eigenen Hände nehmen müssen, denn immer hatte sich jemand meiner angenommen. Doch nun stand ich allein in der Welt, fern von den Meinen, ohne Freunde und vollkommen mittellos. Und dennoch weinte ich nicht. Wenn dies der Wille Allahs war, so würde ich mich ihm fügen. So wie es mich meine Mutter gelehrt hatte, gab ich mich mit all der Inbrunst, derer ich fähig war, dem Gebet hin: »Herr dieser Welt, Gnädiger, Barmherziger. Dich rufe ich an und von Dir erflehe ich Hilfe. Führe mich auf den rechten Weg.«

Eines Tages, als mir der Hunger bereits arg zusetzte und ich wieder Zuflucht bei jenem Brauch gesucht hatte, der mir bei den Nomaden beigebracht worden war, nämlich einen Stein gegen meinen Magen zu binden, um ihn nicht zu spüren, da klopfte eine Frau an meine Tür. Sie sagte, ihr Name sei Zinah und sie sei die Besitzerin des Hauses, in dem ich wohnte. Des weiteren sagte sie, sie wisse von meiner Witwenschaft, doch nun seien die vier Monate und zehn Tage der Trauer vorüber, das Leben müsse weitergehen, denn nichts Gutes erwüchse aus der Mutazila, der Abgeschiedenheit, und da ich nichts hätte, womit ich die Miete bezahlen könnte, müßte ich das Haus räumen. Und sie bot mir an, falls ich wolle, für sie zu arbeiten. Natürlich nahm ich das Angebot an, dankbar, daß sie mich nicht auf den Sklavenmarkt schickte und mich für sich arbeiten ließ.

Zinah war Jüdin. Sie lebte zusammen mit ihren Brüdern und ihrem alten Vater in einem Haus in der Nähe des al-Amara-Flusses. Sie war des Arabischen mächtig, ging frei in ihrem Haus aus und ein und verbarg ihr Gesicht nicht hinter einem Schleier. In ihrem Hause trank man den verbotenen Wein, ohne daß man damit ihren Gott erzürnt hätte, man aß sehr viel Knoblauch und machte Musik, ohne Angst zu haben, daß bei ihrem Klang der Geist aus dem Körper führe, wie es mir mein Mann Muhammed erzählt hatte. Auch die Dichter kannte sie, sie erzählte Geschichten von jenen, die am Hofe des Kalifen um dessen Achtung wetteiferten, und von jenen, die ihre Verse in goldenen Lettern schrieben und sie über die Ka'ba hängten. Sie kannte die Ghazalas, die Liebesgedichte, und die Kassiden, Oden an ferne, herrliche Orte, sie wußte sogar von einem Beduinendichter mit Namen Ajtal Jarir. »Viele der Deinen glauben, man dürfe nichts schreiben, weil nur der Heilige Koran als schriftliches Werk bestehen darf«, sagte sie zu mir, »doch es gibt andere, die nicht so denken, und zu unserem Glück schreiben wir eine schöne Literatur.«

Jeden Freitag suchte die Familie das Bad auf und stellte sich dann sauber und geschmückt in ihrem Gotteshaus ein, um zu beten, dann kehrte sie nach Hause zurück, um ein besonderes Abendmahl einzunehmen, das bereits vorher zubereitet worden war. Ihre Bittgebete erklangen in einer seltsamen Sprache, und ihren Gott nannten sie Jahwe.

Nur kurze Zeit diente ich in Zinahs Haus. Eines Tages trat sie zu mir und sprach: »Du bist wohlgebaut, dein Körper hat sich wieder gerundet, deine Brüste prangen aufrecht und fest, dein tiefschwarzes Haar glänzt in der Sonne, deine großen Augen funkeln. Wir haben beschlossen, dich zu verkaufen, da wir fortziehen und dich nicht mit uns nehmen können. Schreckliche Dinge gehen hier vor sich, und Damaskus ist nicht mehr, wie es früher einmal war. Wir werden nach Bagdad gehen, dort soll es sehr schön sein, denn Gott selbst hat es den Menschen geweiht. Die Stadt liegt jenseits der Wüste, und durch sie fließt ein Fluß, und es gibt ein Haus der Weisheit in ihr, das Dar-al-Hikma. Dein Mann war ein Gefolgsmann der Omaijaden und kannte die Weissagung, nach der die Dynastie sich in anderen Ländern ausbreiten soll, die im Abendland liegen. Also haben wir dafür gesorgt, daß du dorthin ziehst, wo jene hingegangen sind, um den Willen Gottes zu erfüllen.«

Auch damals weinte ich nicht. Wozu auch? Wer war ich denn, daß ich mich gegen die Vorhersehung des Höchsten, gepriesen sei er, aufgelehnt hätte? Das Unglück ist eine Prüfung, die der Allmächtige den Gläubigen auferlegt. Also fügte ich mich in mein Schicksal, als ein feister Mann in schweren Kleidern, trotz des Verbots mit Juwelen behängt, einen Beutel Taler auf den Tisch warf und mich mit sich nahm.

Und wieder machte ich mich auf einen Marsch unter glühender Sonne, einem unbekannten Ort entgegen, in einer Karawane aus Soldaten und blutjungen, bildschönen Mädchen und Jungen.

Und eines Tages erblickten meine Augen das Unglaubliche. Wir waren an eine Wasserfläche gelangt, die gar kein Ende mehr fand. Man hatte mir gesagt, daß so das Paradies aussehe: Wassermassen in unaufhörlicher Bewegung. Wie versteinert stand ich da und blickte darauf, während die Männer um mich herum sich mit Arbeiten mühten, deren Zweck ich nicht verstand. Dann ließen sie uns in ein Haus auf dem Wasser steigen und schlossen uns in so dunkle Keller, daß man ein weißes nicht mehr von einem schwarzen Fädchen unterscheiden konnte.

Auf einmal begannen wir uns in einem fortlaufenden

Schaukeln fortzubewegen, das uns auf und ab bewegte oder kraftvoll von einer Seite zur anderen. Drinnen herrschte eine erdrückende Hitze, es roch feucht und nach Salz, Staub und Schweiß, und man hörte die Ratten vorbeihuschen. Viele von uns Frauen drängten sich eng zusammen, und ich verspürte große Übelkeit und Schmerzen am ganzen Körper. Auch Hunger und Furcht, vor allem Furcht. An einigen Tagen betete ich und flehte den Himmel um Gnade an, vor allem als das Schaukeln so gewaltig war, daß alles sich umzukehren schien, und an anderen Tagen verfluchte ich mein Schicksal, bat dann jedoch sogleich den Allmächtigen wegen meiner Unbotmäßigkeit um Vergebung.

An meiner Seite saß eine junge Frau, die sich nie beklagte. Sie hieß Fairuz und kam aus einer Stadt, die sich an den Ufern des Nils erhob. Als sich meine Augen an die Dunkelheit gewöhnt hatten, konnte ich ihren langen, schwarzen Zopf ausmachen, der ihr bis zur Taille reichte. Sie erzählte mir, daß die Pest all die Ihren dahingerafft hatte, Eltern wie Geschwister, Dienstboten und Tiere, und daß ein Onkel sie an die Händler verkauft hatte, die uns nun zu fernen Landen auf der anderen Seite des Muhit, des großen Meeres, brachten. »Dort haben die Omaijaden wunderbare Städte erbaut, wo wir unseren Glauben leben können«, erzählte sie mir, »und deshalb bringen sie uns dorthin, denn es verlangt sie nach reinen Frauen, nach Jungfrauen aus diesen Landen.« Dann erklärte sie mir, daß jenes Zimmer, in dem wir reisten und das sich unaufhörlich bewegte, ein Schiffsbauch sei und wir auf dem Wasser schwämmen, während wir uns unserem Ziel entgegenbewegten.

Während der langen, langen Zeit, die wir zusammen über das Meer fuhren, lernte ich von Fairuz, nicht an Gottes Barmherzigkeit zu verzweifeln und mich in Geduld zu üben: »Der Allmächtige wird uns nicht verlassen, denn was er mit der einen Hand losläßt, fängt er mit der anderen wieder auf.« Gewaltig drangen ihre Worte in mich: »Nur Allah, der Barmherzige, weiß, warum er einen bestimmten Weg für uns erwählt. Er weiß genau, wer vom Pfad abgewichen ist und wer den rechten Weg geht.«

Auf einmal hörte der Bauch des Schiffes auf, sich zu bewegen, und es ließen sich Schritte und eilige Bewegungen über unseren Köpfen vernehmen. Die Pforten öffneten sich, und man gab uns den Befehl hinauszusteigen. Auf fester Erde setzte man uns ab, seekrank, übelriechend und von der Sonne geblendet. Denen, die sich beklagten, erwiderten die Krieger schroff: »Ihr könnt von Glück sagen, daß ihr überhaupt angekommen seid, die anderen beiden Schiffe sind untergegangen, hoffentlich sind nur die Frauen ertrunken und nicht die Soldaten.« Fairuz habe ich nie mehr wiedergesehen, noch jemals wieder etwas von ihr gehört. Jemand führte mich zu einem Haus, in dem mich dann ein paar alte Frauen wuschen und ankleideten, mich mit Duftwassern einrieben und mir etwas Wohlschmeckenderes zu essen gaben als das harte Brot und das ranzige Wasser unserer langen Überfahrt.

Mehrere Tage verbrachte ich an diesem Ort, während sich meine Augen langsam wieder an das Licht gewöhnten und meine Nase an die frische Luft. Die ganze Zeit über spürte ich das Meer jedoch immer noch in meinem Innern, ohne daß ich es hätte beruhigen können. Ich mußte an die Ertrunkenen denken, worauf blickten nun ihre aufgerissenen Augen, wie fühlte sich das Wasser an, das in ihre Münder trat?

Eines Morgens kam ein hochgewachsener Mann zu mir, seine Gesichtsfarbe war hell und seine Augen gütig, er trug eine Dschelabah, eine grüne Weste – die Farbe des Islams, wie er mir erklärte – sowie Pantoffeln und einen riesigen Turban. Lange Zeit musterte er mich und wandte sich dann in meiner Sprache an mich, doch in einem weichen, singenden Tonfall, und er verflocht die Wörter auf so verworrene Weise und gebrauchte viele, die ich gar nicht kannte, so daß ich ihn kaum verstand. Dann überreichte er den Alten einen Haufen von Gold und nahm mich mit sich.

Wir stiegen auf Reittiere mit dunklem Fell und durchquerten eine Oase, die gar kein Ende mehr nehmen wollte und in der das Grün überall nur so hervorschoß. Mehrmals hielten wir an, um Feigen und Datteln zu essen oder Blumen von erlesenem Duft zu pflücken, die der Mann bei fremden Namen nannte. Das Sonnenlicht war sanft, brannte weder in den Augen noch auf der Haut, und der Himmel war von einem tieferem Blau, als es mir von der anderen Seite des Meeres in Erinnerung war.

Der Mann sprach, sprach ohne Unterlaß. Er erzählte mir, daß diese Gegend al-Andalus hieß und daß die Araber sich hier nach der Eroberung niedergelassen hatten. Ich erwiderte nichts auf seine Worte, doch das schien ihn nicht zu kümmern. »Ich verstehe, daß dir bange ist«, sagte er, »aber das wird vorübergehen, wenn du siehst, daß ich dich gut behandeln werde«, und dann fügte er hinzu: »Armes Ding, du bist so weit gereist wie Ibn Battuta selbst, nur hast du nichts dabei gesehen. Wie der Prophet hast du eine nächtliche Reise durch die Hölle unternommen.«

Eines Abends gelangten wir zu einem Hügel, den wir langsamen Schrittes erklommen. Auf seinem Gipfel blieben wir stehen. Ich konnte meinen Augen nicht trauen, als ich mich umsah: Minarette, stattliche Häuser, Wälder, Landgüter, ein langer Mauerwall, und über allem thronte ein Palast, den man sich nicht einmal im Traum hätte vorstellen können. »Dies ist Granada«, sagte der Mann zu mir, als er mein maßloses Erstaunen bemerkte, »es ist der schönste Ort der Erde. Dieser Palast, den du dort so majestätisch und strahlend liegen siehst, ist die Alhambra. Allah möge sie schützen bis zum jüngsten Tag.« Nachdem er dies gesagt hatte, sprach er mit derselben Inbrunst, mit der man sonst aus dem Heiligen Koran rezitiert: »Sie ist ein Rubin auf den Zacken der Krone, ihr Thron ist der Generalife, ihr Spiegel ist die Fläche der Teiche, ihre Ohrgehänge sind die Tauperlen des Morgenreifs.« Und mit vor Bewegung gebrochener Stimme fügte er hinzu: »Granada, keine Stadt kommt dir gleich.«

Wir betraten Granada, nachdem wir herrliche Felder überquert hatten, auf denen die Menschen eifrig an Bäumen arbeiteten, die über und über mit kleinen, grünen und schwarzen Früchten behangen waren, die mein Führer Oliven nannte. Wir ritten durch eines der Stadttore und tauchten in die bunte Menschenmenge, das rege Treiben und den Lärm ein.

Nachdem wir durch Gassen gekommen waren, so eng, daß sie erfrischenden Schatten spendeten, gelangten wir zu einem stattlichen Portal aus schwarzem Eisen mit herrlichen Wasserspeiern. Zwei Dienstboten öffneten es sperrangelweit, und wir traten in einen großen Hof mit einem Brunnen, dessen Fontäne aus klarem Wasser nie erstarb. Eine runde Frau erwartete uns mit Erfrischungsgetränken, Apfelsinen und Konfitüre aus Rosen und Blumen, die von leuchtendem Karmesinrot war. »Sei uns willkommen«, waren ihre Worte, als sie mir die Gaben überreichte.

So lernte ich mein neues Heim und meinen neuen Mann kennen. Sein Name war Yusuf Ibn Muhammad Ibn Marwan Ibn Abd-Alah Ibn Hakim. Er hatte verfügt, man solle ihm eine Frau aus dem Mahriq bringen, wenn möglich eine Frau, die der Wüste entstammte, denn nur so konnte er ihrer reinen, unverdorbenen Seele sicher sein, der jene Eitelkeit und Klatschhaftigkeit der hiesigen Frauen fremd war. Er war reich an Gold und hatte, wie er sagte, fürstlich dafür gezahlt, daß seiner Laune entsprochen wurde. »Im Heiligen Koran heißt es, daß jener, der über die ausreichenden

Mittel verfügt, um sich mit einer reinen und frommen Frau zu verheiraten, dies auch tun soll.«

Keine einzige Träne vergoß ich, als ich Yusuf meine Geschichte erzählte, noch verbarg ich irgend etwas vor ihm. Man hatte ihn betrogen, denn ich war bereits verheiratet gewesen, und auch wenn ich noch keinen Mann empfangen hatte, so war ich doch nicht mehr rein, auch wenn ich keinerlei Einfluß auf die Begebenheiten meines Lebens gehabt hatte und nicht aus eigenem Willen hier war.

Eine geraume Weile hing der Mann seinen Gedanken nach, bevor er zu sprechen anhob: »Wir sind keine freien Wesen, unser Schicksal wird uns bei unserer Geburt zugewiesen. Sein Buch ist bereits von Anfang an geschrieben. Wählen können wir nur, was nicht von Bedeutung ist: das Essen, die Farben, eine Beschäftigung für den Abend, aber das Wesentliche ist schon im voraus entschieden, und es ist das Schicksal, das uns lenkt.

Es gibt Menschen, die sich ihm ergeben, ohne sich aufzulehnen, und es gibt solche, die glauben, sie könnten es ändern, wenn sie sich dagegen wehren. Allah hat dich für mich bestimmt, deshalb hat er dich auf meinen Weg geführt, und freudig füge ich mich ihm. Dein Körper ist rein, doch vor allem ist es dein Herz, es ist frei von dem schwarzen Gerinnsel des Bösen und der Sünde, und deine Augen, so groß und schwarz wie die der Huris im Paradies, haben eine Art zu blicken, die Liebe verheißt. Ein paar wunderschöne Augen, die mich vielleicht um den Verstand und die Vernunft bringen werden und die mein Herz in Bann und in Ketten schlagen sollen. So werde ich also denn ehelichen, denn dafür habe ich dich herkommen lassen. Du wirst die erste der vier Frauen sein, die mir dem Gesetz nach zustehen, und wenn du die bist, die ich mir erträumt habe, dann werde ich die anderen ebenfalls aus den fernen Landen holen lassen, wenn jedoch nicht, dann werde ich mich damit begnügen, sie hier im Albaicín zu suchen.«

Und so geschah es. Es wurde ein großes Hochzeitsfest ausgerichtet, zu dem zahlreiche Gäste geladen waren und das ganze drei Tage und Nächte dauerte. In Seide gekleidet und mit Perlenketten und Goldarmbändern geschmückt, wurde ich in Gesellschaft der anderen Frauen mit Zuckerwerk und Glückwünschen überhäuft.

Als die Gäste fort waren, kam Yusuf zu mir und bettete mich sanft auf die Kissen. Dann empfing ich zum ersten Mal einen Mann. Er ergriff von meinem Körper Besitz, während er jene Worte wiederholte, die, wie er sagte, an den Mauern der Alhambra geschrieben stehen: »Vom Herzen beziehen Geist und Seele ihre Kraft.« Danach zog er das Laken mit dem Blut meiner Jungfernschaft ab, faltete es sorgfältig und zeigte es der Frau, die im Wohnzimmer gewartet hatte. Ich weiß nicht, wer sie war, denn Yusuf hatte seine Mutter bereits verloren, aber ihr erbrachte er den Erweis meiner Reinheit.

»Diese Ehe wird nicht wie deine vorhergehenden sein«, sagte Yusuf zu mir noch in derselben Nacht, »denn ich bin anders als dein voriger Gebieter, der ein ungebildeter Mann war und deshalb zur religiösen Schwärmerei neigte, denn ich glaube, ganz im Gegenteil, daß die Liebesverzückung jene Pforte ist, durch die man der Unermeßlichkeit Gottes teilhaftig werden kann. Deshalb hat der Prophet nicht die Lust verboten, solange sie statthaft ist. Ich habe dich geheiratet, habe den rechten Weg eingeschlagen und kann mich also im Fleische mit dir vereinigen, so wie es im Hadith geschrieben steht: 'Wer seine Gelüste in statthafter Weise befriedigt, dem wird Lohn zuteil werden.'« Während er sprach, streichelte Yusuf mein Haar und schaute mir fest in die Augen. »Der Brauch besagt, wenn der Diener Gottes seine Gattin anblickt und diese ihn, dann läßt Gott ein barmherziges Auge auf sie fallen. Nimmt der Mann die Hand seiner Frau und sie die seine, so entschwinden die Sünden durch die Spalte zwischen den Fingern. Und wenn er bei ihr ruht, so umkreisen sie Scharen von Engeln, von der Erde bis zum Himmelszelt. Wie der Prophet sagt, wohnen die Engel gerne drei menschlichen Spielen bei: dem Pferderennen, dem Scheibenschießen und dem Spiel, das Mann und Frau treiben.«

Noch nie hatte ich so herrliche Worte vernommen, und ich dankte Allah, dem Großen, für das Leben, das er mir bestimmt hatte. Und ich täuschte mich nicht, denn es war ein Leben, das mir das höchste Glück bescherte. Yusuf war ein guter Mann, er hatte in einer Madrassa-Schule studiert, war sehr gottesfürchtig, und die Vorsehung hatte ihn reichlich mit Gütern beschenkt. Er besaß, wie er mich wissen ließ, denn er sprach äußerst gerne, Obst- und Blumenplantagen, die genügend abwarfen, um ein angenehmes Leben führen zu können. »Wir haben ein herrliches Haus, denn der Koran sagt, man darf die Güter nicht verstecken, mit denen uns Allah bedacht hat«, erläuterte er. Und in der Tat waren die Dächer voll kunstvoller Holzschnitzereien, die Wände mit Kacheln geschmückt, denen die Suren, Lobgesänge auf den Schöpfer, in eleganten Lettern prunkvoll eingeschrieben und die mit stilvollen Zeichnungen von Pflanzen und Blumen verziert waren. Im Empfangssaal befand sich eine Mihrab-Nische für das Gebet, ebenfalls voll von Schnitzereien und reichem Schmuck. Riesige Teppiche bedeckten den Boden, und an den Wänden lehnten weiche, prächtige Kissen.

Die Gärten waren weitläufig, und in ihnen gab es kühle, schattige Plätzchen mit Brunnen und Fontänen mit klarem, durchsichtigem Wasser, das rein und frisch war. Sein Plätschern war bis in die letzten Winkel des Hauses zu hören, und selbst wenn man das Wasser nicht sah, so spürte man doch ständig, wie es die Seele mit Glück und Heiterkeit überströmte. Beugte ich mich über das Wasser, um es zu berühren, so konnte ich den Widerschein des Himmels, der Sonne und meines eigenen Antlitzes sehen, das ich noch nie zuvor erblickt hatte.

An den Bäumen hingen süße, duftende Früchte, von denen ich die Apfelsinen am meisten liebte. Überall quollen aus Beeten herrliche Blumen hervor, Jasmin, Levkojen, Königsmalven, Ringelblumen, Oleander, Rosen und die Anarkalis, die Blume von Granada. Wie anders war die von den Menschen so umhegte Natur hier als jene unberührte Natur, die sich meinen Augen und Erinnerungen dargeboten hatte, bevor ich hierhergekommen war!

»Erscheint es dir schön?« fragte mein Mann, als er mich so verzückt sah, und als ich dies bejahte, da sagte er mir, daß nur den Seelen, die Gott empfangen haben, die Schönheit dieser Welt teilhaftig wird.

Yusuf erzählte mir liebevoll von seinem Land: »In dieser herrlichen Stadt Granada, die vor drei Jahrhunderten von den größten unter den Weisen gegründet worden ist, haben Dichtung und Wissenschaft, die frommsten Gläubigen und die herausragendsten Ärzte eine Heimstatt gefunden. Hier kann man unter der Schirmherrschaft unseres Sultans Abu Abd'Alah Boabdil die Natur, das Leben und die Liebe genießen.«

Mein Leben war erfüllt von zahlreichen Beschäftigungen, denn obwohl ich niemals das Haus verließ, hatte ich doch viel darin zu tun. Am Morgen wusch ich mich mit Hilfe von zwei Mädchen, die mir zu Diensten waren, mit wohlriechendem Wasser und badete in Milch. Ich enthaarte meine Beine mit Honig und rieb meinen Körper mit Essenzen und Jasmin ein. Dann legte ich herrliche Kleider aus weichen, leichten Stoffen an und schmückte meinen Busen mit Rosen, wie es bei den Frauen in Granada üblich war. Während ich wartete, daß mein Mann von seinen Geschäften nach Hause kam, erging ich mich in den Gärten, las Früchte auf, pflegte die Blumen und sang und scherzte mit meinen Dienstmädchen. Wann immer es mir in den Sinn kam, trank ich frisches Wasser, biß in saftige Feigen und Apfelsinen oder in wohlschmeckende getrocknete Datteln. Zu Mittag aß ich reich gewürzte Speisen, Zuckerwerk und Mandelküchlein, Pistazien, Honig oder Konfitüre aus Früchten und Blumen. Jüdische Frauen kamen ins Haus, die sich mit ihren Glöckchen um den Hals schon von ferne ankündigten, um mir Schleier, Stoffe und Webarbeiten zu verkaufen sowie Henna, um mir Haare und Fingernägel zu färben, und Kohlfarbe, um mir die Augen zu umranden. Wenn ich nur ihr Aljaraz lustig klingeln hörte, überkam mich schon Freude und Neugier darüber, was ich ihnen abkaufen könnte. Yusuf hatte mir gestattet, alles zu kaufen, wonach ich Lust verspürte, und er überhäufte mich mit Geschenken, mit Bernstein und Perlen, mit Edelsteinen, Seide und Brokat, Gold und Duftwässerchen, »um das Vollkommene noch vollkommener zu machen«, wie er gerne sagte.

Wenn im Sommer die Sonne gewaltig vom Himmel brannte, zog ich mich in die schattigen Winkel der Gärten oder in die Gemächer zurück. Wenn im Winter strenge Kälte herrschte, schaute ich vom Fenster aus zu, wie weiße Flocken sacht vom Himmel schwebten und sich wie ein Mantel auf die Berge legten, die die Stadt umringten. »Dieser Schnee«, so sagte Yusuf, »wird auf der Bergkette liegenbleiben, bis das Jahr weit fortgeschritten ist.« Und er fügte hinzu, während er mich zärtlich an der Taille umfaßte: »Sinnenfreude und Lust sind von der Schönheit der Berge.«

Aber am besten von allem gefiel mir der Regen, wenn er dicht vom Himmel stürzte, und er erstaunte mich bis zur Verzückung. Ich konnte es niemals müde werden, so viel Wasser auf einmal zu sehen, jenes liebliche, kühle und klare Naß, das ich nur anzuschauen und zu riechen brauchte, um mich wie im Garten Allahs zu fühlen.

Obwohl er aus den fruchtbaren Landen stammte, in denen, wie die Beduinen sagten, die Willenskraft erschlaffte, war Yusuf doch überaus gläubig und im höchsten Maße gottesfürchtig. Sein ganzes Leben richtete er nach dem Heiligen Qur'an, von dem er alle hundertvierzehn Suren, von der ersten, der Fatiha, bis zur letzten auswendig kannte. Und immer, bevor er zu sprechen anhob, begann er mit der Anrufung: »Im Namen Allahs, des Erbarmers, des Barmherzigen!« Er kannte den Hadith, das Tafsir und alle Gebote, Verbote und Pflichten, die er bis auf den letzten Buchstaben befolgte und auch mich dazu anhielt, dies zu tun. Sein Taheli trug er immer am Gürtel, niemals fehlte er in der Moschee, er führte die rituellen Waschungen durch, und so, wie es vorgeschrieben war, wusch er sich dabei mit der linken Hand, wobei er kein Körperteil aussparte, von Kopf und Gesicht bis zu den Füßen, von denen er als erstes den rechten benetzte. Natürlich betete er fünfmal am Tag und folgte so den fünf Gebetsrufen: in der Morgendämmerung, am Mittag, am frühen Abend, bei Sonnenuntergang und in der Nacht, wobei er seinen Gebetsteppich ausrollte und sich in tiefer Verehrung in Richtung Mekka verbeugte.

Gebete und Fastenzeiten wurden bei ihm genau eingehalten, vor den Mahlzeiten rezitierte er immer die Bismillah und nach dem Essen die Alhamdulillah. Beständig führte er den Namen Gottes im Munde und rief ihn stets an: »Inshallah«, Gottes Wille geschehe, »Subhanallah«, Ruhm sei Gott, »Allah Akbar«, Er ist groß, gelobt sei Er. Von den fünf Pflichten im Leben der Gläubigen hatte er folgende bereits erfüllt: sich zum Glauben zu bekennen, die Gebete aufzusagen, im neunten Monat des Jahres zu fasten und Zakat zu verteilen, milde Gaben und Almosen. Bloß den Haddsch, jene Pilgerreise in die Heilige Stadt, hatte er noch nicht unternommen, aber er hatte gelobt, dies zu tun, sobald sein erster Stammhalter zur Welt käme. Niemals trank er Wein, bot allen stets seine Gastfreundschaft an und feierte herrliche Feste, jenem Gebot eingedenk, das da heißt: »Vernachlässige nicht deine irdische Hälfte«. So erfreuten wir uns des Mileds, des Festes in Gedenken an die Geburt des Propheten, während dem die Dichter miteinander wetteiferten; des Osterfestes, bei dem man sich gegenseitig Duftwasser, Blumen, Zuckerwerk, Apfelsinen und Zitronen zuwarf; des Ras-a-sana, mit dem das Jahr begann und des Id-ul-Fitr-Festes, mit dem die lange Fastenzeit des Ramadan beendet wurde und bei dem man herrliche Mahlzeiten mit vielen Gerichten reichte und Nahrung unter die Armen verteilte.

Unbeschwert ging die Zeit vorüber in Granada, mein Leben war wie Honigseim. Ich lernte die weiche Art zu lieben, in der die Andalusier die Worte aussprachen und die einer kunstvollen Stickerei glich. »Das Wort ist der größte Schatz, und die Kunst der Rede«, sagte Yusuf, »ist die kostbarste, die der Allmächtige uns verleihen kann. Der Wert des Menschen ist ihm durch seine Sprache gegeben. Und das Arabische ist die Sprache Edens.«

In der Nacht ließ ich mich zu seinen Füßen nieder und lauschte langen Geschichten von fernen Orten mit wohlklingenden Namen, die es früher einmal gegeben hatte oder die es heute gab und über all denen die Sonne des Islams aufgegangen war: Isfahan – oder auch Dschei und Jahudije –, Aleppo, Alexandria, Damaskus, Bagdad, Buchara, Samarkand, al-Fustat am Nil, Shiraz, Raj und Tabris, mit der klaren Luft, Konstantinopel, Tremecén, Samaria, Tetuán, Babylon, Smyrna, Saloniki. Mit besonderer Hingabe aber erzählte er mir von Córdoba, wo sich die Große Moschee erhob. Er erklärte mir auch den Lauf der Geschichte und die Bahnen der Sterne, er sprach von der Wissenschaft und dem vernunftbestimmten Denken, erzählte mir von dem Garten, dessen Früchte die Ideen, und vom Meer, dessen Perlen die Talente sind. Er wußte von Kaiserreichen, Kalifaten, von Sultanen, Wesiren, Emiren, Imamen, Scheichen und Kadis zu berichten. Zärtlich, so als wären es seine Brüder, sprach er von Weisen und Gelehrten, von Ärzten und Dichtern. Er liebte es, Al-Mutamid und Al-Mutanabi, Ibn Haldun und Ibn al-Arabi und einen Dichter aus Granada mit Namen Ibn al-Jatib zu rezitieren. Vor allem gefiel es ihm, mir aus den Geschichten aus *Tausendundeiner Nacht* vorzulesen, die sich alle miteinander verflochten und niemals ein Ende fanden. Aber am meisten liebte er es, mir vom Propheten zu erzählen, der vor zehn Jahrhunderten zur Welt gekommen war. Er las mir aus dem Heiligen Koran vor und sagte mir, dieses Buch sei das größte aller Wunder. Und ich gab mich ganz dem Klang seiner Suren hin, die so wohlklingend und vollkommen waren, so schön, daß sie mich über alle Worte hinaus ergriffen.

Nach dem Erzählen besaß Yusuf mich als seine Frau. »Die Frauen sind von den Füßen bis zu den Knien aus Safran, von den Knien bis zu den Brüsten aus Moschus, von den Brüsten bis zu den Haaren aus Kampfer, und die Haare sind aus reiner Seide und den kostbarsten Stoffen.«

Und ich fügte mich seinen Wünschen, denn dies war meine Pflicht, eine Frau darf sich ihrem Manne nie verweigern, doch selbst gab ich mich nicht hin, denn muß eine Frau nicht ihre Züchtigkeit bewahren, wird sie nicht blind, wenn sie ihre Nacktheit zur Schau stellt, auch wenn es im Schutze der Nacht geschieht, wie es die Dichter fordern, muß eine Frau nicht empfangen, ohne die geringste Befriedigung zu zeigen?

Yusuf machte mir keine Vorwürfe, denn ich war in höchstem Maße folgsam und demütig, so ehrerbietig und gehorsam, wie es sich gehörte. Doch das war es nicht, was er von mir erwartete. Geduldig sprach er mir von der Liebe, weihte mich in die Wege der Lust ein, nahm mir die Furcht und den Aberglauben. »Die Liebe ist der Weg zu Gott«, sagte er und trug jenes Gedicht vor, das der Sultan von Granada verfaßt hatte: »Du bist mein ägyptisches Brot, wegen dem man die Nacht durchwacht und es doch nicht essen kann. Doch ich weiß zu warten. Ich weiß, wie man den Brotteig anrührt, Hefe dazugibt und es backen läßt und darauf wartet, bis es abkühlt.«

Und so geschah es. Nach und nach strömte die Liebe wie ein köstlicher Duft in mein Leben, erfüllte meine Tage, Monate und Jahre mit ihrem Glück, drang in jedes Fältchen meiner Haut, in jedes Lächeln und sogar in jeden Moment der Traurigkeit, überzog alles mit den ihr eigenen Farbtönen, ließ mir alles fern und gleichgültig erscheinen, was nicht mit ihm zu tun hatte, und sie regierte das Licht, die Farben, die Formen und vor allem die Zeit.

Die Leidenschaft, die ich für Yusuf empfand, verwandelte sich in eine Pein, die mich verzweifeln ließ, wenn er fern von mir war, doch ebenso, wenn er mir nahe war. Es war wie der große Durst, den man nach einem langen, heißen Tag verspürte, der aber mit keinem Wasser zu stillen war, im Gegenteil, je mehr man trank, um so mächtiger wurde der Durst. In mir hatte sich ein Feuer enfacht, das nichts mehr zu löschen vermochte.

Yusuf und ich waren sehr glücklich, obwohl mein Bauch sich noch immer nicht rundete. »Während die Frau ein Kind trägt, ist ihr Lohn das Fasten, das Gebet, und sie führt einen heiligen Krieg. Doch wenn sie dann gebiert, vermag der Geist die Freude nicht zu fassen, derer sie teilhaftig wird.« Gemeinsam malten wir uns aus, wie wohl unser Sohn aussehen würde, den wir uns wunderschön vorstellten, eine Mischung zwischen dem Morgenland und Andalusien. »Das Paradies liegt zu Füßen der Mütter«, sagte mein Mann und machte für sich bereits Pläne für das Fest der Beschneidung, das Thatir, für jenen Tag der Läuterung, der, wie es Brauch war, ein großes Festbankett werden sollte, mit zahlreichen Gästen und vielen Fremden, die man einlud, um der Vorsehung zu danken.

Ich blickte meinen Mann an, er war ein stattlicher, rechtschaffener, edler Mann voller Ehrgefühl, und mein Körper erbebte. Ich blickte in seine tiefen Augen, auf seine olivfarbene Haut und sein offenes Lächeln und wünschte mir, einen Sohn von ihm zu empfangen, der so wäre wie er. Mein Sohn, dem ich den Namen Asiz geben würde – der Vielgeliebte – oder Hassan – der Schöne – Sohn des Yusuf. Meine gute Samira gab mir Elixiere zu trinken, hing mir alle Arten von Amuletten und Talismanen gegen den bösen Ibis um sowie verschiedene Symbole des Schutzes und der Gunst, doch nichts wuchs in meinem Inneren.

Mit einem Mal begann Yusuf immer unruhiger zu werden. Nun verbrachte er seine freie Zeit nicht mehr länger damit, sich in der Kalligraphie zu üben oder sich an den Muwashah und den Zajal zu erfreuen, die er so sehr liebte. Er verfiel lange Zeit über in Schweigen und schloß sich stundenlang ein, um mit seinen Besuchern zu reden. Seine Augen bekamen einen traurigen Ausdruck, und seine Seele verdüsterte sich. Da empfand ich Furcht, hatte Angst, die Schuld daran könnte bei mir liegen, da ich ihm nicht den so heiß ersehnten Sohn gegeben hatte, Angst, er sei meiner überdrüssig geworden und würde nun bald eine andere Frau mit nach Hause bringen, sogar Angst, er würde mich verstoßen. Schlaflosigkeit bemächtigte sich meiner Nächte, Geister spukten durch meine Träume. Meine Augen bekamen tiefe Ringe, und mein Körper, der bisher voller Rundungen gewesen war, wurde mager.

Doch eines Tages sagte mein Mann mir den wahren Grund für seine Unruhe: »Alle Reiche und alle Städte sind dem Untergang geweiht, die Wege der Vorsehung sind unerforschlich. Menschen, die sich Rumis nennen und einem anderen Glauben anhängen, trachten nach Granada, und sie haben keinen einzigen Gott, sondern drei, nämlich die Dreifaltigkeit. Sie sind unsere Feinde, obwohl sie das nicht sein müßten, denn ihrem Propheten, mit Namen Isa, gebührt auch unsere Hochachtung. Bis jetzt haben sie sich bereits eines großen Teils von Andalusien bemächtigt. Vor ihnen sind schon Murcia, Valencia, Córdoba, die Große, und Sevilla gefallen, und nun stehen sie vor unseren Mauern, um Granada in Besitz zu nehmen.«

Es war während der Zeit des Ramadan, an einem jener Tage, an dem das Fasten besonders schwerfiel, weil die Sonne nicht untergehen wollte und die Stunden sich immer mehr in die Länge zogen, als Yusuf zu mir trat und mich unter dem Siegel größter Verschwiegenheit davon unterrichtete, daß wir noch in derselben Nacht sein heißgeliebtes Granada verlassen würden. »Die Christen sind so ganz anders als wir«, sagte er mir. »Sie kleiden sich in grobe, fahle Stoffe und tragen Gürtel. Sie sprechen eine Sprache, die sie kastilisch nennen, und sie sind keine Freunde des Wassers, denn weder baden sie noch benutzen sie es als Zierde oder erfreuen sich an seinem Plätschern, sie trinken es nur. Auf ihrem Durchmarsch haben sie Dörfer und Gärten verwüstet und Scheiterhaufen errichtet, um die Juden zu verbrennen. Schon bald werden sie hier sein, ohne daß der Sultan oder sonst irgendeiner von jenen, die im Herrscherhaus um die Macht streiten, irgend etwas tun könnte, um sie aufzuhalten. Ich glaube auch nicht daran, daß uns der Große Türke, die Mameluken oder die afrikanischen Sultane zur Hilfe eilen können. Ich möchte auch nicht ausziehen, um dem Feind nachzusetzen, jedoch nicht aus Feigheit, sondern weil ich sehe, daß es uns keinen Nutzen bringen wird, und ich will auch nicht in der Stadt verweilen, denn es wird mir nicht möglich sein, unter den Ungläubigen weiterhin als guter Muslim zu leben, und es wird auch nicht leicht sein, Sünden gegen Allah, Seinen Propheten und Seine Schrift zu vermeiden. Zusammen mit ihnen werden Schweine unsere Märkte bevölkern, die dem Betrachter seine Reinheit nehmen, und ihre Augen werden unsere Frauen verfolgen und sie entehren. Hier erwarten uns nicht mehr Freude und Seligkeit, sondern allein Leiden, und wie der Gesandte gesagt hat, müssen wir nicht unnötig die Plagen suchen. So wollen wir denn Granada verlassen, denn es steht geschrieben: Hat Gott die Erde nicht so weitläufig geschaffen, damit ihr sie durchwandert? Wer sich auf Gottes Pfaden auf Wanderschaft begibt, dem werden große Schätze und ausgedehnte Ländereien zuteil werden.«

Als ich Yusuf reden hörte, da kam großer Frieden über meine Seele. Ich fragte ihn daraufhin, wohin wir denn gingen, und er antwortete: »Die Araber sind hierhergekommen, um den Willen Gottes zu erfüllen, und so haben sie mit Seiner Hilfe al-Andalus erobert. Nun ist mit uns geschehen, was fünf Jahrhunderte zuvor der Stadt Kairuan geschah: Unsere Sünden waren so zahlreich, daß nicht einmal Allah, der die Gnade selbst ist, sie vergeben konnte. Wir haben Gottes Gunst in diesem Land verloren und müssen nun den Weg wieder zurückgehen, die Meerenge und die Felsen von Dschabal-at-Tarik überwinden und uns zum mahgrebinischen Reich aufmachen, wo wir in unserem Glauben werden leben können.« Dann fügte er noch hinzu: »Du mußt allergrößte Verschwiegenheit über unser Vorhaben bewahren. Wir werden darauf vertrauen, daß Allah uns leitet, während hier alles dem Untergang anheimfällt, und uns zu den Ländern des Glaubens führt. Möge er uns nicht untergehen lassen, wie die vielen anderen, die das Meer verschlungen hat, und gebe er, daß der Sohn, den wir uns wünschen und den er uns bisher noch nicht gewährt hat, unter den Gläubigen aufwachsen kann.«

Sieben Stunden nach diesem Gespräch verließen wir Granada. Es war schon tiefe Nacht, als Yusuf um seinen Körper und um den meinen mehrere Beutel voll Gold und Edelsteinen band, die Pferde mit ein paar Truhen mit Kleidern und Proviant belud und die gute Samira und den treuen Hamid aufweckte, damit sie uns begleiteten. Von der Erde stieg Wärme auf, aber am Himmel leuchteten die Sterne. Es war vollkommen finster, und während des Marsches wagten wir kaum zu atmen. Unter größter Vorsicht durchschritten wir das südliche Stadttor Nayd. Da sprach ich zu meinem Mann, um ihm Kraft zu geben: »Die Wege der Vorsehung sind unergründlich, und ihre Beschlüsse können wir nicht begreifen«, und rief ihm damit in Erinnerung, was er selbst mich gelehrt hatte, und dann wiederholte ich ihm die Worte von Fairuz, die sich in mein Herz gegraben hatten: »Nur Allah, der Barmherzige, weiß, warum er einen Weg für uns wählt. Er wird uns nicht verlassen, denn was er mit der einen Hand losläßt, fängt er mit der anderen wieder auf.«

Das Reich von Granada dehnt sich zehn Tagesreisen von Osten nach Westen aus, acht Tagesreisen von Norden nach Süden und zwei von der Alhambra bis zum Meer. Am zweiten Tag nach dem Aufbruch von unserem Heim gelangten wir zum Hafen von Almería. Dort erwartete uns bereits ein Schiff. Yusuf verteilte nach allen Seiten Dirhams sowie Goldmünzen an die christlichen Soldaten, um die erforderliche Erlaubnis zur Abreise zu erlangen. Nach zahllosen Verhandlungen konnten wir uns endlich einschiffen. Wie sehr blutete mein Herz, als ich das so geliebte Antlitz in Tränen gebadet sah, während wir uns immer weiter von der Küste von al-Andalus entfernten! Wie sehr litt Yusuf darunter, sich von seinem geliebten Land zu trennen, in dem er seine Eltern und Großeltern begraben hatte, in dem er selbst geboren und zum Manne geworden war, gearbeitet, sich des Lebens erfreut und gebetet hatte!

Als wir das Festland hinter uns zurückließen, rezitierte mein Mann einige Suren aus dem Koran sowie jenen Vers eines Dichters aus Granada:

> Und so hielten wir inne, an jenem Morgen des Abschieds von diesem Land, das einmal das meine war, das Herz erstarrt vor Kummer.

Doch trotz allem Schmerz, wie anders war diese Reise doch für mich! Das Meer lag die ganze Zeit über still da, ein sanftes Lüftchen wehte, und zum ersten Mal in meinem Leben kannte ich den Ort, an den wir reisten, und ich brach mit jener Heiterkeit zu ihm auf, die einem die Liebe gewährt und das Wissen, daß man geborgen und nicht allein ist. Yusuf und ich verbrachten die Überfahrt auf dem Deck an der frischen Luft, kauten Ingwer gegen die Seekrankheit, während er von Granada sprach und sich seine Kindheit und seine Mutter ins Gedächtnis rief.

Wir gingen in Melilla an Land, nachdem wir bereits seit einigen Stunden die Umrisse der afrikanischen Küste vor Augen gehabt hatten. Dort warteten wir auf die Karawane, mit der wir uns auf den Weg machen wollten, um vor Räubern und Mördern sicher zu sein, die in diesen Landstrichen ihr Unwesen trieben.

Zehn Tagesreisen dauerte die Durchquerung des Königreiches Fes in Hitze und Staub. Wir bewegten uns auf Maultieren fort und schliefen unter offenem Sternenhimmel. Das Gold wog schwer an meinem Körper, aber ich ließ nicht das geringste Zeichen der Beschwerlichkeit erkennen. Yusufs Trauer wog schwerer für mich als das Metall. Eines Nachts sagte ich zu ihm: »Es steht geschrieben, daß man nicht den Glauben verlieren darf, sondern sich dem Willen Allahs fügen soll. Ich bitte den Allmächtigen nicht darum, mich von der Not zu erlösen, sondern von der Verzweiflung.« Da sah ich ihn zum ersten Mal, seit wir Granada verlassen hatten, lächeln.

Und schließlich gelangten wir eines Morgens zu den sandfarbenen Mauern der Stadt Idris, Fes, der Heiligen. Wir hatten unseren Bestimmungsort erreicht. Unsere Herzen schwollen vor Freude, als wir die Stimmen der Muezzins hörten, die von den weißen Minaretten herab psalmodierten, welche überall in den blauen Himmel ragten. Dieser Ruf zum Gebet, der wieder von einem geordneten Ablauf der Zeit zeugte, die den ganzen Weg über einfach so dahingeflossen war, gab uns das Gefühl, wieder zu Hause zu sein.

Verwandte von meinem Mann empfingen uns mit offenen Armen in ihrem großen Haus aus Stein. »Salam aleikum, der Friede sei mit euch, seid uns willkommen!« sagten sie, während sie uns den maurischen Gruß entboten, indem sie ihre Hand auf Brust, Mund und Stirn legten, um uns zu offenbaren, daß ihre Worte und Gedanken mit uns waren. Großzügig gaben sie uns geräumige Zimmer als Quartier und wiesen uns Dienstboten zu, die uns gewissenhaft selbst den kleinsten Wunsch von den Lippen ablesen sollten.

So nahm das Leben wieder seinen gewohnten Gang auf, nämlich den des Alltags. Wir verbrachten unsere Tage mit Beten, fürstlichen Mahlzeiten und Gesprächen. Bald hatte ich die Bräuche erlernt und übernahm die Arbeiten, die mir aufgetragen wurden. An den vorgeschriebenen Tagen und zur angegebenen Stunde, in der ein Seil quer vor dem Eingang anzeigte, daß die Reihe nun an uns war, besuchte ich zusammen mit den Frauen den Hammam. Sie lehrten mich, Kuskus zuzubereiten und zu essen sowie Ftat und andere, vielfältige und reichhaltige Gerichte, so daß sich mein Körper wieder rundete und ich neue Kleider für ihn anfertigen mußte, wie sie in der Stadt gebräuchlich waren: weite Hosen und wallende Schleier. Vor allen Dingen war ich jedoch darum bemüht, Yusuf Aufmerksamkeit und Zärtlichkeit zu schenken, und viel Zeit verbrachte ich mit Gebeten, um den Allmächtigen darum zu bitten, mir einen Sohn zu schenken, der meinen Mann wieder glücklich machen würde.

Aber es stand im Buch des Schicksals geschrieben, daß mein Mann dieses Glücks nicht teilhaftig werden und niemals mehr, seit unserer Ankunft in diesem Land, der gleiche werden sollte, der er zuvor gewesen war. Eine tiefe Traurigkeit hatte sich in sein Gesicht gegraben. Er verbrachte die Abende auf der Terrasse und sprach zu seinen Besuchern von Andalusien. Aufmerksam folgten sie den Berichten von jenseits des Meeres und nahmen die Auswanderer auf, die mit angsterfüllten Augen und grauenerregenden Geschichten angekommen waren. Einige sprachen von den immer drückenderen Steuern, andere wieder erzählten, daß die Christen sie dazu gezwungen hätten, ihren Glauben anzunehmen, und sie dann als Neubekehrte mißhandelt hätten. Yusufs Körper, der früher so kräftig und aufrecht gewesen war, wurde mager vor Heimweh und Zorn, und er, dem sonst die Worte nur so entströmt waren, von denen er selbst mehr besessen hatte als Reichtümer, da die Gabe der Beredsamkeit sein ganzer Stolz gewesen war, verharrte nun ganze Stunden in Schweigen oder sagte mir, er sei von einer abgrundtiefen Müdigkeit und der Lasten des Lebens überdrüssig.

Und eines Tages bekam er Fieber, das kein Arzt zu heilen wußte, nicht einmal die berühmten jüdischen Ärzte, die in Kairuan studiert hatten. Obwohl ich mich bis auf den letzten Buchstaben nach den Behandlungsweisen richtete, die sie verschrieben, wie Aderlaß und heiße Breiumschläge, Arzneitränke und andere Mittel, so verschlechterte sich sein Zustand doch bedenklich. Wie viele Tage lagen zwischen meinem Lachen als Ehefrau und meinen Klagen als Witwe? Ich weiß es nicht. Auch weiß ich nicht, wann sie Yusuf begruben noch wer mich für die Trauer in Weiß kleidete und ebensowenig wie ich mir die Kleider aus Trauer vom Leib riß oder wie lange ich am Boden lag und bis ans Ende meiner Kräfte weinte. »Es gibt eine Zeit zu weinen«, hatte meine Mutter vor vielen Jahren zu mir gesagt, »laß uns also weinen, wenn diese Zeit gekommen ist.«

Immer wieder kam mir jenes Gedicht in den Sinn, das Yusuf mich gelehrt hatte: »Denn hat dich die Liebe ereilt, hast du mit ihr getrunken und gespielt und wurdest von ihr gequält, was kann danach noch kommen?« Wehe mir, was für Qualen, was für ein Schmerz, der jeden Tag ohne ihn anwuchs und immer unerträglicher wurde! Was sollte ich ohne Yusufs Augen beginnen, ohne seine Stimme, ohne seine Liebkosungen und ohne seine Worte? Was anfangen mit diesem Stein, der auf meine Brust drückte? Warum bestand Allah darauf, mir das Leben beschwerlich zu machen? Wie war es möglich, daß trotz all meines Gehorsams und meiner Demut der Allmächtige nicht Mitleid mit mir hatte?

Inbrünstig bat ich ihn darum, auch mich zu sich zu rufen, doch ist Er es, der die Zeit eines jeden bemißt. Was sich begibt, ist bereits festgeschrieben, und es stand geschrieben, daß dies mein Leben war. Ebenso stand es geschrieben, daß ich eines Morgens zufällig mitanhören sollte, wie die Verwandten mit dem Kadi über mich sprachen und sich fragten, was sie mit mir anfangen sollten und was mit dem Erbe meines Mannes zu tun sei. »Das Gesetz sieht für jeden Fall eine Lösung vor«, sagte der Richter, »man muß mit ihr verfahren, wie es einer Witwe gebührt, die der Familie keine Kinder geschenkt hat.«

In dieser Nacht hatte ich einen bösen Traum. Ich sah mich mit verunstaltetem Gesicht, wie es dem Schicksal der Witwen in meinem Land entsprach, und obwohl ich beim Erwachen dreimal auf den Boden spie, konnte ich mich nicht beruhigen. Ich verspürte Angst. Von neuem stand ich allein in der Welt und ohne die Mittel, um zu überleben, denn all das Gold, das wir von Granada herübergebracht hatten, war dem Vorsteher des Hauses in Gewahrsam gegeben worden.

Eines Tages, als das Haus in größtem Schweigen lag, da es die Stunde der drückendsten Hitze war, handelte die ältere Schwester. Sie suchte mich in dem Gemach auf, das ich bis vor einigen Tagen noch mit Yusuf geteilt hatte, führte mich mit sich durch Zimmer und Gänge, blieb vor dem großen Eingangsportal stehen, öffnete es mit Hilfe von zwei Dienstboten und stieß mich auf die Straße: »Der Herr hat es dir versagt, zu gebären, dein Mann ist verstorben, es wird schon einen Grund dafür geben, daß so viel Unglück über dich kommt. Es steht geschrieben, daß jede Frau einen männlichen Hüter haben muß, Vater, Sohn oder Ehemann, und du besitzt nichts davon, und wir haben keinerlei Pflichten dir gegenüber.«

Es war Mittagszeit, und alles in Fes, der Heiligen, hatte innegehalten, um zu beten. Ich wanderte, wanderte durch die neue Stadt, die mir unbekannt war, so wie mir alle Städte unbekannt gewesen sind, in denen ich, immer eingesperrt, mein Leben verbracht habe. Ich ging durch die Straßen mit ihren Palästen, Gärten und Höfen, die alle verschlossen waren, und gelangte schließlich zur Altstadt mit ihren Gäßchen. Sobald der Abend nahte, füllten sich diese mit Menschen, Gerüchen und Lärm, mit Kindern und Bettlern. Ich kam am großen Platz vorbei, an der großen Moschee, an den Madrassa-Schulen sowie an den Häusern der Ehrwürdigen, ohne einmal innezuhalten. Dann befand ich mich auf einmal auf dem Markt und lief durch die Bazare der Kunsthandwerker, der Schuhmacher, der Milchhändler, der Goldschmiede und der Juweliere, ging weiter durch den Suk der Blumen, der Seide und der Duftwasser und durch Markthallen, die voll von Waren aller Art waren, Stoffen und Pantoffeln, Büchern, Gemüsen und Gewürze, Oliven und Käse.

Allmählich führte mich mein Weg weg von der Stadtmitte, ohne daß ich gewußt hätte, ob ich mich in Richtung des Tors an der Brücke oder des Tors an den Quellen bewegte. Ich verspürte Durst, während ich an frischgefärbter Wolle vorbeikam, die ihre schillernden Farben zu Boden tropfen ließ, sowie am Fluß, wo die Gerber in grauenvollem Gestank das Leder wuschen und trocknen ließen.

Wie lange war ich schon umhergewandert? Wo befand ich mich? Ich wußte es nicht. Ich verspürte unermeßliche Müdigkeit, als wären Jahrhunderte vergangen, seit ich das Haus aus Stein verlassen hatte, und in meiner Erinnerung konnte ich nur undeutlich das Bild von meiner Mutter und meinem Mann ausmachen, mögen sie nun an Allahs Seite sitzen.

Was kann eine Frau anderes tun, als weiterzuschreiten, während Allah über ihr Leben entscheidet? Allein Er, gepriesen sei Er, weiß, wozu die Dinge geschehen. Das Leben des Gläubigen gleicht dem der Ähren, denn diese beutelt unaufhörlich der Wind, während der Gläubige ohne Unterlaß von Schicksalsschlägen heimgesucht wird.

Die Sonne war schon lange hinter dem Horizont versunken, als ich stehenblieb und mich zu Boden fallen ließ. Keinen einzigen Schritt mehr konnte ich tun.

Als ich wieder erwachte, ruhte ich auf einer Matte in einer offensichtlich sehr ärmlichen Hütte. Durch die Ritzen des Holzdachs schimmerte das Tageslicht, und ein tiefblauer Himmel war zu sehen. Unzählige Amulette bedeckten meinen Körper, und die Zunge in meinem Mund klebte trocken am Gaumen. »Du bist krank gewesen, viele Tage und Nächte lang hast du dich im Fieber gewälzt, doch wie sich nun zeigt, ist für dich noch nicht die Stunde des Scheidens gekommen«, vernahm ich eine Stimme.

Ich wandte den Kopf zur Seite. Der da sprach, war ein Mann, so schwarz und groß, daß ich glaubte, ich befände mich in der Hölle im Angesicht eines bösen Geistes.

»Woher stammst du? Wie heißt du?« fragte mich der

Dschinn in holprigem Arabisch. Nur unter großen Mühen richtete ich mich auf und sprach:

»Ich komme von weit her, ich weiß nicht, wie ich hierher gelangt bin, doch stehe ich allein und mittellos in der Welt, denn ich bin Witwe, zweifache Witwe, ein Stand, der zu den zwei von Gott am meisten verabscheuten zählt. Und ich habe keinerlei Zukunft vor mir.«

»Ich bin Antar«, erwidertet er, »ich komme aus Timbuktu, der geheimnisvollen Stadt im Land der Schwarzen, das sich am anderen Ende der Wüste befindet.«

»Oh Allmächtiger«, sagte ich voll Gram, »du stammst doch wohl nicht von jenen Berberstämmen, den Söhnen Goliaths, die der Prophet, gepriesen sei er, für das furchterregendste Volk auf Erden hielt?«

»Nein, Weib«, entgegnete er, »das sind die Nomaden dieser Wüste, die im Winter die eisigen Hochebenen durchqueren, um in den Bergpässen Wärme zu suchen. Ich dagegen komme aus unbekannten Landen, aus Burr Adjam. Ich bin ein Sklave, und man hat mir aufgetragen, mich um dich zu sorgen und dir zu sagen, daß du hier leben kannst, wenn du bereit bist zu arbeiten.«

Wir befanden uns vor den Toren der Stadt, am Fuße der Dünen. Was für eine Erregung ergriff Besitz von mir, beim Gedanken an den grenzenlosen Raum, der sich dort vor mir ausbreitete, an meine geliebte Wüste mit ihrem weißen Sand! Die Landschaft meiner Jugendzeit wiederzusehen!

Mehrere Tage nahm es in Anspruch, bis ich meine Kräfte wieder gesammelt hatte. Antar brachte mir Essen und half mir beim Wassertrinken. Am Morgen erleuchtete die Sonne die Palmen, und als sie im Zenit stand, stieg eine starke Hitze auf. Bei Nacht begann der Mond im Osten seinen Aufstieg, und die Schatten waren lang.

In dem Haus wohnten mehrere Frauen, die sich der einzigen Arbeit widmeten, durch die jene überleben konnten, die allein in der Welt standen: den Männern Lust zu bereiten. Es gab dort zwei Negerinnen vom anderen Ende der Wüste, zwei Jüdinnen, gebürtig aus dem Königreich Fes, ein blutjunges Mädchen, das wie eine Beduinenfrau aussah, und Hafsia, die Gebieterin der Stätte. Am Abend, wenn wir zum Gespräch zusammentrafen, erläuterten sie mir, wie ich meine Arbeit zu verrichten hatte, und erzählten mir ihre Geschichten, die so traurig waren wie die meine. Eine von ihnen war schon früh verwaist und hatte niemals jemanden gehabt, der sich um sie gekümmert hätte. Sie hieß Rajil und war recht stolz. Eine andere war von zu Hause geflohen, weil ihr Mann sie erbarmungslos geschlagen hatte. Eine weitere war von dem ihren verstoßen worden. Sie sagte, es sei besser, Witwe zu sein, als dreimal die Worte der Verstoßung gehört zu haben: »Inti talika«.

Eine der Negerinnen war von Europäern hierhergebracht worden, die sie auf einem Sklavenmarkt gekauft und sich dann ihrer bedient und sie mißhandelt hatten, um sie daraufhin ihrem Schicksal zu überlassen. Die andere kam von einem Stamm, dem es schon von Anbeginn an bestimmt gewesen war, diesen Beruf auszuüben. Nur die Hausherrin hüllte sich in Schweigen über ihre Vergangenheit, und wenn sie sprach, dann erzählte sie nur von ihrem einzigen Sohn, der fortgegangen war, ohne jemals wieder etwas von sich hören zu lassen.

Auch ich erzählte ihnen von meinem Schicksal, sprach von meinen drei Männern und meiner zweimaligen Witwenschaft, von meinen Reisen und meinen Häusern. »Zweimal war das Glück mit dir. Der Wert eines Mannes bemißt sich nach seiner Zunge und seinem Herzen«, sagte mir Hafsia, als ich meine Geschichte beendet hatte.

Das Fleisch der Hausherrin war welk, und sie neigte zu Zornesausbrüchen, doch wußte sie zu gebieten und besaß ein gutes Herz. Dank ihrer gab es keine Feindseligkeiten und Ränke zwischen uns, und wir bildeten eine große Familie. Aus ihrem Munde hörte ich erneut jene herrlichen Liebeskantilenen, die mich schon immer bezaubert hatten.

Den Tag verbrachten wir im Müßiggang, auf der Flucht vor Hitze und Schmutz der Vorstadt, eine alte Moriskin wartete uns auf, wir tranken Tee und lauschten Antar, der die Santhurzither spielte und Chorfas dazu sang. Nachts gingen wir aus, um zu arbeiten. Einige von uns trugen Kaftane, andere die herkömmliche Tracht ihrer Stämme. Mir wiesen sie eine weite Hose zu, eine bunte Weste und ein paar weiße Schuhe mit sehr hohen Absätzen. Mein Haar ließen sie offen herunterfallen und färbten es mit Henna, um die weißen Spuren meines Kummers zu verdecken, und um meinen Hals banden sie als Schmuck mehrere Tücher. Sie bemalten mich mit Kohlefarben, um meine Augen noch größer und strahlender erscheinen zu lassen, und behängten mich mit Armreifen, Bändern und Ketten, die bei jeder Bewegung klimperten. Und zu guter Letzt besprühten sie mich überreichlich mit Duftwassern.

Jede Nacht machten wir uns zu der Straße auf, in der sich die Kaffeehäuser befanden, mit all den Männern, die Wein tranken. Es waren Räume mit niedrigen Decken und Lehmboden, in denen Orchester mit blinden Musikern auf der Ud-Laute, der Garbe, der Rebabgeige und dem Bendir aufspielten, während eine am Boden kauernde Frau in die Hände klatschte und den Takt angab, in dem andere Frauen sangen oder tanzten. Auf Holzbänken neben der Tür warteten wir darauf, daß die Männer uns zu sich riefen, und dann suchten wir mit ihnen die kahlen Kammern auf, die sich jeweils hinter diesen Stätten befanden.

Viele Dinge mußte ich in meinem neuen Leben erlernen: Wahrsagen und Hexen, Liebestränke und andere Gebräue zuzubereiten, unzüchtige Worte im Munde zu führen und zu schimpfen, ohne zu fluchen, die Betrunkenen zu schlagen und mich nicht selbst schlagen zu lassen. Aber als Wichtigstes lernte ich, mich den Männern hinzugeben, was mir Muhammed so hartnäckig versagt und was mich Yusuf mit so viel Zärtlichkeit und Liebe hatte erfahren lassen. Meine Schwestern brachten mir bei, mich zu bewegen, wann es angebracht war, um besondere Lust zu bereiten und in den Männern das Ichk, die Liebesleidenschaft, zu erwecken, aber sie lehrten mich auch, wie ich es verhindern konnte, daß sie in meinem Leibe zu Ende kamen. Und ich lernte, was eine gute muselmanische Frau wissen muß: mir auf die Lippen zu beißen, wenn ich Lust dabei empfand, um den Mann nicht mit meinem Stöhnen zu belästigen.

Mehrere Jahre verbrachte ich auf diese Weise. Ich sah, wie Rajil sich verliebte und dahinwelkte, während sie auf einen weißen Mann wartete, der ihr Versprechungen gemacht hatte und nie zurückgekehrt war. Ich sah, wie Hafsia alt wurde, ohne daß ihr Sohn jemals wieder nach Hause gekommen wäre, und ich sah, wie der Schwarze Antar dem Wahnsinn anheimfiel, sich in die Wüste aufmachte und seine Musik mit sich fortnahm.

In einem besonders frostigen Winter wurde ich krank und begann, große Müdigkeit und Schwäche zu verspüren. Ich mußte das Bett hüten und konnte nicht ausgehen. Dann begann ich zu husten, und aus meinem Mund quollen Tropfen von Blut, die auf die Matte fielen. Da wußte ich, daß Allah nun endlich beschlossen hatte, mich zu sich zu nehmen, denn nur Er hat die Macht und die Kraft, dies zu tun, gepriesen sei Er. Das Atmen wurde mir immer beschwerlicher, und in meinem unruhigen Schlaf sehnte ich mich nach der frischen Luft von Taif, der reinen Luft der Wüste und der wohlriechenden Luft Granadas.

Ich gedachte meines Lebens, in dem ich manch glückliche Tage verlebt hatte und manche voller Leiden. Ich rief mir meine Mutter ins Gedächtnis und meine Ehemänner, möge der Erzengel sie durch die sieben Himmel hindurch vor Gottes Antlitz geführt haben. Allah, der Barmherzige, hat es so gewollt, daß ich von den Meinen entfernt werden sollte, um mich in die Obhut von Männern zu begeben, die Er selbst mir wieder rauben sollte. Einmal war ich arm und dann wieder mit Juwelen behängt, um daraufhin wieder von neuem in Armut zu fallen. Ich wurde in einer Oase geboren, habe mit den Arabern der menschenleeren Lande in der Wüste gehaust und wurde zu den drei prächtigsten Städten geführt, die menschliche Hände erbaut haben, auch wenn meine Augen kaum etwas von ihnen erblickt haben. Und die Liebe ist mir zuteil geworden, jedoch nie ein Sohn, an dem ich mich hätte erfreuen können und der sich im Alter um mich gesorgt hätte. Statt dessen mußte ich mit einer harten, mühseligen Arbeit mein Leben fristen. Und jetzt war ich am Ende angelangt, und hier lag ich nun, verlassen und krank, dies ist der Wille des Schöpfers, denn wir sind alle in Seinen Händen, und nur Er weiß, warum die Dinge geschehen. Für mich wird bald alles ein Ende haben, und dafür danke ich, denn ich bin bereit, den Garten der jenseitigen Welt zu betreten.

Ich habe meine Schwestern darum gebeten, mir den Rosenkranz mit den hundert Perlen zu bringen, und weihe meine letzten Augenblicke der Aufgabe, sie alle abzubeten und die Bezeichnungen Gottes aufzusagen: der Einzige, der Weise, der Großmütige, der Schöpfer, der Richter, und bin ich bei der letzten angelangt, spreche ich seinen gesegneten Namen aus und beginne von neuem. Ich habe den anderen das Versprechen abgenommen, meinen Körper zu waschen und ihn in ein Kefen zu schlagen, damit sie mich dann in den Sand dieser südlichen Lande betten können, das Gesicht in Richtung Osten gewandt. Dort werde ich den Tag des Jüngsten Gerichts erwarten, wie die letzte Sure des Heiligen Korans sagt: »Allah wird der Richter sein am Tag der Auferstehung, denn Sein ist das Himmelsreich und die Erde und alles, was darin ist.«

Im Namen Allahs, des Erbarmers, des Barmherzigen, dies wäre meine Geschichte gewesen, wenn ich als eine demütige Frau geboren worden wäre, die sich in ihr Schicksal fügt.

II

Die Zeit unserer Leidenschaften

Meine Frau ist gar nicht wiederzuerkennen, sie ist so wie früher und doch ganz anders. Den lieben, langen Tag putzt sie wieder und räumt auf, und es scheint sogar, sie hätte Spaß daran. Das ganze Haus ist voll von Blumen und Süßigkeiten, und sie kocht merkwürdige, aber äußerst schmackhafte Gerichte, Hackfleisch mit Weizen und Minze, Gurken in Sauermilchcreme, Feigen in Honig und so was, wir werden noch alle dick und fett werden, ich wiege ohnehin bereits zehn Kilo zu viel, mein Chef sagt schon, ich müßte Sport treiben, aber ich wüßte nicht wann, ich bin doch den ganzen Tag über im Büro.

Nun gut, wie gesagt, sie benimmt sich irgendwie komisch, denn wenn sie auch dasselbe tut wie vor ihrer Depression, verhält sie sich doch anders, so dienstfertig, zu allem sagt sie ja und blickt dann sogar zu Boden, wenn ich mit ihr spreche, also ich bitte Sie, so als wäre sie eine Sklavin, an die ihr Gebieter das Wort richtet. Auf einmal malt sie sich die Augen schwarz an, als wäre sie geschlagen worden und hätte nun zwei große Veilchen im Gesicht, und sie schmiert sich plötzlich Körper und Haare mit Ölen ein, sie nennt sie »Essenzen«, aber es ist nichts weiter als Fett, das riesige Flecke auf Laken und Kissen hinterläßt. Sie zieht schlapprige Hosen an, wie im Film, in *Aladin und die Wunderlampe* oder *Meine zauberhafte Hexe*, sie sieht wie eine Zwiebel aus, so viele Stofflagen trägt sie am Leib, sie läuft ständig herum, als wäre sie zu einem Kostümfest eingeladen. Aber das Schlimmste ist, daß sie so entsetzlich nach Parfum riecht, daß einem schon übel dabei wird.

Nachts schmiegt sie sich dann an mich und nennt mich bei irgendwelchen Kosenamen: mein Morgen, mein Wüstengestirn, mein Jasminduft, weiß Gott, wo sie das wohl her hat, vielleicht aus dem Fernsehen oder aus so einem Buch über die Araber, das sie sich gekauft hat, also ich bitte Sie, was hat sie denn mit den Arabern zu schaffen, frage ich mich, wieso vertrödelt sie ihre Zeit mit Lesen? Natürlich, wenn das Lesen zu ihrer Heilung beiträgt, soll sie doch lesen, ich hab' nichts dagegen. In der Tat ist es mir so lieber, als wenn sie so traurig ist. Jetzt ist sie sanft und zärtlich, mehr als je zuvor, vielleicht allzusehr, manchmal wirkt sie richtig aufdringlich. Nun gut, ich bin gekommen, um Ihnen für Ihre Hilfe zu danken, als mein Chef mich an Sie verwiesen hat, na, da hab' ich nicht allzuviel drauf gegeben, ich habe den Termin nur ausgemacht, um nichts unversucht zu lassen, meine Tochter ist richtig wütend geworden, sie hat gesagt, es sei eine Schande, zu einer Psychiaterin zu gehen, wir wären doch nicht verrückt, aber ich gebe zu, daß es doch etwas gebracht hat, jetzt können wir wieder in Ruhe leben, alles ist wieder normal.

Ich bin wütend, richtig wütend. Da bin ich nun liebevoll und gehorsam, arbeite ohne Unterlaß, ohne ein Wort der Klage und lese meinen Leuten ihre Wünsche von den Lippen ab. Ich bin die ideale Frau, immer willig und entgegenkommend, wie die Frauen in den Büchern, und was hab' ich nun davon? Ich werde es ihnen sagen: Sie sind begeistert, natürlich, wie auch nicht, und sie wissen auch gleich, wie sie es ausnutzen können, bring mir dies, koch mir jenes, ich habe Durst, geh ans Telefon! Sie haben das als ganz selbstverständlich hingenommen, daß ich ihnen zu Diensten bin!

Aber das wäre gar nicht so schlimm, wenn auch sie sich wenigstens ein bißchen zärtlich und leidenschaftlich benehmen würden, wie die Figuren in den Büchern, aber nein, ich habe zwar einen guten Mann, ich will nicht das Gegenteil behaupten, aber so was von unsensibel, nie macht er mir irgendeine kleine Freude, nie bringt er mir mal ein Geschenk mit, es muß ja nicht teuer sein, nur irgendwas, um mir zu zeigen, daß ich ihm etwas bedeute, er hat kein nettes Wort für mich übrig, und nie fällt ihm mal etwas Besonderes für mich ein. Er kommt müde nach Hause, setzt sich unverzüglich zum Essen an den Tisch, schaut ein bißchen fern und schläft dann wie ein Stein. Und in der Frühe, nicht mal ein »Guten Morgen«, immer in Eile, und schlechtgelaunt läuft er aus dem Haus und läßt die schmutzige Wäsche vom Vortag verstreut auf dem Boden liegen. Wenn er mal etwas von sich gibt, dann sind es Klagen über seine Arbeit oder über das Geld, das nie reicht. Und meine Kinder, die habe ich so verhätschelt, daß es ihnen als ganz selbstverständlich erscheint, daß das Essen auf dem Tisch steht, daß immer neues Toilettenpapier und saubere Socken da sind. Bei nichts gehen sie mir zur Hand, nie fragen sie mich etwas, was mich betrifft, ich bin nur dafür gut, meine Arbeit ordentlich zu erledigen. Und wo bleiben die Poesie, die Liebe, die schönen Worte? Nichts als Schwindel, die gibt es in der Wirklichkeit gar nicht, sondern nur in den Büchern.

Sie hätten sehen sollen, wie furchtbar es bei mir zu Hause aussah, als ich einmal ein paar Tage krank gewesen bin, eine ganze Woche lag ich im Bett und schlief die ganze Zeit wegen all der Medikamente, die man mir verschrieben hatte. Meine Leute waren in einem Zustand, daß meine Schwiegermutter gekommen ist, um eine Weile bei uns zu wohnen, damit nicht der ganze Haushalt zusammenbrach. Und das Schlimmste ist, daß ich mich schuldig fühlte, weil ich die Ordnung durcheinandergebracht hatte! Also habe ich eine Dummheit begangen: Als ich gerade mal aufstehen konnte und noch ganz schwach war, da habe ich ihnen etwas ganz Besonderes zu essen gemacht, als wollte ich sie um Entschuldigung bitten, weil ich sie im Stich gelassen hatte. Das machte das Ganze aber nur noch schlimmer, denn am Abend bin ich vor Anstrengung umgefallen und mußte mich beinahe noch eine ganze Woche ins Bett legen, und diesmal war keine Schwiegermutter mehr da. Es war entsetzlich, sie fingen an, mir unterschwellig Trägheit vorzuwerfen, indem sie mich fragten, ob die Krankheit denn wirklich so schlimm sei und Ähnliches. Und niemand hat auch nur einen Teller oder eine Unterhose gewaschen, niemand hat einmal gewischt, so daß ich mich, als es mir dann wieder besser ging, vor einem riesigen Berg Arbeit wiederfand, und da ist mir klar geworden, was ich falsch gemacht hatte, und ich wurde wütend, richtig wütend.

Und ich werde Ihnen etwas sagen: Ich bin immer noch zornig. Niemals werde ich wieder so entgegenkommend sein, ich werde es nicht mehr zulassen, daß sie mich so behandeln, die Unterwürfigkeit führt zu nichts, das können sie mir glauben. Je mehr man den anderen gibt, desto mehr fordern sie von einem; je liebenswürdiger man ist, desto schlechter wird man behandelt, was hat das also für einen Sinn?

Neulich bin ich an der Buchhandlung vorbeikommen, und der Inhaber lehnte gerade in der Tür. Wie geht es Ihnen, fragte er, habe Sie lange nicht gesehen, ich hoffe, meine Empfehlung vom letzten Mal hat Ihnen gefallen. Und wie, sagte ich ihm, ich bin Ihnen wirklich dankbar, ich habe wunderbare Stunden mit der Lektüre verbracht und sogar arabisch kochen gelernt. Das brachte ihn zum Lachen, sagen Sie bloß nicht, Sie gehören zu den Leuten, die alles glauben, was in den Büchern steht, und dann fragte er mich, ob ich nicht wieder etwas zum Lesen mitnehmen wollte. Aber ich habe doch keine Zeit, antwortete ich, dumm wie immer, ich bin sicher, er hat mir keine Silbe geglaubt, die Langeweile steht mir doch im Gesicht geschrieben.

Es macht nichts, wenn Sie nur langsam vorankommen, entgegnete er, es besteht keine Grund zur Eile, aber Sie sollten weiterlesen. Und ohne noch mehr Worte zu verlieren, zog er ein paar Romane hervor, russische aus dem letzten Jahrhundert. Ich hatte kein Geld bei mir, aber er versicherte mir, daß das nicht weiter schlimm sei, öffnete ein Heft, notierte meinen Namen und Adresse und ließ mich unterschreiben. Man sieht doch gleich, daß Sie eine vertrauenswürdige Person sind, zahlen Sie, wann Sie können.

Ganz aufgewühlt verließ ich seinen Laden, der bloße Gedanke daran erregte mich, wieder auf meinem Bett zu liegen, wie jenes erste Mal, und mir ein anderes Leben zu erträumen. Eilig erledigte ich meine Einkäufe und meine Arbeiten im Haus, denn ich konnte es gar nicht mehr erwarten, mit der Lektüre zu beginnen. Aber an jenem Tag kam ich nicht dazu, weil mein Mädchen mit Bauchschmerzen nach Hause kam, und ich mußte zur Apotheke gehen, um Medikamente zu holen, und ihr eine Fleischbrühe mit Zwieback machen. Dann kamen schon die anderen heim, und der Tag war vorüber.

Aber am nächsten Morgen zählte ich schon die Minuten, bis ich endlich mit dem Lesen anfangen konnte, und wollte alle so schnell wie möglich aus dem Haus haben. Als ich hörte, wie die Tür zufiel, sonst immer ein Augenblick, in dem tiefe Traurigkeit in mir aufkommt, weil ich ganz allein zu Hause bleibe, verspürte ich nun zum ersten Mal wahrhaftig Erleichterung. Ich rannte in mein Zimmer, warf mich aufs Bett, packte das Buch aus und begann zu lesen. Unglaublich, was das für Geschichten sind! Ich weiß nicht, ob Sie sie kennen, aber sie sind wunderschön, ich war zutiefst beeindruckt davon, wie leidenschaftlich diese Leute waren, wie sie sich liebten, wie sie die Natur liebten, wie sie sich der Musik und der Dichtung hingaben, die sie bis in die Tiefen ihrer Seelen erschütterten.

Ich war so gefangengenommen, daß ich gar nicht merkte, wie die Zeit verging. Auf einmal blickte ich auf die Uhr und bekam einen Riesenschreck. So sehr ich mir auch geschworen hatte, nicht mehr so diensteifrig zu sein, konnte ich doch nicht einfach das Kochen einstellen, sie kommen doch müde und hungrig nach Hause, die Armen. Also lief ich kreuz und quer durch die Wohnung, räumte auf, so gut ich konnte, fegte den Schmutz dahin, wo ihn keiner sah, und zauberte aus allen Speiseresten irgendein Gericht. Und als meine Leute dann nach Hause kamem, merkten sie zwar, daß irgend etwas nicht stimmte, aber sie sagten nichts, weil zum Glück alles noch einmal gut gegangen war.

Wieviel besser hatten es doch die russischen Damen, die alle Zeit der Welt für sich hatten! Das hatte natürlich damit zu tun, daß sie sehr reich waren, riesige Häuser hatten, Besitzerinnen von ausgedehnten Landgütern waren und ihnen Scharen von Dienstboten zur Verfügung standen, so daß sie nichts anderes zu tun hatten, als zu lesen, sich zu verlieben, Klavier zu spielen, zu schwärmen. Ach, wie gerne hätte ich so ein Leben geführt! Ich bin überzeugt davon, daß sich das Glück von selbst einstellt, wenn man reich ist, so richtig reich, in ganz großem Maßstab, reich genug, um es sich leisten zu können, alle seine Leidenschaften auszuleben.

Ich stelle mir vor, wie mein Leben aussehen würde, wenn ich in Rußland zur Welt gekommen wäre, in dem Jahr, in dem der Zar Paul starb und sein Sohn den Thron bestieg, der Enkel von Katharina der Großen, der heroische, romantische Kaiser Alexander I.

Meine Eltern wären Besitzer von gewaltigen Ländereien in der fruchtbaren ukrainischen Steppe gewesen und Gebieter von Tausenden von Knechten, deren Zahl beständig anwuchs, dank des kaiserlichen Erlasses, der die Bäuerinnen dazu verpflichtete, regelmäßig zu gebären, um dem Vaterland die Soldaten zu schenken, die es so sehr brauchte, da es immer irgendwelche Schlachten zu schlagen gab.

Unser Landgut lag drei Tagesreisen von der altehrwürdigen Stadt Kiew entfernt, der ersten Hauptstadt des Kaiserreiches. Es wurde vom mächtigen Dnjepr bewässert, und dank seines Wassers und der fruchtbaren, schwarzen Erde schossen, so weit das Auge reichte, goldene Weizen-, Hafer-, Roggen- und Gerstenähren in die Höhe, denn in diesen Ebenen wuchs das beste und reichhaltigste Korn. Und jenseits der Äcker schlossen sich dunkle Wälder an, in denen dicht an dicht Birken und Pappeln standen, und neben Linden mit schneeweißen Stämmen erhoben sich Ulmen und Haselnußsträucher mit rabenschwarzen Stämmen, und in ihnen konnte man herrlich das beste Wild und alle Arten von Vögeln jagen. Hier und da waren kleine Bauerndörfer zu sehen, mit ihren Isbas aus Baumstämmen und Strohdächern, in denen die Mujiks mit ihren Familien wohnten, zu denen Greise mit zerfurchten Gesichtern und langen Bärten gehörten, sowie Frauen mit bunten Kopftüchern und Scharen von barfüßigen, halbnackten Kindern. In einem jener Dörfer stand eine kleine, doch bildschöne Kirche, mit einem Altar voll goldener Ikonen, dic von dem immerwährenden Licht der Kerzen erleuchtet wurden.

Unser Haus ruhte stattlich in einem weitläufigen, gepflegten Park, den ein Teppich aus weichem, kurzgeschorenen Gras überzog, dicht besprenkelt mit Blumen in allen Farben. Es war ein Herrenhaus mit drei Stockwerken, dicken, weißen Mauern, übersät mit unzähligen Holzfenstern sowie mit stolzen Säulen, zwischen denen sich ein mächtiges Portal öffnete. Im Erdgeschoß befanden sich Wohnzimmer, Empfangssäle und Speisezimmer in allen Größen, für jeden Anlaß eines, sowie die Küchen und der Anrichteraum, wo von frühmorgens bis spätnachts immer ein reges Schaffen war. Im ersten Stock befanden sich die Gemächer von meinen

Eltern und von uns sowie das Spielzimmer, die Unterrichtsräume und die Gästezimmer. Im letzten Stock waren Hausdiener und Kammermädchen untergebracht.

Am Ende der Gärten schlossen sich die Stallungen an, die prächtige Pferde beherbergten, denn mein Vater wußte ein gutes Tier wohl zu schätzen, sowie die Remisen, in denen alle Arten von Gefährten standen, von den Schlitten und Droschken bis zu den Tilburys und Kibitkas, einschließliches eines Breaks, zweier Fiaker, einer Berline und einer Kalesche. Es gab auch Ställe mit Kühen, Ziegen und Lämmern; Kaninchen- und Hühnerställe; Taubenschläge und Bienenstöcke, in denen die Bienen den süßesten Honig absonderten, und Hundezwinger, in die man die Jagd- und die Wachhunde gesperrt hatte, denn die Haushunde lebten bei uns und streckten sich immer dort aus, wo die Sonnenstrahlen gerade durch die Fenster fielen. Hinter dem Haus befanden sich die Geräteschuppen, der Raum mit den Knuten, Ketten, Fußeisen und Handschellen, um ungehorsam Knechte zu züchtigen, sowie die Brennerei und die Werkstatt. Doch am meisten liebte ich die schattigfeuchten Obst- und Gemüsegärten, in denen Nachtigallen sangen und die Apfel- und Pfirsischbäume in den Himmel wuchsen, um deren Stämme sich Brennesseln rankten und in deren Ästen sich Spinnweben spannten.

Man verwöhnte uns, wie es nur ging, inmitten von Luxus wuchsen wir auf, und Kinderfrauen, Njanjas, Hausdiener und Zofen, Knechte, Gärtner, Köche und Chauffeure standen zu unserer Verfügung und erfüllten uns selbst die geringsten Wünsche und Launen. Dann waren da noch die ausländischen Gouvernanten und Hauslehrer, die sich um unsere Erziehung zu kümmern hatten, sowie die anderen Fachlehrer, die noch hinzukamen.

Ich war im Monat April auf die Welt gekommen, im Frühling, wenn das Wasser des Dnjepr wieder sinkt und die Schwäne zu ihren Nestern zurückkehren. Es ist ein wunderbarer Monat, tagsüber leuchtet eine noch zaghafte Sonne, und in der Nacht funkelt der Reif, der noch nicht zerronnen ist. Meine russische Njanja, die mir Lieder vorsang und wunderbare Geschichten erzählte, voller Feen und Zwerge, sagte, daß ich durch den Zeitpunkt meiner Geburt dazu bestimmt war, unweigerlich eine unheilbar romantische Frau von leidenschaftlichem Charakter zu werden.

Nur entfernt erinnere ich mich an die Zeit, die ich im Babyzimmer zwischen Ammen und Kindermädchen verbracht hatte. Es war ein Leben voll von gezuckerter Milch, Fruchtbrei, Spaziergängen im Garten auf dem Arm der Zofen und reichlichem Schlaf. Als ich mein Löffelchen selbst halten und essen konnte, ohne die Suppe umzuschütten oder die Tischdecke zu beschmutzen, siedelte ich ins Mädchenzimmer um. Ich legte die Babyschühchen ab, und es wurden mir Kleider mit lauter Schleifchen angezogen, und von nun an war ich gezwungen, während der Mahlzeiten und der endlosen Messen gerade und still zu sitzen.

Glafira Iwanowna, unsere Erzieherin, weckte uns früh am Morgen, aber im Gegensatz zu dem Hauslehrer meiner Brüder, bei dem sie unverzüglich aufzustehen hatten, durften wir noch ein Weilchen im weichen Bett bleiben, in die warmen Daunenkissen gekuschelt. Das waren herrliche Augenblicke, nicht nur wegen des wohligen Gefühls am ganzen Körper, sondern auch weil man noch seinen Träumen nachhängen konnte und erst allmählich in die Wirklichkeit hinüberglitt.

Waren wir jedoch einmal aus den Federn geschlüpft, hielt man uns allerdings dazu an, uns ungeachtet der Kälte sorgfältig von der Nasenspitze bis zu den Zehen zu waschen, und kleidete uns dann in saubere, frisch gebügelte Wäsche, die uns unsere gute Anenka gerade erst auf das Zimmer gebracht hatte, und dann kam das quälende Ritual des Frisierens an die Reihe, dem die

Zofen mit allergrößter Sorgfalt nachgingen, bis sie uns einen dicken, schnurgeraden Zopf geflochten hatten. Waren wir dann endlich zurechtgemacht, gingen wir hinunter, um unserer Mutter einen guten Morgen zu wünschen, welche schon im kleinen Speisesaal, wo immer gefrühstückt wurde, auf uns wartete.

Meine Mutter war eine Schönheit. Sie hatte ganze helle, fast durchscheinende Haut, die blaue Äderchen durchliefen, und dunkle Haare und Augen, die ich von ihr geerbt hatte. Ihre Hände waren zart, die Finger lang und ständig in Bewegung, selbst wenn sie sie in den Schoß gelegt hatte. Sie war von fröhlichem Wesen, immer sang und lachte sie und sprach mit einer hellen Stimme. Am Morgen trug sie Kleider aus weichen Stoffen in zarten Tönen, veilchenfarben, himmelblau, teichgrün, zitronengelb, in denen sie frisch und jugendlich aussah. Ihr langes Haar hatte sie in einem Knoten in ihrem Nacken zusammengebunden, und zu dieser Stunde legte sie niemals irgendeinen anderen Schmuck als Perlen an, sei es in langen oder kurzen Ketten, als Ringe oder Ohrgehänge. Aber am schönsten waren ihre Pantoffeln, die immer aus dem gleichen Stoff und von derselben Farbe waren wie ihre Kleider. War es ein wenig kühl, dann legte sie sich ein Morgenjäckchen um, das immer mit den anderen Sachen harmonierte.

Als wir in Begleitung von Glafira Iwanowna das Speisezimmer betraten, liefen wir gleich zu unserer Mutter, und angefangen mit Natascha, der Ältesten, wünschten wir ihr alle einen guten Morgen und gaben ihr einen Kuß auf die Wange, um uns dann an unseren Platz am Tisch zu setzen, gegenüber von unseren Brüdern, die sich schon in Gesellschaft ihres Hauslehrers, Monsieur Morin, dort eingefunden hatten.

Dann reichte uns Mama den Tee aus Samowar und Teekanne, die beide auf einem kleinen Beistelltischchen standen. Sie tat dies immer selbst, so wie sie auch mit eigenen Händen die Zuckerwürfel verteilte, damit wir nicht zu viele davon nahmen, denn wir sahen so gerne zu, wie sie sich im heißen Wasser auflösten, so daß wir immer noch einen wollten. Auf dem Tisch stand Schwarzbrot, das wir mit Butter, Honig, Marmelade, Fruchtgelee, Varenje und Sahnequark bestreichen konnten.

Wenn alle bedient waren, fragte Mama unsere Erzieherin, ob wir eine gute Nacht verbracht hatten, eine Frage, die sie anschließend an uns stellte und auf die wir immer mit »oui chère maman, merci beaucoup« antworteten, selbst wenn wir Alpträume oder Magenschmerzen gehabt hätten, denn dafür war Glafira Iwanowna zuständig und nicht Mama.

Nach dem Frühstück entließ uns Mama und empfing Haushälterin und Hofmeister, um ihnen die Anweisungen für den Tag zu geben. Wir wendeten uns nun unseren Beschäftigungen zu, und meine Brüder gingen hinüber ins Arbeitszimmer, um meinen Vater aufzusuchen. Er nahm für gewöhnlich dort sein Frühstück ein, während er mit dem Gutsverwalter über die Ländereien sprach.

Mein Vater war hochgewachsen, hatte blonde Haare und blaue Augen, die alle meine Brüder und Schwestern mit Ausnahme von mir geerbt hatten, und er kleidete sich mit unnachahmlicher Eleganz: tadellos sitzendes Jackett, Frack oder Gehrock, je nach Tageszeit oder Gelegenheit, gestärkte Chemisetten, makellos gebügelte Hemden mit Manschetten, maßgeschneiderte Hosen, Westen mit Ketten aus massivem Gold sowie je nach Anlaß hohe Stiefel oder weiche Schnürschuhe. Er war Offizier unter Kaiserin Katharina gewesen, und in ihrem Auftrag hatte er Voltaire und Rousseau gelesen und neben seinem Französisch auch noch fließend deutsch sprechen gelernt. Als einziger männlicher Erbe seiner Familie hatte er die märchenhaften Reichtümer meines Großvaters geerbt, von denen er einen großen Teil für seine Pferde ausgab, die seine Leidenschaft waren. Er war ein hervorragender Reiter und unterrichtete uns alle in dieser Kunst.

Das Arbeitszimmer meines Vaters war ein gewaltiger Raum mit schweren, dunkelbraunen Ledersesseln und einem langen Tisch, an dem er arbeitete und hinter dem er saß, während meine Brüder an seiner Seite standen und der Verwalter mit den Unterlagen und dem großen Buch mit den Zahlen und Rechnungen vor ihm.

Nachdem er sich bei Monsieur Morin erkundigt hatte, was über Betragen und Studien meiner Brüder zu berichten war, sprach er mit Iwan Nikolajewitsch über die Dinge, die seine jungen Söhne nach und nach über Ländereien, Knechte, Kornverkauf, Holz und Heu, Pachtzins und dergleichen lernen sollten. »Es ist notwendig, daß sie in den Gang der Geschäfte eingeführt werden«, pflegte er zu sagen, »denn eines Tages werden sie ihre eigenen Landgüter leiten.« War er der Ansicht, daß es genug für den Tag war, teilte er ihnen mit, daß sie sich zurückziehen konnten, und dann gingen sie ins Studierzimmer, wo sie bis zum Mittagessen blieben und sich mit Rechnen, Geographie, Geschichte und natürlich mit Sprachen beschäftigten.

Wir Mädchen dagegen gingen direkt vom Frühstückssaal ins Studierzimmer, wo wir in Französisch und Englisch unterrichtet wurden – beides Sprachen, die unsere Erzieherin fließend beherrschte, da sie den größten Teil ihres Lebens in Westeuropa verbracht hatte – sowie in Literatur, Vortragskunst und Kalligraphie. Ich glaube, daß schon dort meine Liebe zur Poesie zu erwachen begann. Ihre Lektüre erweckte in mir süße Gefühle, und mein Blick schweifte ab und verlor sich durch das Fenster im endlosen, tiefgrünen Park und im weiten, strahlend blauen Himmel, bis Glafira Iwanowna mich sanft zur Ordnung rief.

Pünktlich um ein Uhr unterbrachen wir die Studien und gingen ins Nähzimmer, wo Mama den emsigen

Frauen Anweisungen für Änderungen an alten oder Entwürfe für neue Kleider gab, Anweisungen für die Anzüge meiner Brüder, für die Strampelanzüge für das Baby oder für Laken und Tischtücher für das Haus. Dort verbrachten wir unsere Zeit zwischen Stoffen und Schnittmustern, Stecknadeln und Bändern, die uns die Schneiderinnen ansteckten, zwischen Schuhen und Stiefelchen, die Mischa, der Schuster, uns anprobieren ließ, sowie zwischen all den Hüten, die Mitja, der Hutmacher, uns vorführen ließ, bis schließlich punkt halb drei der Hofmeister kam, um zu verkünden, daß das Mittagessen angerichtet war.

Dann gingen wir hinunter in einen etwas größeren Speisesaal als den vom Morgen, wo nun die ganze Familie zusammenkam: meine Eltern und Brüder, das Baby mit seiner Amme, die Großmutter väterlicherseits, Tanta Olga, die jüngere Schwester meiner Mutter, die noch nicht verheiratet war und bei uns lebte, und was an Gästen gerade im Haus war, denn Gäste gab es immer, Verwandte, Freunde oder Nachbarn, von denen manche bisweilen auch ganze Tage, Monate oder sogar Jahre blieben.

Diener in Livree reichten uns die Suppe in der Reihenfolge von Alter und Rangordnung im Hause. Im Winter trugen sie eine heiße Suppe auf, aus Kartoffeln oder Linsen. Im Frühling brachten sie eine kalte Suppe aus Fisch, Erdbeeren oder Runkelrüben. Die Suppe war mein Lieblingsgang, denn sie erfüllte mich unverzüglich mit Wohlbehagen, der Jahreszeit entsprechend entweder mit Kälte oder mit Wärme. Dann kam das Fleisch, Rind oder Ferkel, Gans oder Ente, zu denen Kohl und anderes Gemüse gereicht wurde. Und schließlich gab es süße Nachspeisen, mit denen das Essen sein Ende fand und die aus vorzüglichem Kompott oder Küchlein bestehen konnten, von denen wir aber nur kleine Portionen bekamen, weil meine Mutter daran festhielt, daß zuviel Zucker schädlich für uns war.

Wir Kinder sprachen kein Wort während dieser langen Zusammenkünfte, es sei denn, man richtete direkt eine Frage an uns. Wir beschränkten uns darauf, den Erwachsenen zuzuhören, die über das Wetter sprachen, über Vorfälle am Hof oder über irgendwelche Neuigkeiten bei Freunden, Nachbarn und Bekannten sowie über die Abendgesellschaft vom Vortag oder das morgige Festbankett. Natascha und Petja beteiligten sich bereits an diesen Gesprächen, weil sie schon groß waren und bereits den Namen meiner Eltern führten.

War das Mahl beendet, wechselten die Erwachsenen in die Bibliothek über, um Kaffee zu trinken und zu rauchen, während wir Kinder in den Garten an die frische Luft traten und spazierengingen. Wie sehr liebte ich diese Spaziergänge, zu denen man uns unserer Gesundheit zuliebe anhielt, weil es so in den englischen und französischen Büchern stand, die meine Eltern lasen! Die klare Luft, je nach Jahreszeit kalt oder lau, streifte meine Wangen; unter meinen Füßen spürte ich den weichen Rasen; die Pappelalleen ergossen ihre Schatten über uns; da war der Lärm meiner Brüder, der sich mit dem der Hunde vermischte, die uns immer begleiteten; das friedliche Gespräch zwischen Monsieur Morin und Glafira Iwanowna, die hinter uns gingen; die leisen Schritte der Diener und Zofen, die unseren Wünschen zur Verfügung standen. Eine ganze Weile verbrachten wir auf diese Weise, und diese Augenblicke waren die angenehmsten des ganzen Tages.

Als wir angeregt und fröhlich vom Spaziergang zurückgekehrt waren, gesellten wir uns im Frühling zu unseren Eltern auf der Terrasse und im Winter zu ihnen ins Wohnzimmer, wo sie sich mit ihren Gästen unterhielten. Wir grüßten artig und gingen dann sogleich zu den Musik- und Gesangsstunden über, die bis zur Teestunde andauerten. Wir lernten Klavier spielen sowie Romanzen und alte französische, englische und deutsche Lieder singen.

Auch die Teestunde war ein äußerst behaglicher Augenblick. Der Tisch quoll nur so über von frischem Obst und Kuchen, und wenn das Wetter schön war, entschied Mama, daß wir den Tee in dem Pavillon am Fluß einnehmen sollten. Dann gingen wir hinüber, während irgend jemand sang oder etwas vortrug, und man reichte uns Eis. An langen Nachmittagen wurde dann angespannt, und wir fuhren für ein Weilchen mit der Kutsche aufs Land. Meine Brüder begleiteten uns zu Pferd und brüsteten sich damit, was sie in ihren Reitstunden am Samstag gelernt hatten, und mein Vater war stolz auf sie, wir fuhren währenddessen unter unseren Sonnenschirmen gemächlich in der Kutsche und unterhielten uns ausgelassen. Überall begegneten wir den Bauern, die vom Felde heimkamen, oder der Viehherde, die abends in ihre Ställe zurücktrottete.

Nach dem Tee hatten wir Tanzstunde, die meine Mutter immer streng überwachte, da ihr aus irgendeinem Grund besonders daran gelegen war, daß wir uns die verworrenen Schritte des Walzers, der Mazurka, der Quadrille und des Großväterchentanzes einprägten.

Im Winter brach früh die Nacht herein. Dann fanden wir uns alle im Wohnzimmer ein, wo meine Brüder französische Romane lasen, während die Gäste Schach oder Karten spielten, und wir beugten uns über unsere Stickrahmen oder klöppelten. Bisweilen spielte Mama auf dem Klavier oder sang. Sie hatte eine wunderschöne Stimme und verstand es, die versammelte Gesellschaft zum Mitsingen anzuregen. Zu dieser Stunde kleidete sie sich immer in dunkle Farben und schwere Stoffe und schmückte sich mit glitzernden Juwelen, während mein Vater nach wie vor seinen Gehrock trug.

Wir Kinder zogen uns dann frühzeitig auf unsere Zimmer zurück. Dort aßen wir Kascha zu Abend und tranken einen Napf voll gezuckerter Milch, zogen uns unsere Nachtgewänder an und die gesteppten Schlafröcke. Während Anenka mit dem glühenden Kohleneisen über die Laken fuhr, um sie anzuwärmen, und sie mit persischem Puder bestäubte, lösten uns die Kammermädchen die Zöpfe und bearbeiteten unser Haar mit heißen Zangen, um uns Locken für unsere Frisuren des nächsten Tages zu machen.

Waren all diese Verrichtungen getan, verließen wir das Zimmer und knieten vor dem Kiet nieder. Dies waren eindringliche Augenblicke, die ich vor meinen geliebten und verehrten Ikonen verbrachte, auf die die Kerzen ein mattes Licht warfen. Mit Inbrunst sagten wir unsere Gebete auf und knieten dort noch so lange, bis meine Mutter kam und uns ihren Segen gab und das Zeichen des Kreuzes über uns schlug. Dann schlüpften wir in unsere Betten, wurden fein zugedeckt, und Glafira Iwanowna blies die Kerze aus. Nach und nach wurde mein Atem immer gleichmäßiger, und schließlich ergriff allmählich der Schlaf Besitz von mir. Von ferne war Musik zu hören, die vom Wohnzimmer hochkam, oder die Geräusche der Gäste, wenn sie spät in der Nacht zum Essen in den großen Speisesaal hinübergingen. Waren einmal keine Besucher da und meine Eltern ausgegangen, dann hörte man, wie im Haus langsam das Leben erlosch, und man konnte sich vorstellen, wie eines nach dem anderen die Lichter ausgingen, als letztes die im Anrichteraum und schließlich die im Zimmer der Amme, die bis in die frühen Morgenstunden noch Bestecke, Tafelgeschirr und Gläser, Leintücher, Laken und Tischdecken, Zuckerwürfel, Reisunzen und Kartoffeln zählte. Dann blieben nur noch das Schweigen, die Finsternis im Garten, das Bellen eines Hundes oder die Schritte des Nachtwächters, der seine Runde machte.

Bei besonderen Gelegenheiten durften wir Kinder bis spätnachts aufbleiben. Eine davon war der Sankt Peterstag, der Namenstag meines Vaters und meines ältesten Bruders. Nachdem beide das heilige Abendmahl empfangen hatten, stellten sie sich am großen Eingangsportal auf, an dem die Knechte vorbeigingen und sich zu Boden warfen. Es war ein ergreifender Anblick, diese endlose Schlange von Männern und Frauen, die niederknieten und dann mit der Stirn den Boden berührten, selbst wenn sie schon steinalt und runzelig waren, und dazu sagten sie: »Gott segne Euch, Väterchen.« Wieder aufgerichtet, küßten sie ihnen ergeben die Schultern und wünschten ihnen dabei alles nur erdenkliche Gute.

Auch in der Weihnachtsnacht durften wir aufbleiben. Da gab es immer ein opulentes Nachtmahl, und unter die Knechte wurde Spanferkel und Wodka verteilt. Am folgenden Weihnachtstag kamen Besucher, beladen mit Geschenken. Wie aufregend war es, sie zu erwarten. In unseren neuen Kleidern und Schuhen hörten wir schon von ferne die Glöckchen der Schlitten und versuchten zu erraten, wer es wohl sein könnte und was er uns bringen würde.

Alle zwölf Monate fuhren wir nach Kiew, um dort das neue Jahr zu feiern. Dies war ein besonders feierlicher, ergreifender Augenblick. In der von Kerzen erleuchteten großen Basilika, in der herrliche Choräle erklangen, wünschten wir uns, umgeben von Popen in goldverziertem Ornat, juwelenbesetzten Ikonen und Weihrauch- und Blumenduft, das Beste für das Jahr, das nach Mitternacht beginnen sollte.

Aber mein Lieblingsfest war das Heilige Eliasfest am Freitag, wenn wir in der Morgendämmerung aufstanden, um in den Wald zu gehen, der noch von einer dünnen Reifschicht bedeckt war. Auch den Karneval mochte ich sehr, weil wir uns da verkleiden durften, sowie das Osterfest, weil wir Kinder da Eier angefüllt mit Süßigkeiten und die Erwachsenen Eier voller Perlen bekamen. Ich erinnere mich an ein Jahr, in dem mein Vater meine Mutter mit einem Ei beschenkte, dessen blaue, mit Gold verzierte Schale in Form eines

Vogels gearbeitet war, aus dessen Augen zwei riesige Edelsteine von tiefem Rot funkelten.

Meine Kindheit war eine herrliche Zeit. Im Winter verbrachten wir die Tage meist im Haus, denn die Kälte draußen war schneidend, dichter Schnee fiel, und es wurde früh dunkel. Durch die gut verriegelten Fenster konnte man die Schneeflocken sacht auf die weiße Landschaft hinabschweben sehen, und das Eis bildete bizarre Gebilde an den Ästen, die sich unter ihrem Gewicht bogen. Dann kam der Frühling, den die Lerchen mit ihrem Lied ankündigten. Die Schwalben suchten sich einen Platz für ihre Nester und erfüllten die Luft mit ihrem Gezwitscher. Zaghaft steckten die ersten Blumen ihre Köpfe aus der Erde, und die Bäche der Schneeschmelze stürzten von überall reißend hinab. Der alte Wassilij spürte in den Winkeln und auf den Dächern die versteckten Schneehäufchen auf, die noch auf die Sonne warteten, um zu schmelzen. Er fegte sie fort, und war diese Arbeit getan, nahm er die Holzverschläge von den Fenstern, um diese dann weit aufzureißen, damit die schöne Jahreszeit eintreten konnte. Wenn dann einer von diesen Frühlingsregengüssen losbrach, setzte ich mich mit meiner treuen Basnja auf den Knien vor das Fenster und starrte wie gebannt den Vorhang aus Wasser an, der sich über den Park ergoß, in dem schon alles zu grünen anfing. Bald würden die Bäume schwer von Pfirsichen und Kirschen und die Luft schwer von süßen Düften sein.

Im Herbst lag die Erde unter einem dichten Teppich aus trockenen, knisternden Blättern in Gelb- und Goldtönen, und der Wald färbte sich rot. Moos lugte schüchtern zwischen den Steinen hervor, und feinster Staub flog auf, bis die dicken Tropfen der sintflutartigen Regenfälle ihn in Schlamm verwandelten. Doch gab es keinen schöneren Augenblick als den, wenn nach langem Regen die Bäume noch trieften und am völlig klaren, blauen Himmel sich eine glitzernde, leuchtende Sonne zeigte und die Luft so frisch nach Erde und feuchtem Gras roch.

Unsere liebste Jahreszeit war jedoch der Sommer, wenn man das Leben in seiner ganzen Kraft spüren konnte. Das Korn schoß golden in die Höhe, und in der stillen Hitze hörte man die Grillen und Zikaden singen. Diese Jahreszeit verbrachten wir auf dem Landgut unserer Großmutter, das viele Tagesreisen von unserem Heim entfernt lag. Das emsige Treiben begann schon Wochen vor der Reise, wenn Mama mit einem Heer von Dienstmädchen die leichten Sommerkleider aus den Truhen zog, um alles Nötige waschen und bügeln zu lassen, und zusammen mit den Köchinnen bereitete sie Eingemachtes zu, dessen süßer Duft das ganze Speisezimmer erfüllte, sie packte Kisten über Kisten und deckte Möbel und Spiegel mit weißen Laken zu. Als dann schließlich der so lang ersehnte Tag gekommen war, brachen wir in einer langen Prozession von Kutschen auf, die die Pferde kaum mehr ziehen konnten, so viele Puds hatten wir aufgeladen.

Ich liebte diese Fahrt durch die endlose Steppe, in der meine Augen ganze Werst weit auf keinen Widerstand stießen. Da waren nur die Felder mit ihrer Aussaat und die Wege, die nur von den Spuren der Kutschenräder leicht angedeutet waren, die sanften Hügel, die Krähenschwärme, die Bauerndörfer, die unvermutet auftauchten, die Wäldchen, die Heuberge und die hohen Sonnenblumen sowie die Bächlein mit ihren kleinen Holzbrücken. Ab und zu stießen wir auf einen Mujik, der sich über sein Tagewerk beugte, auf eine stämmige Frau, auf ein Pferd mit seinen Schellen oder auf eine Stute mit ihrem Fohlen. Hier sah man einen Pflug und dort einen Brunnen. Es herrschte eine tiefe Stille, und Stunden über Stunden war nichts weiter zu vernehmen als die Hufe der Pferde, das Knarren der Kutschenräder oder die Stimme von einem der Unseren.

Im Verlauf des Vormittags und des Nachmittags

machten wir Rast, um Tee zu trinken und uns ein wenig die Beine zu vertreten. Die Dienstboten breiteten dann ein riesiges Tischtuch auf dem Gras aus und stellten Samowar, Obst und Brötchen darauf. Am Abend quartierten wir uns in einer der Herbergen auf dem Weg ein, wo es ein echt russisches Nachtmahl gab: kalte Kwaß-Suppe, Weißkohlsuppe oder Borschtsch, Schwarzbrot mit Zwiebeln und Salz, Salzgurken, Hering und Wurst. Wir schliefen auf Strohbetten in seltsamen Stuben mit Holzboden, die uns angst machten, weil sie so finster waren und voll derber, fremder Leute, die sich in einer Sprache unterhielten, die wir kaum verstanden: in russisch.

Waren wir dann am Haus der Großmutter angelangt, tauchten wir sogleich ein in die wunderbare Welt eines endlosen Festes. Man empfing uns dort mit wahrem Gefühlsüberschwang. Die Dienstboten küßten uns, und Großmutter schloß uns in ihre Arme, stellte tausend Fragen und machte sich alle möglichen Umstände wegen uns. Alle nur erdenklichen Vettern, Onkel und Tanten, Junge, Alte und Kinder trafen hier einmal im Jahr zusammen, um die herrlichste aller Jahreszeiten auf dem riesigen Landgut zu verbringen, glücklich und zufrieden unter den Fittichen unserer großherzigen, heißgeliebten Babuschka.

In aller Frühe, wenn die Sonnenstrahlen noch kaum hinter den Baumkronen hervorspähten und die weißen Stämme der Birken rot färbten, brachen wir zu Ausflügen zu Fuß oder zu Pferd auf. Manchmal waren es Spaziergänge, manchmal Rennen und Wettläufe. Wir gingen auf Enten- und Gänsejagd, an anderen Tagen gingen wir angeln oder fingen Wachteln, die wir in Käfige sperrten, die zur Zierde aufgehängt waren. Wir gingen im Wald Pilze und Himbeeren suchen, machten Picknick auf einer Lichtung und hielten unterwegs an, um in Bächen und Teichen zu schwimmen, die überall unvermutet auftauchten. Lebhaft erinnere ich mich an unser Glück, an unsere sonnengeröteten Gesichter und schweißgebadeten Körper. Die Damen saßen mit ihren aufgespannten, bunten Sonnenschirmen und ihren hellen Kleidern in den offenen Kutschen und folgten den Herren bis zum Waldrand. Diese trugen ihrerseits Pelzwesten und hohe Schaftstiefel und trabten auf ihren Pferden den lefzenden Hunden hinterher, die dem Ruf des Jagdhorns nachsetzten.

Nachts gab es keine festgesetzte Zeit, zu der man hätte zu Bett gehen müssen, alle nahmen wir an den Abendgesellschaften und Konzerten teil, an den Theateraufführungen und Spielen und natürlich an den köstlichen Nachtessen, von denen ein Gang köstlicher war als der andere. Aber am schönsten waren die Bälle. Sie waren prachtvoll, und zu manchen ging man kostümiert, zu anderen in eleganter Abendgarderobe, die jedoch immer in Einklang mit der Jahreszeit stand, und immer dauerten sie bis zum Morgengrauen an.

In hellen Nächten gingen wir hinaus, um durch die langen Gartenalleen zu wandern, die von hohen, alten Kastanien gesäumt waren. Ein seltsamer Schimmer erleuchtete die Gesichter. In mondlosen Nächten blieben wir auf der Terrasse und schauten ins sternenübersäte Himmelszelt und auf den Park, in dem die Glühwürmchen leuchteten. Da beneidete ich meinen Bruder Sergej, der unter freiem Himmel schlief, ohne Fledermäuse und Mücken zu fürchten.

Drei Monate verbrachten wir auf dem Landgut meiner Großmutter, und sie vergingen so geschwind, daß wir es nur mit schwerem Herzen wieder verließen und sehnlichst den nächsten Sommer herbeiwünschten. Bei unserer Rückkehr erschien uns unser Haus still, düster und allzu leer, und vor allem gemahnte es an allzuviele Pflichten und Hausarbeiten.

So zogen die Jahre ins Land. Nach und nach verließen uns meine Brüder und Schwestern. Die Brüder brachen in ihren eleganten Uniformen und jener

Droschke, die mein Vater einem jeden von ihnen bei ihrer Volljährigkeit geschenkt hatte, zu einem der Regimenter auf, begleitet von einem eigenen Koch und einem Reitknecht. Die Schwestern, glücklich über ihre prächtige Aussteuer, gingen fort, um sich mit einem reichen Offizier oder Großgrundbesitzer zu verheiraten, und nannten sich von da an Gräfin oder Herzogin. Nachdem sich meine Mutter mit all den Vorbereitungen abgeplagt und meinen Brüdern rauschende Abschiedsfeste und meinen Schwestern die prunkvollsten Hochzeiten ausgerichtet hatte, brach sie in der Stunde des Abschieds immer in Tränen aus, während meinem Vater, der neben allen Hausbewohnern und Dienstboten im Eingangsportal stand, vor Stolz die Brust schwoll und ein leichtes Lächeln der Genugtuung um seine Lippen spielte, als hätte er eine Mission erfüllt.

Der Fortgang von Natascha, Olga, Petja und Alexej ging beinahe spurlos an mir vorüber, doch großen Kummer bereitete es mir, als Serioschka fortging, mein jüngerer Bruder, ein melancholischer, empfindsamer Junge, mit dem ich meine Leidenschaft für die Musik teilte, und Jekaterina, die mir am nächsten stand und lebhaft und verspielt war, so fröhlich und leicht zu erfreuen, daß ihre Abwesenheit das Gefühl einer großen Leere in mir hinterließ. Als Katinka sich vermählt hatte, blieben nur noch der kleine Igor und ich im Hause.

Es war ein strahlender Sommer, in dem meine Großmutter ihren achtzigsten Geburtstag feierte, und es fanden sich mehr Leute ein als je zuvor. Aus diesem Anlaß brachen wir zwei Wochen früher als sonst zu ihrem Landgut auf, damit meine Mutter und meine Tante bei den Vorbereitungen zum Fest mithelfen konnten. Aus allen Himmelsrichtungen kamen Freunde und Verwandte, von weit her kamen sie, manche sogar aus fremden Ländern. Alle wollten sie Marja Alexandrowna, meiner Großmutter, deren Namen ich mit Stolz trug, ihre Ehrerbietung erweisen.

Bei dieser Gelegenheit geschah es, daß mein Bruder Sergej seinen Freund Nikolaj Alexejewitsch, einen Regimentskameraden, mitbrachte. Als ich ihn zum ersten Male sah, da durchlief schon ein Schauer meinen ganzen Körper. Seine schlanke Statur, sein bleiches Gesicht und seine großen, tiefen Augen hatten einen gewaltigen Eindruck auf mich gemacht. Er war tadellos gekleidet, nur das Haar hing ihm lang und zerzaust bis auf die Schultern, und er verbrachte einen großen Teil seiner Zeit mit Reiten und Lesen.

Eines Tages, als wir im Wald spazierengingen, überreichte Nikolaj mir einen Strauß Veilchen. Ich war so aufgewühlt, daß ich nachts kein Auge schließen konnte, so sehr nahmen mich verworrene, mir unbekannte Gefühle gefangen. An einem anderen Tag, während einem der Konzertabende, blickte er mich lange aus seinen tiefen Augen an, während er ein Gedicht von Puschkin vortrug, einem jungen Dichter, mit dem er befreundet war. Es stammte aus eine Sammlung von Versen, die ich kaum zu verstehen vermochte, da sie in russisch geschrieben waren, aber an manchen Stellen klangen sie wie Geigen und an anderen wie Glocken, und beide waren wir tiefbewegt davon. Er besaß eine leuchtende, leidenschaftliche Seele, die großer Leiden fähig war.

Auch in dieser Nacht konnte ich keinen Schlaf finden. Ich stand am Fenster und ließ meine Blicke am Sternenhimmel schweifen. Alles lag still und in Schatten gebettet, und ohne daß ich gewußt hätte, warum, rannen dicke Tränen meine Wangen hinunter.

Der folgende Tag war ein Sonntag. Sobald ich die Glocken läuten hörte, kleidete ich mich geschwind an und ging in Begleitung einer Zofe zur Kirche hinüber. Dort gaben mir die innige Andacht der Gläubigen und die Sonnenstrahlen, die durch die Fenster fielen, den seelischen Frieden wieder, und eine große Rührung ergriff meine Seele. Alles sprach unmittelbar zu meinem Herzen, und ich sandte Dankgebete zum Himmel. Wieder war mein Gesicht tränengebadet, doch diesmal nicht mehr aus Gefühlsüberschwang oder Verzweiflung, sondern vor Glück.

Nikolaj Alexejewitsch und ich verbrachten von da an viel Zeit miteinander. Nach der Unruhe und Erregung der ersten Tage mußte ich nun nicht mehr zutiefst erröten, wenn ich ihm in die Augen sah, obwohl ich deshalb nicht weniger von der Schönheit seiner Erscheinung angetan und von seiner Leidenschaft ergriffen war. Als wären wir schon von Anbeginn an Freunde, gingen wir stundenlang spazieren und unterhielten uns. Ich genoß es, an seiner Seite zu sein, bewunderte seine klugen, lieblichen Worte, sein großes Herz, sein feines Gesicht, die Art, wie er die Augenbrauen hochzog, und die Falten, die auf seiner Stirn und um die Mundwinkel erschienen und sowohl von Bitterkeit als auch von Glück zeugten. Vor allem jedoch liebte ich diese dunklen Augen, die wie Spiegel auf Qualen und Ungestüm seiner Seele blicken ließen. Er war wie jene Gestalt aus einem Vers Lamartines: immer einsam, immer verträumt.

Den größten Teil des Tages widmeten wir der Lektüre. Nikolenka hatte beschlossen, meinen Kopf von all den gefühlsseligen Romanen freizumachen und ihn dafür mit wahrhaft romantischen Werken anzufüllen. Während ich ihm also die Geschichte von der armen Elsa und ihrem Selbstmord erzählte, brachte er mir Byron, Schiller und Goethe nahe, während ich ihm in meinem ukrainischen Tonfall, über den er sich so zärtlich lustig machte, Romanzen vorsang, sprach er mir von der russischen Seele, von Ilja von Murom, dem mächtigen Riesen, der seine Kräfte von der Erde bezog, von Alescha Popowitsch, dem verwegenen Jüngling, von Prinz Igor, aus der Zeit, da wir noch Rus waren und Kiew, die Stadt mit den goldenen Toren, seine Hauptstadt. Er trug mir Oden von Lomonossow vor, die Kaiserin Elisabeth verherrlichten, sowie Gedichte von Derschawin, die voller Liebe für die Bauern und das einfache Leben waren. Nikolenka war ein Träumer wie jener in dem Vers von Lermontow, einem Dichter, mit dem er ebenfalls befreundet war: »Doch glüht sein Auge liebeverheißend, und in die Wangen hat die Natur den Zug der Leidenschaften gemeißelt.« Seine Augen leuchteten, wenn er vom fernen Sibirien sprach, einer schönen, menschenleeren Landschaft, die mehr als siebentausend Werst entfernt lag und in der, wie er erzählte, ein wunderbarer See ruhte, doch sein Blick erlosch wieder, wenn er an den Ukas des Zaren dachte, der die Mujiks dazu gezwungen hatte, ihre langen Bärte zu stutzen, oder er verdüsterte sich, wenn er davon sprach, daß die weißen Pferde im Aussterben begriffen waren. Und immer endete er mit jenen heftigen Worten: »Rußland wird aus seinem Schlaf erwachen, und unsere Namen werden sich in die Ruinen des Absolutismus eingraben.«

Eines unser Lieblingsvergnügen waren lange Wanderungen, nach denen wir uns erschöpft am Rande eines stillen Teiches, im kühlen Schatten der Bäume, ins frische Gras legten, das über und über mit zarten Wiesenblumen übersät war, oder auf eine Waldlichtung, wo wir eine ganze Weile lang in Schweigen verharrten, um dem Leben, dem Knistern der Zweige, die leicht im Wind schwangen, dem Summen der Fliegen und Bienen, dem Mummeln der Kaninchen und dem schrillen Schrei des Kuckucks, dem Quaken der Frösche und dem Gesang der Grillen und Zikaden zu lauschen. Unvermutet entdeckten wir dann einen Schmetterling, der sich auf einer Blume niedergelassen hatte, oder eine Ameisenkolonne, die sich auf dem Boden emsig ihren Weg bahnte. Nikolenka entfernte die Kletten, die sich in meinem Haar verfangen hatten, und strich mir über die Wange. An anderen Tagen zogen wir uns in die dunklen, kühlen Obstgärten zurück und setzten uns unter Apfelbäume, um deren Stämme und Zweige sich wilde Schlingpflanzen, Brennesseltriebe und großblättrige Disteln rankten, und wir spürten Spinnweben auf, die in den hintersten Winkeln zum Vorschein kamen. Wie oft wurden wir vom Regen überrascht, von den plötzlichen, kräftigen Wolkenbrüchen des Sommers, nach denen eine schüchterne Sonne hinter den Wolken hervorlugte, während in der Luft der schwere Duft frischen Grases hing!

In der Nacht, wenn ich schon im Bett lag und das Mondlicht durch mein Fenster trat, da pochte mir das Herz wie wild in der Brust, und ich verspürte eine große Unruhe. Nikolenka hatte ein so düsteres Wesen, war so anfällig für das Leiden. »Die Freude ist schön, doch leider nicht von Dauer«, wiederholte er immer wieder, »das Leben ist eine tiefe Wunde, die nur selten abklingt und nie ganz geheilt werden kann.« Die Welt erschien ihm voller Makel, und seine ablehnende Haltung war nicht zu überwinden. Er sprach von den »finsteren Abgründen der Welt« und verfiel lange in finstere Stimmungen, deren Grund ich nicht verstand.

Jener Sommer verflog rascher als all die anderen zuvor. Auf einmal war es September, und wir mußten wieder nach Hause fahren. Da ergriff eine tiefe Trauer Besitz von mir, und das Gefühl des Schmerzes, das ich empfand, ließ sich nicht in Worte fassen. Meine Lippen sträubten sich gegen die Abschiedsworte. »Ach, meine Liebe«, sagte Nikolaj zu mir, »ich glaube, meine Seele war bis jetzt so leer wie dieses Haus, bevor wir hierhergekommen sind.« Und mit jenem wunderbaren Blick, der mir so sehr gefiel, fügte er hinzu: »In diesem Kampf der Seele gegen die Leidenschaft trägt das Herz unheilbare Wunden davon.« Da umarmte ich ihn, und er sprach mit feuchten Augen zu mir: »Mascha, meine

Maschenka, du liebst, wie nur russische Mädchen zu lieben wissen.«

Im letzten Augenblick, als schon die Stimmen der Kutscher erschallten, die zum Aufbruch rüsteten, küßte mich Nikolenka auf den Mund und sagte: »Marja Petrowna, du hast mir deine Zukunft geschenkt. Nun bist du meine Verlobte.«

Ach, hätte er das doch nicht gesagt! Wie unglücklich war ich nun! Ich rannte fort, ohne mich von ihm zu verabschieden. Mein Lippen brannten, und meine Seele loderte.

Von diesem Augenblick an änderte sich mein ganzes Leben. Alle Freude verließ mich, und das Leben erschien mir traurig und düster, als läge ein dunkler Schleier darüber, wie jener, der im November den See verhüllte, meine Seele wurde von einem eisigen Wind gebeutelt, wie jener, der im Februar durch die Ritzen pfiff. Stundenlang blickte ich aus dem Fenster und seufzte, so daß sich meine Mutter und Glafira Iwanowna allmählich Sorgen machten. Pater Gerassim, unser Beichtvater, der einmal im Monat ins Haus kam, um die Beichten der ganzen Familie anzuhören, kam nun immer öfter, denn meine Mutter bestand darauf, daß er mir dabei helfen sollte, jene Schwermut zu überwinden, die mich bedrückte. Doch ich hatte ihm nichts zu offenbaren, denn ich lebte im Zustand der Verwirrung, einer Mischung aus Schuldgefühlen wegen jenes Kusses, der mir immer noch das Herz zerriß, und einer Leere, die nur Nikolenkas Briefe zu füllen vermochten.

Wie versprochen, schrieb mir Nikoschka leidenschaftliche Liebesbriefe, in denen er mir von seinen Träumen und seiner Lektüre erzählte und von unserer gemeinsamen Zukunft sprach, wenn wir denn endlich für immer beieinander wären. »Ach, meine Mascha mit dem zärtlichen Blick«, »geliebte Mascha, deine Augen haben mich in Bann geschlagen, meine Seele haben sie aufgewühlt, und meine Ruhe ist dahin.« »Wenn mich unter dem Joch des rauhen Alltags der Kummer bedrückt, dann rufe ich mir jenen wundervollen Augenblick in Erinnerung, an dem du vor mir erschienen bist wie ein Traumbild, wie ein Geist von makelloser Schönheit.« »Ich höre deine Stimme, deine glasklare Stimme, meine Maschenka, und im Traum erscheint mir dein geliebtes Gesicht.« »Wie sehr vermisse ich deine schlanke Gestalt, deine zarte Haut, die weiß schimmernd die Nacht erleuchtet.«

Ich empfing Notenhefte, Gedichtbändchen mit getrockneten Blumen, die zwischen den Seiten gepreßt worden waren. Die Stunden der Tage vergingen über meinen Gedanken an ihn. Meine Studien hatte ich bereits vernachlässigt, und keine Beschäftigung konnte mich locken oder mir Trost spenden. Bisweilen ergriff eine Erregung meine Seele, die durch nichts zu besänftigen war, und dann wieder gab es Augenblicke vollkommener Empfindungslosigkeit. Aus heiterem Himmel brach ich in Lachen aus, und aus heiterem Himmel kamen mir auch die Tränen, und mein Schlaf war unruhig. Meine Wangen fielen allmählich ein, und mein Gesicht bekam eine seltsame Blässe, während meine weit aufgerissenen Augen noch größer erschienen.

Eines Sonntags ging ein schwarzgekleideter Pope an mir vorüber, ein Zeichen künftigen Unglücks, das nicht allzulange auf sich warten ließ. Am selben Abend noch ließ mich mein Vater zu sich in sein Arbeitszimmer rufen, was so gut wie noch nie zuvor geschehen war, und er sagte zu mir: »Sieh mal, Maschenka, einem Fräulein im heiratsfähigen Alter schickt man keine Briefe und Geschenke, ohne sich über seine Absichten zu erklären. Außerdem ist Nikolaj Alexejewitsch Wiazemski kein Umgang für dich, denn wenn er auch einer guten Familie angehört, so ist er doch ein recht ungestümer Schwärmer, der seine Kräfte in finsteren Seelengefechten verbraucht und dabei sein Leben vergeudet. Vor einigen Wochen hat er sich wegen einer

Lappalie in ein Duell verwickeln lassen. Er hat Glück gehabt, denn er hätte dabei sterben können, bekam jedoch nur ein paar Kratzer ab. Und was noch schlimmer ist, aus vertrauenswürdigen Quellen habe ich erfahren, daß er literarischen Zirkeln angehört und Verbindungen zu einer Gruppe von Verschwörern hat, die gegen den Zaren und die öffentliche Ordnung vorgehen wollen. Sie träumen von einer Revolution und glauben, Rußland eine Verfassung geben zu können. Es hat den Anschein, daß er und ein paar Freunde, allesamt Dichter, jene Spottverse verfassen, die überall im Umlauf sind, mit Spitzen scharf wie Dolche, in denen die Regierung kritisiert und herausgefordert wird. Einige von ihnen sind bereits verhaftet worden und sitzen nun hinter den Mauern der schrecklichen Peter-und-Pauls-Festung. Wahrscheinlich werden sie nach Sibirien verbannt oder sogar zum Tode verurteilt werden, denn der Kaiser ist wütend. Die Polizei ist ihnen auf den Fersen, und nichts kann sie mehr aufhalten. Sie haben sich sogar gewaltsam Zutritt zu Kamenka, dem Landgut von General Raewskij, eines Kriegshelden, verschafft, woraus du ersehen kannst, daß dich weder dein Name, dein Reichtum noch deine Orden schützen können. Also«, fuhr mein Vater fort, der noch nie in einer so langen Rede das Wort an mich gerichtet hatte, »bring mir unverzüglich alle Briefe, die du von ihm bekommen hast, denn sie müssen verbrannt werden, und vergiß, daß es ihn jemals gegeben hat. Ich dulde nichts in meinem Haus, das nach Verschwörung aussehen könnte. Die Wunden des Herzens heilen mit der Zeit und der Entfernung. Für den Augenblick wirst du tiefunglücklich sein, doch du bist jung, und auf die Dauer ist es so am besten für unsere Familie und für dich.«

Mit blutendem Herzen gehorchte ich meinem Vater, doch meine Leiden ließen sich nicht in Worte fassen. Ohne Nikolajs Briefe und ohne die Möglichkeit, ihm zu schreiben, hatte mein Leben all seinen Sinn verloren, und ich wurde ernsthaft krank. Abgemagert, mit ausgedörrten Lippen und glühender Stirn fieberte ich dahin, ohne daß ich wieder zu klarem Bewußtsein gekommen wäre und sich meine Nerven beruhigt hätten. Ich dachte an jenen Satz, den mir Nikoschka gesagt hatte: »Die Liebe ist ein Gangrän der Seele.« Mein Zustand wurde so kritisch, daß meine Eltern wirklich erschraken, Ärzte zu Rate zogen und sogar einen namhaften Facharzt aus Sankt Petersburg kommen ließen, der uns empfahl, einen Badekurort aufzusuchen.

Also machte ich mich in Begleitung meiner Mutter, Glafira Iwanownas und zweier Zofen auf die lange Reise in den Kaukasus. Da ich allzu geschwächt war, legten wir den Weg in kurzen Etappen zurück. So brauchten wir einen Monat, bis wir in Gorjachewodsk anlangten, und dort blieben wir die ganzen acht Wochen, die die Kur gegen meine Schwermut dauern sollte.

Schon bei meiner Ankunft war ich tief beeindruckt von der majestätischen Schönheit der Landschaft: von den hohen Bergzügen, die ihre Schatten über Steilwände und Abgründe warfen und sich bei wechselndem Sonnenlicht dem Blick in immer anderen phantastischen Umrissen präsentierten; von den schroff abfallenden Schluchten; von den Bächen und Flüssen, die sich sprudelnd durch die Sträucher hindurchwanden und weiße und rötliche Spuren hinterließen; von den steinigen Wegen, die wir auf unseren Ponys entlangritten, während einer der Kurgäste Racines *Athalie* vortrug; von der Stille und der Ruhe, dem türkisfarbenen Himmel, der ungezähmten, wilden Natur und von den Tscherkessen, die das Aussehen und die Haltung von freien Menschen hatten, nicht so gebückt und furchtsam wie unsere Knechte, sowie von dem köstlichen Schaschlik aus gebratenem Lamm, dem glasklaren Wasser, das wir tranken, und vor allem von der reinen Luft, die einem das Gesicht umschmeichelte und ihm Leben und Kraft einhauchte. Jener Schriftsteller hatte zu recht behauptet, daß jeder, dem es einmal vergönnt gewesen war, durch diese Gebirgslandschaft zu wandern und lange, sehr lange in ihren Anblick zu versinken, alle Leidenschaften, Sehnsüchte und Reuegefühle hinter sich ließ. Und tatsächlich, als der feine Morgentau und die Bergluft kühl um meinen Kopf strichen, da erkannte ich, daß es unnütz und sinnlos war, dem verlorenen Glück hinterherzulaufen. Bald kam wieder Farbe in mein Gesicht, und meine Kräfte kehrten wieder zurück, so daß wir schließlich nach Hause fahren konnten, um alle Vorbereitungen dafür zu treffen, mich in die Gesellschaft einzuführen.

Nach meinem achtzehnten Geburtstag, kaum waren die Karwoche und die schwere Fastenzeit verstrichen, schickte man mich nach Sankt Petersburg zu meiner Großmutter väterlicherseits, die mir alles beibringen sollte, was ich zu diesem Anlaß wissen mußte.

Sie lebte in einem riesigen Haus mit sechs Stockwerken, unzähligen goldgerahmten Spiegeln, französischen Kommoden, schweren, samtüberzogenen Möbeln und gewaltigen Lüstern aus geschliffenem Kristall.

Sie nahm mich liebevoll auf und wies mir ein wunderschönes Zimmer zu, das voll von Nippsachen aus feinem Porzellan war, sowie zwei Zofen, die ausschließlich mir zu Diensten waren.

Sogleich nach meiner Ankunft hatte meine Großmutter unverzüglich Lehrer für mich ins Haus kommen lassen, die mir beibringen sollten, wie sich eine junge Frau in der Stadt zu benehmen hatte, Regeln, die vom Zusammenpressen der Lippen und einer nachdenklichen Kopfhaltung bis zu den kleinen Ausrufen bei jedweder Gefühlsbewegung gingen, vom Schulternzucken und Augenniederschlag bis zur Kunst der Konversation, von der Fußspitze, die beim Klavierspiel seitlich hervorzuschauen hatte, bis zum Tanzen der englischen Sexte. Man sorgte dafür, daß ich die neuesten Entwicklungen in der Musik kennenlernte und an meinem Französisch feilte. Man brachte mir etwas über Weine bei und wie man erlesene Speisen würdigte und ließ Kleider aus luftigen Stoffen und mit weiten Ärmeln, wie es gerade Mode war, für mich anfertigen, sowie entzückende Hüte, blendend weiße und blaßblaue Schuhe sowie allen möglichen Schmuck, Ringe und Ketten. Und natürlich führte mich ein Lehrer auch zum Einkaufen und Flanieren auf dem märchenhaften Newski-Prospekt aus.

Obwohl Sankt Petersburg so grau ist, herrscht doch ein reges Leben in dieser Stadt, vor allem wenn der Hofstaat da ist, der hier die Saison verbringt. Das Herz der Stadt bildet der Newski-Prospekt, wo sich alle Welt trifft. Was für ein Ort! Kaum hat man seinen Fuß dorthin gesetzt, schon fliegt einen Fröhlichkeit an. Die leuchtenden Schaufenster, die eleganten Frauen mit ihren Lakaien hinter sich, die ihnen ihre Bündel tragen, selbst die junge Kaiserin ist dort bisweilen zu sehen, in Begleitung von drei stämmigen Dienern. Die Gouvernanten, bleiche englische Fräulein oder dralle Slawinnen, schreiten majestätisch hinter ihren Mädchen einher und ermahnen sie, ihre Rücken gerade zu halten. Dort sieht man Staatsbeamte, Kaufmänner und Offiziere, die ihre Uniformen mit den Abzeichen ihrer Rangstufe ausführen. Alles zeugt von gutem Ton, die Fräcke und Gehröcke, die gestärkten Hemdbrüste und die makellosen Umhänge, die Jacketts der Reiter in Zivil und Uniform oder die Hüte und Kleider der Damen. Die Leute bleiben stehen, um über das Wetter zu reden oder über ein Konzert, und all das tun sie mit einer ausgesuchten Vornehmheit und Würde. Und wie hüten sie sich vor den Straßenlaternen, von denen Öl tropft, das dunkle Flecken auf den Kleidern hinterläßt! Es fahren Droschken mit ihren peitschenschwingenden Kutschern vorüber, und ab und zu kommt ein

Dworian vorbei, der die Straße säubert, oder ein Mujik mit seinem Karren, den dann unweigerlich ein Budoschnik zur Ordnung ruft.

Die beste Zeit ist von zwei bis drei Uhr nachmittags, dann kann man die ganze Prachtstraße von der Politseiskij-Brücke bis zur Anischkin-Brücke entlangspazieren und von Zeit zu Zeit innehalten und dem matten, ruhigen Strom der Newa zusehen. Waren wir einmal bis dorthin gelangt, kehrten wir um, denn niemals durften wir die dunklen Kasan-Tore durchschreiten, hinter denen die Straßen mit den Holzhäusern beginnen, in denen die Männer Boston spielen und sich mit schönen finnischen Frauen vergnügen.

Gerne blickten wir auf die Admiralität mit ihrer hohen, goldenen Kuppel, auf den roten Winterpalast mit seinen Toren aus Malachit, auf die Sankt-Isaak-Kathedrale und das bronzene Reiterdenkmal von Peter dem Großen. Wir ergötzten uns an den Palästen, die nur in dieser Stadt nach kaiserlichem Erlaß nicht aus Holz, sondern aus Stein waren, und die man in zarten Rot-, Gelb-, Grün- und Blautönen gestrichen hatte. Auch die Molen aus rosafarbenem Granit und besonders die englische Mole gefielen uns.

Zusammen mit meiner Großmutter besuchte ich die Ateliers der besten französischen Schneiderinnen, wurde zum Tee in Häuser von höchst vornehmen und würdigen Freundinnen von ihr eingeladen, sah mir französische Theaterstücke und italienische Opern an, lauschte Sinfonie- und Kammerkonzerten und besuchte Galerien mit Werken europäischer Künstler. Ich lernte, wie man Austern, Rebhühner, Spargel und Fleisch aß, das man mit cremigen Soßen zubereitete, und trank vorzügliche Weine aus Ungarn, liebliche Weine vom Rhein und prickelnden Champagner.

Und als meine Großmutter der Ansicht war, daß ich nun bereit sei, führte sie mich durch das große Portal in die Gesellschaft ein. Dies geschah auf einem Ball im

Hause der Fürstin Wolkonskij, an dem der Zar persönlich teilnahm und Gäste geladen waren, die die elegantesten Kleider und Juwelen trugen, die man sich nur vorstellen konnte.

Diese Nacht wird mir auf ewig im Gedächtnis bleiben. Meine Großmutter hatte für mich ein wunderschönes Kleid aus weißem Atlas anfertigen lassen, damit mein weißer Teint noch mehr zur Geltung kam, es hatte weite Ärmel und einen tiefes Dekolleté und war mit Spitzen verziert und mit Perlen bestickt, eine Arbeit, mit der die Schneiderinnen viele Tage verbracht hatten. Passend dazu hatte sie ebenfalls bestickte Schuhe und Handschuhe aus Atlas in Auftrag gegeben. Am Tag des Festes machten wir uns gleich nach dem Mittagessen an meinen Kopfschmuck und steckten mir künstliche Haarflechten und Schleifen ins Haar, die meine Großmutter besorgt hatte. Zum ersten Mal in meinem Leben wurde mir Puder und Schminke aufgetragen, und ich wurde mit Parfum besprüht, und bevor wir zum Empfang gingen, legte meine geliebte Babuschka mir ein wunderbares Brillantkollier um den Hals und reichte mir passende Ohrringe dazu, beides ihr persönliches Geschenk.

Als wir in die Empfangshalle des Wolkonskij-Palastes traten, nahmen uns Diener die Mäntel ab, und die Zofen des Hauses waren uns dabei behilflich, uns vor gewaltigen Spiegeln ein letztes Mal zurechtzumachen. Dann wechselten wir in den riesigen Saal über, den so viele Kerzen erleuchteten, daß es dort hell wie am Tage war. Eine Vielzahl von Menschen hatte sich dort eingefunden, die Männer in ihren Galauniformen mit glitzernden Epauletten, die Frauen in prächtigen Kleidern aus Samt, Brokat, Musselin, Gazestoffen und Seide und mit hoch aufgetürmtem Kopfschmuck, der nur so von Schleifen und glänzenden Juwelen funkelte. Man unterhielt sich angeregt und klatschte bissig über fremde Liebschaften und Ränke, die geheim zu sein schienen und von denen doch alle wußten. Es floß reichlich Champagner, und es spielten hervorragende Musiker auf.

Die Fürstin Sofja Alexejewna empfing mich mit der größten Liebenswürdigkeit und sagte mir, ich sei die schönste Debütantin dieser Saison, dann übergab sie mich der Obhut ihrer Nichten, die mich zu den anderen Mädchen begleiten sollten.

Als der Zar seinen Einzug hielt und wir alle vor ihm niedergekniet waren, nahm der Ball seinen Anfang. Der Kaiser eröffnete ihn zusammen mit der alten Großfürstin Woscharowskij, die sich trotz ihres vorgerückten Alters elegant in einer Mazurka wiegte. Den verbleibenden Abend verbrachte der Zar in Gesellschaft der wunderschönen Fürstin Bagrationa, Witwe eines Generals aus den napoleonischen Kriegen, welche, wie überall herumerzählt wurde, seit dem Wiener Kongreß seine Favoritin war. Was mich betraf, so forderte man mich zu allen Stücken zum Tanz auf, den Contredanse tanzte ich in Kreis-, Reihen- und Gegenüberstellung, und bei letzterer verließ mich mein Atem. Als der Cotillon an die Reihe kam, forderte ich meinerseits einen schmucken Edelmann zum Tanze auf. Es war die glücklichste Nacht meines Lebens, nicht eine Minute davon verbrachte ich sitzend. Als mir der Fürst als Gastgeber die Ehre erwies, mit mir zu tanzen, sagte er zu mir: »Sie tanzen so gut Walzer, daß sie dabei alle Herzen in den Falten ihres Kleides mit sich reißen.«

Mehrere Monate verbrachte ich in Sankt Petersburg und erfreute mich der gesellschaftlichen Saison, denn meine Mutter war entschlossen, mich zu verheiraten, nicht nur das, mich glänzend zu verheiraten. Und meine Großmutter hatte es sich zur Aufgabe gemacht, mit klugem Feingefühl den geeigneten Anwärter dafür zu suchen, während sie mich in der Kunst der Koketterie unterrichtete, zu der es gehörte, stets elegante Manieren an den Tag zu legen, in der Öffentlichkeit nur wie ein Vögelchen zu essen, mit kaum hörbarer Stimme zu hauchen und allem gegenüber eine kalte Gleichgültigkeit zur Schau zu stellen.

Bald war meine Vermählung das einzige Thema, über das im Hause gesprochen wurde. Es ging nur noch darum, ob die Tochter von Gräfin Soundso wegen eines Irrtums ihrer Eltern eine schlechte Partie gemacht hatte oder ob irgendeine Fürstin von ihrem zukünftigen Schwiegersohn über die wahre Höhe seines Vermögens getäuscht worden war. Allmählich begann ich unruhig zu werden, bis man mir endlich den Erwählten offenbarte. Es handelte sich um einen Fürsten und General, der einer überaus wohlhabenden Familie entstammte, die bei Hof in hohem Ansehen stand. Sein Vater war Knappe des Zaren gewesen und im Augenblick Mitglied der kürzlich ins Leben gerufenen Duma, und seine Mutter war eine nahe Freundin der Kaiserin. Er selbst hatte im Krieg gegen Napoleon gekämpft und sich durch seinen Mut ausgezeichnet, er war auch beim Brand von Moskau dabeigewesen. Ich hatte ihn bereits kennengelernt, denn bei einem Nachtmahl im Hause meiner Großmutter hatte man mich an seine Seite gesetzt. Er war nicht mehr jung, aber auch nicht alt, er zählte nur knapp doppelt so viele Jahre wie ich. Er war hochgewachsen, an die zwei Arschins und sechs Werschoks maß er, war jedoch vor allem gut aussehend und elegant und machte einen äußerst stattlichen Eindruck in seiner Uniform mit den goldenen Knöpfen und seinem Degen, Sinnbild von Adel und Rangstufe. In jener Nacht hatten wir uns damit vergnügt, über gemeinsame Bekannte zu sprechen, und er unterhielt die Tischgesellschaft mit einem Vortrag über die herausragende Bedeutung Rußlands als Weltmacht, die ihn offenkundig mit Stolz erfüllte. Er sprach fehlerfrei französisch, englisch und deutsch, letzterer Sprache bediente er sich allerdings kaum, weil sie sich, wie er meinte, nicht für die vornehme Gesellschaft eignete, so daß er seine Sätze nur hier und da mit einem deutschen Ausdruck würzte. Allem Französischen brachte er dafür eine tiefe Bewunderung entgegen, nicht nur der Küche und Literatur, sonder vor allem auch den Offizieren, die sich um ihre Soldaten sorgten und sie nicht mißhandelten, wie die unseren es taten.

Eines Nachts machte uns Pjotr Wassiljewitsch Drijanski seine Aufwartung und hielt um meine Hand an, wobei er meine Eltern von der Erlaubnis des Kaisers zu dieser Verbindung unterrichtete. Ich befand mich oben in meinem Zimmer, als meine Mutter mich aufsuchte, um mir die Botschaft zu überbringen. Ich ging hinunter, um ihren Segen zu empfangen, und die ganze Zeit über, während der sie die Verlobungsfeier und das Hochzeitsfest planten, das sechs Monate später angesetzt worden war, saß ich stumm und mit gesenkten Augen dabei.

Dann begannen all die Vorbereitungen für meine Brautausstattung. Meine Mutter ließ Kleider und Schuhe für mich anfertigen, Schlafröcke für uns beide sowie Laken und Tischtücher für das Haus. Mehrere Dienstmädchen schlossen sich eine Woche lang in einer Kammer voller Gänsefedern ein, um die Federbetten zu füllen, für die Schneiderinnen Bezüge mit unseren eingestickten Initialen genäht hatten. Mein Verlobter kam mich an den Abenden besuchen, und wir ergingen uns im Park oder blieben zum Gespräch im Wohnzimmer. Er hatte sehr viel Sinn für Humor und ein außerordentliches Talent, das Leben zu genießen. Zärtlich belächelte er meine Lektüre und meine romantischen Gefühle, meine Liebe zu den Dichtern und ihrem unglücklichen Schicksal. Zur Begrüßung und zum Abschied küßte er mir sanft die Hand.

Wir vermählten uns in der Kasaner Kathedrale. Riesige Sträuße mit Frühlingsblumen und Lilien verströmten in dem prunkvollen Kirchenschiff ihren Duft, welcher sich mit dem Weihraucharoma mischte. Der gewaltige Altarraum wurde von Hunderten von Kerzen in silbernen Leuchtern erhellt, und ein Chor des Heiligen Synod begleitete uns mit den herrlichen Stimmen seiner Mönche. Der Sohn meiner Schwester Katinka schritt vor der Braut einher, in den Armen die goldene Ikone, die die Popen dann, reich geschmückt in ihren festlichen Gewändern, unter der schweigenden, ehrfürchtigen Anteilnahme der vielen Anwesenden feierlich entgegennahmen. Wie es Brauch war, durfte ich meinen Bräutigam am Hochzeitstage vorher nicht sehen, aber meine Mutter kam zu mir, um mir zu erzählen, wann Petja meinem Vater seinen Beichtzettel überreicht hatte und wann die Zeremonie der Segnung des Bräutigams durch meine Brüder, nun seine Schwager, vorüber war. Ich war zutiefst beeindruckt, als ich ihn dann in der Kirche sah, in seiner eleganten weißen Galauniform, mit dem Sankt-Wladimir-Kreuz an der Brust. Ich war meinerseits in ein wallendes Musselinkleid mit einer langen Schleppe gekleidet, die ich durch den Kirchengang hinter mir herzog, und trug stolz das Hochzeitsgeschenk meines Mannes: das traditionelle Kokoschnick, ein wunderschönes Ensemble aus Halskette, Tiara, Ohrgehängen und Armreif aus Diamanten und Rubinen.

Der anschließende Empfang fand in den Räumen statt, in denen immer die Adligen zusammentrafen, und ganz Petersburg hatte sich dazu eingefunden, selbst Kaiser und Kaiserin beehrten uns mit ihrer Anwesenheit, und ihnen galt der erste Trinkspruch. Das Hochzeitsmahl war nach französischem Brauch, den Petja so sehr bewunderte, ausgerichtet worden: mit Austern, Schildkrötensuppe, Rebhuhnpastete, Hühnchen in sahniger Estragonsauce, Lachs mit Spargel, Fruchtcocktail und Käse, dazu wurden vorzügliche Weine gereicht. Die Ballmusik unterhielt uns bis zum Morgengrauen, und wir empfingen viele, wunderbare Geschenke. Meine Eltern hatten für uns einen kunstvollen Intarsienschrank ausgesucht, meine Schwiegermutter überreichte mir einen Satz Schmuck aus Türkisen, von Zar und Zarin traf ein Samowar aus antikem, fein gearbeitetem Silber ein, und alle Gäste schickten uns Gegenstände aus Silber, Kristall und Porzellan.

Ich zog zusammen mit meinem Mann in seinen mehrstöckigen Palast ein, in dem Luxus und Prunk herrschten, denn Petja hatte eine Leidenschaft für die Eleganz, die ihn sein ganzes Leben lang umgeben hatte. In der Mitte des Hauses prunkte eine breite, kunstvoll gedrechselte Treppe. Es gab mehrere Salons und Speisesäle, eine reich bestückte Bibliothek mit in Leder geschlagenen Bänden, ein Musikzimmer und ein Billardzimmer sowie einen Tanzsaal, der tausend Gäste faßte. Die Gemächer waren weitläufig und hatten alles, was der Bequemlichkeit zuträglich war. Die Möbel waren aus Mahagoniholz und bronzeverziert, die Ebenholztische besaßen Beine, die in silbergearbeiteten Löwenpfoten ausliefen, die Spiegel hatten Rahmen aus Filigran, es gab Diwane und Sessel mit Brokatüberzügen und Vorhänge aus Damast. Überall sah man Marmor aus dem Ural, Bernstein, Perlmutt und Alabaster. Gewaltige Kristalleuchter hingen von den hohen Decken, besetzt mit Kerzen aus schneeweißem Wachs. Niemals, nicht einmal in der Küche, benutzten wir Talgkerzen, denn Petja konnte ihren Geruch nicht ertragen, bei uns waren die Kerzen immer aus Wachs. Auf den eisernen Bettgestellen mit den Daunenbetten ordneten wir die neuen Kissen aus meiner Aussteuer an. Das Besteck war aus Silber, die Schüsseln aus Porzellan, die Gläser aus geschliffenem Kristall, die Dochtscheren aus Gold, das Briefpapier war leicht parfümiert und wies das eingeprägte Familienwappen auf, und die Toiletten waren so modern, daß man nur auf ein Pedal treten mußte, um die Wasserspülung zu betätigen.

Neben meinem riesigen Privatgemach verfügte ich außerdem über ein Nähzimmer, ein Schreibzimmer mit einem herrlichen französischen Sekretär, und Petja hatte neben seinem riesigen Privatgemach ein geräumiges Arbeitszimmer, in dem er sich stundenlang verschanzte, um mit dem Verwalter seiner Landgüter die Geschäfte durchzugehen. Mein Mann besaß sehr viel Land mit unzähligen Seelen, doch besuchte er seine Ländereien nie, weil er das Leben in der Stadt so sehr liebte und die Erlaubnis des Zaren hatte, dort zu wohnen.

Dienstboten in Livreen mit breiten Aufschlägen warteten uns auf, unter der Aufsicht eines alten, ehrwürdigen Hofmeisters und einer äußerst pflichbewußten Wirtschafterin, die den Haushalt beide glänzend im Griff hatten und mir sehr zugetan waren. Wir tranken exquisiten Tee und auch Kaffee, und wie im Zarenpalast, so aßen auch wir Früchte aus unserem eigenen Wintergarten, ein herrliches Gewächshaus mit gläsernen Türen, in dem der hohe Feuchtigkeitsgehalt das Wachstum der Pflanzen förderte. Eine ungemein dicke Dienerin wärmte uns im Winter die Sessel an, und sonntags traf ein Paket mit der *Vestnik Ewropi* der vergangenen Woche ein, die Petja nach dem Frühstück von vorne bis hinten durchlas.

Mein Leben als Ehefrau war ein einziger gesellschaftlicher Wirbel. Am Tag hatte ich für neue Kleider und Schuhe maßzunehmen, Briefe an meine geliebte Familie zu schreiben, die so weit weg wohnte, zu Einkäufen auszugehen, in irgendeinem Nachbarhaus den Tee zu einnehmen oder auf den Eisbahnen des zugefrorenen Flusses unter den Kastanien Schlittschuh zu laufen, wobei wir uns mit Mantel, Muff und Kappen aus Fell vor der Kälte schützten. In der Nacht waren dann die Gesellschaften und Tanzabende an der Reihe sowie die Aufführungen im Alexandrinskij-Theater, die Ballettvorführungen, Konzert- und Opernbesuche, Empfänge in Botschaften und die Bälle. Einmal in der Woche ging Petja zum Whist-Spielen in den englischen Club, und ich nahm währenddessen an spiritistischen Sitzungen teil.

Mein Mann war mir gegenüber freigiebig und großmütig. Er beschenkte mich mit Pelzen und Parfum, mit Juwelen und anderem Schmuck. Wir verbrachten keinen einzigen Abend zu Hause, es sei denn, wir gaben selbst eine Gesellschaft, was recht häufig vorkam, weil es Petja Vergnügen bereitete, die Türflügel zu unserem Salon weit zu öffnen, damit die Gäste sich an dem großartigen Orchester erfreuen konnten, das in unserem Dienst stand und dessen Musiker er nach Moskau zum Studium geschickt hatte, sowie an dem vorzüglichen französischen Koch, der unseren Küchen vorstand, und vor allem an den Kellereien unseres Hauses, die den Ruf hatten, die am besten sortierten von ganz Rußland zu sein.

Gott gewährte mir einen Jungen als Erstgeborenen. Auch wenn während meiner Schwangerschaft keine Schwierigkeiten auftraten, so war ich diese Zeit über doch voller Marotten, seltsamer Gelüste und Launen. Die Entbindung ging auf moderne Art vor sich, so daß ein Arzt ohne das vorschriftsmäßige Bettlaken die Geburt vollzog, was die Empörung meiner Schwiegermutter hervorrief, während mich meine Großmutter, meine Mutter, meine Schwester Katinka und selbst Glafira Iwanowna darin jedoch unterstützten. Petjas Glück über seinen Sohn war so groß, daß er mir eine mit Seide ausgeschlagene Kutsche samt Kutscher in Livree und Puderperücke schenkte. Zur Taufe fand ein prächtiges Fest statt, und mein Sohn empfing den Namen seines Vaters, der auch der Name meines Vaters war, so daß die ganze Familie glücklich sein konnte und gebührend gewürdigt war.

Zwei Jahre darauf, genau in jenem Jahr, als die Newa über ihre Ufer trat und so viele Todesfälle verursachte, kam mein zweites Kind zur Welt, ebenfalls ein Junge. Mein dritter Sohn wurde im folgenden Jahr geboren, unmittelbar nach dem Tod des Zaren in Taganrog, während der finsteren Zeit der Dezembristenaufstände, des Klimas der Unterdrückung, als Konstantin es ablehnte, die Krone anzunehmen, und der Aufstieg von Zar Nikolaus seinen Anfang nahm. Im Jahr darauf, mitten während des Krieges gegen Persien, kam der letzte meiner Söhne zur Welt. Danach bekam ich noch zwei hübsche Töchter, von denen die erste geboren wurde, als gerade der Typhus im Land wütete und wir gegen die Türken kämpften, und die zweite zwei Jahre darauf, zu der Zeit der Cholera-Epidemie und des Polenaufstands. Doch trotz allem, trotz dieses Unheils, empfing ich alle meine Kinder mit großer Freude, feierlich wurden sie getauft, und Petja ließ die Wohnräume im dritten Stock herrichten, damit sie dort untergebracht werden konnten, in der besten Obhut von den hervorragendsten Ammen, denen wir reichlich zu Essen gaben, damit sie immer Milch hatten, und umsorgt von Kinderfrauen, Njanjas, Knechten, Kammerdienern und Zofen.

Die Geburt meiner jüngsten Tochter machte Petja besonders glücklich. Er verhätschelte sie, spielte mit ihr und träumte schon zu diesem Zeitpunkt davon, sie in die Gesellschaft einzuführen und eine glänzende Heirat für sie zu arrangieren. Ihr gegenüber legte er immer eine besondere Zärtlichkeit an den Tag, und diese wurde von der sanften Sofja, die ihn anbetete, rückhaltlos erwidert.

Zu dieser Zeit geschah es, daß Petja mir eine Datscha auf der Krim, am Meeresufer, schenkte, die wie alle Tartarenhäuser aus Holz war und ein flaches Dach hatte. Ich verliebte mich sogleich in diesen Ort mit seinem milden Klima und seiner romantischen Landschaft. »Eine Landschaft ist ein Seelenzustand«, hatte einmal ein Dichter geschrieben, und auf diesen Ort traf dies noch mehr zu als auf alle anderen, mit seinem blauen Himmel, den Küstenfelsen, den Fischerbooten, den Weinbergen und Zitronenbäumen, den Zypressen- und Fichtenwäldern, dem ganz besonderen Licht. Unverzüglich mußte man an Goethe denken: »Kennst du das Land, wo die Zitronen blühn?« Es war ein Ort von einzigartiger Schönheit: »Im dunkeln Laub die Gold-Orangen glühn, / Ein sanfter Wind vom blauen Himmel weht, / Die Myrthe still und hoch der Lorbeer steht.«

In diesem Häuschen, zu dem man nur mit dem Schiff gelangen konnte, verbrachten meine Schwester Katja mit ihren Kindern und ich mit den meinen herrliche Stunden. Seit die Großmutter gestorben war, hatten die Sommeraufenthalte auf ihrem Landgut an Glanz verloren, so daß wir es vorzogen, hierher zu fahren. Petja brachte uns nach dem Osterfest hin und holte uns Ende September wieder ab. Wir trugen Baumwollkleider, ließen unser Haar offen im Wind wehen, tranken Klarett, aßen Trauben und lasen Gedichte. Wir gingen zum Meer hinunter und ließen uns die Füße von den Wellen umspülen und badeten in dem lauen Wasser. Viele Stunden verbrachte ich damit, die Blumen in meinem hübschen Garten zu pflegen, der schon Berühmtheit in der Gegend erlangt hatte.

Als meine jüngste Tochter zwei Jahre alt wurde, schickte der Zar Petja ins Ausland, und er beschloß, daß wir ihn begleiten sollten. So brachen wir also zu unserer ersten Europareise auf.

Unsere erste Station war Italien, wo unsere liebe Freundin, die Fürstin Zenaida, eine prächtige Villa hatte. Wir durchreisten das Land, entdeckten seine einzigartige Schönheit und genossen die warme Sonne. Wir besuchten die reizvollen Seen, die von Oleander und Magnolien umgeben waren, unternahmen eine Seereise, die uns nach Genua führte, wo wir unter freiem Himmel unter Orangenbäumen, schwer beladen mit Früchten, zu Mittag aßen. Dann fuhren wir zu Lande weiter bis nach Florenz, wo wir ganz in die

Kunst und die Musik eintauchten: Michelangelo, Raffael, Dante, Petrarca, Palestrina und Monteverdi. Durch die liebliche Campagna di Roma gelangten wir schließlich nach Rom mit all seinen Marmorskulpturen, dessen Pracht uns trotz des Schmutzes in den Straßen begeisterte. Die heidnische Welt des Kolosseums und der Thermen zog mich mächtig an, ebenso die des Mittelalters und der Renaissance. Doch die schönste Fahrt unternahmen wir nach Venedig. Wir kamen in der Nacht an, und für einen Augenblick erleuchtete ein matter, roter Mond San Marco, deren Kuppeln aus Alabaster zu sein schienen. Der Dogenpalast mit seinen seltsamen Umrissen und den Glockentürmen, die von tausend schlanken Säulen gestützt wurden, hinterließ einen tiefen Eindruck bei uns. Der durchdringende Geruch nach stehendem Wasser stieg bis zu unseren Zimmern im Hotel Gabrielli hoch, und auf den Treppen der rosa- und goldfarbenen Paläste war das Rauschen von Brunnen zu hören, deren Fontänen auf den Marmor plätscherten. In der Nacht ging das Gespenst Byrons um.

Anschließend fuhren wir nach Wien weiter, wo die gesellschaftliche Saison gerade ihren Höhepunkt erreicht hatte. Dort lernten wir viele adelige russische Damen kennen, die Liebschaften mit schwindsüchtigen jungen Männern hatten, während ihre Gatten sich mit den schönen Schauspielerinnen und Tänzerinnen vergnügten. Wir hielten uns zwei Monate dort auf, die wir ebenso wie auch in Sankt Petersburg verbrachten, nämlich in reger Betriebsamkeit. In London lernten wir Lawn-Tennis und Croquet spielen, und besonders stach uns dort die Sauberkeit der Stadt in die Augen, ebenso einige neue Erfindungen wie das Toilettenpapier und die Pfefferminzpastillen.

Schließlich gelangten wir nach Paris, der kosmopolitischsten, lebendigsten aller Städte, in der es von fortschrittlichen literarischen Zirkeln, Künstlern und Literaten, von Liebhabern der Freiheit und Zivilisation nur so wimmelte. Petja fand so großen Gefallen an dieser Stadt, daß er den Zaren um die Erlaubnis ersuchte, dort bleiben zu dürfen. Also mieteten wir ein schönes Haus in einer ruhigen, aber guten Gegend, kauften einen prächtigen Flügel und stellten ein ganzes Heer von Dienstboten, Hauslehrern, Erzieherinnen und allen möglichen Lehrmeistern ein, denn mein Mann hatte sich vorgenommen, seinen Kindern die vollständigste und fortschrittlichste Erziehung angedeihen zu lassen. So wurden sie also in Sprachen, Geschichte, Literatur, Musik, Tanz, Etikette, Fechten, Landverwaltung und Finanzen unterrichtet. Außerdem hatte Petja entschieden, daß niemand jemals seine Hand gegen sie erheben sollte, und trotz des lebhaften Widerstands meiner Schwiegermutter, von dem sie uns brieflich in Kenntnis setzte, wies Petja auch unsere Kinder an, daß sie ebenfalls nicht die Dienstboten schlagen sollten.

In dieser herrlichen Stadt lernte ich auch die Mode kennen, nach der man Pelzhüte, Samtbänder für das Haar, Handschuhe mit Schleifen statt mit Litzen und prächtige Morgenmäntel nach orientalischem Muster, mit weiten Ärmeln, zu tragen hatte. An seinem Namenstag schenkte ich Petja ein paar dicke, goldene Schulterklappen für seine Uniform, die mit Brillanten besetzt waren, und an meinem Namenstag beschenkte er mich mit goldbestickten Pantoffeln und einem Morgenrock aus blauer Seide mit einer dicken Kordel als Gürtel. In Paris lernte ich außerdem, Selterswasser mit Zitrone zu trinken und das Kuchenessen aufzugeben, um so »schlank wie eine Birke« zu bleiben, wie mein Mann immer sagte.

Als wir uns schließlich häuslich eingerichtet hatten, beschloß Petja, daß wir einen literarischen Salon eröffnen sollten. Und so geschah es auch. Großzügig, wie es seinem Charakter entsprach, überreichte er mir zweihunderttausend Goldrubel, damit ich den besten Treffpunkt von Paris einrichtete, der seinen Gästen Luxus, Eleganz und Intelligenz bieten sollte. Dieser Aufgabe widmete ich mich mehrere Monate lang, während der ich meine Fühler nach allen Richtungen ausstreckte, mit dieser Gräfin und jener Herzogin sprach, und bald begannen Leute aus der allerbesten Gesellschaft in unserem Haus aus und ein zu gehen: unermeßlich reiche Adlige, vornehme Damen, begnadete Künstler, herausragende Musiker und Komponisten sowie die allerschönsten Frauen. Zwischen vornehmen Cocktailempfängen und opulenten Nachtessen gab es Konzertdarbietungen, Gespräche über Literatur, Philosophie, Musik, Malerei und Theologie. Besonders eifrige Stammgäste waren der Großherzog Romanowskij und seine Frau, der Graf Dorsay und die Gräfin Dargoult, der Marquis de Caillois und seine Frau, Madame Boissier und ihre Tochter Valérie, Lady Blessington, die Schriftsteller Balzac, Musset und Hugo, Dumas, der Ältere, und Sandeau; der aus seinem Land verbannte polnische Dichter Mickiewicz und der Deutsche Heine, der Gedichte aus seinem herrlichen *Buch der Lieder* vortrug und mir entzückt zuraunte: »Du bist wie eine Blume«; Literaturkritiker wie Sainte-Beuve und Musikkritiker wie Dortigue, die Maler Ingres und Delacroix, die Komponisten Meyerbeer und Bellini sowie der exzentrische, geniale Berlioz und der zarte, kränkliche Chopin, der bald sterben sollte; der Abbé Lamennais, dessen geistliche Worte viele der Anwesenden zutiefst berührten, und der Reisende Alexander von Humboldt, dessen Geschichten von fernen Welten alle bezauberten; die berühmte Schauspielerin Maria Malibran und ihre Schwester, die Sängerin Pauline Viardot, mit der ich eine enge Freundschaft schloß und die durch mich die Literatur meines Landes lieben lernte, ohne daß ich geahnt hätte, daß es ihr in Zukunft bestimmt sein sollte, nicht nur in meinem Land zu leben, sondern auch leidenschaftlich einen seiner herausragendsten Schriftsteller zu lieben.

Und eines Tages trat er durch die Tür. Die außergewöhnlichste Persönlichkeit, die mir je begegnet war. Er war jung und schön, hochgewachsen und schlank, hatte große, grüne Augen, die wie die Wellen in der Sonne funkelten, sowie eine seidenweiche, lange Mähne, die bei jeder seiner Bewegungen in Wallung geriet. Seine ganze Gestalt war der Inbegriff überschäumender Lebenskraft, und alles an ihm war Lächeln und Verführung. Sein Name lautete Franz.

In meinen Salon kam er am Arm der berühmten Madame Sand, jener bekannten Schriftstellerin und unabhängigen Frau, die Männerkleider trug und die ich zur gleichen Zeit bewunderte und fürchtete und deren Gefühlsleben ganz Paris aufmerksam verfolgte. Sie stellte ihn mir als den größten Pianisten aller Zeiten vor und ließ mich wissen, daß er mir die Ehre erweisen würde, an meinem Konzertabend zu spielen, wenn ich ihn darum bäte.

Die Gesellschaft geriet in Bewegung, einige, weil sie das Talent des Interpreten kannten, andere, weil sie jemanden hören wollten, von dem sie annahmen, er handele sich um die letzte Eroberung jener berühmten Dame.

Inmitten eines ehrfürchtigen Schweigens setzte sich Franz vor den schönen Broadwood-Flügel, warf seine Mähne in den Nacken, so daß seine hohe Stirn zum Vorschein kam, und spielte, wie ich noch nie zuvor jemanden hatte spielen hören. Seine zarten, schmalen Hände mit ihren langen Fingern tanzten die Tasten hinauf und hinunter und entlockten ihnen die eigentümlichsten Töne, von größtem Wohlklang und tiefer Empfindung. Für Augenblicke hatte es den Anschein, diese Finger würden sich dehnen und wachsen, als wären Springfedern in ihnen und als würden sie sich im nächsten Moment von den Händen lösen. Die schwingenden Locken, die Augen, die zuerst an der Decke nach Inspiration suchten und sich dann auf einen

Punkt im unendlichen Raum hefteten oder auch auf eine verzückte Dame, sein Körper, von dem gleichzeitig Freude und Leiden Besitz ergriffen hatten, all dies versetzte mich in den Zustand größter Erregung. Er spielte mit so viel Hingabe und Tiefe, wobei er einer so gewaltigen Leidenschaft freien Lauf ließ und sich so vollkommen neuartiger Kunsteffekte bediente, daß er damit nicht nur die überwältigendsten, stürmischsten Empfindungen auslöste, sondern sein Spiel zur gleichen Zeit auch von seltsamer, unvergleichlicher Schönheit war.

Seine Musik machte mich so glücklich, daß ich mir nichts weiter in meinem Leben wünschte. Ich sah mich gezwungen, auf die Terrasse, in die frische Luft hinauszutreten, denn vor Entzücken konnte ich kaum atmen. Den ganzen Abend über konnte ich meine Augen nicht von Franz lassen. Er war bezaubernd, unterhaltsam und gewohnt, sich in den Salons zu bewegen, er fand Gefallen an seinem Erfolg und all den Schmeicheleien, er war selbstsicher und wußte um sein Talent. Er sprach mit Leidenschaft, legte scharfsinnig seine Gedanken und Meinungen dar, die meinen Ohren völlig fremd waren, welche sich an Gemeinplätze und Plattheiten gewöhnt hatten.

Als um drei Uhr morgens das Nachtmahl angekündigt wurde, entschuldigte er sich und ging.

Doch am folgenden Tag empfing ich ein Billet von Frau Sand, in ihrer unverwechselbaren kleinen, sicheren Handschrift: »Meine liebe Marie: gestern nacht, während er die zauberhaftesten Melodien spielte, erging sich die Fürstin im Schatten der Terrasse, gekleidet in ein blasses Kleid. Ein großer Schleier umschlang ihren Kopf und fast ihre ganze schlanke Gestalt. Dann saß sie wie von Zauberkraft gebannt in einem Sessel vor dem Klavier, eine stumme Sibylle mit weißem Schleier. Sie sind schön, bezaubernd, sind mit Witz und vor allem mit einem scharfen Verstand gegabt. Was tut eine solch junge Frau mit einem Ehemann, der um vieles älter ist als sie, mit dem sie ihr Leben vergeudet und an den sie ihre empfindsame Seele verschwendet?«

Der Brief verstörte mich aufs tiefste. Ich sammelte Kräfte, von denen ich nicht wußte, woher sie kamen, und antwortete ebenfalls mit einem Billet: »Meine so aufrichtig bewunderte Aurore: Was schlagen sie mir vor? Erwartet mich denn ein besseres Schicksal an einem Ort, der mir noch unbekannt ist?«

Zwei Stunden darauf empfing ich ein prächtiges Blumenarrangement mit einer Karte: »Für Marie, aufrecht wie eine Kerze, weiß wie eine Hostie.« Statt einer Unterschrift befand sich darauf nur eine Adresse und eine Zeitangabe.

Nicht einen Augenblick zögerte ich. Ich vergaß meine Stellung, meine Familie, meine Ehrbarkeit und begab mich zu dem verabredeten Rendezvous. Etwas trieb mich, blind meinem Schicksal zu folgen, und ich wollte nicht weiter darüber nachdenken, noch jener Quelle Einhalt gebieten, die in mir hervorgesprudelt war. Die Karte fest in die Hand gepreßt, verließ ich das Haus und suchte den angegebenen Ort auf.

Als ich zu seiner Wohnung kam, empfing mich Franz mit einem wundervollen Lächeln und einer Herzlichkeit, die alle Vorbehalte, die mich den ganzen Weg über gequält hatten, sofort zunichte machte.

Kaum hatte ich die Schwelle überschritten, da verspürte ich eine Erregung, ein Prickeln auf Lippen und Haut sowie ein Gefühl der Schwäche, das mir vollkommen unbekannt war. Wir sprachen kein einziges Wort. Franz schloß die Tür, zog mich sanft zu sich heran, hob den Schleier, der mein Gesicht bedeckte, und wir verflochten uns in einer leidenschaftlichen Umarmung ohne Ende, bei der sich unsere Lippen vereinten und unsere Körper einander berührten. Nun gab es kein Halten mehr. Ich entdeckte meine eigene Sinnlichkeit und meine Fähigkeit zur glühendsten Begierde und war bereit zu allen Verwegenheiten der Leidenschaft, ich, die ich meinen Körper nicht gekannt hatte, die ich freudig, jedoch ungerührt meinen ehelichen Pflichten nachgekommen war, ohne auch nur eine Spur von dem Glück zu erahnen, das sich in der Liebe verbergen kann.

Von diesem Tag an verbrachten wir alle Nachmittage gemeinsam, wir streckten uns auf dem breiten Bett aus und blickten aus dem Fenster. Ebenso lasen wir Gedichte, Franz trug mir laut seine Lieblingsschriftsteller vor und hörte mir aufmerksam zu, wenn ich ihm von unseren großen russischen Dichtern erzählte. Und wir sprachen von der Religion, ein Thema, das ihm nicht aus dem Sinn ging. Er hatte Chateaubriand gelesen und verriet mir, daß er gerne die schöpferische Kraft des Künstlers mit religiöser Hingabe vereinen würde. Er träumte davon, der Welt zu entsagen und in einer Hütte zu leben und in aller Abgeschiedenheit bis an das Ende seiner Tage zu arbeiten.

Franz ließ mich die Welt in einem neuen Licht sehen, das von den Idealen der Freiheit, der Liebe, der Kunst und der menschlichen Eintracht ausging. Doch vor allem führte er mich in die Musik ein. Mit ihm lernte ich sie nicht nur lieben, sondern auch verstehen. Er ließ mich ihre Wirkung auf Sinne und Geist begreifen sowie ihre Macht, in die entlegensten und geheimsten Winkel der Seele einzudringen und die besten Saiten in ihr erklingen zu lassen. Und dieses Wissen sollte mich nie mehr verlassen.

Der schwarze Bechstein-Flügel, der seinen Salon beherrschte und auf dem ehrfurchtgebietend eine Büste seines verehrten Meisters Beethoven thronte, war Zeuge jener Hingabe an die göttliche Kunst. An seiner Seite hörte ich ihn die Klavierbearbeitung von einer Beethoven-Sinfonie oder Berlioz' *Marche au supplice* spielen, die Klavierfassung von Werken Paganinis oder seine Arrangements zu den Gedichten von Heine, seine eigenen Kompositionen oder die seines geliebten Freundes Chopin, dessen Genie er in den Himmel hob. Franz verfügte über ein sehr großes Repertoire und beherrschte alle Ausdrucksregister, von den zarten, lyrischen Tönen bis zu den kraftstrotzenden, heroischen. Seine Musik übte eine so gewaltige Macht aus, daß sie immer, wenn sie erklang, eine geistige Erschütterung auszulösen vermochte.

Er war es gewohnt, ohne Unterlaß an seinem Klavier zu arbeiten, welches für ihn Sprache und Leben war sowie der Schutzengel von all dem, was ihn tief in seinem Inneren bewegte, und dem er alle seine Wünsche, seine Träume, seine Freuden und seinen Kummer offenbarte. Ich war ihm rückhaltlos verfallen, betete ihn schweigend an und bewunderte diesen strahlenden Geist, der in seinen Augen sprühte, und nach dieser ungeheueren Kraftanstrengung, die das Komponieren und Spielen für ihn darstellte, erwartete ich ihn, und dann gaben wir uns zügellos unseren Liebkosungen, Küssen und dem Glück der Liebe hin.

Die Zeit verging wie im Fluge. Die Stunden eilten im Wirbelsturm der Sinne geschwind dahin, auf den dann die Ruhe und die süße Zärtlichkeit der Nähe folgten.

Doch war es keine friedliche Liebe und gewiß keine sorglose Beziehung. Franz wurde von einem Heer von Bewunderern verfolgt, Männer, die von seiner Kunst fasziniert waren, und dahinschmelzende Frauen, die ihn für ihre Konzerte und Besuche in ihren Salons vereinnahmen wollten. In meinem Fall nahm meine Familie viel Zeit in Anspruch, von der ich mich immer wieder davonmachte, indem ich Verabredungen mit Damenschneiderinnen, Frauenkränzchen, Besuche und Teeinladungen erfand.

Die Schwierigkeiten, die es uns bereitete, unsere Zeit gemeinsam zu verbringen, ließen es zu heftigen Streitigkeiten zwischen Franz und mir kommen. Er wollte mehr von mir, wünschte, daß ich am Morgen an seiner

Seite weilte, während er komponierte und übte, und ebenso am Abend, wenn er Konzerte gab. Er wollte, daß wir zusammen die Nächte verbrachten und die Liebe uns in jedem Augenblick überkommen konnte und nicht nur am Nachmittag zu festgesetzter Zeit. Es quälte ihn, daß ich nach Hause zurückkehren mußte, es ärgerte ihn, daß ich ihm von meinen Kindern und meinem Heim erzählte, es machte ihn wütend, daß wir auf Abendgesellschaften und in der Öffentlichkeit kaum ein paar Blicke oder Worte wechseln durften. Er wollte mich umarmen und küssen, ohne sich verstecken zu müssen, mich seinen Freunden vorstellen und mit mir und seiner Musik zusammen die Welt bereisen und unser Glück genießen.

Doch ich hatte Angst, Angst, meinen Mann zu verlassen, meine Kinder zu verlieren, alles aufzugeben. In der Morgendämmerung lag ich schlaflos in meinem Bett und überlegte, was zu tun sei, bald plante ich eine Flucht mit Franz, bald beschloß ich, mich von ihm zu trennen und ihn niemals wiederzusehen. Gefühle der Reue und Schuld suchten mich heim, doch zur gleichen Zeit war gar nicht daran zu denken, mich von ihm zu entfernen. Nichts konnte dieser Liebe Einhalt gebieten. Die Tage vergingen über leidenschaftlichen Begegnungen und größter Furcht, über bitteren Vorwürfen und zärtlichen Versöhnungen. Franz schrieb mir wunderbare Briefe, in denen er mich beschwor, eine Entscheidung zu treffen: »Ich habe dich vom ersten Augenblick an geliebt und habe gewußt, was für eine Liebe das sein würde und wieviel sie erforderte. Ich habe um dich gebangt und beschlossen, mich fern von dir zu halten. Aber nun begreife ich, daß ich nicht von dir lassen kann. Auch ich verspüre diesen Lebensdurst, und ich habe gewiß nicht vor, uns unglücklich zu machen.«

Der Krieg zwischen Italien und Österreich entschied an unserer Stelle unser Schicksal. Auf eine Einladung zu Wohltätigkeitskonzerten für die Flüchtlinge reiste Franz nach Genf. Voll innerer Unruhe wandte ich nun all meine Aufmerksamkeit meinen Kindern zu und harrte seiner Rückkehr. Ich erhielt wundervolle Briefe, die von der Schönheit der schweizerischen Landschaft sprachen sowie von seinen neuen Bekannten, meist Verfechter der italienischen Unabhängigkeit. Wie entflammt spach er von Verdis Opern. So verstrichen die Wochen, die Konzertreise fand ihr Ende, doch Franz kehrte nicht zurück. Nach und nach trafen die Briefe immer seltener ein und bekamen den distanzierten Tonfall höflicher Gleichgültigkeit: »Meine liebe, gute Marie, du bist wahrhaftig ein Engel, und ich verdiene dich gar nicht. Laß uns unseren Glauben nicht verlieren, Gott wird uns nicht verlassen.«

Im Laufe der Monate wurden die Nachrichten immer seltener, bis eines Tages gar keine Briefe mehr eintrafen.

Verzweifelt schickte ich ihm einen langen Brief, in dem ich ihn an unsere Liebe und seine Versprechen gemahnte. Ich erhielt keine Antwort. Da verfaßte ich ein knappes Schreiben mit jenen Fragen, die mein Herz quälten: »Was ist geschehen, bist du mir böse, liebst du eine andere Frau oder ist die Fackel erloschen?« Doch auch diesmal antwortete Franz nicht. Und da verstand ich auf einmal jenen Vers von Musset: »Blinde, unbeständige Fortuna! Berückende Liebespein! Nimm mir, oh unbarmherziges Gedächtnis, nimm mir diese Augen, die ich noch immer sehe ...«

Im Glauben, meine Trübsal sei eine schwere Krankheit, die sogar mein Leben bedrohte, beschloß Petja, daß wir nach Hause zurückfahren sollten. Die Neuigkeiten aus der Heimat waren keine guten. Mein Vater war gestorben, und der Zustand meiner Mutter war sehr schlecht. Meine Schwiegermutter litt an Magenschmerzen, die die Ärzte als Darmverschluß diagnostiziert hatten, bei dem nur noch eine Operation helfen konnte. Obwohl schon so viele Jahre seit dem Putschversuch der Dezembristen vergangen waren, war der Zar noch immer beunruhigt und hatte entschieden, keine weiteren Reisegenehmigungen für das Ausland mehr zu erteilen, damit niemand mit liberalem Gedankengut in Berührung käme. Die Wachsamkeit der Geheimpolizei war ungebrochen, und einige unserer Freunde waren in Ungnade gefallen.

Vor unserer Abreise veranstalteten wir ein großes Abschiedsmahl, zu dem wir alle unsere Bekannten luden. Ich war eifrig bemüht, es so glänzend wie möglich auszurichten, zum einen Teil, um meine Demütigung zu verbergen, und zum anderen Teil, um meinem Mann gegenüber eine Untreue wiedergutzumachen, von der ganz Paris wußte, von der er jedoch vorgab, nichts zu wissen. Ich ließ vorzügliche Speisen servieren, begleitet von den besten Weinen, und ließ Musiker zur Unterhaltung kommen, und in der Morgendämmerung stießen wir unter den glänzenden Lichtern mit Champagner auf unser Kaiserpaar, unser Land und unsere Zukunft an.

In dieser Nacht schloß ich nicht die Vorhänge vor den Ikonen in der Ecke, um sie um Vergebung für meine Sünden zu bitten und ihnen dafür zu danken, daß sie es mir gestatteten, wohlbehalten in mein Heim, zu meinem Mann und meiner Familie zurückzukehren.

So fuhren wir also nach Rußland, in unsere Heimat zurück. Obwohl ich viel von meiner Empfindungskraft verloren hatte, so war ich doch tiefbewegt, als ich wieder meine geliebte Steppe erblickte, die Dörfer und Kirchen, die Mujiks, die mißtrauisch den vorüberfahrenden Kutschen nachsahen, die über und über mit ihren vielen Puds Gepäck beladen waren.

Als erstes besuchten wir das Landgut meines Vaters, wo uns meine Geschwister mit ihren Familien erwarteten. Es erschütterte mich zu sehen, wie alt meine Mutter geworden war und daß sie nicht nur ihre Schönheit, sondern auch ihre Fröhlichkeit verloren hatte. Wie mein Vater, so hatte auch Glafira Iwanowna diese Welt bereits verlassen, und ebenso meine geliebte Njanja, die mir meine ersten Lieder beigebracht und mir die alten Märchen erzählt hatte. Meine Schwester Katinka war rundlich geworden und nun eine Matrone inmitten ihrer Kinder. Selbst Sergej hatte sich verändert, das Haar war ihm ausgegangen, schlimmer noch, er hatte seine frühere poetische Ader verloren. Einen Monat blieben wir dort, beteten für unsere Toten und aßen die geliebten Gerichte, die den Geschmack der Kindheit hatten: die süßen Piroggen, die Blinis, den Quark, die Salzgurken, den Kwaß und die Kascha.

Dann fuhren wir nach Sankt Petersburg weiter, wo uns unser Haus erwartete, von unseren Dienstboten tadellos instandgehalten und gepflegt. Als sie uns erblickten, war ihre Bewegung so groß, daß sie in Tränen ausbrachen und uns die Schultern küßten. Sie empfingen uns mit Balalaika-Klängen, die so typisch für dieses Land waren, in das wir nun nach so langer Zeit zurückkehrten. Im Empfangssaal, in dem die Portraits der Vorfahren so vieler Generationen hingen, verbeugten wir uns, um uns wieder in unserem Heim einrichten zu können. Eine Woche darauf nahmen wir an dem Dankgebet anläßlich des Geburtstags des Kaisers teil, bei dem der Metropolit und der ganze Hof anwesend waren, so daß wir wieder ins gesellschaftliche Leben eintauchten.

Bald waren wir wieder auf dem laufenden über alle Vorfälle und Ränke: daß diese Dame viel in ihrer Ehe zu leiden hatte, weil ihr Mann ein Geizhals und äußerst rücksichtslos war, daß jener Herr seinen unehelichen Sohn anerkannt hatte, der aus einem Verhältnis mit einer Tänzerin hervorgegangen war, daß die und die im geheimen Gedichte schrieb, die sie unter einem Pseudonym in der Zeitung veröffentlichte, daß der und der sein Vermögen einem Waisenhaus hinterlassen hatte und seine Kinder nun im Elend lebten, daß der Kaiser einen gewissen alten General mit dem Sankt-Georgs-Orden und die Kaiserin die Gräfin, die für ihre Garderobe zuständig war, mit dem Sankt-Katharinen-Orden bedacht hatte, daß die Farbe, die die Großherzogin auf dem Fest getragen hatte, ihr ganz und gar nicht stand oder daß die Ärmel heutzutage einen ganz anderen Schnitt aufweisen mußten, daß dieses Fürstenpaar seine Tochter gut verheiratet hatte oder jene Eheschließung unsinnig oder gar lächerlich war, daß die Abendgesellschaft, die die Gattin des Grafen gegeben hatte, ein gewaltiger Mißerfolg gewesen war, daß die neue Geliebte des Zaren von ausnehmender Schönheit sein sollte. Petja ging wieder zum Whist-Spielen und sprach erneut von Holzhandel, Heupreisen oder davon, wieviel Tschetwert Weizen geernet worden waren, sowie von Pachtzins, Deßjatinen, Mietgeschäften und Verkäufen, von dem Mißgeschick eines Herzogs, den der Zar von seinen Gütern verbannt hatte, oder von den Vorteilen, den Wald zu verpachten, um immer Geld zur Verfügung zu haben.

»Wir schlafen, und die Zeit zieht über uns hinweg«, schrieb mir mein guter Freund Turgenjew, und er hatte recht. Unsere Söhne waren herangewachsen und hatten sich in stattliche, elegante und tadellos erzogene junge Männer verwandelt. Unsere Töchter begannen schon zu erblühen. Von den Jungen schlugen Petruschka, der Ältere, und Wolodja, der Zweitgeborene, wie ihr Vater die militärische Laufbahn ein, der eine trat in den Dienst des Husarencorps, das zur Kaiserlichen Garde gehörte, und der andere trat in die Militärakademie ein, um sich von dort aus dem Preobazenski-Regiment anzuschließen. Dimitrij, der dritte von ihnen, besuchte die Tsarkoje Selo-Schule und trug deren schöne blaue Uniform mit ihren roten Manschetten und Kragen, den weißen Hosen und Handschuhen, den schwarzen

Stiefeln, den goldenen Knöpfen und dem imposanten Dreispitz mit Federbusch. Doch er blieb nicht lange dort, bald war der arme Wanka wieder bei uns, da er für die Freilassung der Dienstboten focht und ein Schwärmer war. Alexander, der jüngste von ihnen, trat in Moskaus Schulanstalt für den Adel ein und bereitete sich auf den diplomatischen Dienst vor. Der gute Sascha fand allzuviel Gefallen an Liebeleien mit Schauspielerinnen und war dafür bekannt, ein Spieler und Trinker zu sein, worüber sich mein Mann große Sorgen machte. Böse Zungen behaupteten, er würde das Geld verprassen, Kosakenlieder singen und wie diese Wodka mit einer Prise Schießpulver trinken. Unsere beiden Töchter schickten wir auf die Ekaterinski-Schule. Sonjeschka führten wir auf einem prächtigen Ball im Hause der Fürstin Worontsowa in die Gesellschaft ein, aber das Unglück wollte, daß unsere kleine Sofja erkrankte, und obwohl sich die besten Ärzte um sie kümmerten und sie alle nur erdenklichen Breiumschläge, Aderlässe, Eisbäder und warmes Brot bekam, konnte sie doch nicht überleben.

Die Tragödie hatte von unserem Leben Besitz ergriffen. Der leblose Körper der kleinen Sofja ruhte auf einem Tisch, umgeben von großen silbernen Leuchtern, in denen lange Kerzen brannten. Die Stimme des psalmodierenden Sakristans ertönte. Nach der Messe deckten sie das wunderschöne Gesicht des armen Mädchens auf, und die Gäste begannen an dem Sarg vorbeizudefilieren, um es zu küssen. In diesem Augenblick sank ich ohnmächtig zu Boden.

Viele Monate vergingen, bevor ich mich wieder erholt hatte, und niemals mehr sollte ich die gleiche sein. Ich verlor jegliches Interesse am gesellschaftlichen Leben, und es berührte mich nur wenig, als meine Mutter und einen Monat später meine Schwiegermutter starben, die eine friedlich, die andere unter entsetzlichen Schmerzen. Ich versuchte, Zerstreuung in den

Büchern und bei der Musik zu finden, doch es war vergebens, meine Seele war gealtert. Auch mein Mann erholte sich nicht mehr. Er wurde mager und saß die ganze Zeit über in einem Sessel, während dicke Tränen ihm die Wangen hinunterliefen.

Im Monat Februar jenes Jahres, in dem man die Eisenbahnlinie zwischen Sankt Petersburg und Moskau eröffnete, wurde ich Witwe. Petja hatte niemals über etwas geklagt, aber eines Tages stand er nicht mehr auf. »Mütterchen«, sagte sein Kammerdiener, der zu mir gekommen war, »Väterchen ist heute nicht mehr aufgestanden. Gott sei gedankt, daß er die heilige Kommunion empfangen hat und in Frieden von uns gegangen ist.«

Trauernd und einsam machte ich mich zu meinem alten Haus auf der Krim auf, wo ich mich besser zu fühlen hoffte. Noch nie hatte ich mich dem großen Puschkin so nahe gefühlt wie damals:

> Einsamer Winkel, sei mir tausendmal gegrüßt,
> Dem Genius Zufluchtsstatt, der Arbeit und dem Frieden,
> Wo meiner Tage Strom unsichtbar-selig fließt,
> Vom Lärm der großen Welt gemieden.
> Dein bin ich nun: Ich floh die lasterhafte Pracht
> Des satten Fürstenhofs, um Höhres zu gewinnen –
> Der Felder wogend Gold, des Waldes grüne Tracht,
> Den freien Müßiggang, so hold dem ernsten Sinnen.

An diesem geliebten Ort zog ich mich vor der Welt zurück und bestellte meinen Garten. Hier ließ ich mich wieder von der Poesie in Bann schlagen und widmete mich viele Stunden der Musik.

Einige Monate darauf kam mein ältester Sohn mich besuchen, um mir seine Heirat anzukündigen und mich um seinen Segen zu bitten. Er kam in Begleitung von Sonja, der einzigen mir verbliebenen Tochter, die mich beschwor, ich sollte doch in die Stadt zurückkehren. Und das tat ich auch, denn ich durfte doch meine Pflichten nicht vernachlässigen. So groß mein Schmerz auch sein mochte, ich mußte in jenen Augenblicken an der Seite meiner Kinder sein, in denen ihr Leben seine entscheidende Wende nahm, vor allem das meines Mädchens, das verheiratet werden mußte. Was für Zeiten waren das damals, denn kaum war ich nach Sankt Petersburg zurückgekehrt, da brach der Krieg gegen den Khan aus, und mein schönes Häuschen auf der Krim wurde dabei in Mitleidenschaft gezogen.

Auf jeden Fall war es mir nicht möglich, wieder ins gesellschaftliche Leben zurückzufinden, und so nahm ich nicht mehr an Festen und Banketten teil. Ich verbrachte meine Zeit mit Lesen und besuchte Konzerte, denn die Musik schaffte meiner Seele Erleichterung.

Am Hochzeitstag von Sonja und dem Großherzog Wladimir empfing ich einen Brief von der Baronin Malwida von Wuttenau: »Mein liebes Mariechen: wie gerne hätte ich dich bei mir, damit du eine Saison an meiner Seite verbringen kannst. Du, die du so sehr die Natur liebst, solltest dich davon überzeugen, daß die bayerische Landschaft nicht ihresgleichen hat. Es ist ein Land voller Seen, in denen elegante Schwäne dahingleiten, die wir mit Brot füttern. Überall erheben sich Schlösser mit weiten Gärten im französischen Stil, mit Brunnen, Teichen und Pavillons inmitten von Wäldchen, es gibt versteckte Winkel und Einsiedeleien, in denen man ganz Rousseau sein kann. Das Leben zieht ruhig dahin. Wir können, wenn du willst, in einen Badekurort fahren, natürlich nicht nach Bad Kissingen, wo sich all die gekrönten Häupter Europas aufhalten, sondern zu den Heilquellen von Spa, die mitten in den Bergen liegen, wo das Edelweiß wächst und der unvergleichliche blaue Enzian. Du kannst den Frühling genießen mit seinen blühenden Hecken und den großen Lilien, die sich im Wind wiegen. Du wirst den ersten Flieder blühen sehen und seinen berückenden Duft einsaugen.«

Malwidas Brief hatte mich überrascht. Alles in allem war ich noch nicht alt, ich erfreute mich ausgezeichneter Gesundheit und eines beachtlichen Vermögens, so daß ich ihre Einladung annahm.

Sobald ich in München eingetroffen war und mich in dem Schwabinger Haus eingerichtet hatte, führte meine Gastgeberin mich zum Tee in die Amalienburg aus, wo sich der Hof mit dem Gefolge des preußischen Königs versammelte, der auf dem Weg zum Kurhaus in Bad Gastein war. Bei dieser Gelegenheit lernte ich einen jungen Mann von ungefähr achtzehn Jahren kennen, hochgewachsen und schlank, von einer klassischen Schönheit nach griechischem Vorbild, mit wallendem, von hervorragenden Friseuren künstlich gekräuseltem Haar, mit länglichem Gesicht, gerader Nase, kräftig geschwungenem Mund und schwarzen Augen, in denen ein schwermütiger, abwesender Blick hauste. Sein Wesen hatte etwas Ätherisches, und wenn er auch für einige Augenblicke von einem plötzlichen Entzücken befallen wurde, so war er die meiste Zeit über doch wie im Traum befangen.

Eine Woche später sollte ich ihn wiedersehen, als ich mit meiner Freundin der Oper *Lohengrin* beiwohnte, mit dem herausragenden Tenor Niemann. Wagners Musik bewegte mich so stark, daß ich mit tränenüberströmtem Gesicht dem Sänger meine Glückwünsche aussprach. Ich fühlte mich wieder so wie in meiner Jugend, als mein Herz bei Nikolenkas Versen wie wild geschlagen oder meine Seele sich an der Musik von Franz berauschte hatte. Unmittelbar nach mir kam der schöne, blonde Jüngling in die Garderobe und brachte in fiebernder Erregung dem Sänger ganze Arme voll Rosen mit.

Tiefbewegt begannen wir beide über die Oper zu sprechen. Bald schlossen wir Freundschaft, und an diesem Abend begleitete er mich zu dem Haus meiner

Gastgeberin, wo er bis zum Morgengrauen verweilte und von der Musik sprach.

Fünf Tage später wurde dieser empfindsame Jüngling zum König Ludwig II. von Bayern gekrönt.

Die offizielle Zeremonie war gerade erst vorüber, da wurde ich in den Palast gebeten. Dort lernte ich persönlich den großen Wagner kennen, den der König eingeladen hatte, bei ihm zu leben, um ihn mit Gunstbeweisen zu überhäufen, während er sich dem Komponieren widmete. Von da an verbrachten wir mit einer kleinen Schar enger Freunde lange Stunden damit, in heiliger Ergriffenheit den Zeugnissen seiner Genialität zu lauschen.

Wagners Musik unterschied sich vollständig von jener, an die wir gewohnt waren. Sie entwickelte ihre eigenen Gesetze und ihre eigene Bedeutung in einer tiefreichenden Verbindung von Tönen und Poesie, den gewaltigsten Leidenschaften und der befremdlichsten Schönheit. Nachdem ich sie vernommen hatte, konnte nichts anderes mir mehr grandios erscheinen, nicht einmal mehr mein geliebter Haydn und sein erhabenes *Hallelujah*, an dem ich mich Jahr für Jahr an Christi Himmelfahrt erfreute.

Nach den Konzerten verharrten alle eine ganze Weile lang in ehrfurchtsvollem Schweigen. Manchmal gingen wir, ohne uns vom König zu verabschieden, den wir zutiefst ergriffen sahen, und andere Male verstrickten wir uns die ganze Nacht hindurch in endlose Gespräche, sei es im Mondlicht, auf dem Rasen ausgestreckt, oder bei Spaziergängen durch den Wald oder an den Ufern des Schwansees. Wenn Ludwig guter Stimmung war, fuhren wir in Begleitung von einigen jungen Freunden und seinem geliebten Paul von Taxis im Boot zum kleinen Pavillon auf der Roseninsel. Ab und zu gesellte sich seine Kusine, die wunderschöne Königin Elisabeth von Österreich, zu uns, die eine zärtliche Freundschaft mit ihm pflegte.

Ich hatte die Ehre, den König begleiten zu dürfen, als er inkognito zur Generalprobe des *Tristan* erschien. Zusammen besuchten wir die Premiere und vier weitere Aufführungen. Damals bangte ich zum ersten Mal um seine geistige Gesundheit, denn mir wurde bewußt, daß sein Entzücken und sein Bedürfnis nach dem Erhabenen ein solches Ausmaß erlangt hatten, daß sie seinem Geist gefährlich werden konnten. Ich erinnere mich daran, daß er nach dem Theaterbesuch die ganze Nacht über das Vorspiel und Isoldes Liebestod pfiff.

Während dieser wunderbaren Zeit erlangte ich meine Lebensfreude wieder. Mein Geist fand wieder Frieden, indem er sich der großartigen Kunst der Musik hingab. Mehrere Monate lang blieb ich in Bayern und überließ mich ganz meinem Seelenleben, in vollkommener Harmonie mit meinem geliebten Freund. Doch war dies alles allzu schön, um von Dauer zu sein. Bald zwangen Ludwig Eifersüchteleien und Verleumdungen dazu, seinen verehrten Wagner des Hofes zu verweisen, was eine solche Verzweiflung und Leere in ihm auslöste, daß einem das Herz blutete, wenn man in seiner Nähe war. In meinem Bemühen, ihn zu trösten, beging ich den Irrtum, den großen von Bülow in seinen Palast einzuladen, im Glauben, daß er sich beruhigen würde, wenn er seine Musik hörte. Wie groß war meine Überraschung, als Ludwig ihn darum bat, immer und immer wieder dieselbe Passage aus dem *Rheingold* zu spielen, gerade ihn, dessen Frau ihn wegen des Komponisten verlassen hatte. Aber damals wußte ich nichts von all diesen Intrigen. Ebensowenig wußte ich, daß dieselbe Frau die Tochter von meinem Franz war.

Bald war es unmöglich, an Ludwigs Seite zu weilen. Der Wahnsinn hatte Besitz von ihm ergriffen, und fern von der Welt zog er von einem seiner Schlösser zum anderen, umgeben von seinen ephebischen Jünglingen, die seine Freunde nicht zu ihm ließen. Die Staatsangelegenheiten und Unterhaltungen verfolgte er mit vollkommener Teilnahmslosigkeit und lebte in Phantasien von herrlichen Gärten und überirdischer Musik versunken.

Daraufhin kehrte ich nach Hause zurück. Doch um mich von den Banalitäten des gesellschaftlichen Lebens fernzuhalten, ließ ich mich in Moskau nieder. Dies war eine Stadt, die einem Märchen entsprungen zu sein schien, mit ihren Ziegeldächern und Glockentürmen, ihren breiten Boulevards mit moderner Gasbeleuchtung und ihren vielen Klöstern mit den großen, silberbeschlagenen Portalen. Ich besuchte den Kreml mit seinen Kanonen, die Sankt-Basilius-Kathedrale mit ihren Kuppeln sowie den Glockenturm Iwans des Großen. Ich kniete vor der Jungfrau von Iwerskaja nieder und besuchte das neue Bolschoi-Theater, um den großen Tragöden Mochalow spielen zu sehen. Außerdem spazierte ich an den Uferwegen der Moskwa entlang, wo sich die jungen Leute umarmten und im Sommer sanft die Boote ins Wasser geschoben wurden, während im Winter im Mondenschein Troika-Rennen auf dem gefrorenen Wasser stattfanden. Da verstand ich die Slawophilen und Traditionalisten, die einen so tiefen Stolz für das Unsere empfanden und die die Leute aus Petersburg verachteten, die allen westlichen Ansichten und Moden nacheiferten.

Bald schon verwandelte sich mein Haus in einen regen Salon, in dem Konzerte und Theateraufführungen stattfanden, an denen ein kleines, aber auserlesenes Publikum teilnahm. Vorzügliche Unterhaltungen wurden dort geführt, denn man sprach ebenso über die Ausstellung der Impressionisten in Paris, die so viel Widerspruch hervorgerufen hatte, wie über die neue russische Musik von Glinka, Mussorgski und Rimski-Korsakow, die zum Streitgespräch herausforderte, und ebenso wurde von der europäischen Philosophie gesprochen, die sich mit den niederen Klassen auseinandersetzte, wie auch von der neuen russischen Literatur Tolstois und Dostojewskis, die jeweils zwei unversöhnliche Lager hinter sich versammelten: jene, die ganz auf der Seite des Schöpfers der großen historischen Fresken mit ihrem moralischen Anspruch standen, und jene, die auf das feinfühligere Portrait der menschlichen Seele, die in ihren immerwährenden Qualen dargestellt wurde, schworen.

Einige meiner Enkel kamen zu mir, um bei mir zu wohnen, und brachten das Ungestüm ihres Alters mit ins Haus. Einer von ihnen ist ein Rasnochintsij, ein betriebsamer Geist, den nur das Handeln befriedigt. Ein anderer ist ein Nihilist, der ohne Unterlaß Zigaretten raucht, und wieder ein anderer ist ein gemäßigter Kolokol. Hitzig streiten sie sich alle darüber, ob es angebracht sei, den Bauern das Lesen beizubringen, sowie über Nachteile der Wehrdienstpflicht, über die Vorzüge und Fehler des Zarewitsch, über neue Verfahrensweisen in der Landwirtschaft sowie über eine Wissenschaft, die gerade in Mode ist und sich Physiologie nennt. Der jüngste von ihnen verbringt seine Tage bei Pater Ofimowitsch und ist bereits zweimal zum Kloster Optina Pustyn gereist, um sich Anleitung und Ratschläge vom Weisen Amurosy zu holen. Vielleicht wird aus ihm noch der erste Starez unserer Familie.

Im Jahre meines vierundsiebzigsten Geburtstags saß ich Serow für ein Portrait. Bei dieser Gelegenheit machte ich die Bekanntschaft von Lew Tolstoi. Er ist ein ruheloser, mürrischer Mann, jedoch von einer Geistesgegenwart, die alle in ihren Bann schlägt. Ich ließ ihn wissen, wie sehr mich sein Werk beschäftigte und wie gerne ich mich darüber mit ihm unterhalten würde, doch er wollte nicht. »Ich habe den größten Roman der Weltgeschichte geschrieben, aber wen interessieren schon Romane? Meine Aufgabe ist eine größere.«

Seitdem sind mehr als fünf Jahre vergangen.

Jeden Morgen beim Aufstehen sende ich meine

Dankgebete zum Himmel, weil es mir gestattet war, meine Nachkommen bis in dritter und vierter Generation aufwachsen zu sehen. Ich bin alt, aber meine Beine tragen mich noch gut, ich sehe vorzüglich, die Hände zittern mir nicht, und ich habe einen ruhigen Schlaf. Ich gehe behende die Treppen hinauf und hinunter, und ich verfüge noch über einen hellen Verstand.

Ich sitze an meinem Schreibtisch mit den Silberbeschlägen, den mir meine Kinder und Enkel letztes Jahr zum Geburtstag geschenkt haben. Es ist eine jener Nächte des Nordens, mit Schneefällen und Frost, in denen der Wind heult und pfeift wie Solowej Rasboinik. Ich lese Lermontow: »Alles ist Schweigen im Himmel und auf der Erde und ebenso im Herzen des Menschen zur Stunde des Morgengebets.« Ein Gefühl des Wohlbefindens strömt durch meine Adern und löst in mir eine unerklärliche Freude aus, nämlich die Freude darüber, bereits über dieser Welt zu stehen. Die Stunde des Scheidens ist gekommen, und ich möchte in Würde gehen, ohne Geschrei und Tränen. Mein Gebet ist das Gogols:

Rettet mich! Holt mich hier weg!
Gebt mir ein Dreigespann mit Rossen, so schnell wie der Wind!
Setz dich, mein Kutscher,
klingle, mein Glöckchen,
zieht an, ihr Rosse, und tragt mich fort von der Welt ...

III

Das wahre Lebensgefühl

Ich weiß nicht, wohin das noch führen soll. Ich glaubte, wir hätten das Problem mit meiner Frau überwunden, Sie hätten sie geheilt und aus ihr wieder eine Frau gemacht, wie es sich gehört, ich dachte, jetzt wären keine Sitzungen bei Ihnen mehr nötig, doch nun ist es ganz anders gekommen. Ihre Rückkehr zur Normalität war nur von kurzer Dauer. Jetzt hat sie es sich in den Kopf gesetzt, sie wäre gerne reich, stellen Sie sich das nur vor, auch ich hätte durchaus nichts dagegen, reich zu sein, aber ich bin es nun mal nicht, was soll man da machen, ich kann's nicht ändern. Dann meint sie, wir müßten uns wenigstens wie reiche Leute betragen, zwei Dienstmädchen einstellen, eines für die Küche und das andere für die Zimmer. Ich habe sie gefragt, ob ihr nicht auch noch ein Gärtner gelegen käme, im Spaß natürlich, denn wir leben in einer Wohnung, und sie hat mir allen Ernstes geantwortet, das wäre keine schlechte Idee, der könnte sich um die drei Blumentöpfe kümmern, die bei uns in der Ecke neben dem Wohnzimmerfenster stehen, die sie »meinen Wintergarten« nennt.

Ich habe mir das Ganze durch den Kopf gehen lassen und bin zu dem Schluß gekommen, daß die Bücher an allem schuld sind, ich habe Ihnen doch erzählt, daß sie neuerdings zu lesen angefangen hat. Ich habe sogar den Eindruck, daß sie es morgens gar nicht mehr abwarten kann, bis wir aus dem Haus sind, damit sie sich endlich auf die Lektüre stürzen kann, das ist mir aufgefallen, weil sie in letzter Zeit so schlampig putzt und kocht, so auf die Schnelle, ohne die frühere Sorgfalt und Liebe.

Kurz und gut, weil sie mir ewig mit ihrem Dienstmädchen in den Ohren lag, da hab' ich gesagt, na gut, wenn davon das Glück unseres Heims abhängt, soll es doch kommen. Im Handumdrehen hatte sie eins gefunden und trug ihm auch gleich auf, uns das Frühstück ans Bett zu bringen, so als wären wir wirklich reiche Leute. Daran wäre noch nichts auszusetzen, aber Sie müßten mal sehen, was das Mädchen uns da bringt: Tee und Toast mit Marmelade. Ich habe zu ihr gesagt, daß ich meinen Orangensaft, meine Papaya, mein Ei mit Würstchen und meinen Kaffe mit Kuchenbrot will, aber sie hat nur gesagt, daß so ein Frühstück nicht vornehm sei. Wer will denn hier vornehm sein, hab' ich sie gefragt, habe aber weiter keinen Streit vom Zaun gebrochen, alles um des lieben Friedens willen. Sie hat es sich angewöhnt, erst am späten Vormittag aufzustehen, und als erstes setzt sie sich dann mit dem Dienstmädchen ins Eßzimmer, »um ihm die Anweisungen für den Tag zu geben«, was für Anweisungen, frage ich, Anweisungen worüber, wer weiß, was bloß in ihrem Kopf vorgeht?

Unsere Lupe hat immer im Dienstmädchenkleid zu kommen, an Wochentagen soll sie in Rosa mit weißem Kragen und zu den Festen in Schwarz mit Spitzenschürzchen erscheinen. Sie werden sich sicher gefragt haben, was für Feste, das hab' ich sie natürlich auch gefragt, und sie hat geantwortet, daß wir von nun an »empfangen« würden. Wen denn empfangen? Ich werde es Ihnen sagen: Sie hat ein paar weiße Karten gekauft, sie per Post verschickt und unsere Familie und die paar Freunde, die wir haben, zum Abendessen eingeladen. Alle waren ziemlich verblüfft und wußten nicht, ob das ein Scherz sein sollte oder was. Und Sie sollten erst sehen, was sie zum Abendessen auf den Tisch bringt! Ein Gericht nach dem anderen, zum Anfang einen kleinen Lachs mit Kapern, teuer wie der ist, alles natürlich Importware, dann eine Runkelrübensuppe oder eine Erdbeersuppe, ja, Sie haben richtig gehört, Erdbeersuppe, dann kommen die Fleischgänge, denn es sind mehrere, weil während derselben Mahlzeit Huhn, Fisch und Schwein aufgefahren wird, etwa Eisbein in seltsam schmeckenden Saucen, »auf« Kartoffeln und Weißkohl, wie sie gerne sagt, bloß keinen Reis oder Nudeln, nur Kartoffeln und Kohl. Und zu allem wird Wein gereicht, zum Anfang einen kühlen Weißen, einen Roten zum Fleisch, einen Rosé zum Huhn, einen kleinen Likör zum Schluß, seit wann haben wir uns denn diese Sitten angewöhnt, fragte ich sie, aber sie hat mir nicht geantwortet. Als ihr dann die Bekannten ausgingen, hat sie angefangen einzuladen, wer ihr gerade in den Sinn kam, an einem Tag meinen Chef, am anderen die Nachbarn und so weiter. Selbst die Eltern vom Freund unserer Kleinen sind gekommen, wie peinlich mir das war, ich weiß nicht, warum sie die eingeladen hat, sie hatten sie doch gar nicht darum gebeten, und die ganze Sache ist sowieso noch nicht spruchreif, nun werden sie sagen, wir wollten gut Wetter bei ihnen machen. An diesem Abend hat sie eine kalte Suppe und eine heiße Suppe aufgetragen, ein Stückchen Fleisch hiervon, ein Stückchen Fleisch davon, und zwischen den Gängen gab es doch wirklich einen Eisbecher! Alle Welt glaubte, das wäre schon der Nachtisch, aber sogleich kam noch ein weiterer Gang hinterher, und dann wieder Eis, und niemand verstand mehr etwas, alle haben mich ganz befremdet angesehen, und als ich sie dann fragte, womit wir es hier zu tun hatten, da erwiderte sie, das sei so üblich, um »den Gaumen zu erfrischen«.

Sie sagt auch, daß sie das gar nicht in Ordnung fände, daß wir kein Silber, keine Kristallgläser und kein Tafelleinen hätten. Dann ist sie dieses chinesische Porzellangeschirr kaufen gegangen, das jetzt überall im Angebot zu haben ist, sie hat sich ein pastellfarbenes mit Blumenmuster ausgesucht, dazu ein paar Gläser mit langem Stiel, die so wie die vornehmen aussehen, und Imitationen von antikem Besteck. Sie hat eine Menge Geld ausgegeben, und meine Kreditkarte habe ich inzwischen schon weit überzogen.

Und wie sie sich jetzt immer anzieht! Obwohl sie sich doch nie besonders zurechtgemacht hat, geht sie jetzt täglich in den Schönheitssalon und läßt sich die Haare tönen, sie pudert und bemalt sich das Gesicht und zieht den ganzen Tag über Schuhe mit ewig hohen Absätzen an. Sie hat sich »duftige« und »schwere« Stoffe gekauft, wie sie sagt, und sich ein paar lange Kleider genäht, die so aussehen, als wollte sie damit zum Ball in den Palast seiner Majestät des Königs gehen. Wo willst du denn hin, frage ich sie, und sie antwortet mir, daß wir Gäste zum Abendessen erwarten, schon wieder, frage ich wütend, ich bin hundemüde, ich habe wie ein Ochse geschuftet, du solltest dir einen Verwalter nehmen, antwortet sie da, aber dabei bin ich doch der Verwalter! Kurz und gut, es hat überhaupt keinen Sinn, ihr irgend etwas zu sagen, sie lebt in ihrer Welt, und als einziges erwidert sie einem, geh dich umziehen, die Gäste werden gleich kommen, zieh dir einen Anzug an und binde eine Fliege um, das ist am elegantesten. Eine Fliege, so was hab' ich zum letzten Mal bei meiner Abiturfeier getragen!

Aber der Gipfel von allem, was mich nun wirklich völlig aus dem Häuschen bringt, ist das unverständliche Zeug, das sie von sich gibt: mal ist es Klaviermusik, mal irgendeine Oper, einmal sind es impressionistische und realistische Gemälde, dann wieder französische Gedichte oder russische Romane. Und sie setzt dabei immer ein ganz verzücktes Gesicht auf und spricht von »uns leidenschaftlichen Frauen«, »die wir so intensiv leben«. Sie hat sogar meine Mama gefragt, ob sie nächste Woche mit ihr ins Konzert im Bellas Artes gehen möchte, sie hätte schon Karten gekauft, sündhaft teure versteht sich, weil es sich um einen berühmten Tenor handelt, der zum ersten Mal hier auftritt, und den Nachbarn erzählt sie dauernd von einem Roman, der »wunderbar« die Landschaft des Kaukasus beschreibt, sie wolle ja nichts gesagt haben, aber sie wisse nicht einmal, wo das liegt, hat die arme Maruja geantwortet. Bei Tisch herrschte danach eine so gespannte Atmosphäre, daß ich sie, nachdem die Gäste gegangen waren, angeschrien und ihr häßliche Dinge an den Kopf geworfen habe. Das hatte ich bis dahin noch nie getan, geärgert habe ich mich schon, aber niemals habe ich sie beschimpft, doch was zu viel ist, ist zu viel, was soll ich denn noch alles über mich ergehen lassen?

Meine Mama hat es sich in den Kopf gesetzt, am Abend Leute zum Essen einzuladen, sie bereitet großartige Gerichte zu, und alles wird fein angerichtet, mit Kerzen, Wein, neuem Geschirr und Hintergrundmusik. Ich bin ganz begeistert davon, wir ziehen uns elegant an und unterhalten uns.

Beide haben wir uns eine Diät verordnet, und sie hat sich goldene Strähnen ins Haar gemacht, damit sie blond aussieht. Sie sagt, sie möchte sich farbige Kontaktlinsen kaufen, damit sie blaue Augen hat. Das könnte mit auch gefallen, helle Töne ziehen die Blicke auf sich, sie wirken sehr vornehm. Neulich hat sie die Familie von meinem Freund eingeladen und hat sie so gut bewirtet, daß die ganz beeindruckt waren und gesagt haben, wir wären feine Leute von Welt.

Habe ich schon erzählt, daß wir jetzt ein Dienstmädchen haben? Ja, ja, so richtig mit Dienstmädchenkleid und Strumpfhosen. Mama hat ihr dann beigebracht, wie man den Tisch deckt, von welcher Seite man serviert, wie man das Tablett hält, welches die Gabeln für den Fisch sind, wie man die Servietten faltet, welches Glas für Wasser ist und solche Dinge. Wo sie das gelernt hat, weiß ich nicht, wahrscheinlich hat sie das aus den Büchern, die sie tagaus, tagein liest, sie macht ja nichts anderes mehr als lesen.

Alle naselang sagt sie zu meinem Papa, sie sollten auf Reisen gehen, und er gerät dann immer ganz außer sich, mit welchem Geld denn, knurrt er wütend. Für mich hat sie ein paar wunderhübsche Kleider anfertigen lassen, und sie fängt immer wieder davon an, daß ich endlich meine Brautausstattung besticken müßte, was für ein Einfall, wer macht denn heutzutage noch Handarbeiten. Meinem Bruder liegt sie dauernd damit in den Ohren, er solle doch Reiten lernen, das wäre die eleganteste Sportart, aber er traut sich nicht, sie auszulachen, und sagt statt dessen, daß er besser Auto fahren lernt und sie ihm dann das Auto leihen könnten. Aber sie selbst macht nun wirklich das Unglaublichste: Sie hat eine Nachbarin gefragt, ob sie ihr Klavier benutzen darf, und hat sich einen steinalten Klavierlehrer besorgt, der zweimal pro Woche kommt und ihr Stücke beibringt, und dann konversieren sie mal über Mozart, mal über Chopin.

Meine Großmutter und meine Tante beschweren sich, daß Mama nicht mehr bei ihnen anruft und ihnen auch keine Geschenke mehr bringt, so wie früher. Großmutter sagt, sie würde nicht einmal mehr selbst ans Telefon gehen, wenn sie sie anruft, immer ist das Dienstmädchen dran und antwortet, im Augenblick könne Mama nicht an den Apparat kommen, weil sie beschäftigt sei. Und tatsächlich bleibt ihr über all den Abendeinladungen, den Guten-Ton-Lektionen und dem Bücherlesen auch gar keine Zeit mehr übrig.

Wirklich verärgert ist inzwischen mein Vater, er sagt, Mama habe schon das ganze Weihnachtsgeld ausgegeben, und wenn sie so weitermache, würde sie auch bald sein Erspartes verschleudert haben, und er wüßte nicht, wie sie die Kreditkarten bezahlen sollten oder von was ich heiraten soll, wenn jemand um meine Hand anhält. Da hat er wirklich recht, und wenn mir das Gesellschaftsleben auch mehr gefällt als die immer gleichen, langweiligen Abende von früher, dann möchte ich doch nicht, daß dann auf einmal das Geld für meine Hochzeit fehlt.

Aber ehrlich gesagt, weiß ich gar nicht, was für eine Hochzeit das sein soll, denn Luis erklärt sich mir nicht. Ich wollte die erste in meinem Freundeskreis sein, die als Verlobte auftritt, aber Carmen hat mich überrundet. Alfonso hat sich entschieden und wird nächste Woche mit ihren Eltern sprechen. Ich habe geglaubt, daß Luis bei diesem eleganten Abendessen, zu dem wir seine Eltern eingeladen haben, die Gelegenheit ergreifen würde. Ich habe bis zum Nachtisch gewartet, das sei so Brauch, meint Mama, aber sie trug eins von ihren neuen Desserts nach dem anderen auf, und wir haben all die Götterspeisen, das Mousse, den Kuchen, das Obst, den Käse und die Fruchtcreme aufgegessen, und Luis hat immer noch nicht den Mund aufgemacht. Mein Vater hat, nachdem die Gäste gegangen waren, dafür dann um so lauter den Mund aufgerissen, um ihr eine Szene zu machen, weil Mama nach der Suppe Eis aufgetragen hatte und dann noch einmal nach dem Fisch und dem Fleisch, und Papa meinte, sie würde ihn nicht nur ins Armenhaus bringen, sondern auch noch vor aller Öffentlichkeit lächerlich machen.

Ich weiß schon, daß wir hier sind, um von Mama zu sprechen, es heißt, sie sei krank, aber wem es wirklich schlecht geht, das ist Papa, er ist jetzt immer so aufbrausend, früher war er das nicht. Am laufenden Band beklagt er sich darüber, daß er wie in Ochse arbeitet, damit die Frauen im Haus das Geld für Gäste, Kleider und Dienstmädchen wieder aus dem Fenster schmeißen. Aber es ist komisch, wenn er auch beim Umziehen murrt, unterhält er sich nachher dann doch so angeregt, daß man glauben könnte, es gefällt ihm doch ganz gut, daß Leute ins Haus kommen. Neulich habe ich ihn am Telefon zu meiner Großmutter sagen hören, er hätte gar nichts gegen diese Einladungen, wenn sie nicht so viel kosteten und Mama sich wie ein normaler Mensch benehmen würde.

Restlos glücklich ist meine Schwester, denn sie glaubt, Luis' Eltern waren schwer beeindruckt von uns, und ist völlig davon überzeugt, daß sie bald heiraten wird. Die Dumme träumt von nichts anderem als von der Ehe, sie mag nicht mehr zur Schule gehen, aber auch nicht arbeiten, sie möchte einzig und allein Haus und Kinder, die ihr Halt geben, und niemals mehr ein Buch aufschlagen, das ist ihre Rede.

Wenn ich ehrlich sein soll, mit machen diese Abendessen keinen Spaß, sie sind so langweilig. Manchmal bin ich noch gar nicht mit meinen Hausaufgaben fertig, da kommt Mama schon an, mach dich zurecht, mach das Bad nicht schmutzig, iß nicht die Nüsse auf, die sind für die Gäste. Sie will, daß ich mir einen Anzug anziehe, Pullis und Turnschuhe kann sie nicht ausstehen. Wenn du unbedingt so rumlaufen willst, dann wasch doch wenigstens einmal deine Turnschuhe, sagt sie zu mir, aber wer hat denn schon strahlend weiße Turnschuhe? Ich glaube, da wäre ich der einzige, selbst wenn sie neu sind, mache ich sie extra schmutzig, damit es nicht so auffällt, daß sie gerade frisch aus dem Laden sind!

Gut finde ich allerdings, daß wir ein Dienstmädchen haben, ich lasse mein Zimmer unordentlich, wie es ist, und muß kein schlechtes Gewissen haben, daß Mama alles aufräumt. Und wenn meine Freunde da sind, dann wird ihr aufgetragen, uns Limonade und Kekse zu bringen. Seitdem wollen alle ihre Aufgaben nur noch bei mir zu Hause machen.

Nächste Woche müssen wie eine große Arbeit abgeben, so daß wir uns jeden Nachmittag nach der Schule treffen und uns dransetzen. Wir sind eigentlich eine

Vierergruppe, aber Toño hat Hepatitis bekommen. Ich erzähle Ihnen das, weil ich gestern Mama darum gebeten habe, mir eins von ihren leckeren Nußbroten zu backen, damit ich es meinem Freund mitbringen kann, es heißt, wenn man was an der Leber hat, soll man viel Süßes essen, dann geht es einem besser. Ach, mein Schatz, es wäre mir lieber, wenn du eins kaufen gehst, ich habe keine Zeit, hat sie geantwortet, und ich habe nichts darauf gesagt, aber dafür ist mein Vater in die Luft gegangen. Was heißt, du hast keine Zeit? Womit ist denn die Dame so beschäftigt, trotz Dienstmädchen und allem bleibt ihr keine Zeit? Mama hat nichts darauf gesagt, aber mein Papa war nicht mehr zu bremsen: Die Dame muß nämlich den ganzen Tag bei ihren verdammten Büchern verbringen, die sie sich neuerdings kauft, und ihr Köpfchen mit irgendwelchen komischen, verrückten Einfällen füttern, deshalb hat sie keine Zeit! Er hat sich immer mehr hineingesteigert und ist immer lauter geworden, bis er schließlich einfach so wütend war, daß er vom Tisch aufgestanden und ins Schlafzimmer gegangen ist, Mamas Bücher hervorgezogen und sie alle in den Müll geworfen hat. Dann hat er auf dem Gipfel seiner Wut geschrien, wehe, wenn er sie nochmal beim Lesen erwische, das würde er ihr jetzt ein für alle Mal verbieten.

Mein Mann hat mir verboten zu lesen. Nun bin ich wieder gelangweilt und traurig, meine Tage sind leer und nehmen kein Ende, es ist wieder genauso wie vor meinen Besuchen bei Ihnen. Ich wandere im Haus umher, gehe von einem Zimmer ins andere, räume hier ein bißchen auf, putze da herum, aber alles nur widerwillig. Nie zuvor ist mir bewußt geworden, wie klein meine Wohnung ist, drei Zimmerchen und zwei kleine Bäder, ein Eßzimmer und eine kleine Küche, alles winzig. Ich kann mich kaum bewegen, die Möbel haben kaum alle Platz, ich weiß nicht, wann ich so viele Sessel und Stühle, so viele Tische und Schränkchen und so viele Lampen gekauft habe. All der Zierat erdrückt mich, all die Vorhänge, Teppiche, Kleider und Tapeten ersticken mich. Es ist merkwürdig, früher hatte ich große Freude an unserer Wohnung, ich fand sie ausgesprochen hübsch. Das Wichtigste in meinem Leben war, daß die Farben gut zusammenpaßten, ich konnte Wochen damit verbringen, einen Stoff, eine Tischdecke, ein Handtuch, selbst die Küchenlumpen auszusuchen, damit sie alle einen ganz bestimmten Grünton hatten, und wenn es jemand gewagt hätte, die Kristallsachen auf der Anrichte oder die Kissen auf dem Sofa zu verrücken, dann hätte er es mit mir zu tun bekommen.

Und auf einmal läßt mich das alles gleichgültig. Daß wir wir kein Frischluftspray mehr haben, daß das Dienstmädchen weißes Klopapier gekauft hat, die Blumenvase im Wohnzimmer seit einer Woche leer ist, Bettüberzüge, Waschmaschinenüberzüge, Saftmaschinenüberzüge noch schmutzig sind – all das läßt mich kalt, es ist mir egal.

Gestern nachmittag bin ich spazierengegangen, es war ein herrlicher Tag, ich liebe diesen Monat, es ist nicht mehr kalt, aber auch noch nicht heiß. Ich weiß nicht, ob sie das Viertel kennen, in dem ich wohne, es gibt da immer noch ein paar ruhige Straßen, ein paar grüne Inseln mit Palmen sowie den einen oder anderen Park zwischen den Straßenzügen. Überall sieht man Gemischtwarenläden, Bäckereien und Tortillerías, Metzgereien und Obstgeschäfte, es gibt einen kleinen Laden, in dem elektrische Geräte repariert werden, und einen anderen, wo man seine Schuhe neu besohlen lassen kann, eine Schlosserei, eine Apotheke, einen Schönheitssalon. Als wir hergezogen sind, standen hier noch mehr Einzelhäuser als Wohnblocks, jetzt ist es umgekehrt, auf einmal sieht man zwischen zwei turmhohen Fassaden nur ab und zu noch ein Häuschen, das dort eingezwängt ist und einem schon beinahe leid tut.

Wenn man am Morgen auf die Straße geht, dann ist man mitten im Gewühle, Frauen kommen und gehen mit ihren vollen Einkaufstaschen, die Müllabfuhr fährt vorbei, man sieht Steuereintreiber und Arbeiter, die das Pflaster oder die Telefone in Ordnung bringen. Wenn sie am Nachmittag draußen sind, dann treffen sie dort Kinder in ihren zerknitterten Schuluniformen, die ins Schreibwarengeschäft gehen oder sich ein Eis kaufen, andere sind mit dem Fahrrad unterwegs oder spielen Ball, während ihre Mütter mit den Nachbarinnen plaudern. Wenn es dann Abend wird, sieht alles sehr hübsch aus, das Sonnenlicht fällt auf die Fenster in den letzten Stockwerken, und man hört die Vögel, die es sich auf den Telegraphendrähten bequem machen, schon bereit, sich ein warmes Plätzchen zu suchen.

Als ich gestern spazierengegangen bin, da habe ich mich an die Zeit erinnert, als ich fünfzehn, achtzehn Jahre alt war und an Nachmittagen wie diesem von der Schule heimgekommen bin, rundum zufrieden, wer weiß womit, wohl einfach nur mit dem Leben. Wie aufregend war das, als ich dann geheiratet habe, in die Stadt gezogen bin und später dann meine kleinen Babys spazierengefahren habe und als sie dann schon größer waren, mit ihnen in den Park gegangen bin oder Kuchen für den Nachmittag eingekauft habe. Was hatte ich damals noch für Hoffnungen! Ich bildete mir ein, mein Leben würde so wie im Film ablaufen, voller Romantik und Glück, nicht so bleiern und öde.

Wissen sie, worüber ich mir klar geworden bin? Um glücklich zu sein, braucht man Freiheit, anders geht es nicht. Am besten hätte man überhaupt keine Familie, keinen Mann, der einem etwas verbietet oder Ansprüche an einen stellt, auch keine Kinder, die man erziehen und um die man sich kümmern muß, keine Schwiegermutter, keine Mama, keine Nachbarin.

Warum kann ich denn nicht meine Freiheit haben? Warum kann ich nicht tun und lassen, was mir gefällt? Ich stelle mir vor, wie mein Leben aussehen würde, wenn ich allein wäre, Herrin und Gebieterin meines Lebens und meiner Zeit, in irgendeiner dieser Großstädte, in denen es von allem etwas gibt und wo die Prostitution und die Nächte gar kein Ende finden wollen.

»Where you from?«

»New York, she answers with the place she last was, not the place she is made of.«

Warum nicht am Broadway wohnen, im Hotel Central? Über den Times Square spazieren und den Leuten zuschauen, die in den Theatern aus und eingehen, immer in Gruppen von vier oder sechs Personen, schwarzgekleidete Paare, die lachen, als wären sie überglücklich, obwohl sie sich krampfhaft an ihre Taschen klammern, aus Angst, man könnte sie ihnen entreißen.

Ich bleibe an den Zeitungsständen stehen, die Berge von Pornoheften anbieten. Hier kann man immer den blinden Albino mit den strähnigen Haaren antreffen, der seinem Phantasieinstrument, zwei Saiten an einem langen Stock, Töne entlockt. Ich schmeiße ein paar Münzen in die Kiste und höre ihm ein Weilchen zu, sein einziges Publikum, bis es zu pissen anfängt. Ich mach' mich an einen Typen mit großem, schwarzem Regenschirm ran. Was wollen sie, fährt der mich an, darauf ich, nicht naß werden, zieh Leine oder ich ruf' die Polizei, sagt er. Ich stelle mich unter eine Markise und warte, bis ein anderer mit geeignetem Regenschirm vorbeikommt, und hänge mich wieder dran. Der sagt keinen Mucks, und ich gehe neben ihm her. An jeder Ecke spielt jemand Saxophon oder Geige oder trommelt. An jeder Ecke will jemand irgendwas unter die Leute bringen oder bittet mich to spare a dime. Niemand bleibt stehen, auch wir nicht. Die aufgestapelten Müllsäcke am Straßenrand saugen sich mit Regen voll und ergießen ihren Inhalt auf die Straße.

So gehen wir etliche Blocks weit im Regen. Der Kerl mit dem Schirm hat sich seinen Walkman in die Ohren geklemmt und kriegt nicht mit, was in der Weltgeschichte passiert. Wir gehen bis zum Central Park, kommen zum Baseballfeld. Da warten schon ein paar auf ihn und schreien, hi Otis, und er antwortet, hi LaTour, hi LeBaron, hi Walker, hi José. Auf einmal fragt ihn jemand, wer denn die Braut sei, die er da bei sich hat. Die Braut bin ich, mich meint er damit. Jener Otis dreht sich um, schaut mich an und sagt, er hätte nicht den blassesten Schimmer, er hätte mich noch nie im Leben gesehen.

Ich ruhe mich auf einem überdimensionalen, stinkenden Mülleimer aus. Da kommt so ein Typ, der in einen ausgewaschenen Mantel gewickelt ist, und sagt, ich solle da verschwinden, er hätte zu arbeiten. Auch er stinkt ganz fürchterlich. Ich mach' mich davon, und als ich mich umdrehe, sehe ich, wie er ein paar leere Dosen rauszieht. Ich folge ihm auf seinem Weg zu einem Platz, wo andere seiner Art eine lange Schlange bilden. An einer schwarzen Eisentür hängt ein Schild, auf dem steht, zu welcher Zeit Dosen entgegengenommen werden und was dafür gezahlt wird.

An der Ecke, wo sie die billigsten Burger verkaufen und der Cola-Refill gratis ist, hält jetzt jede Woche ein Bus, wo man gebrauchte Nadeln gegen neue austauschen kann. Früher ist niemand gekommen, keiner hat sich getraut einzusteigen, alle glaubten, das wär' wieder eine Falle. Jetzt klettern sie rein und kommen mit funkelnagelneuem Werkzeug wieder raus, schön eingewickelt in Plastiktüten, ein Geschenk der Regierung, damit sie kein Aids bekommen.

Die Ampel ist rot, aber wen kümmert das, denn weder vorwärts noch rückwärts kommt irgendwer voran. Überall Autos, so weit das Auge reicht. Alle drücken sie auf die Hupe und strecken ihre Köpfe aus den Fenstern, um den Vordermann zu beschimpfen.

Hört man eine Sirene, dann wird die Stimmung noch mehr angeheizt und der Krach noch schlimmer. Ich versuche mich zwischen den Autos hindurchzuschlängeln, die fast Stoßstange an Stoßstange stehen, die Motoren lassen alle laufen, und aus den Auspuffen kommen heiße Schwaden, die mir die Beine versengen. Eine Menschentraube kommt mir entgegen, die will auch über die Straße. Alle versuchen wir, uns einen Weg zu bahnen. Auf einmal stürzt sich so eine Zimtzicke auf mich, zerkratzt mir das Gesicht mit ihren langen, roten Krallen und brüllt mich an, daß sie es zuerst entdeckt hätte und es ihres sei, zieh Leine, du Schlampe. Alles läuft viel zu schnell ab, ich kann mich nicht wehren, habe keine Zeit, die Schere rauszuziehen, die ich immer dabei habe, und sie ihr in den Bauch zu rammen. Als ich dann endlich kapiert habe, worum es sich dreht, sehe ich sie in ein leeres Taxi steigen, welch Wunder, ein leeres Taxi mitten auf der Straße. Jedenfalls hatte ich es nicht einmal gesehen, geschweige denn gesucht, aber sie hat mir das Gesicht blutig gekratzt.

Mit meinen Kratzwunden laufe ich die Straße entlang, aber keiner schaut mich an, ich werde nur von einer Seite zur anderen geschubst, weil ich gemächlich vor mich hin schlendere und die anderen störe.

Weiß der Teufel, warum ich auf einmal an Burt denken muß, dem gefiel das, andere bluten zu sehen, das hat ihn aufgegeilt. Als ich nach Hause komme, beschließe ich, ein Paar alter Handschuhe rot zu färben und immer mit ihnen draußen rumzulaufen, denn auch ich stehe auf die Farbe von Blut.

Ich mach' mich zum Riverside Park auf und gucke den Leuten auf den Gehwegen beim Joggen zu. Ich begreif' das einfach nicht, wie die schwitzen und sich bewegen und knallrot dabei werden, all die Mühe, nur um ein paar Jahre länger zu leben, um, wie sie sagen, topfit zu sein, ach scheiß drauf. Ich kaufe ein Bagel auf der Straße, das sind die besten der ganzen Stadt, und haue mich auf die Wiese zum Essen. Ich zieh meine Flasche raus und nehme einen zur Brust, da kommt so'n Kerl ran, der hier rumhängt, und meint, ich solle ihn einladen. Ich reich ihm die Pulle, er nimmt einen langen Zug, gibt sie mir zurück. Bevor er wieder abzieht, schenkt er mir eine Camel-Schachtel, von denen er noch ungefähr drei hat.

Ich ziehe durch Harlem. Die Kerle rufen mir Sachen zu, die mich heiß machen. Ich trage ein Paar so hautenge Jeans, daß ich kaum laufen kann, und höre, wie sie mir aus ihren Bruchbuden oder an den Ecken, wo sie den ganzen Tag über herumlungern, zurufen: Hör mal, Süße, ich hab' da was Schönes für dich im Sack! He, du weißes Miststück, komm, damit ich dich anbohren kann! Hello pretty thing, ich wette, keiner von deinen blassen Schweinefreunden hat einen, der vierzig Zentimeter lang ist, was? Hey, Marshmallow, hast du's schon mal so richtig von hinten besorgt bekommen?

Nach diesem Spaziergang bin ich schön angeregt und gehe in ein Café. Der Inhaber ist ein fetter Italiener. Ich bestelle bei ihm einen Schwarzen mit Brötchen, das Angebot des Tages, wie auf einem Schild über der Theke zu lesen ist. Der Typ kassiert und fragt mich, ob ich Arbeit suche. Als was, frage ich. Putzfrau, erwidert er, du kriegst zwanzig Piepen, wenn du das Lokal sauber machst. Ich schaue mich um, eine dicke Schmutzschicht überzieht Tische, Stühle und Fenster. Ne, mein Dicker, nicht mal für fünfzig, aber für die zwanzig mach ich dir 'ne tolle Nummer, wenn ich mit meinem Frühstück fertig bin. Geile Schlampe, sagt er zu mir, knallt mir das Essen hin und dampft ab. Ich esse in aller Ruhe, genieße den schlabberigen Kaffee und die Brötchen, und als ich aufstehe, um zu gehen, winkt er mich mit dem Zeigefinger heran und führt mich in das Hinterzimmer. Ich brauch 'nen ordentlichen Fick, sagt er, und ich 'ne ordentliche Stange Zaster, erwidere ich, na dann mal los, sagt er, erst die Mäuse, sag ich, ne, meint er, zuerst die Ware, dann wird gezahlt, so wird nichts aus unserem Geschäft, sag ich. Es wird aber doch was draus, denn er zieht den Schein raus, schmeißt ihn mir ins Gesicht, zieht die Hose runter und präsentiert mir seinen fetten Wanst und seinen winzigen Willy. Weißt du was, sag ich zu ihm, ich weiß nicht, ob ich mich ekeln oder lachen soll, wir lassen's besser. Ich geb' ihm seinen Schein zurück, und als ich gerade die Tür öffne, um abzuziehen, da packt er mich, schleudert mich zu Boden, schiebt mir den Rock hoch, steckt ihn mir rein, und während er mit mir beschäftigt ist, schimpft er auf mich ein. Als er fertig ist, steht er auf, knöpft sich die Hose zu und schreit, ich solle mich verziehen, bevor er noch mit Fußtritten nachhilft.

Die U-Bahn ist total überfüllt, immer ist sie überfüllt, alle sind zusammengepfercht, schlechtgelaunt und in Eile, immer in Eile, schubsen sich, kneifen sich, treten sich, lärmen und grunzen. Die Fahrt dauert eine Ewigkeit, und an einer Station fährt der Zug nicht weiter. Ich kann von Glück sagen, daß ich die zwanzig Dollar von dem Fettwanst nicht bekommen habe, denn ein paar Knilche rauben allen Passagieren, was sie nur kriegen können. Mir nehmen sie die Weste ab, die mir Pete geschenkt hat und die ich so gern mochte.

Völlig fertig komme ich nach Hause. Die Tür steht offen. Irgendwelche Kerle sind eingebrochen und haben alles mitgehen lassen. Alles, nur nicht das Geld, das haben sie nicht gefunden, weil es gut versteckt im kaputten Klokasten liegt. Sie haben uns nur gelassen, was nicht abmontiert werden konnte, toller Tag!

Ich schaue bei Lucy vorbei, um ihr alles zu erzählen. Sie hat Lockenwickler im Haar und streicht gerade Senf auf ein Brot. Du bist wirklich dämlich, sagt sie, warum schließt du auch nie ab? Ich hab' eben die Schlüssel verschmissen, und da fängt sie zu lachen an, lacht wie eine Verrückte und steckt mich an, so daß ich auch anfange, laut loszuprusten. Wir essen die Bolognese-Sandwichs, und ich helfe ihr, die Lockenmähne herzurichten. Aber sie hat die Dinger schon länger dringehabt, als in der Gebrauchsanweisung angegeben, und nun sieht sie aus wie aus dem Busch.

Pete ist richtig wütend wegen dem Einbruch. Ist doch prima, sag' ich zu ihm, wenn man rein gar nichts hat, nirgendwo angebunden, dann kannst du frei durch die Straßen ziehen, Pizzareste aus den Mülltonnen essen und schlafen, wo es sich gerade ergibt. Du hast ja 'nen Sprung in der Schüssel, antwortet er, das machst du nicht lang, bis du dann eines Tages zerstückelt aufwachst, eine Titte auf dem Müllhaufen an der Ecke und ein Stück von deinem Hintern im Rinnstein. Was soll's, sag' ich, ich laß es drauf ankommen.

Pete ist ganz vernarrt in seine Klamotten, vor allem hat er es mit den Schuhen. Er schmeißt haufenweise Kohle dafür aus dem Fenster. Sie sind immer fein gewichst, und sein Teil von der Wohnung ist auch immer blitzblank und aufgeräumt. Er macht täglich sein Bett, kocht sich was und setzt sich dann auch noch an den Tisch, um zu essen, und dann räumt er ab und spült sogar das Geschirr. Logisch, daß er mir Predigten hält, weil ich nie irgendwas aufräume, nicht mein Bett mache, auch nicht meine Wäsche wasche und außerdem esse, was mir gerade in die Finger kommt: ein Donut, panierte Zwiebeln, Popcorn, was auch immer.

In dem Restaurant, wo ich arbeite, ist ein Kerl, der ständig Bob Marley hört: *No woman no cry.* Er singt beim Tellerwaschen und tanzt mit seinem strammen Hintern, der aussieht wie der von den Negern, also mich machen die an. Am Samstag kommt er dann mit irgendeiner Frau an, die an der Bar auf ihn wartet. Er sucht sich immer welche aus mit langen Haaren und Riesentitten, die beinahe aus dem Ausschnitt hüpfen. Eines Tages hat die Tante, die mit ihm gekommen ist, die Nase voll und zieht ab. Da fragt er mich, ob ich mit ihm spazierengehen möchte, und ich sage ja. Stundenlang bummeln wir an Schaufenstern vorbei. Vor jedem bleibt er eine Ewigkeit stehen, schaut durch die dicken Eisengitter und zeigt mir, was er sich anschaffen wird, wenn er einmal Geld hat: Stereoanlagen, Hemden, Schuhe. Schließlich nimmt er mich mit in ein Hotel mit windschiefem Bettgestell und altem Fernseher. Dort bleiben wir eine ganze Weile, wir schauen uns ein paar Filme an and we have sex, und die ganze Zeit über trällert er seine Marley-Songs. Dann schläft er ein, und ich stehe auf, zieh mich an und will gerade abdampfen, als ich ihn sagen höre: hey chick, du hast vielleicht 'ne heiße Fotze, du vögelst besser als alle weißen Tussis von New York und bestimmt auch von ganz Windy City, El Äi und Frisco, obwohl ich noch nie so weit gekommen bin.

Im Hoteleingang sitzt so ein Typ mit völlig verschlissenen und verdreckten Hosen, noch solche von der Sorte mit Schlag. Er spielt Mundharmonika und hat ganz irre Augen. Ich kann nicht raus, weil er sich nicht vom Fleck rührt, und so setze ich mich auf die Stufen und warte. Ich warte und warte und höre der Musik zu, bis jemand runterkommt und einfach über ihn drübersteigt und verschwindet. Also mach' ich es ebenso, aber er guckt mir dabei unter den schwarzledernen Minirock und pfeift. Ich trag' halt nie einen Slip.

Haare trage ich auch nicht mehr. Es ist schon ewig her, daß ich sie mir abrasiert habe, ich weiß gar nicht mehr wie lange. Es ist bequem so, ich muß sie nicht waschen, kämmen, entfilzen. Schlecht ist es nur im Dezember, wenn einem der schneidende Wind um die Ohren saust, und an Augustnachmittagen, wenn die Sonne draufbrennt.

Die von oben streiten sich unentwegt. Sie fangen mit irgendeiner Lappalie an, bis sie sich dann zum Schluß Pfannen an den Kopf schmeissen. Nach der Prügelei von heute kommt Nelly runter zu Lucy, um zu telefonieren. Can I use your phone? Go ahead. Sie ruft bei einer dieser Firmen an, die irgendwas vermieten. Sie ist mit blauen Flecken übersät. Als sie zu Ende telefoniert hat, fragt sie, ob wir was zum Essen für sie haben. Lucy hat nichts im Haus, also schauen wir bei mir nach, aber auch in meinem Kühlschrank ist gähnende Leere. In Petes Zimmer finde ich noch ein Glas Orangenmarmelade, das nur noch halb voll ist, und alle drei verputzen wir sie mit den Fingern. Dann verabschiedet sich Nelly und hinkt mit ihren Blessuren davon. Ich glaube, ich hab' mir das Handgelenk gebrochen, sagt sie, es tut weh.

Ich mache Überstunden im Restaurant, weil Linda nicht zur Arbeit kommt. Ein Bus hat sie angefahren, aber sie war schuld, weil sie immer alles Mögliche tut, um sich von dieser Welt zu verabschieden, von der sie die Nase voll hat. Schlimm ist nur, daß sie eine sechsjährige Tochter hat, so ein mageres Ding mit traurigem Gesicht, wer weiß, wo die landet, wenn die Mutter tot ist.

Meine Beine tun mir weh vom vielen Rumlaufen zwischen Tischen und Theke. Ein Kerl gibt mir als Trinkgeld Münzen von irgendeinem Land, das ich nicht kenne, mit denen man überhaupt nichts anfangen kann. Ich schmeiße sie in den Gulli, aber Pete sagt mir später, daß sie sie mir auf der Bank umgetauscht hätten. Ich seh' mich schon in die Chase Manhattan, die City Bank oder in die First National reingehen, in diese Glaspaläste mit Marmorboden, und fragen, ob sie mir die Münzen umtauschen können. Worin liegt das Problem, fragt Pete, das ist ein freies Land. Das schon, sag' ich, da hast du recht.

Ich beschließe, den Sonntag durchzuschlafen. Ich warne Pete vor, weil an diesem Tag seine Eroberungen vom Samstag in der Wohnung rumturnen und lärmen, kichern und aufwendige Frühstücke zubereiten. Aber weiß Gott, warum, so um eins wache ich auf und krieg' kein Auge mehr zu. Ich stehe auf, schlüpfe in eine Hose und drehe eine Runde bei den Automaten. Scharenweise hängen da die Kerle rum, ohne zu spielen oder sonst was zu tun, weil die nicht mal 'nen Nickel haben. Stunden über Stunden schlagen sie sich damit um die Ohren, den andern zuzusehen und die Passanten anzupöbeln. Und da ist auch der Typ, der immer mit Fußtritten über die Automaten herfällt, wenn er verliert, bis schließlich Ken kommt und ihn rauswirft.

Ken ist ein Riese und schwärzer als alle Schwarzen, die ich je gesehen habe. Ich hab' was übrig für die Neger, die wissen, wie man's macht, obwohl Oona sagt, die Latinos haben auch ganz schön was auf dem Kasten. Ken hat einen gewaltigen Ring im linken Ohr, und auf seinem T-Shirt steht »I love N.Y.«. Seine Hosentaschen quellen über vor gebrauchten U-Bahn- und Bustickets, die er immer aufhebt, wer weiß, wozu. Niemand hat einen Schimmer, wo er herkommt und wo er lebt. Es heißt, er wollte einmal Boxer werden, wie alle Neger, aber sie hätten ihn k.o. geschlagen, dann wollte er wohl Tänzer werden, wie alle Neger, und sie haben ihn ausgelacht. Es ging ihm miserabel, kaum hatte er einen Laden betreten, da wurde er schon des Diebstahls beschuldigt, auf der Straße hatten alle Frauen Angst, er würde sie vergewaltigen, immer hat man die Schuld auf ihn geschoben, nur weil er schwarz ist. Pete sagt, Ken hat schon mehr als einen umgelegt und war sogar mitverantwortlich für eines dieser Gemetzel, die in den Hamburger-Schuppen vor sich gehen. Dem Freund, der die ganze Sache in Gang gebracht hat, haben sie gleich da den Garaus gemacht, und er saß eine ganze Zeit lang hinter Gittern. Jetzt räumt er in dem Lokal hier auf und beschafft einem, was immer man will: Erdnüsse, Spritzen, Stoff, Zigaretten, Frauen und Männer, Kinder und Tiere, Ketten, Peitschen, einfach alles. Wenn er mit seiner Arbeit fertig ist, ziehen wir nachts manchmal los und bekritzeln mit leuchtend rotem Spray die Wände:

»Saddam Hussein hat einen Job – und Sie?«
»Apocalypse now«

Lucy will ihren Mann loswerden, sie hält es nicht mehr aus mit ihm. Der Kerl verbringt die Hälfte seiner Zeit im Knast, und wenn er rauskommt, haut er sie um Geld an, prügelt sie und zieht mit anderen Weibern ab. Sie bittet mich, mit ihr zusammen irgend so ein Zaubermittel zu kaufen, um ihn sich vom Hals zu schaffen. Wir gehen zu diesem Riesenladen, der immer bis in die frühen Morgenstunden geöffnet hat, und suchen eine Ewigkeit nach dem geeigneten Heilmittel, und bei der Gelegenheit schauen wir uns all den Krimskrams an, den sie sonst noch verkaufen. Am Ende beschließt Lucy, daß sie ihn doch noch mag und das Geld besser für ein durchsichtiges Telefon, eine schweinische Postkarte und eine Büchse Luft aus Kalifornien ausgibt. Mir schenkt sie einen Schlüsselanhänger mit meinem Tierkreiszeichen und eine Sonnenbrille, mit der ich echt cool aussehe. Wieder zu Hause, machen wir uns Kaffee, den wir aus ein paar Pappbechern trinken, die wir von dem Wasserbehälter in der Apotheke geklaut haben, die sind aber nicht dicht und tropfen auf das Telefon und die Postkarte, die damit völlig hinüber sind. Lucy fängt zu heulen an, und jetzt fällt ihr wieder ein, daß es doch besser wäre, sich ihren Gold and Silver vom Hals zu schaffen. Morgen gehen wir nochmal hin und holen aber wirklich das Zaubermittel.

Boxie ist Petes bester Freund. Der ist fast schon so was wie seine Frau, denn mit ihm schläft Pete am öftesten, und er ist der einzige, den er wirklich liebt. Zusammen kochen sie irgendwelche Gerichte, bessern die Vorhänge aus, bringen Blumen ins Haus und veranstalten Partys. Aber die Sache läuft immer schlechter, weil einer von ihnen irgend jemanden aufgabelt und der andere eifersüchtig wird, oder weil der eine nicht irgendwohin gehen will und der andere sauer wird, kurz und gut, sie fangen immer heftiger zu streiten an, bis dann Boxie türenschlagend verschwindet und schwört, daß jetzt alles aus sei und er nach Kalifornien gehen werde, wo es sich sowieso viel besser leben soll. Aber kaum sind ein paar Wochen vergangen, da sehnen sie sich schon wieder nacheinander und treffen sich wieder, und die ganze Leier beginnt von vorn.

Im Augenblick ist Boxie hier, in seinen Klamotten mit den schreienden Farben, ganz westküstenmäßig, die ein Sammelsurium aus Männer- und Frauenkleidern darstellen, weil er, wie er sagt, sich nicht den Konventionen seiner Spezies unterwerfen will, die seien nämlich Blödsinn. Seidem er hier ist, kocht er jeden Tag. Heute gibt es Garnelen in Austernsoße, und als Beilage bestellt er noch Chinareis beim Restaurant an der Ecke. Als sie den Reis anbringen, mache ich auf, und der Bursche, der ihn liefert, sagt zu mir, guten Tag, mein Herr. Hör mal, sag' ich, ich bin kein Herr, ich bin eine Frau. Verzeihen sie, sagt er, aber weil sie keine Haare haben, da dachte ich... Hör auf zu denken, sage ich, und lüpfe mein T-Shirt, um ihm meine Titten zu zeigen, und schiebe meinen Rock hoch, um ihm meine Möse zu präsentieren, und der Arme kriegt Augen und Mund nicht mehr zu und rührt sich nicht vom Fleck, bis ich ihm die Tür vor der Nase zuschlage. Von jetzt an nehme ich mir vor, kein T-Shirt mehr anzuziehen, sondern nur die Lederweste zu tragen, damit man sieht, daß ich eine Frau bin.

Schon den ganzen Tag über versucht meine Mutter mich anzurufen. Bestimmt braucht sie Geld. Ich geh' nicht dran, aber sie erzählt Pete, daß sie sich wegen mir ihr Leben ruiniert hat und daß ihr Mann sie wegen mir verlassen hat und daß sie so einsam ist und daß ich nie an sie denke. Auch an meine Pflanzen denke ich nicht, und die beklagen sich auch nicht. Die sind schon trockener als Lucys Schamhaare, grau und ungepflegt. Nun gut, das behauptet ihr Gold and Silver, wenn er wütend ist, denn ich habe sie noch nie zu Gesicht bekommen.

Boxie sagt, er haßt New York, ihm sei es hier zu eng, es gäbe keinen Platz, die Wolkenkratzer ließen das Sonnenlicht nicht durch. Er ist schockiert von dem Abfall, der sich an den Ecken stapelt, und überall liegen Dosen, Taschentücher, Kondome und Zigarettenstummel rum. Er sagt, die Leute hätten entweder die Visage von Mördern oder von zu Tode Erschrockenen. Dann spricht er von Kalifornien, als sei das das Paradies, mit seinen Stränden, seiner Weite, seinen Farben, seinen Freeways, wo man so schnell fahren könne, wie man wolle. Tagaus, tagein versucht er, Pete dazu zu überreden, mit ihm dorthin zu ziehen, aber der will nicht. Pete sagt, das hier sei eine wunderbare Stadt, wo wirklich was los ist und wo's das beste Cruising gibt. Am Wochenende hat er ein so reges Liebesleben, daß selbst Boxie, der nie genug bekommen kann, befriedigt ist. Eines Tages beschließen sie, die Wohnung zu streichen. Etwas Fröhliches, Helles, sagt Boxie. Etwas Dramatisches, sagt Pete. Schließlich entscheiden sie sich für Schwarzweiß. Sie fordern mich auf, ihnen zu helfen, aber ich habe keine Lust und höre nach der halben Badezimmerwand auf. Boxie meint, das würde aussehen wie richtige Kunst.

Das Gebäude, in dem wir wohnen, ist alt und aus braunen Ziegelsteinen wie all die alten Häuser in Downtown. Es hat einen Haufen kleiner Fenster, die fast das gegenüberliegende Gebäude berühren, wenn man sie aufmacht. Ich sehe die Leute bei ihrem alltäglichen Leben, und sie sehen mich bei meinem. Von Juni bis August kann ich sie sogar riechen, weil sie alle Fenster aufreißen, damit sie nicht ersticken. Manche haben Klimaanlagen an den Fenstern. Pete hat einen Ventilator über seinem Bett, der ein dumpfes Brummen von sich gibt. Von seinem Fenster aus kann man die riesigen Leuchtreklamen sehen. Die ganze Nacht über blinken sie auf und erlöschen und tauchen sein Zimmer in ein geheimnisvolles Licht. Eine davon zeigt eine Frau, die Limonade aus der Dose trinkt, eine andere einen qualmenden Cowboy. Unsere Wohnung befindet sich im achten Stock. Lucy wohnt im Keller. Von ihrem Fenster aus sieht man die Straße nicht, weil die höher liegt. Gegenüber ist ein Kofferladen, wo Lucys Tochter arbeitet. Um zu meiner Arbeit in Lius Restaurant zu gehen, laufe ich drei Block weit durch enge Straßen, die von hohen Appartmenthäusern gesäumt werden, von Büros und Werkstätten mit ihren staubigen Läden, in denen es den ganzen Tag über nicht hell wird. Auf dieser Strecke kann man wirklich alles finden, eine Autowäscherei, einen Video Club, einen Pawn Shop und ein Drugstore, chinesisches Essen to go und Manhattan Fried Chicken, das beste auf der Welt.

Pete kenn' ich seit der Zeit, als mich mein Stiefvater zum Filmstudio mitgenommen hat. Ich war vierzehn Jahre alt, und er wollte, daß sie mich filmten, während er's zum ersten Mal mit mir machte, um bei Gelegenheit gleich noch ein paar Mäuse zu verdienen. Wenn du heulst, kriegst du eine runtergehauen, sagte er mir, und natürlich hab' ich nicht geweint, denn ich habe schon gesehen, wie er meine Mutter so gewaltig geschlagen hat, daß sie nicht mehr aufgestanden ist. Als wir fertig waren, gab er mir an dem Tag fünf Dollar und warnte mich, ich dürfte kein Sterbenswörtchen zu meiner Mutter sagen. Später sind wir noch zweimal hingegangen und haben zusammen die Vorführung wiederholt. Selbst die Kameramänner hätten ihn mir beinahe reingesteckt, jedenfalls haben sie es uns immer noch einmal machen lassen, angeblich um die Aufnahme zu verbessern. Pete saß auf einem Schreibtisch an der Tür zum Büro und lächelte mir unentwegt zu und schenkte mir sogar einmal eine Eis-Cola. An dem Tag, an dem ich zufällig sah, daß sie meinem Stiefvater dreihundert Dollar in die Hand drückten, die er dann in seiner Hosentasche verschwinden ließ, und er mich mit fünf abspeiste, da beschloß ich, von zu Hause auszureißen und auf eigene Kosten zu arbeiten. Also hat mich die Filmtante von da an in voller Höhe dafür bezahlt, daß ich in sexuellen Verrenkungen mit allem möglichen Männer- und Frauenvolk herumturnte, wo sie die alle aufgetrieben hat, ist mir heut' noch ein Rätsel. Das ging ein paar Monate so, bis sie mir keine Arbeit mehr geben wollten, weil sie meinten, man hätte sich an mir übergesehen. Damals war ich sechzehn Jahre alt und hatte ein Zimmer im Hotel Central gemietet, im Glauben, das Leben sei ein Kinderspiel, es gäbe Arbeit noch und noch und das Geld würde einfach so zum Fenster hineinflattern. Aber ganz so war es eben nicht, sie hatten meine Fickkunst satt und schickten mich zum Teufel.

Als man mich vor die Tür setzte, fragte ich Pete, ob er nicht etwas für mich hätte. Er sagte ja und brachte mich zu Lius Restaurant. Dann schlug er mir vor, zu ihm zu ziehen, so konnten wir uns nämlich die Kosten seiner Wohnung teilen. Das haben wir also gemacht, und im Laufe der Tage, Wochen, Monate gewöhnten wir uns allmählich aneinander. So bin ich nun bis zum heutigen Tag noch hier, schlafe auf dem Sofa neben der Eingangstür, obwohl ich in manchen Nächten auch, wenn Pete niemanden mitgebracht hat, zu ihm ins Bett schlüpfe, um nicht allein zu sein.

Der Chinese Liu sitzt den ganzen Tag an der Kasse, während Linda, Nancy und ich die Gäste bedienen: einmal Hühnchensandwich ohne Mayonnaise, einmal Eier, aber nicht fluffy, einmal Hamburger mit Kartoffeln, aber ohne Gurken. Boxie meint, das sei eine idiotische Arbeit, aber ich fühle mich gut dabei. Jeder macht, was er kann, und niemand klettert auf mir rum, davon hatte ich nämlich inzwischen die Nase voll.

Lucys Tochter erzählt uns, daß sie abgetrieben hat. Wir haben nicht einmal gewußt, daß sie schwanger war. Lucy flippt aus und setzt sie vor die Tür, ich nehme sie mit zu mir. Pete protestiert nicht, obwohl wir schon ganz schön eng aufeinander wohnen und oft nicht genügend Wasser da ist. Ich überlasse ihr das Sofa, bis sie sich erholt hat, und schlafe auf dem Boden. Die Glotze leistet uns nachts Gesellschaft.

Der Chinese Liu hat einen Bruder, der kein Wort englisch versteht, obwohl er vom Gegenteil überzeugt ist. Um den Hals trägt er eine lange Kette mit einem Mercedes-Stern, den er auf dem Parkplatz geklaut hat, wo er arbeitet. Die ganze Zeit über läuft er Nancy hinterher und will sie begrapschen, wo immer sich die Gelegenheit dazu bietet. Sie wird ganz wütend und schreit ihn an, fuck you und kiss my ass, und er glaubt, das heißt, sie sei interessiert, und verfolgt sie bis in die Küche. Nancy schüttet ihm einen Eimer mit heißem Wasser über den Kopf, und es gibt einen Riesenskandal. Liu schmeißt sie raus, Nancy wirft ihm vor, die weißen Mehrheiten zu verfolgen, und inmitten von Chaos und Geschrei besteht der Bruder darauf, daß sie ihn klar und deutlich ermuntert und aufgefordert habe, fuck you und kiss my ass.

Lucys Tochter zieht aus. Sie hat eine Stelle bei so einem Telefondienst bekommen, bei dem man geile Sachen sagt. Eine Schwarze, die den größten Hintern hat, der mir je untergekommen ist, bringt ihr bei, was sie sagen muß und wie sie es zu betonen hat. Je länger sie die Kerle an der Strippe hat, desto mehr Moneten bekommt sie, denn sie wird am Gewinn beteiligt. Die Schwarze begleitet sie nach Hause, und als Boxie sie sieht, will er sie nach Kalifornien mitnehmen und ihr einen Job als Tänzerin besorgen. Ich werde dich steinreich machen, versichert er ihr, du wirst doch nicht weiter Perlen vor die Säue werfen und nur an deiner Stimme verdienen, mit diesem Hintern wirst du alle

Welt in Raserei versetzen. Er geht, um ihr ein paar heiße Höschen zu besorgen, so durchscheinende, die unten offen sind, aber keins paßt ihr, so gewaltig ist ihr Hinterteil. Anschließend übt Boxie mit ihr stundenlang einen Tanz auf dem Küchentisch.

Seit drei Tagen gehe ich schon nicht mehr ins Restaurant. Liu kocht bestimmt schon vor Wut so wie die Suppe in seinen riesigen Töpfen. Aber mir war danach, einfach rumzuwandern. Ich schlendere die Park Avenue entlang, von der Siebzigsten bis zur Neunten. Es gibt keine Leute in dieser Straße, nur Autos. In den Vorgärten sieht man Gartenbeete voll gelber Blumen, und unter den Eingangsbaldachinen der Gebäude stehen Portiers. Ab und zu taucht eine Frau im Dienstmädchenkleid auf, die ein Kind in einen Wagen mit Chauffeur setzt, der vor der Tür wartet. Oder ich gehe die Madison lang, um mir die Schaufenster anzugucken. Die Kleider sind herrlich, die müssen ein Heidengeld kosten, und es gibt Cafés mit kleinen Tischchen mit Blumen drauf. Ich presse die Nase gegen die Scheiben und schaue mir die Gäste an, die ganz unruhig werden, weil sie nicht verstehen, was es da zu glotzen gibt. Dann gehe ich zur Siebten, wo all die Geschäfte mit den Knöpfen, Plastikblumen, Gitarrensaiten und Nadeln für alte Nähmaschinen sind. Auf der Höhe der Siebenundfünfzigsten sehe ich mir die Schaufenster mit Möbeln und Blumenvasen, Puppen und antiken Lampen an. Bei der Sechsundachtzigsten kaufe ich am Obststand Äpfel und schau' die Schallplatten in den Geschäften durch, die nur so überlaufen vor jungen Leuten. Ich geh' gerne bummeln.

Auch Pete findet Gefallen am hit the floor, am Pflastertreten. Wir gehen in den Garten des Museum of Natural History und in den Skulpturengarten des Museum of Modern Art. Er liebt den Flohmarkt an der Ecke Sechste und Achtundzwanzigste und zeigt sich gerne in teuren Restaurants wie Le Cirque und

Mortimers. An der Ecke Columbus und Neunundachtzigste zeigt er mir das Haus, in dem er gerne leben würde: eine Bleibe in einem der letzten Stockwerke, mit Blick auf den See im Park. Mir gefällt's, wo wir wohnen, sag' ich. Ach Mädchen, erwidert er, unser Haus sieht doch genauso aus wie diese Klötze, die die Regierung für die Armen hinstellt. Ist mir doch schnuppe, sag' ich. Was heißt hier schnuppe, meint er, es ist ja wohl was anderes, Duke Ellington Boulevard, Gramercy Park oder Zehnte, auf Höhe der dreißiger Straßen, oder auch Fünfte, Central Park West, zu wohnen, das ist ein Unterschied wie Tag und Nacht, also hör auf, so dummes Zeug zu schwätzen.

Ich gehe wieder zum Restaurant, und Liu will mich nicht wieder aufnehmen, er schäumt vor Wut. Aber alle legen sich für mich ins Zeug, und er gibt nach. Also trage ich wieder Spiegeleier mit Ketchup, Apple Pie, Cherry Coke und Kaffee hin und her.

Abe ist ein Gast, der nach dem Essen stundenlang mit jedem, der Lust hat, Domino oder Backgammon spielt, manchmal spielt er auch Mah Jong mit Liu. Er läd mich zu einem Spaziergang am Hafen ein. Wir schlendern die heruntergekommenen Piers entlang, inmitten des Gestanks von Fischen und Slaughterhouses. Guck mal, wie der Hudson in den Atlantik fließt, sagt er. Er vergleicht die früheren mit den heutigen Zeiten, spricht von den alten Frachtschiffen, die früher in die Bucht eingefahren sind und jetzt über New Jersey fahren, und von den Ferries, die zu Staten Island rübertuckern. Dann besuchen wir einen dieser Läden, die einem Tätowierungen machen. Auf Plakaten sind verschiedene Muster ausgestellt: Adler, nackte Frauen, Kronen. Abe läßt sich eine Schlange auf seinen Bizeps machen, die Nadeln ritzen seine Haut und hinterlassen Blutstropfen. Und was machst du, wenn es dir nicht mehr gefällt, frage ich. Dann schaust du nochmal hier vorbei, und sie schneiden dir das Stückchen Haut raus, pinnen es mit Nadeln auf Holz, damit du es als Souvenir behalten kannst. Und was ist dann mit der Haut, will ich wissen, bleibt dann da ein Loch? Sei nicht albern, sie wird genäht und vernarbt dann. Und tut dir das nicht weh, frage ich weiter. Ich schenk dir eine, erwidert er, damit du mit der ewigen Fragerei aufhörst. Und auf einer Pobacke will ich's haben: ein Herz mit einem Pfeil. Und tatsächlich tat es gar nicht weh, es roch nur ein bißchen nach angesengtem Fleisch.

Oona wohnt in einer Gegend, where the hardcore and garage scene is, wie Pete sagt. An jeder Hauswand sieht man dort Kritzeleien, manche sind lustig, manche brutal oder obszön, andere bestehen nur aus dem Namen einer Musikband oder dem Namen eines Ganoven aus dem Viertel. In ihrer Bude hat Oona einen riesigen Santa Claus aus Plastik mit Gasmaske, einer echten, die hat sie selbst einem Polizisten während einer dieser Demos entrissen, zu denen sie immer geht und wo die Prochoice-Anhänger und die Prolife-Anhänger aufeinander losgehen. Sie hat auch einen uralten, altersschwachen Sessel, den sie auf einem Abfallhaufen im Riverside Drive aufgegabelt hat. Sie ist 'ne tolle Nummer, reines Adrenalin, mit animalischen Momenten, ihr Haar trägt sie tiefschwarz und türmt es zu gewagten Konstruktionen auf ihrem Kopf auf, außerdem hat sie so lange Schlauchkleider, die hauteng an ihrem dürren Körper kleben, seitlich geschlitzt sind und keine Träger haben. Sie hat vierzehn Zentimeter hohe Pfennigabsätze, auf denen es unmöglich scheint, auch nur einen einzigen Schritt zu tun, und sie schminkt sich die Lippen in einem Signalrot, das man noch im Dunkeln sehen kann. Mit ihr ziehe ich durch die feinen Discos: ins Palladium, in den Club De, ins Underground, ins Regine's, ins Danceterías. Die Türsteher kennen sie und lassen uns rein. Sie leiht mir einen von ihren Schläuchen in Schwarz, Knallblau oder Eisblau, meine Lieblingsfarbe, wir setzen uns an die Bar, und dann spendiert uns einer eine Runde und fordert uns zum Tanzen auf. Man kann dort Leute von der CEO-Sorte antreffen, die bei Lichtorgeln und dem Sound der Talking Heads ausflippen, aber vor allem gehen da Typen hin, für die es das Höchste ist, einmal pro Woche den Partner zu wechseln, zu dritt zu vögeln oder vollgepinkelt zu werden, nachdem es bei ihnen gekommen ist.

Einer dieser Schuppen ist voller Pflanzen, so als wäre man im Urwald. Da werden dann nur Lambadas und Merengues und so Zeug aus dem südamerikanischen Busch gespielt. Wenn's dann ans Tanzen geht, verrutscht Oonas Kleid, und ihre Brüste hüpfen heraus, dann wird sie von den Kameras herangezoomt und erscheint auf den drei riesigen Leinwänden im Saal, entweder in voller Größe oder in fünfzig kleine Bilder zerlegt. Das ist der Höhepunkt der Nacht. Die Menge grölt. Einmal tanzt sie mit so einem Typen, der ganze Bäche ausschwitzt, und da stellen sie auf einmal den Regen an, den sie jede Nacht loslassen, damit man sich wirklich wie in den Tropen vorkommt, und der Arme kippt wie vom Blitz getroffen tot um, man weiß nicht, ob es die Erregung war, Oonas Titten zu sehen, die Anstrengung beim Tanzen oder der plötzliche Temperaturwechsel, denn die Dusche war eiskalt.

Manchmal laden sie uns ein, die Nacht auf einer Privatparty fortzusetzen. Unweigerlich kommt dann die Frage, na, was machen wir Hübschen denn nun mit dem angebrochenen Abend? Und dann gehen wir also zu irgend jemandem mit auf die Bude im zwölften oder fünfzehnten Stock, fahren in einem getäfelten Fahrstuhl hoch, und oben angekommen, stehen wir vor riesigen Fensterfronten, von denen aus man die Wolkenkratzer mit ihren Lichtern sehen kann. Immer sind es riesige Säle mit verspiegelten Wänden. Es sind viele Leute da, alle mager und sonnengebräunt, alle lächelnd und gut gekleidet, alle mit Schmuck behängt. Parfumduft geht von ihren Körpern aus. Die Männer sind Anwälte, Broker, Management Consultants und die Frauen Designerinnen, Art Dealer, Immobilienhändlerinnen und Ausschußvorsitzende von Kapitalertragssteuerkomitees. Kellner in Matrosenanzügen bieten Getränke an, Whisky, Scotch, Bourbon, Rye, Blended gefällig? Wir haben auch Gin, Wodka, Rum, Brandy und Wermut. Oona bestellt einen Tequila on the rocks »da wir doch gerade aus dem Busch im Süden kommen«, sagt sie, und ich mache es ebenso. Die Leute reden und geben Meinungen zum besten. Ich setze mich in einen weißen Ledersessel, den glattesten und weichsten der ganzen Welt. Ich versinke fast bis zum Boden darin und höre dann einem Jungmanager von irgend so einem Unternehmen zu, der von seiner Arbeit redet, als gäbe es wirklich nichts Interessanteres in diesem Leben. Dann schlafe ich ein.

Als ich aufwache, weiß ich nicht, wo ich bin. Pralles Sonnenlicht fällt durch die Fenster, und ich versuche mich daran zu erinnern, wie ich hierhergekommen bin. Ich sehe noch Oona vor mir, wie sie inmitten von einer Gruppe von Leuten tanzt, die ihr alle applaudieren. Mein blutrotes Schlauchkleid ist völlig zerknittert, ich frage mich, wie ich nach Hause kommen soll, wo ich doch gar nicht weiß, wo ich bin, und nicht einmal einen Dime bei mir habe. Auf einmal taucht so ein geschniegelter Typ wie aus dem Fernsehen auf: eckiges Kinn, gerade Nase, breite Schultern, Blendax-Lächeln, und stellt sich als Hausherr vor. Er läd mich zu einem Frühstück ein: Pancakes und frische Mangoscheiben, gerade aus der Karibik eingeflogen. »Prima«, sag' ich zu ihm, »machen wir's weiter wie die Latinos.« Er lächelt und holt einen CD Player, um für die passende Begleitung zu unserem Frühstück zu sorgen. Die Musik ist so mitreißend, daß sich die Füße von ganz alleine dazu bewegen. Es hält uns nicht auf den Stühlen, und so tanzen wir eine ganze Weile. »Der da singt, heißt Juan

Luis Guerra, seine Band ist die 4.40«, sagt er, »die sind im Moment der absolute Renner, jeder kauft ihre Scheiben.« Ich horche auf den Text, aber so viel gibt mein Spanisch nicht her, ich weiß nicht was »bilirrubinas« ist, weiß nicht, warum es in den Songs Kaffee regnet oder was das mit dem Fisch im Aquarium und ähnlichem Zeug soll. Vier Minuten, vierzig Sekunden braucht Popcorn light in der Mikrowelle, sag' ich zu ihm, vielleicht haben sie sich deshalb so genannt. Mein Freund schaut mich an, als würde ich vom Mars kommen, und sagt: »Also ich glaube, du hast keinen blassen Schimmer vom südlichen Teil dieses Kontinents.«

Zwei Tage bleibe ich bei ihm, denn er hat eine Riesenbadewanne, in der von überall Warmwasserstrahlen hervorschießen, und einen Massagestuhl. Und weil er mir gut zu essen gibt. Als ich ihm ankünde, daß ich nun aber doch langsam gehen werde, läd er mich dazu ein, das Wochenende mit ihm zu verbringen. Ich hab' nichts anzuziehen, sag' ich zu ihm, brauchst du auch nicht, meint er, willst du wissen, wohin wir fahren, fragt er, spielt keine Rolle, sag' ich. So lande ich also in Waterstone, einer »Sex-Ranch«, wie am Eingang zu lesen ist, bei der man die Kleider beim Betreten abgibt und die Tage nackt in der Sonne, im Schwimmbecken oder beim Tennisspielen verbringt und mit aller Welt, zu jeder Zeit und an jedem Ort vögelt. Nachts finden sich die Gäste in großen Gruppen zusammen, Mammuts genannt, um über sich selbst zu sprechen, über das, was sie fühlen und was sie gerne möchten. Sie setzen sich auf den Boden, stochern und wühlen in ihrer Seele rum und führen ständig Worte wie Frustration, Beklemmungsgefühl, Kommunikation, Beziehung, Partner, Selbstverwirklichung im Munde. Oft weinen sie auch, und alle geben ständig ihren Senf dazu. Mein Verehrer, der Alfred oder Herbert oder John M. heißt, irgendwas in der Art, the third – sein Name fällt mir nicht mehr ein – sagt, das sei das Gesündeste auf der

Welt, mit Leuten zusammenzukommen, die so verschiedenartig wie nur möglich sind, und mit denen man sich von allen seinen Hemmungen befreien und seiner sexuellen Energie freien Lauf lassen kann. Was hältst du davon, fragt er mich, warum machst du nie den Mund auf, du mußt unbedingt sagen, was du empfindest. Du solltest nach Esalen gehen und die Urschreitechnik lernen und andere Therapien machen, die dir dabei helfen, dich zu entkrampfen, deine Blockade zu lösen.

Wir verbringen drei Tage an diesem Ort. Auf die Dauer ödet es mich ganz schön an. Viele wollen Sex mit mir. Ich laß mich auf alle ein, aber gehe von mir aus auf niemanden zu. Ich habe nichts übrig für diese gepflegten Managertypen, die angeblich so enthemmt sind und mehr quasseln als vögeln. Als wir gerade abfahren wollen, kommt eine Frau auf uns zu, mit löchrigen Jeans, Marke Gloria Vanderbilth, dünnem Hemdchen, Made in India, eins von denen, die auf den Straßenmärkten verkauft werden, haufenweise Edelklunkern und hohen Lederstiefeln. Das ist Louise, sagt mein Lover, meine Exfrau. Sie stellt uns ihrerseits den Kerl vor, der mit ihr zusammen ist, mit schwarzem Rollkragenpulli und natürlich auch in Jeans. Das ist Ivy League, erklärt sie uns, aber er studiert Komposition in Julliard. Die drei unterhalten sich eine Ewigkeit über die Technik des kanadischen Balletts, darf man sich keinesfalls entgehen lassen, über den postmodernen deutschen Film, darf man sich keinesfalls entgehen lassen, die Kritik in der Times vom Sonntag über den Roman eines englischen Autors, darf man sich keinesfalls entgehen lassen, das lateinamerikanische Theaterstück, was für eine Körperarbeit, darf man sich keinesfalls entgehen lassen und vor allem auf das Bühnenbild achten, really shocking. Als sie endlich abziehen, rufen sie uns noch aus dem Autofenster zu, wir dürften ja nicht das Kinofestival im Lincoln Center versäumen und schon gar nicht die Kunstauktion, deren Erlös den Hungerleidenden in Somalia zugute kommen soll. John und Alfred, wie immer er auch heißen mag, der fünf Minuten vorher im Gespräch noch so liebenswürdig und nett war, platzt jetzt fast vor Wut, und den ganzen Weg in die Stadt über lästert er über sie und ihren Macker, über ihre Manie, sich keine Vorstellung oder irgendein gesellschaftliches Ereignis entgehen zu lassen, und außerdem über ihre Frigidität.

Wir halten bei einer Galerie. Baby, sagt Herbert oder John oder wie er auch heißen mag, zu mir, in dieser Stadt gibt es an die tausend Galerien, aber du wirst jetzt die zu sehen bekommen, die am meisten in von ganz New York ist, was soviel heißt wie am meisten in von der ganzen Welt. Wir gehen rein, ich in meinem roten, zerknitterten Schlauch, meinen Pfennigabsatzschuhen und meinem geschorenen Kopf. Ein ganzer Haufen Leute ist da, trinkt und schaut sich die riesigen Fotografien an, die an den Wänden hängen und auf denen immer dieselbe Frau in anderem Outfit zu sehen ist. Das Mädel hat eine Menge Talent, sagt John oder Herbert oder Alfred zu mir, bevor er alle Welt begrüßt und mich völlig vergißt. Auf einmal bittet eine Stimme über Mikrophon um Ruhe. Die Gespäche ebben ab, und jemand fängt über ein gerade erschienenes Buch zu reden an, das wir ihnen an diesem Abend vorstellen wollen, Herrschaften, ein exzellenter, ganz außergewöhnlicher Essay, der die Kunst der Fotografie in der heutigen Zeit behandelt, ein Meilenstein der Kunstkritik in der zweiten Hälfte des 20. Jahrhunderts. Alle klatschen. Dann ergreift ein anderer und dann wieder ein anderer das Wort, und alle sagen mehr oder weniger das gleiche und wieder gibt es Beifall. Endlich fahren wir weiter. Im Auto ist Alfred oder Herbert oder John Soundso the third – wie auch immer nun sein Name lautet – völlig in seinem Element und redet wie ein Wasserfall. Redet und redet und hört gar nicht mehr auf. Es geht doch nichts über Vernissagen, sagt er, nichts geht über diesen Schick. Ich bin zur Jahresgala im Met eingeladen worden, unter der Schirmherrschaft von Lady Astor in eigener Person, ja, das heißt, daß man's geschafft hat. Ich zittere schon bei der bloßen Vorstellung, wie ich das Museum betrete, dann erstes Stockwerk rechts, der ägyptische Tempel von Dendur, die Papyri, die im Wasser wachsen, und von den Fenstern aus ist der graue, bedeckte Himmel zu sehen.

Bei einer roten Ampel öffne ich die Tür und steige aus, denn diesen Stuß halte ich keine Sekunde mehr länger aus. Ich glaube, er merkt nicht einmal, daß ich das Weite gesucht habe, er ist mit sich selbst beschäftigt, mit seinen gesellschaftlichen Erfolgen. Den werde ich bestimmt nicht wiedersehen.

Ich beschließe, in den Punk-Schuppen zu gehen. Er ist grell erleuchtet und voller Leute mit steil aufragenden Haaren in den wildesten Farben, mit Lederjacken voller Sicherheitsnadeln und spitz zulaufenden Schuhen. Ich gehe in die Ecke, in die sich immer die Leute hinhocken, die solo sind und nur mit ihrem Glas Konversation führen, und warte, daß irgend jemand auf der Bildfläche erscheint, den ich kenne. Da kommt Oona mit Mat. Mensch, da bist du ja wieder, warum hast du denn so lange nichts von dir hören lassen? Wir setzen uns zu Bill an den Tisch. Mat ist ein Typ, der nicht gern quatscht. Er wohnt Bruckner Boulevard. Als er elf war, hat ihn eine Gang in ihre Klauen bekommen und ihn zu ihrem Drogenkurier gemacht und außerdem noch seine Familie bedroht, falls er nicht mitmachen wollte oder irgendwie Mist baute. Als er fünfzehn war, wollten sie ihn dazu zwingen, einen Mord zu begehen. Er konnte es nicht. Dann haben sie einen Spießrutenlauf mit ihm veranstaltet. Zwei Dutzend Kerle standen in einem Korridor, und er mußte mittendurch laufen. Mehr als zwei Monate lag er danach im Koma, und seitdem fordert er immer wieder Mißhandlungen heraus. Er bittet um Schläge, Peitschenhiebe, Messer, die seine Haut ritzen, Ketten, die ihm weh tun. Sein Körper ist voller alter Narben, blauer Flecken und frischer Wunden. Arme und Beine sind übersät von den Einstichspuren der Spritzen. Er spritzt sich alles, was er nur in die Finger kriegt, und verbringt die Nächte in den Gay Bars, in denen er für einen Drink wirklich alles mit sich machen läßt.

Bill trägt Armeekleidung, à la Tarnanzug, ist ein Elvis-Fan und möchte Gitarre spielen können wie er. Er hat eine zottelige Freundin, die sich hinter ihn setzt. Beide essen Erdnußbutter, Speck und Bananensandwich, um es ihrem Idol gleich zu tun. Manchmal wird er auch Memo genannt, weil seine Mutter anscheinend zu den wet backs gehört, eine von diesen Mex-Tex, die die Bullen zur Zeit mit Vorliebe an der Grenze abknallen. Ich bitte ihn um einen Joint. Hast du 'nen Slip an, fragt er, ja, antworte ich, ich geb dir Stoff, wenn du ihn hier vor mir ausziehst und ihn mir schenkst. Hör mal, sag ich, ich bin seit Tagen nicht zu Hause gewesen, mein Slip ist nicht präsentabel. Macht nichts, sagt er, zieh ihn dir hier aus, vor aller Augen. Da ich schon ganz schön dringend einen nötig habe, steige ich auf den Tisch und tue, was er gesagt hat. Alle lassen mich hoch leben und klatschen, und Memo schenkt mir, rundum zufrieden, eine halbe Lulle vom Guten, dem Golden Mexican. Als wir dann gleich darauf nach hinten gehen, legt er wieder seine alte Platte auf, denn er hält sich für einen Dichter: »Der Fernseher blutet, mein Bett kotzt. Alles ist zwecklos, nur im Eifer des Gefechts glaubt man, es hätte einen Sinn. Die Welt drischt auf uns alle ein, aber manche halten durch, und an ihren Wunden werden sie noch stärker als zuvor. Ich weiß, bin restlos davon überzeugt, daß kein einziger Philosoph, so tiefsinnig er auch sein mag, jemals auch nur anfangen wird, diese Welt zu verstehen.«

Ich gehe zu den Toiletten. Ich liebe das. Das warme

Wasser, die Ruhe und etwas guten Stoff. Vor der Tür steht eine lange Schlange. Weil sie nur Paare reinlassen, suche ich mir in der Reihe einen Alleinstehenden aus, der mir dabei behilflich sein kann, durchgelassen zu werden. Ich mach' mich an einen ran, der schon ziemlich weit vorne steht, quatsche mit ihm oder besser gesagt, überlasse ihm das Reden, denn das ist weiter nicht schwer, alle Kerlen lieben es, wenn man ihnen zuhört. Er heißt Al und ist Professor an der Columbia Universität, er hat die Wampe von jemandem, der sich nur ungern aus seinem Sessel erhebt, eine beginnende Glatze und ein ganzes Sammelsurium von Ticks. Es ist sein erstes Toilettenabenteuer, er hat Angst und kann es gleichzeitig kaum mehr erwarten, deshalb ist er hier. Sobald wir drinnen sind, verdufte ich, und die ganze Nacht über begegnen wir uns nicht wieder. Ich zieh' mir ein paar von den Guten mit zwei Typen rein, danach auch mit zwei dicken Tussis, die lachen und Witze erzählen. Als ich dann im Morgengrauen rauskomme, steht da Al. Ich hab dich stundenlang gesucht, sagt er, ich wollt's mit dir machen, ich dachte, wir würden zusammen reingehen, ich hab' den Eintritt für dich gezahlt. Wir steigen in sein Auto, ein Kleinwagen mit Sicherheitsgurten, und da erzählt er mir dann, daß ein Sturm in seinem Innern tobt. Er läd mich zu einer Spritztour zu den Cloisters ein, er meint, das sei ein mittelalterliches Bauwerk, das er für sehr schön und romantisch halte. Er fragt mich, ob ich das Lied von Leonard Cohen kenne »Traveling lady, stay a while until the night is over, I'm just a station on your way I know I'm not your lover«. Nee, antworte ich, ich bin viel zu müde, und außerdem steh ich nicht auf diese Schnulzen. Ich steige aus dem Wagen und suche ein Telefon. Während ich wähle, bittet mich Al, nicht zu gehen, und mit einem Schlüssel ritzt er seinen und meinen Namen neben die Herzchen und Obszönitäten, die schon an der Kabinenwand stehen. Ich setze mich auf den Kofferraum und warte, bis Pete mich abholen kommt. Als wir dann gehen, fällt mir Als trauriges Gesicht auf, wie von jemandem, der nicht weiß, was er bloß falsch gemacht haben könnte.

Ich verbringe den Tag am Fenster. Pull myself together, das brauch' ich jetzt. Die Glotze leistet mir Gesellschaft. Ich schaue nicht rein, aber sie ist bei mir, ich höre sie. Die Stimmen und ihr Flimmern geben mir ein gutes Gefühl. Ich rufe die Zeitansage an. Es ist drei Uhr. Eine ganze Weile später rufe ich nochmal die 976 1616 an. Es ist 3.35. Die Zeit schleicht voran. Ich habe eine Tüte Orangensaft und eine Familienpackung Chee-tos mit Käsegeschmack. Als es dunkel wird, stehe ich auf und gehe schlafen. Die Zeit vergeht im Schneckentempo.

Joss ist schon seit Jahren Stammgast im Restaurant. Immer kommt er zur gleichen Zeit zum Essen, setzt sich an denselben Platz und bestellt das gleiche: Brathühnchen mit Salat und Zitronenlimonade. Eines Sonntags läd er uns zu sich nach Hause ein. Und wir gehen hin, Gott weiß, warum, denn der Typ ist weder unterhaltsam noch sonst irgendwie interessant, aber wir haben eben gerade nichts Besseres zu tun. Er lebt mit seiner Frau zusammen, die drall ist und ein gutmütiges Gesicht hat. Wir setzen uns ins Wohnzimmer in ein paar grüne, harte Sessel mit geblümten Bezügen. Auch die Vorhänge sind grün und geblümt. Sie bieten uns Limonade an. Kaum sitzen wir, da fängt Joss an, von Gott zu quatschen und von der Errettung unserer Seelen, während Rosalyn aufmerksam zuhört und bestätigend mit dem Kopf nickt. Eine ganze Weile redet er so auf uns ein und will uns dazu bringen, uns den Seinen anzuschließen, die sich Davidianer nennen. Er predigt uns, daß die Stadt voller Versuchungen und voller Religionen steckt: Presbyterianer, Methodisten, Baptisten, Quäker, Mennoniten, Adventisten, Pfingstler, Katholiken, Juden, Muslime, Griechisch-Orthodoxe und Russisch-Orthodoxe, Buddhisten. Es ist ein einziges Chaos, sonntags ist das Fernsehen voll von Preachers, und jeder will uns seine Weltanschauung unter die Nase reiben, aber der einzig wahre Weg ist der der Bibel. Deshalb solltet ihr von hier fortgehen, sagt er, wir haben ein großes Anwesen in Texas, wo ihr in innigem Kontakt mit der Wahrheit leben könnt. Dann bittet er uns, etwas zu seinem Feldzug beizutragen, indem wir die Summe dazuschießen, die wir wollen. Beim Gehen haben wir das Gefühl, daß man uns hereingelegt hat.

Faith ist Oonas Schwester. Sie ist Verkäuferin bei Macy's und immer gut gekleidet. Die Klamotten in dem Laden sind teuer, ich kaufe meine in der Orchard Street, sonntags ist auf dem Markt dort eine Menge los, ebenso wie beim Tama Fair in der Dritten, wo ich mir gerne die Pflanzen und Vögel ansehe. Faith ist ganz versessen auf jede Art von Veranstaltung. Niemals verpaßt sie ein Spiel von den Mets und geht zu allem hin, was im Yankee Stadium und im Madison Square Garden stattfindet, es ist ihr völlig gleich, ob es ein Rockgruppe ist, eine Sängerin aus dem mexikanischen Fernsehen oder Frank Sinatra, der seinen fünfundsiebzigsten Geburtstag feiert. Sie bringt es fertig, stundenlang für eine Karte anzustehen. Auch die Paraden haben es ihr angetan, sie versäumt nie die Easter Parade in der Fünften und auch nicht die vor ihrem Macy's an Thanksgiving. Sie geht sogar zu den Auto-Shows bei Columbus. Ich schaue wegen Crack bei ihr vorbei. Es gefällt mir, weil es mir ein gutes Gefühl gibt, ich hebe eine ganze Weile vom Boden ab, denn so wird meine Seele tatsächlich errettet, nicht mit solchem religiösen Schmus.

Als ich zu ihr komme, ist sie nicht da. Enttäuscht ziehe ich wieder ab, ich werde also zu Ken gehen müssen, der immer Stoff besorgen kann, aber er verkauft ihn teuer. Mal sehen, ob er mir was pumpt, ich möchte mir dringend einen Schuß verpassen.

Ich gehe die Achte rauf und bin gerade auf der Höhe vom Bahnhof, da läuft mir Larry über den Weg, der Sohn meines Stiefvaters. Er war ein Kind, als er zu uns gezogen ist, weil sein Vater und meine Mutter sich zusammengetan haben. Also haben sie uns beide in ein einziges, viel zu schmales Bett gesteckt, aber wir sind gute Freunde geworden. Wir sind gemeinsam zur Sonntagsschule gegangen und danach noch zu den heißen Mahlzeiten in der Pfarrei geblieben. Sein Vater hat ihn wegen jeder Kleinigkeit verprügelt, und ich habe ihn dann getröstet, aber seitdem ich von zu Hause fortgegangen war, hatte ich nichts mehr von ihm gehört. Wir umarmen uns herzlich. »Was gibt's Neues vom Alten?« frage ich. »Nichts«, erwidert er, »einmal hat er mich so doll geschlagen, daß ich ins Krankenhaus mußte, und dann hat sich die Polizei der Sache angenommen und mich schließlich in so'n Haus für mißhandelte Kinder gesteckt, von wo ich aber gleich wieder ausgerissen bin.« Ich lade ihn ein, mit mir zu kommen. Wir essen die Chee-tos vom Vortag und schauen fern. Ich weiß nicht, wann er wieder gegangen ist, weil ich nämlich eingeschlafen bin, aber als ich merkte, daß er fort war, sah ich, daß er mit zwei Pullis und ein Paar Schuhen von Pete und dem ganzen Stoff, den ich von Ken hatte, auf und davon war. Armer Larry, ein starker Charakter ist er noch nie gewesen.

Marcia läd uns zu einem Fest bei ihrem Bruder Angel ein. Ich hab nicht viel für die Latino-Männer übrig, die sind wie Steine, sie schmeißen sich auf die Frauen drauf, so daß die sich weder bewegen noch atmen können. Und ihre Frauen lassen das alles mit sich geschehen. Immer haben sie zerlumpte Kleider und langes Kraushaar. Und immer gehorchen sie ihren Brüdern, wirklich immer. Auf den Festen stellen sich die Frauen auf der einen Seite des Raums auf und die Männer auf der gegenüberliegenden. Wenn die Musik zu spielen anfängt, überqueren die Männer die Tanzfläche und fordern die Frauen zum Tanzen auf, und nach jedem Stück gehen alle wieder an ihren Platz zurück. Wenn eine einen festen Freund hat und ein anderer es wagt, sich an sie ranzumachen, blitzen die Messer, und es fließt Blut. Heute nacht hat mich Linda doch glatt zum Rennen gebracht. Sie kommt zu mir und sagt, laß uns abziehen, hier laufen nur Kubaner rum. Ein Kerl hört es und protestiert, ich bin kein Kubaner, Süße, sondern Puertoricaner, ich lebe im Barrio und nicht in Washington Heights. Dabei wäre es dann auch geblieben, wenn es Linda nicht in den Sinn gekommen wäre, zu antworten, same shit, alle sind sie doch brown coloured wie rote Bohnen mit Reis und hören ständig diese Salsa-Musik. Sie hat noch nicht einmal zu Ende gesprochen, da werden die Typen schon ernsthaft böse, und der Ärger geht los, aber wir ziehen uns die Schuhe aus und rennen, was wir können, wir steigen ins Auto, das irgend jemand meiner Freundin geliehen hat, starten durch und brausen mit Höchstgeschwindigkeit davon.

Ger ist Maler. Er wohnt in einem riesigen Loft mit eiserner Tür und silberfarbenen Wänden. Überall liegen Flaschen, Dosen, Pinsel, Putzlumpen und bekleckste Leinwände herum. Neben dem einzigen Fenster steht ein weißer Eisschrank, der nicht angeschlossen und immer offen ist. Er bewahrt seine Kleider darin auf. Mitten im Zimmer ist eine dünne, schmale Matratze mit einer dicken Wolldecke, darauf eine Frau, eine hoch aufgeschossene, wunderschöne Negerin, die die ganze Zeit über dort rumhängt, aber niemals auch nur ein einziges Wort von sich gibt. Es sind die abgefahrensten Leute, die ich kenne, bei ihnen ist jeder willkommen, und sie machen's mit jedem, egal wer grad kommt. Zuerst essen wir Spaghetti in Käsesoße, und dann verwickeln wir uns ineinander und vögeln die ganze Nacht durch. Die Frau hat zu kalte Füße und zu warme Hände, und ich zucke jedes Mal zusammen, wenn ihre Haut die meine streift. Am nächsten Morgen setzt mich der Maler vor die Tür, weil er arbeiten muß.

Ich bin mitten in Soho und völlig blank. Ich laufe und laufe. Überall sehe ich bärtige, schmierige Kerle, Frauen mit großen Stofftaschen und Röcken in Knöchellänge. Es gibt einen Haufen Restaurants hier, Clubs mit Jazzprogramm, Galerien und Läden, in denen unnützes Zeug verkauft wird. In der Avenue of the Americas strecke ich den Daumen raus. Kein Auto hält an, es sei denn, um mich zu beschimpfen und wieder um so schneller loszubrausen. Endlich erbarmt sich doch jemand meiner. Der Fahrer ist ein schon älterer Mann, der seine Glatze unter einer kleinen Wollmütze verschwinden läßt. Wo soll's denn hingehen, fragt er liebenswürdig. Dahin, wo Sie mich absetzen können, antworte ich mürrisch. Ich fahre nach Brooklyn, sagt er, meine Frau ist dort im Krankenhaus, es geht ihr gar nicht gut, ich besuche sie jeden Tag. Seine Frau läßt mich völlig kalt, aber ich möchte nicht hier stehenbleiben und beschließe also einzusteigen, mal sehen, was passiert. Ich begleite ihn bis zur Ecke Siebzehnter und Erster, wo das jüdische Krankenhaus ist. Der Typ parkt, und ich weiß nicht, was ich machen soll. Wie zum Teufel soll ich jemals wieder hier nach Hause finden, sag' ich zu ihm. Kein einziger Sterblicher kennt ganz Brooklyn, sagt er, man brauchte ein ganzes Leben, um hier überall gewesen zu sein, wenn Sie also wollen, können Sie warten, und ich fahre Sie dann nach Hause. Da ich nichts Besseres zu tun habe, gehe ich mit ihm ins Krankenhaus und setze mich in den Besucherraum. Ich bleibe eine ganze Weile da. Einmal schaut der Mensch rein und bringt mir eine Tasse Tee und ein Hot Dog. Es ist koscher, sagt er, Sie können es bedenkenlos essen. Es freut ihn, daß ich ihm Gesellschaft leiste, und er sagt, er würde mir ja sehr gerne seine Frau vorstellen, aber ich hätte keinen Zutritt dort. Schließlich gehen wir wieder. Beim Einsteigen fragt er mich, wo ich wohne. Da ich schon mal in die Richtung fahre, kann ich die Gelegenheit gleich nutzen und in die Synagoge Ecke Lexington und 55. gehen, ein gutes Gebet hat noch niemandem geschadet.

Ich gehe wieder zum Loft zurück. Ger ist da und die Negerin auch, sie heißt Campbell. Er arbeitet gerade an riesigen Bühnenbildern für ein Stück, das sie im Saint Marks Theatre in der Bowery aufführen wollen. Wieder essen wir Spaghetti und vögeln erneut vom frühen Abend bis zum späten Vormittag des nächsten Tages. You came to trade the game you know for shelter, sagt er zu mir. Dann schlafen wir, aber als ich aufwache, geht es mir gar nicht gut, mein Kopf und mein ganzer Körper tun mir weh. Ich schlafe lange, und im Traum höre ich ihre Stimmen und wie sie sich bewegen. Die Frau ist sehr nett, sie geht dauernd zum Wasserhahn, um mir Wasser zu bringen, weil ich einen wahnsinnigen Durst habe. Sie hebt meinen Kopf an und gibt mir zu trinken. Ihre Brüste hängen mir dabei ins Gesicht. Als es mir besser geht, stehe ich auf und gehe nach Hause. Pete empfängt mich mit einer Umarmung, er hat sich Sorgen um mich gemacht, du sahst ganz krank um die Nase aus, als du weggegangen bist, und dann habe ich mehrere Tage lang nichts mehr von dir gehört. Ich bin mein eigener Herr, sag' ich zu ihm, ich muß dir nicht Rechenschaft über mein Leben abgeben oder dir sagen, wohin ich gehe, weder dir noch sonst irgendwem.

Ich schaue fern, stundenlang sitze ich vor der Glotze. Ich liebe die Werbung für Sportkleidung, die Mädchen, die mit wehenden Haaren sprinten, und auch die Werbung für Desserts, mit den Kindern, die sie mit glücklichem Lächeln verdrücken. Vor allem liebe ich aber die Vorschauen auf die Spielfilme der Woche, ich bin schon immer ganz wild drauf, sie alle zu sehen. Wenn ich einmal Geld haben sollte, werde ich mir Pay-TV ins

Haus holen. Mir gefallen auch die Krimiserien, die Soap Operas und die Pornostreifen, die begeistern mich geradezu, und das, obwohl ich Bescheid weiß, wie die gemacht werden, nämlich als trockene Turnübung! Ich werde ein Bad nehmen, das habe ich schon seit einer Ewigkeit nicht mehr gemacht, hoffentlich ist Wasser da. Da klopft es an der Tür. Ich bin einfach viel zu träge, um aufzumachen. Es ist Pete, der seinen Schlüssel vergessen hat. Ich höre doch, daß du da bist, schreit er, ich höre den Fernseher, mach bitte auf. Ich antworte nicht und öffne auch nicht. Ich fühle mich noch immer geschwächt von der Grippe und will mich nicht von meinem Platz erheben. Pete ist immer noch vor der Tür und wartet, fleht, droht, fordert, schimpft und zieht schließlich ab und bringt einen Typ mit Werkzeug an, der eines nach dem anderen alle Schlösser öffnet. Während sie arbeiten, trinke ich Bier und schmeiße die Dosen gegen die Tür, aus Wut über den Lärm, den sie veranstalten. Als Pete schließlich drinnen ist, sehe ich, daß er Chop Suey-Schachteln dabei hat, ich hatte dir ein köstliches Abendessen gekauft, sagt er, aber jetzt ist es kalt geworden. Er geht in die Küche, wämt es auf, und wir setzen uns zum Essen hin. Er schaut mich an, und in seinem Gesicht ist zu lesen: arme Kleine, bist immer noch krank. Dann schlafen wir ganz eng zusammen, damit er mich wärmen kann. Er ist mein Schutzengel.

Am ersten Abend, an dem es mir etwas besser geht, gehe ich raus, um eine kleine Runde zu drehen und zu sehen, wen ich so treffe. Ich verbringe eine ganze Weile mit hanging around, aber niemand taucht auf. Ich ziehe von einer Bar zur nächsten, aber kein bekanntes Gesicht. Gott weiß, wo die alle sind, und ich habe keine Lust, jemand neuen aufzureißen. Also beschließe ich, Ken zu suchen. Ich gehe zu seinem Lokal, es ist gerammelt voll, die Maschinen machen einen Höllenlärm. Auch er ist nicht da. Ich gehe wieder und schlendere herum. An einer Ecke prügeln sich ein paar Kerle. Wenn ich Geld hätte, würde ich jetzt Ecke Dreißigste und Zweite arabisch essen gehen, aber ich hab' keins, hab' nie was gehabt. Das Geld, immer das Geld, money, green, cash, cashola, currency, bucks.

Ich serviere einem Gast gerade seine Klöße mit Reis, da zieht er eine Pistole hervor und legt sie auf den Tisch. Räum das da weg, sag' ich zu ihm, oder ich bediene dich nicht mehr. Es ist ein baumlanger Kerl mit dem Gesicht voller Pickel, dicken Brillengläsern und auseinanderstehenden Zähnen, aber er gehorcht mir und legt sie auf den Stuhl neben sich. Da kommen zwei Typen rein, die anfangen, sich über ihn lustig zu machen, hör mal, Pickelgesicht, hör mal du schmieriger Kerl, hör mal du Brillenschlange und was weiß ich. Er läßt sich nicht aus der Ruhe bringen, ißt auf, holt sich mit Zahnstochern die Essensreste aus den Zähnen, läßt einen ordentlichen Rülpser los, steht vom Tisch auf, geht zur Ecke rüber, wo die Typen essen, und drückt ab, mehrere Male hintereinander, und zieht dann gemächlich, ohne Eile ab. An der Kasse zahlt er seine Rechnung. Der Boden ist voller Blut, alles ist in Schweigen erstarrt.

Jetzt sind wir alle ohne Job. Die Polizei hat das Restaurant geschlossen und den Chinesen Liu mitgenommen.

Marcia kreuzt bei mir auf, um mir von einem Architekten zu erzählen, der eine nackte Sekretärin sucht. Sie kann sich nicht bewerben, weil ihr Bruder und ihr Freund sie umbringen würden, da siehst du, wie die Latinos sind, aber du kannst es versuchen, du bist frei, wer wäre freier als du. Und sie zahlen gut, besser als Liu. Also gehe ich hin.

Besagter Architekt ist um die fünfzig, perlgraue Hosen, marineblaues Sakko und Seidenhalstuch. Auf seinem Schreibtisch steht ein Laptop, eine Videokamera und einer dieser New Yorker Diary-Terminkalender, auf dem zu lesen ist, start your day with a smile. Ich ziehe mich vor ihm aus, um zu sehen, ob er mir den Job gibt, aber er meint, ich sei zu dünn, nach meinem Geschmack müßtest du mindestens Brüste für Größe vierzig haben. Er stellt mich zwar trotzdem ein, fängt aber immer wieder davon an, daß er mehr Kunden hätte, wenn meine Brüste größer wären, und ich antworte ihm, daß ich noch attraktiver wäre, wenn Gott mich als Negerin hätte auf die Welt kommen lassen, denn die Negerinnen sind bildschön und haben kolossale Hintern, mag sein, sagt er, aber dann hättest du nicht diese Arbeit, niemand stellt Schwarze ein.

Zur Mittagszeit läßt sich mein Chef Veggies- und Crudities-Salate mit kalorienarmen Soßen bringen, Erfrischungsgetränke ohne Zucker und Kaffee mit fettarmer Sahne. Ich habe Angst vor Cholesterin, vor Kohlehydraten, Übergewicht, vor allem, wo Zucker und Salz drin ist. Du hast es gut, du fürchtest dich vor nichts, sagt er. Natürlich sage ich, es wäre mir nicht gerade lieb, Aids zu haben. Zweimal pro Woche ist er in einer fünzehnminütigen Antistreßbehandlung (Lenox Hospital Health and Education Center, 1080 Lexington Ave. NY 10021), und zweimal pro Woche läßt er sich in einer Spezialklinik (Famous CEOS + Sunshine, 19976 Avenue of the Americas) unter der Höhensonne bräunen. Nacht für Nacht geht er ins Fitneß-Center und macht sein Aerobic und sein Krafttraining (NY Fitness Club, Madison Hotel, Suite 2050), und am Wochenende fährt er raus aus Manhattan, nach Connecticut, um auszuspannen. Er sagt, er sei glücklich.

Der Portier des Gebäudes, in dem ich arbeite, ist ein alter Neger mit weißem Haar. Er singt traurige Lieder und grüßt mich immer mit einem Lächeln, hello miss Moonie, how are you today. Er hat eine Tochter, die keinen Job findet. Eines Tages bringt er sie mit, und ich gehe überall mit ihr herum und frage, ob sie eine Verkäuferin brauchen. Wir klappern den Fotoladen, den Süßwarenladen, das T-Shirt- und Schirmmützen-Geschäft ab, aber niemand will sie. Dann gehen wir nach Hause, denn ich habe es satt, hierhin und dorthin zu rennen, und außerdem habe ich Hunger. Ich schmiere Schokolade auf ein paar Brote, aber sie will nichts. Aus ihrer Tasche zieht sie ein Fläschchen voll bunter Kügelchen. Ein paar sind M & M, sagt sie, weil ich gern Süßes esse, die anderen sind dafür da, daß ich ruhig, fröhlich oder wach bin, gut schlafe oder keine Schmerzen oder Hunger verspüre. Während sie das sagt, stopft sie sich einen ganzen Haufen davon rein. Na gut, sag' ich, dann gib mir auch was davon. Das ist also mein erster Amphetamin-Trip.

Boxie hat mir aus Kalifornien ein gelbes, enganliegendes Vinyl-Kleid mitgebracht, in dem sich deutlich meine Brüste abzeichnen. Ich ziehe es an, um mit meinem Chef am Abend in eins dieser Restaurants zu gehen, in denen die Beleuchtung so spärlich ist, daß alle Gesichter gleich aussehen. Er bestellt Getränke, Suppen, Fleisch in verschiedenen Soßen und Nachtisch, denn ab und zu tut es gut, über die Stränge zu schlagen, sagt er, und die ganze Zeit über raucht er wie verrückt und stößt Rauchringe aus. Dann schauen wir bei Freunden von ihm vorbei. Eine Frau singt:

»Wenn ein Mädchen aus New York gute Nacht sagt,
ist es bereits schon Morgen.«

Die Tante heißt Charlie, sie ist die Hausherrin. Sie stürzt auf meinen Chef zu, umarmt und küßt ihn, wie schön, daß du gekommen bist. Ich bin Luft für sie. Also beschließe ich zu verduften, die Straße ist mir lieber. Ich verschwinde durch die Hintertür und steige die lange Eisentreppe hinunter, die sich wie eine Schraube hinabwindet. Schließlich lande ich in einem Hinterhof voller Mülleimer. Ich durchquere ihn, auf der Suche nach einem Ausgang, finde aber keinen. Es ist stockfinster. Aus einem Fenster fällt ein schwacher Lichtstrahl. Ich gehe hin und schaue rein. Es ist eine Küche mit einem weißgestrichenen Holztisch, und eine Frau schneidet sich daran gerade die Adern auf. Ich beobachte sie eine Weile bei ihrem Tun und weiß nicht, ob ich ihr besser sage, sie soll es nicht tun, oder ob ich sie in Ruhe lasse. Ich entscheide mich für letzteres, jedem sein eigenes Leben, und jedem sein eigener Tod. Ich gehe zur Treppe zurück, steige Stockwerk um Stockwerk hinauf, bis ich wieder bei der Tür ankomme. Die Party hat mich also wieder. Niemand hat gemerkt, daß ich überhaupt weg war.

Ein paar Tage später ruft Charlie mich im Büro an und läd mich ins Kino ein. Na so was, sag' ich, ich dachte, du hättest mich nicht mal gesehen. Wie kommst du denn auf die Idee, sagt sie, wo du doch diesen halb unschuldigen, halb Hab-schon-alles-gesehen-Blick hast und diese allzu dünne, weiße Haut, die schnell altern wird. Wir treffen uns zehn Minuten vor Vorstellungsbeginn vor dem Kino in der Siebenundfünfzigsten, wo immer die alten Streifen laufen. Charlie kaut die ganze Zeit über äußerst geräuschvoll Kaugummi. Sobald wir reingegangen sind, steuert sie auf den Kaugummiautomaten zu, aber der ist schon seit einer Ewigkeit leer. Nur Staub und Fettpratzen zu sehen. Sie erklärt mir, man nenne sie Charlie, weil sie weiß sei, aber immer in einem Schwarzenviertel gewohnt habe. Für die Schwarzen sind alle Weißen Charlies, sagt sie. Die Hälfte des Films verbringt sie auf der Toilette, um sich die Mitesser vor dem Spiegel zu entfernen, weil dort das Licht besonders intensiv und weiß ist, und die andere Hälfte des Films über lehnt sie an der Tür und lutscht Pfefferminzbonbons und trinkt ein paar Limos. Sie kippt so viele Seven Ups in sich hinein, daß ich überzeugt davon bin, durch ihre Adern fließt kein Blut, sondern Limonade.

Nach Ende der Vorstellung ist der Typ auf dem Sitz

neben mir gerade damit beschäftigt, sich einen runterzuholen, und wir können nicht raus. Wieder gehen die Lichter aus, und wir bleiben zur nächsten Vorstellung. Ein andermal, sagt Charlie, gehen wir lieber in den Saal des ITT-Gebäudes und sehen zweiunddreißig Videos gleichzeitig. Als sie das sagt, müssen wir beide lachen, und alle fordern uns auf, still zu sein, aber wir können unser Kichern nicht unterdrücken.

Charlie hat rotgefärbtes Haar und trägt ebenfalls rote Bustiers und Shorts, die mit Glitzersteinen, Perlen und Pailletten bestickt sind. Sie arbeitet beim Theater. Nachts tanzt sie und zieht sich vor einem Haufen von Kerlen aus, die ihr Obszönitäten zurufen, aber das ist ihr egal, ich habe sowieso nichts für Männer übrig, also mache ich lieber das, als Angestellte mit fester Arbeitszeit zu sein und mir meine Brötchen so wie du zu verdienen. Dann erzählt sie mir, daß ihre Mutter mit siebzig immer noch Striptease macht: »Neulich war sie in der Sendung von Cristina. Ich werde auch im Beruf bleiben, bis ich tot umfalle.«

Faith hat eine deutsche Freundin, die Dorrie heißt. Sie ist in dieses Land gekommen, weil sie die strahlenden Gebisse der Amerikaner so beeindruckt haben, wie sie im Kino zu sehen sind, so gleichmäßig und strahlend weiß, sowie der glatte Bauch der Frauen, wo tun die bloß ihre Organe hin, fragt sie mit ihrem ausländischen Akzent. Aber jetzt, wo sie da ist, merkt sie, daß ihr alles hier angst macht. Sie kann nicht schlafen, weil ihr Fenster klemmt und nicht mehr zu schließen ist. Die ständige Huperei macht sie nervös, und auch die Preßlufthämmer, die Bau- und Abrißfahrzeuge, all die Maschinen, die rotieren, die Straße aufreißen, hämmern, kühlen, surren und erhitzen, die Radios und die Sirenen, die Telefone und das Stimmengewirr, der Zug, bei dessen Durchfahrt alles vibriert.

Dorrie kann gut kochen. In unseren antiquierten Pfannen ohne Griff bereitet sie Omelettes mit Kartoffeln und Würstchen zu und reicht dazu Schwarzbrot. Sie legt Platten von Jim Morrison auf, die sie begeistern, show me the way to the next whisky bar und so was. In der Küche klebt danach überall Ei und Fett, denn Saubermachen ist nicht ihre Stärke. Pete wird dann wütend und sagt, wir sollen sie nicht mehr mitbringen, aber in Wirklichkeit hat er sie schon in sein Herz geschlossen. Sie setzen sich gemeinsam vor den Fernseher. Sie erzählt ihm, daß sie früher, wenn sie Filme über New York sah, davon geträumt hat, über die Brooklyn Bridge zu gehen und im Mondschein Champagner zu trinken, an Herbstnachmittagen im Central Park spazierenzugehen oder ins Carnegie Deli zum Essen zu gehen, bevor die Show in der Carnegie Hall anfängt. Er hört ihr zu und sagt dann zu ihr, diese Stadt sei nichts für sie, weil solche Gefühlsduseleien hier fehl am Platz wären. Die Brücken von New York sind das Tor zur Hölle, das Hell Gate, sagt er ihr.

Eines Tages bittet Dorrie ihn, mit ihr in den Zoo zu gehen. Sie verabreden sich dort, treffen sich aber nicht: Er geht zum Zoo im Central Park und sie, die überhaupt nicht versteht, wo's in dieser Stadt langgeht, macht sich zu dem Zoo in der Bronx auf. Wie durch ein Wunder kommt sie lebend von dort zurück, mit ein Paar Turnschuhen aus Segeltuch, die sie unterwegs gekauft hat und gar nicht mehr ausziehen will.

Pete nimmt sie zur Zweiundvierzigsten mit, damit sie ein für alle Mal kapiert, was es mit New York auf sich hat. Vier Stunden später kommen sie zurück, beladen mit Sexblättern und Pornozeitschriften, Salben, Ölen und allem möglichen Tinnef, darunter ein riesiger Range Rover mit dicken, hervortretenden Adern. Dorrie ist fasziniert. Von heute an werde ich mich einfach so treiben lassen, sagt sie, jetzt brauche ich niemanden mehr, die Amerikaner haben echt was drauf. New York ist besser, als sie es sich erhofft hatte. An die

Badezimmerwand kritzelt sie mit roter Tinte folgendes Gedicht:

Was für ein Keuchen! Was für ein Stöhnen!
Was für Schreie, Fummelei,
Bisse, ungestüme
Stachelstiche, freches
Lecken, Gurren,
Schnüffeln, Gurgeln,
nackte Wollust,
Geschlechtsgrunzer,
Skopophilie,
Mund- und Zungenküsse,
erotische Abgründe,
verschriebene, therapeutische Paroxysmen.
Gezeichnet T. W.

Im Village gabelt Dorrie Stanley auf, einen Typ, der kaum den Mund aufmacht, und wenn er es doch tut, dann nur, um uns zu sagen, wir sollten nicht die leeren Flaschen in der Gegend rumschmeißen, sondern sie lieber zum Recycling bringen. Er ist besessen von Ökologie und Jazz und kennt alle Gruppen, die sich in der Szene tummeln, und jedes Kellerloch, in dem gespielt wird. Bevor er ausgeht, wählt er immer die 423 04 88, um das Programm abzufragen. Wenn er nach Hause kommt, setzt er sich in den Sessel, der eigentlich mein Bett ist, und blättert im *Dowtown Tabloid* oder im *Interview.*

Liu hat seinen Laden wieder aufgemacht und uns zu sich bestellt. Also habe ich bei meinem Architekten gekündigt und serviere wieder Sandwichs mit Hühnersalat und Rechnungen. Meine Freundinnen verstehen nicht, warum ich lieber Kellnerin bin, ich aber weiß, daß ich die Nase voll davon habe, mit kaltem Hintern rumzulaufen.

Oona schaut mit ihrem Freund Guy bei mir vorbei. Sie kutschieren in einer weißen, ellenlangen Edellimousine mit Bar und CD-Player herum. Wir fahren erst ein paar Straßen ab, in denen, wie Guy sagt, die Wohnungen mehr als vier Millionen Dollar kosten, anschließend dann die Straßen, in denen die Wohnungen für einen feuchten Händedruck zu haben sind, weil niemand sie will. Dann brennt bei ihm eine Sicherung durch, und er dreht auf volle Geschwindigkeit auf. Er fährt den FRD entlang, bis ein Polizeiwagen die Verfolgung aufnimmt, und auf der Flucht drückt er noch mehr auf die Tube und kracht gegen einen geparkten Krankenwagen. Wir landen alle auf der Polizeiwache, umgeben von fetten irischen Polizisten mit Pistolen, Walkmans, Schlagstöcken und Handschellen. Scharen von Leuten warten, bis die Reihe an ihnen ist, und wir verbringen Stunden in der unerträglichen Hitze dort, bis sie schließlich unsere Daten aufnehmen und unsere Fingerabdrücke archivieren. Guy wandert in den Knast, und uns lassen sie laufen.

Als wir draußen sind, hauen wir uns eine Weile in den Park, um ein Mittagsschläfchen zu halten. Dann gehen wir bei Seven Eleven vorbei, kaufen etwas zu essen und gehen zum Springfield Boulevard zu Faith. Es ist drei Uhr morgens. In ihrem Zimmer gibt es mehrere Mikrowellenherde, damit man gleichzeitig verschiedene Gerichte warm machen kann. Wenn sie fertig sind, öffnet sie die Türen von allen Mikrowellen, stellt sich in einiger Entfernung von ihnen auf, schaut sich ausführlich an, was sich in ihnen befindet, und wählt schließlich aus, was ihr am meisten zusagt. Dann schmeißt sie den Rest in den Müllzerkleinerer in der Waschküche. Sie hat eben einen Haufen Kohle, sie ist Verkäuferin bei Macy's.

Faith hat ganz langes, hellblondes Haar und trägt einen schwarzen Overall, der ihr vom Hals bis zu den Füßen geht. Immer hat sie Stoff im Haus und gibt anderen davon ab. Als sie uns kommen sieht, weiß sie schon, was wir wollen. Wir geben uns einen Schuß, und als wir wieder gehen, sind wir prächtiger Laune. Es ist so kalt, daß wir uns auf einen Gulli setzen, aus dem der Dampf uns zwischen den Beinen hochsteigt und unser Geschlecht wärmt.

Bei Charlie zu Hause macht eine Tussi sich an mich ran. Ich gehe drauf ein, und wir fahren zu ihrem place Ecke Dreißigste und Erste, in der Nähe des Ärztezentrums. Wir vergnügen uns damit, uns eine ganze Weile lang zu streicheln und zu lecken, als auf einmal die Tür aufgeht und eine große, dicke Frau hereinkommt, in schwarzen Ledersachen und mit kurzen, strähnigen Haaren, die mir sagt, das sei ihre Wohnung und ihre Frau, und sie prügelt auf mich ein.

Die Tracht Prügel ist mir gar nicht gut bekommen. Ich laufe stöhnend durch die Straßen, als ich ein Shelter sehe. Eine Ewigkeit hänge ich an der Klingel, und niemand öffnet, aber ich lasse nicht locker, bis schließlich eine zerzauste Alte herauskommt, die ein paar Pants anhat, die wohl irgendwann einmal weiß gewesen sein müssen. Was willst du, fragt sie. Ich bin geschlagen worden, sage ich, ich möchte Zuflucht bei Ihnen suchen. Hör mal, Mädchen, ich kann dich nicht aufnehmen, erstens ist es Morgen, und wir empfangen nur nachts, weil das die übliche Zeit für Gewalttätigkeiten ist, zweitens kümmern wir uns nur um die Frauen, die von ihren Freunden, Ehemännern oder irgendwelchen anderen Männern geschlagen worden sind, aber nicht von anderen Frauen, und drittens ist dies ein Haus für Frauen aus Minderheitengruppen: schwarze, braune, gelbe, Lateinamerikanerinnen oder Asiatinnen, aber keinesfalls für normale Frauen wie dich, also ist hier kein Platz für dich, wiedersehen, sagt sie zu mir und schlägt mir die Türe vor der Nase zu.

Ich ziehe ab. Ich weiß nicht, wohin ich mich wenden soll, nach Hause zu gehen, habe ich keine Lust. Ich steige in einen Bus und fahre in der Gegend herum. In der Amsterdam Avenue ist ein Youth Hostel. Ich laufe einmal die lange, mit Efeu bedeckte Mauer ab. Das Haus ist leer, geschlossen. Jemand hat etwas an die Wand gesprüht: New York ist eine Dritte-Welt-Stadt. Ich gehe weiter, nehme einen anderen Bus. Schließlich lande ich am Tompkins Square Park und setze mich auf eine Bank. Überall wuseln Kinder herum.

Ich beschließe, Oona zu suchen. Ich gehe zu ihrer Wohnung und treffe sie schlafend an, obwohl es schon später Nachmittag ist. Ich bin halt zur Zeit pleite, und ohne Geld kannst du hier gar nichts machen, sagt sie. Wir gehen zusammen zu Vini, die Siebzigste West wohnt, in der chaotischsten Bude, die ich je gesehen habe. Sie sitzt auf dem Fußboden und hat nur ihre dicken, buntgeringelten Socken an, neben ihr liegt ihr Hund, der ständig knurrt. Er heißt Forty, weil sie ihn genau an dem Tag in einem Park aufgelesen hat, an dem sie ihren Geburtstag Nummer vierzig feierte. Vini verbringt ihre Zeit damit, Zeitschriften zu lesen, in denen aus dem Leben von Berühmtheiten berichtet wird. Sie sind haufenweise über das ganze Haus verstreut. Wußtest du, daß sich Englands Prinzessin von ihrem Mann getrennt hat? Wußtest du, daß Liz Taylor einen Maurer geheiratet hat und wieder fetter geworden ist? Findest du das nicht eine Schweinerei, was Woody Allen mit Mia Farrow gemacht hat? Im Badezimmer hat sie ein ganzes Arsenal von Schminksachen in leuchtenden Farben, die sie uns ausleiht, so daß wir anfangen, uns anzumalen, und als wir wieder gehen, sind unsere Gesichter und unsere Stimmung wie verwandelt.

Dorrie hat den Großen Meister kennengelernt und geht nun in Weiß mit Turban. An dem Tag, an dem Guy aus dem Gefängnis entlassen wird und erzählt, wie schlecht es ihm dort ergangen ist, beschließt sie, ihn zu dem Guru mitzuschleppen, damit er seinen Geist läutern kann, also gehen wir alle, um ihnen Gesellschaft zu leisten. An der Tür müssen wir die

Schuhe ausziehen und warten dann eine Ewigkeit lang in einem riesigen Zimmer mit gedämpftem Licht, wo wir auf einem dicken Teppich sitzen. Als schließlich der Langersehnte hereintritt, ganz in Weiß und mit langem, grauem Bart, verneigen sich die Leute und fangen mit ihren Gesängen und Gebeten an. Aber Guy ist nervös. Er steht auf und geht hinaus, ich ihm nach. Wir gehen in die Toilette und bespritzen unsere Gesichter mit kaltem Wasser. Zum Abtrocknen gibt es Papierhandtücher und nicht so Heißluftautomaten. Das gefällt mir, es ist menschlicher. Ich merke, daß ich den Meister gut leiden kann. Guy zieht ab, ich bleibe.

Boxie besorgt mir einen Platz im Escort Co. »Schau mal, Darling«, sagt er, »like everybody in N.Y. you have to make the most of what you have.« »What do I have?« frage ich. »Oh god«, erwidert er, »isn't it obvious?«

Mein neuer Job besteht darin, in eleganten Schuppen mit ebenso eleganten Herren essen zu gehen. Eine Hälfte von dem, was sie zahlen, ist für die Agentur, die andere Hälfte für mich. Da ich mich dafür herausputzen muß, leiht Faith mir Kleider, die sie aus dem Laden holt und am nächsten Tag wieder zurückgibt, ohne daß irgend jemand etwas merkt, und Oona schenkt mir eine blonde Perücke, die sie in Mr. Elegant Hair Studio gekauft hat. Ich verbringe meine Nächte im Regent's Park mit Typen, die die ganze Zeit über von ihren Frauen sprechen. Wir New Yorker geben ständig vor, glücklich zu sein, sagt er, und ein anderer versichert mir, daß sie es sind.

Ein paar Wochen mache ich den Job, bis ich eines Tages das ganze Geld, das sie mir für ein Wochenende in einem Haus am Strand von Long Island gezahlt haben, auf dem Rummelplatz von Coney Island wieder ausgebe, und da kriegt die Tante von der Agentur einen Anfall und schmeißt mich raus. Du hast deine Chance vergeben, sagt Boxie zu mir, dir ist nicht mehr zu helfen.

Ich gehe wieder zu Liu ins Restaurant. Der erste Gast, den ich bediene, verlangt, ich solle die Butter von den Eiern kratzen, er meint, sie würden in Fett schwimmen. Und ich tue es mit Vergnügen, warum auch nicht, friendliness über alles, und after all, das ist schließlich mein Job.

Pete lernt, aus den Karten, aus der Iris des Auges und aus den Sternen zu lesen. Er leidet immer mehr unter Schlaflosigkeit, langsam wird er alt, jetzt ist er schon in den Dreißigern und findet nicht mehr so schnell Anschluß wie früher, also vertreibt er sich die Zeit mit solchem Zeug. Die ganze Nacht bleibt bei ihm das Licht an, und er brennt Räucherstäbchen ab und liest Bücher, die er aus den Antiquariaten in der Vierten hat. Die Sonntage sind für ihn besonders öde und wollen gar kein Ende nehmen, das sind keine richtigen Tage, sagt er, sondern nur Lücken zwischen zwei Tagen.

Die Nachbarn beschweren sich, weil er die Musik zu laut aufdreht, also klebe ich Pappkartons gegen die Wände, damit man es nicht hört. Bowie malt sie an und dekoriert sie schön, so daß die Wohnung wie aus der Zeitschrift »Besser Wohnen« aussieht. Um den Tapetenwechsel zu feiern, veranstalten wir eine Fete, die drei Tage dauert. Die Mexikaner bringen Marihuana mit, die Araber Hasch, die Bolivianer kommen mit Koks, die Gringos mit Alkohol und Amphetaminen, die Griechen bringen Hot Dogs mit und die Koreaner Obst. Es kommen Salvadorianer, Chinesen, Vietnamesen, Schwarze und Weiße, Dicke und Dünne, von allem gibt es etwas in diesem melting pot, in diesem Ameisenhaufen, in unserem großen Apfel. Oona verschenkt Zigaretten, Benson and Hedges 100, »You've come a long way baby«, sagt sie zu mir. Sie bringt einen neuen Lover mit, frisch aus Israel eingeflogen, der wie alle Israelis hier Taxifahrer ist. Einer taucht mit bunten Kondomen auf, mit Gleitflüssigkeit und Duftnote, und ein anderer kommt mit sechs Eidechsen in einer Schachtel an, auf der steht »unbedingt dreimal wöchentlich eine halbe Stunde in die Sonne setzen«.

Nach der Feier gehe ich spazieren, ich muß an die frische Luft, schon seit Ewigkeiten bin ich nicht mehr aus meinen vier Wänden rausgekommen. Ich sehe eine Frau, die schreit. Sie ist in der St. John Cathedral neben der Skulptur mit den Kindern. Ich bleibe stehen und schaue sie eine ganze Weile lang an. An der Ecke Siebenundsiebzigste und Station Lexington treffe ich einen Bekannten. Der Typ ist Journalist, das behauptet er zumindest. Er wohnt Einundachtzigste, Central Park West, das Viertel, das Pete so gut gefällt. An seiner Wohnungstür hängt ein Schild mit der Aufschrift: »They do, I watch, they dress, scream, carousse, screw, I take notes.«

Sobald wir die Schwelle übertreten haben, schenkt er sich einen Whiskey ein und fängt an zu reden. New York ist einfach alles, Mädchen, Straßen und Gesichter, hier hängt sich einer an einer Lampe auf und eine spritzt Milch aus ihrer Brust und niemand dreht sich danach um, die Stadt bleibt so riesenhaft, widerspenstig und abweisend wie zuvor, mit ihrem Himmel, der mit Flugzeugen übersät ist. Einer betet in St. Patrick, ein anderer bringt seinen Nachbarn um, und der Rest liest USA Today. Manche verbringen die Nacht im ABC, wo immer was los ist, als würde der Tag nie enden, und andere verbringen sie in den Masochisten-Clubs, die bis zum Morgengrauen geöffnet sind. Einige vertreiben sich die Zeit mit dem Essen von Waffles mit Schlagsahne, andere damit, ganz »into contemporary art« zu sein, und wieder andere damit, unter Zeitungen auf den Bänken zu schlafen. Die Alten füttern die Tauben in den Parks und bringen ihren Hunden das Lesen bei, die vierzigjährigen Frauen bestellen sich Lachs mit Cream Cheese in den Delis und lassen die Hälfte auf dem Teller, um ihr Gewicht zu halten. Dieselben

Leute, die am Sonntagmorgen den Preachers lauschen, gehen Samstagnacht in die Sex Shops und die Adult Shows. Die Börsenmakler von der Wall Street schlagen sich gegenseitig die Schädel ein, um ein Taxi zu erobern, und bringen sich wegen eines halben Punktes bei den Aktienkursen um, die Jungs aus den Schwarzenvierteln murksen sich dagegen gegenseitig ab, ohne überhaupt irgendein Motiv dafür zu haben. Es gibt welche, die ihr ganzes Leben lang Nuprine mit Vitamin B nehmen, um die schlaflosen Nächte zu überleben.

Das einzige, was hier zählt, ist der Unterhaltungswert, everything and everyone is on stage begging for applause, jedem seine fünfzehn Minuten Berühmtheit. Und weißt du, wozu? Catch the spirit: denn nur die Sieger sind unschuldig. New York ist eine Stadt, die alles verspricht und alles zunichte macht. Also gehe ich von einem Fest zum nächsten, denn nur so you're always ok, until the last streamer is tossed and then you just find another party and you are never homeless.

Als wir endlich in seinem Bett landen, ist die Nacht schon ziemlich weit fortgeschritten. Über dem Kopfende hängt ein weiteres Schild: I want to forget, to ignore, to dance, the dance of a person who chooses not to care.

Am nächsten Tag gehe ich nach Hause zurück und finde Pete auf seinem Bett vor. Weißt du was, sag' ich, ich hab' es satt, es ist immer das gleiche, man lernt einen Typen kennen, man trinkt, raucht, quasselt und quasselt, ein bißchen Sex und dann auf Wiedersehen. Es kotzt mich an, wenn ich daran denke, daß sich nie etwas ändern wird. Mach dir mal keine Sorgen, sagt er, das geht nicht lange so, in ein paar Jahren schaut sich nicht einmal mehr jemand nach dir um. So ist es nun mal. Es gibt viel zu viel junges Fleisch.

Ich habe niemals einen Wasp kennengelernt, sagt er
Ich bin niemals zu einem Brunch gegangen, sag' ich

Ich bin noch nicht einmal aus Manhattan rausgekommen, sagt er
Ich nicht einmal aus Downtown, sag' ich
Ich habe keinen Schmuck bei Van Cleef, keine Bücher bei Rizzoli und keine Jeans bei Saks gekauft
Ich habe nicht im Plaza übernachtet und bin auch nicht vorm Rockefeller Center Schlittschuh gelaufen, noch habe ich jemals eine Modenschau in der Met besucht
Würdest du gern alle Konsonanten aussprechen und auch die Vokale nicht verschlucken, wie es die New Yorkerinnen immer tun?
Kiss the pan my friend, my spelling is flawless
Würdest du gerne die Guggenheim-Rampenspirale mit einem Fünfzehn-Gang-Fahrrad hinabsausen und die zwanzig Kunstmuseen kennenlernen, die es in N. Y. gibt?
Ich würde mich lieber an den Washington Square setzen und dann von Edward Hopper als einsame, traurige Gestalt gemalt werden
Was wäre dir lieber, die Wolkenkratzerlichter von den World-Trade-Zwillingstürmen oder vom Empire State aus zu sehen?
Ich lese lieber etwas über all die Länder dieser Welt in den Reisebuchhandlungen in der Madison Avenue.
Was wär' dir lieber, Cokes free refill oder Pizzas mit Rabattmarken?
Ich würde lieber in all den achtzehn Fahrstühlen des Chrysler Buildings hochfahren.
Wann warst du schon mal im Besitz von Geld?
Wann warst du schon mal ein richtiger Mann?
Nie hast du Parfum benutzt
und du niemals Aftershave
du auch kein Deodorant
und du kein Mundwasser
Würdest du gerne einen Großindustriellen kennenlernen?

Und du gerne ein Topmodel?
Erinnerst du dich noch an die Zeit, als der Flugplatz Idlewood statt Kennedy hieß?
Ich erinnere mich daran, daß der Busbahnhof früher am Hafen lag
Am besten ist es, auf der Straße Rap zu tanzen, mit Turnschuhen und Afro Look
Ich hasse Springsteen, ich ziehe New Age vor
Ich bin für Hard Rock
Was hältst du von einer kochenden Wanne mitten im Garten?
Besser ein Mondbad auf dem Pflaster
Was hältst du von einem Ballettabend im Lincoln Center?
Mir reichen die verrosteten Piers am Hudson River
Du hast's wohl nicht mit der Romantik
Ich hab's lieber mit dem Sex
Ich könnte im La Côte Basque ein Filet mit Morcheln und ein Erdbeersoufflé verspeisen
Ich ziehe Hamburger mit doppelter Käseschicht vor
Ich könnte in einem Penthouse im Trump Tower wohnen
Und ich in den Shelters der Bowery, mit ihren langen Bettenreihen und dem Badezimmer am Ende des Ganges
Ich hätte gerne einen echten Warhol
Ich würde gerne die Campbell's Büchsensuppe essen
Ich wäre gerne wie diese knackigen Mädchen in der Sportwerbung mit ihrem gleichmäßigen, strahlend weißen Lächeln
Ich habe lieber Hämorrhoiden
Ich fände es toll, wenn du Lamé-Schühchen tragen würdest
Ich fühle mich in Lederstiefeln wohler
Und wenn du Spitzenbüstenhalter von Victoria's Secret benützen würdest
Ich gehe gerne ohne Slip

Ich mag die Männer, reiß mir gerne welche auf
Auch ich mag die Männer und reiß mir auch gern welche auf.
Und ich mag auch die Frauen. Und die Apparate, um's dir selbst zu machen. Und die Filme, zum Anregen der Phantasie.
Ich schalte im Fernsehen gern den Sender mit dem Wetterbericht ein.
Ich blättere gerne in den Telefonbüchern des ganzen Landes, die in der NY Public Library ausliegen, und lese mich vor allem bei dem von Manhattan fest, um die elf Seiten mit den Antiquitätenhändlern durchzuschauen
Wie wär's, wenn du über eine Golden Card von American Express verfügen könntest?
Nein, da muß man ja bis zum Battery Park gehen, um die zu bestellen
Kannst du dir vorstellen, sie würden uns zu allen Cocktailpartys, Vernissagen, Ausstellungen, Inszenierungen, Empfängen, Performances, Shows und Bällen, die sie in dieser Stadt veranstalten, einladen?
Ich würde lieber alle Straßen, Avenues, Gassen, Brücken und Freeways entlanglaufen
Laufen? You're nuts. Denk dran: No trespassing, Privat Property, violators will be fined. Am besten, man macht keinen Schritt ohne sein Auto
Du bist der Verrückte. Denk dran: Cars will be towed away at owners expense
Sehnst du dich nach etwas?
Für mich ist alles ein einziges Chaos. So wie ich hier bin, könnte ich genausogut auch irgendwo anders sein. Ist die verlorene Stadt vielleicht nichts weiter als ein mieses Nest? Hard-core, save energy, show time, rent-a-car, sodium free, sugarless, get off, sweat it out, unwind, tube, Xmas, CD, Quartz, Sale, stamina, Keep America Beautiful.
Fuck you

Fuck you too
Two times?
No, three!
ha ha ha
aaaghhh
zzz . . . . . .

IV

Die Seufzer der Einsamen

Habe ich Ihnen erzählt, daß ich inzwischen noch eine Psychologin kennengelernt habe? Sie ist zu uns an die Schule gekommen, für die Prüfungen im Fach Berufswahl. Aber so nett wie Sie ist sie nicht. Ich bin völlig durcheinander, ich weiß überhaupt nicht, was ich studieren soll, die Lehrer sprechen so ernst von der Zukunft, daß sie einen ganz nervös machen. Ich habe noch mehr Pickel bekommen, obwohl ich mich immer mit Schwefelseife wasche und mich mit dieser Salbe aus der Fernsehwerbung einschmiere. Ich weiß nicht, warum, aber bei mir sieht man alles gleich im Gesicht, keiner meiner Freunde hat solche Probleme.

Mama ist jetzt vollständig verrückt geworden. Seitdem sie nicht mehr lesen darf, hat sie im ganzen Haus Schilder aufgehängt, auf denen »Freiheit!« steht. Sie hat sich die Haare so kurz schneiden lassen, daß es besser gewesen wäre, sie hätte sich gleich den Kopf rasieren lassen, sie geht in hautengen Jeans und T-Shirt, wie die Mädchen in meiner Schule, und dazu noch barfuß, Schuhe zieht sie inzwischen überhaupt keine mehr an. Die ganze Zeit über kaut sie Kaugummi und spricht englisch, nun gut, sie sagt »hi« und »bye bye«, weil das die einzigen englischen Worte sind, die sie kennt. Den lieben langen Tag döst sie im ungemachten Bett, nicht einmal die Überdecke nimmt sie dafür ab, obwohl sie die früher immer wie ihren Augapfel gehütet hat, nachts geistert sie dann wie ein Gespenst herum und setzt sich die Kopfhörer unseres Kassettenrekorders auf, um Musik zu hören und durch das ganze Wohnzimmer zu tanzen.

Aber das Schlimmste ist das Essen. Bei uns zu Hause wird nicht mehr gekocht, sondern sie läßt sich einfach irgendwas ins Haus kommen, paniertes Hühnchen, Zwiebelringe, Pizza, und das Ganze bringt sie so wie es ist, in der Schachtel, auf den Tisch, nicht einmal Teller bekommt man. Mir gefällt das im Grunde genommen ja, aber meine Schwester, die Nena, beklagt sich darüber, daß sie dick wird, und Papa ist so wütend, daß ich schon um seine Gesundheit fürchte.

Am Samstag waren wir beide allein zu Hause. Wir hatten nichts weiter zu tun, also haben wir wie in früheren Zeiten ein wenig geschwätzt. Ich habe ihr von meinen Freunden erzählt, von Jorge, der sich auf Drogen eingelassen hat, von Juan, der einmal Filmschauspieler werden möchte, von Arnaldo, der immer den Weibern nachstellt, selbst unser Dienstmädchen gefällt ihm, und auch von mir habe ich erzählt und davon, daß ich keine Vorstellung habe, was ich einmal werden soll, denn zum Studieren habe ich überhaut keine Lust, aber Papa will mich unbedingt als Rechnungsprüfer oder Rechtsanwalt sehen. Sie werden es mir nicht glauben, aber wissen Sie, worauf unser Gespräch hinauslief? Statt einer langen Rede voll guter Ratschläge und Mahnungen für die Zukunft, so wie sie Mütter immer auf Lager haben, bittet sie mich doch glatt, ihr bei meinem Kumpel einen Marihuana-Joint zu besorgen, sie meint, ihr wäre nach einem Trip. Meine Mama!

Die ganze Welt ist auf den Kopf gestellt. Jetzt bin ich derjenige, der sie bittet, keine Schimpfworte zu gebrauchen und keine Verrücktheiten anzustellen. Aber sie besteht darauf, sie hat Jorge sogar schon selbst darum gebeten, Mensch, deine Alte ist ja große Klasse, hat er zu mir gesagt, du hast's vielleicht gut. Gestern abend habe ich ihr kurzerhand gesagt, daß es besser wäre, wenn sie wieder lesen würde. Da ist sie sehr ernst geworden und hat mir einen Vortrag darüber gehalten, wie anders ihr Leben aussehen würde, wenn sie nur tun und lassen könnte, was sie wollte, denn dann wäre sie eine von denen, die sich ihren Studien widmen und einer Berufung nachgehen und die deshalb nichts berühren, kümmern oder verletzen kann und die nicht einmal mitbekommen, was um sie herum geschieht, und selbst das merken sie nicht, so versunken sind sie in ihre Studien.

Ich war ganz schön beeindruckt, daß Mama so denkt, ich wußte gar nicht, daß sie so sehr an den Büchern hängt, das hätte ich nie im Leben für möglich gehalten.

Liebe Frau Doktor, ich habe etwas Schreckliches getan. Neulich bin ich bei der Buchhandlung vorbeigekommen, und der Inhaber stand vor der Tür. Was war denn mit Ihnen los? Sind Sie krank gewesen, Sie waren schon lange nicht mehr hier? Ich wußte nicht, was ich ihm antworten sollte, ich wollte ihm nicht die Wahrheit sagen und stammelte irgendeine Ausrede, aber ehe ich mich's versah, da hatte er schon ein paar Bücher herausgezogen, eingepackt und mir unter den Arm geschoben.

Nun habe ich von neuem mit dem Lesen angefangen. Ich schließe mich in mein Zimmer ein, als wäre ich eine Schwerverbrecherin, ich lege jede Menge Fallen aus, damit ich es höre, wenn jemand kommt, und Zeit habe, das Corpus delicti verschwinden zu lassen und mein Strickzeug hervorzuholen. Danach verstecke ich die Bücher sogar hinter dem Schrank, da wo die Winterdecken liegen. Aber ich lebe in Angst und Schrecken, daß man mich entdecken könnte.

Letzten Dienstag ist meine Schwiegermutter zum Abendessen gekommen, und sie fing von der Fünf-Uhr-Serie im Fernsehen an und fragte mich, was in den letzten Folgen passiert sei. Ich hatte nicht die geringste Ahnung, die sehe ich schon lange nicht mehr, also habe ich mir irgendwas zusammengereimt, bis sie mich unterbrach, also nein, Mädchen, du bist ja noch weiter hinter dem Mond als ich, hat sie gesagt, Pedro Antonio hat doch Ana María schon vor Wochen geheiratet, sie hat doch inzwischen bereits diesen Unfall gehabt und das Kind verloren, und Pedro ist doch dann, anstatt ihr in ihrem Unglück beizustehen, mit Lucia auf und davon gegangen. Kurz und gut, schließlich war sie es, die Bescheid wußte, und ich wurde rot wie eine Tomate, weil alle es gemerkt hatten.

Mir ist gar nicht wohl dabei, meine Familie so an der Nase herumzuführen, aber was bleibt mir schon anderes übrig, ich werde es weiterhin tun. Alles wäre so viel einfacher, wenn ich auf einer entlegenen Insel leben würde, die nur schwer zugänglich ist, und zwar mutterseelenallein, ohne Familie oder sonst irgend jemanden, der mir Befehle erteilt, denn dann könnte ich meine ganze Zeit der Lektüre widmen. Haben sie schon von Chatham gehört? Das ist ein Ort von wilder, atemberaubender Schönheit. Von der ecuadorianischen Küste aus kann man ihn in mehreren Tagesreisen mit dem Schiff erreichen, und obwohl er mitten in den Tropen liegt, findet man dort eine graue, felsige Lavalandschaft mit Kakteenwüsten, und obwohl dort ausgiebig und intensiv die Sonne scheint, gibt es Pinguine und Seelöwen, wie in der Antarktis. Und all das nur wegen der Kaltwasserströme, die sich dort mit den warmen Meeren dieser Gegend vereinen.

An diesem seltsamen Ort gibt es Schildkröten, Pelikane, Albatrosse, Leguane und scharenweise Vögel mit buntem Gefieder und einer nie gesehenen Vielfalt von Schnabelformen. Auch Strände und bewachsene Hügel, deren Gipfel in grauen Nebelschwaden thronen, kann man dort sehen. Es ist eine Gegend der Kontraste: Wüste und Wälder, Dschungel und Strand, Feuchtigkeit und Dürre, Fauna des kalten Klimas und Fauna des heißen Klimas, des Gebirges und des Meeres, und all das an einem Ort. Doch das Unglaublichste ist, daß sich die Lebewesen dort trotz all ihrer Unterschiede nicht gegenseitig bekämpfen, fremde Arten werden dort weder gefürchtet noch angegriffen.

Dies ist mein Zuhause, für jemanden wie mich, der sich mit Leib und Seele Tag und Nacht der Aufgabe widmet, die Natur zu erforschen, ist es Paradies und Labor zugleich.

Meine Insel ist eine unter den vielen, die jene Inselgruppe bilden, die manche die Zauberinseln, andere Galapagos-Inseln und wieder andere Kolumbus-Archipel nennen. Das hängt davon ab, ob man den Namen vorzieht, den ihnen die Piraten und Walfischfänger gegeben haben, die sie ein halbes Jahrhundert zuvor als Stützpunkt für ihre Raubzüge benützt hatten, oder den Namen, den sie von den Engländern haben, die sie gegenwärtig regieren, oder aber den Namen, bei dem sie die Ecuadorianer am liebsten nennen, welche sich als rechtmäßige Herren der Inseln betrachten.

Ich lebe in einer kleinen Hütte aus Holz und Stein, und meine Verbindung zur Außenwelt besteht in einem alten Faß, das auf der Charles-Insel an einen Baum gebunden ist und in dem die Schiffe, die vorbeikommen, Lebensmittel für mich zurücklassen oder Briefe und Bücher abholen.

Die meisten der dreizehn Inseln und der zahllosen kleinen Eilande, aus denen das Archipel besteht, sind unbewohnt und ohne Süßwasser. Auf meiner Insel wohnen eine Handvoll Menschen, nicht mehr als ein Dutzend, die sich vom Fischfang und vom Kartoffel-, Kürbis- und Tabakanbau ernähren. Manche haben sich in den höher gelegenen Regionen angesiedelt, weil dort das feuchte Klima das Wachstum von Gemüse, Früchten und Kaffee begünstigt, aber gleichzeitig begünstigt es auch die Krankheiten. Ab und zu erlegt jemand ein Wildschwein, eine Ziege oder auch eine Schildkröte, um seine Ration Fleisch zu bekommen. Es heißt, das

Schildkrötenfleisch soll köstlich schmecken, doch ich habe es noch nie versucht, weil ich nicht gerne töte, um zu essen, so daß ich folglich nur von pflanzlichen Nahrungsmitteln lebe. Auf Charles leben mehr Menschen als hier, ich weiß nicht genau, wie viele, ich weiß nur, daß es Soldaten sind, die man vor kurzem hierhergebracht hat, um eine Plantage zu bewirtschaften, und daß sie nicht gerade zufrieden mit der Art sein sollen, wie sie von ihrem Oberst behandelt werden.

Vor ein paar Jahren war Herr Nicholas Lawson hier englischer Gouverneur, und ich fungierte als sein Sekretär, und die männliche Form hat hier ihre Richtigkeit, denn um leben zu können, wie es mir gefällt, um tun und lassen zu können, was mir beliebt, kleide ich mich immer als Mann. Also glauben alle, daß ich auch wirklich einer bin, denn kann man sich etwa als Frau der Wissenschaft widmen und an diesem abgeschiedenen Ort leben, und das auch noch völlig allein? In diesen Zeiten ist das ein Ding der Unmöglichkeit, die Welt ist noch zu rückschrittlich. Also blieb mir nichts anderes übrig, als zu dieser Verkleidung zu greifen.

Weil es im Büro des Staatsbeamten nicht allzuviel Arbeit gab, verfügte ich über ausreichend Zeit, um meinem naturkundlichen Forscherdrang freien Lauf zu lassen. Mein Vorgesetzter betrachtete meine Aktivitäten darüber hinaus mit einem wohlwollenden Auge. Er stellte mir sogar ein kleines Boot zur Verfügung, damit ich Fahrten zu den anderen Inseln unternehmen konnte. Diese fuhr ich auch alle systematisch in den folgenden Jahren ab, bis ich schließlich jeden ihrer Winkel kannte, all ihre Vulkane, Krater, Klippen, Felsen und Gewässer, ihre ganze, so überaus vielfältige Pflanzen- und Tierwelt, ihre unerträgliche Hitze und ihre heftigen jährlichen Regengüsse zwischen Dezember und März.

Sehr viel Zeit verbrachte ich mit diesen Expeditionen, unternahm lange Wanderungen und verbrachte Stunden damit, zu beobachten, zu vergleichen, zu analysieren und sorgfältig niederzuschreiben, was ich sah.

Diese Gewohnheit ist allen Naturforschern auf der Welt eigen, so daß sich auch bei mir im Laufe der Jahre Notizbücher über Notizbücher angesammelt haben, die eines Tages hoffentlich einmal der Wissenschaft dienlich sein werden.

Bis zum heutigen Tag stehe ich bei Sonnenaufgang auf, um die kühlen Morgenstunden zu nutzen und während der heißen Tageszeit auszuruhen, obwohl mich die Begeisterung über ein bestimmtes Insekt oder eine Wurzel nur allzuoft in der prallen Sonne verweilen ließ, bis meine Haut dunkel und ledern wurde. Bisweilen verbrachte ich auch ganze Stunden im Wasser und beobachtete die Fische, die Algen und Mollusken, die Quallen und Krebse, bis das Salzwasser meine Haut aufweichte und rötete. Viele Nächte schlief ich unter freiem Himmel, wo immer ich auch sein mochte, und mein Blick verlor sich in den Sternen, während ich darüber nachdachte, was für Schlußfolgerungen ich wohl aus dem Gesehenen ziehen konnte. Während dieser langen Streifzüge trank ich von den unzähligen Quellen, die überall hervorsprudelten, und erkrankte mehrmals an starkem Durchfall, da der Mineralgehalt des Wassers so hoch war.

Einige wahrhaft bewegende Momente werden mir immer in Erinnerung bleiben: das erste Mal, als ich die Seelöwen erblickte, mit ihrer dunkel glänzenden Haut, den schwermütigen Augen und den borstigen Schnurrbarthaaren, in denen Perlen aus weißem Meeresschaum hingen, Weibchen und Junge rekelten sich auf den Felsen, während die Männchen sie umsorgten; das erste Mal, als ich die weißen Steine erblickte, die die Seevögel über und über mit ihrem Guano überzogen hatten; als ich die roten Krebse mit ihren Glupschaugen und ihren bedrohlichen Scheren sah; als ich das erste Mal die Kormorane zu Gesicht bekam, die manchmal stundenlang wie Denkmäler erstarrt sind, und die Pinguine, die ihre Federn verloren hatten, traurige Tiere, die einen jämmerlichen Anblick boten, wenn sie sich gerade in der Zeit der Mauser befanden. Bewegend war auch das erste Mal, als ich die Leguane sah, die sich immer auf den Felsen niederlassen und ihre majestätische Regungslosigkeit nur aufgeben, um in den Kakteen Nahrung zu suchen, falls es sich um Landleguane handelt, oder zwischen den dunklen Mangroven aufzutauchen, wenn es Wasserleguane sind, die sich ins Meer gleiten lassen, um Algen zu suchen, doch nur für Sekunden, denn sie fürchten die Haie. Auf der James-Insel lernte ich die Seebären kennen, die in Höhlen wohnen und den Seelöwen ähneln, wobei ihr Fell jedoch dichter ist. Auf dieser Insel ruht im Inneren eines Vulkankraters auch ein runder, blaugrüner See, dessen Ufer zwei Vegetationsstreifen säumen, ein hell- und ein dunkelgrüner, es ist ein wunderschöner Anblick. Es gibt auf der Insel zwar mehrere Lagunen, doch keine kann sich mit dieser vergleichen, die den Augen ein wahrhaft phantastisches Schauspiel bietet. Aber am eindrucksvollsten waren die Riesenschildkröten. Als ich das erste Mal auf eine von ihnen stieß, blieb ich wie versteinert stehen: ihre dicken, schweren Pfoten, der Kopf mit dem Hals, der geschwungene, pechschwarze Panzer und ihre winzigen, blitzenden Äuglein, die mich fixierten. Noch nie zuvor hatte ich ein so riesenhaftes Tier gesehen.

Obwohl ich nun schon so viele Jahre hier lebe, fasziniert und überrascht mich bis zum heutigen Tag an diesem Ort das Schauspiel, das einem die Natur hier bietet, wenn der Himmel sich in der Abenddämmerung rot färbt und wenn kurz vor Morgengrauen das Schweigen noch tiefer wird. Ich sehe den Albatrossen zu, wie sie den ganzen Tag lang über der Meeresoberfläche dahingleiten, im Zuge der Windböen aufsteigen und hinabstoßen, um sich Nahrung zu fischen. Stundenlang kann ich unermüdlich meine Blicke über die hohen Steilküsten schweifen lassen und die Farbe des Meeres in einigen Buchten betrachten oder auch einen Tausendfüßler, der auf meine Hand klettert und über ihren Rücken wandert. Mit Vorliebe sehe ich den Eidechsen zu, die vorbeihuschen, oder den Käfern und Asseln, die unter den Steinen hervorkrabbeln. Meiner Aufmerksamkeit entgehen weder die Finken, die sich auf den Kakteen niederlassen, noch die Kormorane, die ihre Nester aus Algen und getrocknetem Vogelkot bauen, und ebensowenig die Schmetterlinge mit ihren weißen, rotgetüpfelten Flügeln, die bunt schillernden Fischbänke, die versteckten Schnecken, die springenden Delphine und die unendliche Vielfalt der Muschelarten.

Jedes einzelne dieser Lebewesen steht für ganze Jahrhunderte in der Naturgeschichte und ist für diese von unermeßlichem Wert, ebenso die Pflanzen, die mit den Tieren in einem wohlgeordneten Kreislauf zusammenleben.

Natürlich gab es auch manch unangenehme Erfahrung, so zum Beispiel die Zecken, die sich einem in die Haut krallen, die Schlangen, die urplötzlich aus versteckten Winkeln hervorschießen, die bedrohlichen Skorpione und Spinnen, der dichte Staub, der heiße Sand, der die Sohlen selbst durch die Stiefel hindurch versengt, und die messerscharfen Steine, die sie aufritzen, das Salz, das Gesicht und Hände reizt, die glühende Mittagshitze und die lange Dürrezeit, die ganze Monate im Jahr andauert.

Wie auch heute, las ich schon damals viel und wollte in den Büchern nicht nur Aufschluß über diese Flora und Fauna erhalten, die so seltsam und noch kaum erforscht war, sondern vor allem war ich auf der Suche nach Theorieansätzen und globalen Erklärungsmodellen, die mir helfen sollten, Antworten auf meine Frage zu finden. Denn eine einzige Frage bestimmte meine ganze Arbeit und ließ mich nicht mehr los, und um ihretwillen hatte ich mein Heim, mein Land und meine Zukunft dort aufgegeben: die Frage nach dem Ursprung des Lebens. Und seit dem Augenblick, da ich auf diese Insel gekommen war, widmete ich mich ganz der Erforschung dieses Rätsels.

Eines Tages rief mich mein Arbeitgeber, Mr. Lawson, zu sich. In einer der kleinen natürlichen Buchten war ein englisches Schiff vor Anker gegangen, das die Admiralität im Auftrag seiner Majestät von England geschickt hatte und das kartographische Vermessungen durchführen sollte. Unverzüglich machten wir uns auf, sie willkommen zu heißen. Das Schiff war nicht allzugroß, auffallend war jedoch, daß es einen Jagdhund als Galionsfigur trug. Doch vor allem erregte es meine Aufmerksamkeit, daß eines der Besatzungsmitglieder ein junger Naturforscher war. So lernte ich Charles Darwin kennen.

Er war ein hochgewachsener, schlanker Mann mit leiser Stimme, das Zeichen einer guten Erziehung, der schon recht abgenutzte Kleider und Stiefel trug, die aber dennoch nicht ihre ausgezeichnete Qualität verhehlten. Er hatte ein gewinnendes Lächeln, das ihm sogleich alle Türen und Herzen öffnete.

Noch in derselben Nacht lud der Gouverneur seine Gäste zu einem fürstlichen Abendessen ein. Der Kapitän des Schiffes, mit Namen Fitzroy, war ein rauher Seemann mit einem ausgeprägten Gefühl für Pflichterfüllung und Autorität, dem Charles jedoch große Achtung entgegenbrachte. Er liebte sein Schiff so sehr, daß er von Masten und Segeln in einem Ton sprach, als handelte es sich um lebendige Wesen, und sein blank geschrubbtes Deck und seine disziplinierten Matrosen waren sein ganzer Stolz.

Von bemerkenswerten Dingen wußten sie zu berichten. Sie kamen von einer langen Reise entlang der südamerikanischen Küste und erzählten ausführlich von all ihren Abenteuern. Ihre erste Station war Brasilien gewesen, dessen üppiger Urwald einen gewaltigen Eindruck auf sie gemacht hatte. Bei Patagonien und Feuerland hatten sie dann den Kontinent an seinem letzten Zipfel umrundet, indem sie die stürmische Magellan-Straße durchquerten, wo die beiden Ozeane aufeinanderprallen und kräftige Orkane das Meer aufwühlen und sich die Wellen zu hohen Wasserwänden auftürmen. Zu guter Letzt waren sie dann auf der pazifischen Seite die Küste wieder hinaufgefahren, im Stillen Ozean, der seinem Namen alles andere als Ehre machte, denn wenn er sich auch nur für einige Augenblicke einmal beruhigte, war man schon aufs höchste überrascht. Überall auf ihrer Strecke hatte Darwin, während die Besatzung die ihr aufgetragene Mission erfüllte, Ausflüge an Land unternommen, um Flora und Fauna kennenzulernen und Proben und Muster zu sammeln. Deshalb hatten sie ihm den Spitznamen Fliegenfänger gegeben, doch waren ihm alle sehr wohlgesonnen, und der Kapitän hatte sogar eine Bucht mit einer felsigen Steilküste nach Charles benannt. Während Fitzroy von ihren Fahrten berichtete, die er mit allerlei Seemannsgarn würzte, hörte Darwin aufmerksam und lächelnd zu, aber als von ihm die Rede war, errötete er und fühlte sich sichtlich unwohl bei all den Lobreden, und dies gefiel mir ganz besonders gut, denn es war ein Zeichen von Bescheidenheit.

Am folgenden Tag hatten sich Charles und ich miteinander verabredet, damit ich ihm, auf Ersuchen meines Vorgesetzten, die Inseln zeigen konnte. Schon bald waren wir Freunde, denn er war ein Mann von offenem, einnehmendem Wesen. Beide teilten wir unsere Bewunderung für Humboldt und hatten mit Begeisterung seine Bücher verschlungen. Ebenso hatten wir beide auch Lamarck, Buffon und andere Naturforscher und Reiseschriftsteller unserer Zeit gelesen. Auch er liebte wie ich die langen Wanderungen und das aufmerksame Beobachten der Natur. Wie ich, so war auch Darwin überwältigt von der Landschaft und konnte sich unendlich lange in ihren Anblick versenken.

Von den sechsunddreißig Tagen, die das Schiff bei uns vor Anker lag, verbrachten wir fast alle gemeinsam, und die meisten von ihnen widmeten wir unseren Erkundungen. Früh am Morgen brachen wir auf und kehrten erst zum Abendessen wieder zurück, denn darauf legte Charles, als guter Engländer, großen Wert. Und nicht nur die Essenszeiten hielt er peinlich genau ein, denn wo immer wir uns auch gerade befinden mochten, wir unterbrachen unsere Tätigkeit stets, damit er seinen Fünf-Uhr-Tee nehmen konnte.

Dies waren höchst angenehme Augenblicke, in denen mir Charles von seinen Reisen erzählte. Er hatte die hohen Bergrücken der Anden überwunden und die endlosen Steppen durchquert, wobei er am Tag vierzehn Stunden geritten war und im Sattel geschlafen hatte. Er hatte sich durch Wälder geschlagen, in die kaum das Sonnenlicht drang, so dicht waren ihre Baumkronen, er war an den höchstgelegenen Orten der Welt gewesen, an denen man kaum mehr atmen konnte, an Süßwasserseen, die tiefstes Schweigen umhüllte, er hatte reißende Flüsse und ausbrechende Vulkane gesehen und Gegenden besucht, die von keiner Menschenseele bewohnt waren. Er hatte die finstersten Nächte erlebt und das Meeresleuchten bei Mondschein beobachtet sowie die haushohen Wellen mit ihren Schaumkronen, die Eisberge und Gletscher. Er war Zeuge eines Erdbebens in Chile sowie der Unwetter und Wirbelstürme auf dem Atlantik gewesen und hatte die schwüle Windstille im Pazifik erlebt. Er hatte Gürteltiere und Guanakos gegessen und Mate und Rum getrunken. Fliegende Fische waren ihm begegnet sowie Walfische und große Kondore, er war auf Heilkräuter, moosartige Gewächse und Palmen, auf Flechten und Schlingpflanzen sowie auf eine Unzahl von Insekten,

Reptilien und Säugetieren gestoßen und hatte sogar einige Fossilien entdeckt, darunter das Fossil eines Megatheriums. Über all diese Ereignisse und Funde führte er sorfältig Buch, und es machte ihm Freude, mir laut aus seinen Aufzeichnungen vorzulesen.

Als wir noch engere Freundschaft schlossen, erzählte er mir auch von seiner Familie, nach der er sich sehnte. Sein verwitweter Vater war ein hoch angesehener Arzt, sein älterer Bruder ein gebildeter Mann, der in den intellektuellen Kreisen Londons verkehrte, und seine Schwestern kümmerten sich um den Haushalt, bis es für sie an der Zeit war, sich zu vermählen. Darüber hinaus hatte er auch noch zahlreiche Onkel, Tanten und Vettern, für die er große Zärtlichkeit empfand. »Kannst du denn jemals allein sein, unter all diesen Leuten?« fragte ich ihn, und er lachte. »Ich mache mir nichts aus der Einsamkeit«, erwiderte er. »Wie schade«, sagte ich, »mir scheint sie das höchste aller Güter zu sein.« Bei anderer Gelegenheit erzählte er mir, wie die Natur in seinem Land aussah, doch seinen Beschreibungen nach erschien sie mir langweilig und allzu gepflegt, denn mir gefiel gerade die wilde, unberührte Natur so sehr!

Nachdem er schon so viele Abenteuer hinter sich gebracht hatte, konnte ich ihn trotz allem niemals dazu überreden, unter freiem Himmel zu schlafen. So sehr ich auch in ihn dringen mochte und ihm darlegte, was für Vorteile dies für unsere Beobachtungen hatte und wieviel Zeitersparnis dies bedeutete, nachts kehrte er doch immer zum Schiff zurück, wo er sich waschen und für das Abendessen umziehen wollte. Dieser englische Brauch erschien mir überflüssig, obwohl ich zugeben muß, daß wir nach dem Essen stets ausgezeichnete Gespräche mit den Schiffsoffizieren oder sogar mit dem Kapitän selbst führten. Darwin legte diesem Mann gegenüber eine große Geduld an den Tag, denn dieser steckte so voller Eitelkeit, daß er das Gespräch in jedem Augenblick unterbrach, um mit seiner religiösen

Beweisführung und seiner Bibelfestigkeit zu glänzen, auf deren Grundlage er für alles eine Erklärung fand. Ihm war es auch zu verdanken, daß sich am Sonntag unsere Expeditionen erheblich verkürzten, weil Charles am Morgen mit der gesamten Mannschaft dem Gottesdienst beizuwohnen hatte, den Fitzroy selbst leitete.

Darwin hatte einen lebhaften, scharfsinnigen Geist und war für alles Neue offen und allen Eindrücken gegenüber sehr zugänglich. Wenn er auch nicht über allzuviel Körperkraft verfügte, so besaß er dafür um so mehr Tatkraft und Hingabe. Er interessierte sich für Geologie, Zoologie und Botanik und hatte die Fähigkeit, tiefgründige Beobachtungen sowohl über einen Wurm als auch über eine Orchidee, über eine Katze oder über einen Fisch, über Seetang oder einen Baum, über einen Berg oder einen Felsen anzustellen. Doch sein Hauptinteresse richtete sich auf die Geologie, die mir noch völlig unbekannt war und in der er mich mit größter Geduld unterrichtete. Er führte drei Bände von einem gewissen Professor Lyell mit sich, den er sehr bewunderte. Er begab sich in Krater, Felswüsten und Lavalandschaften und konnte in praller Hitze Stunden damit verbringen, jeden einzelnen Stein zu untersuchen und mit einem Hämmerchen mal hier, mal dort zu klopfen, um Farbe, Härtegrad, Maserung, Neigungswinkel, Verankerung im Boden und Struktur des Gesteins zu untersuchen.

Zweifel peinigten seine Seele, denn obwohl er, wie er mir erklärte, ein gläubiger Mensch war, konnte er sich doch nicht mit der Vorstellung abfinden, daß die Erde mit einem Mal in ihrer endgültigen Gestalt geschaffen worden sein sollte, und dies erst vor kaum ein paar tausend Jahren, wie die Theologen behaupteten. Seine Funde bestätigten, daß es sich um einen ungleich längeren Zeitraum gehandelt haben mußte, womöglich um Millionen von Jahren. Er konnte sich auch nicht mehr den Ansichten seiner Lehrer anschließen, die davon ausgingen, daß die unterschiedlichen Formen der Erdkruste auf Naturkatastrophen und somit auf gewaltsame Einflüsse zurückzuführen waren. Er vermutete dagegen, daß sie das Ergebnis langsamer, aber konstanter Veränderungen waren, denen sie immer noch unterworfen waren. »Es gibt Kräfte in der Natur, die während der Jahrtausende durch graduelle Veränderungen der Erde ihre jetzige Form gegeben haben. Ich weiß, daß ich meinen hoch angesehenen Lehrern und auch der Heiligen Bibel widerspreche, wenn ich dies behaupte, aber die Befunde beweisen, daß ich recht habe. Wo sich jetzt Meer erstreckt, kann einmal Land gewesen sein, und Pflanzen und Tiere sind womöglich langsam von dem einen zum anderen gewandert.« Er erinnerte sich daran, wie er einmal bei seinen ersten naturkundlichen Expeditionen in der Nähe seines Hauses in England auf eine Meeresmuschel gestoßen war. Während sein Professor dies für einen unbedeutenden Fund hielt, hatte dieser Vorfall bei ihm jedoch einen tiefen Eindruck hinterlassen. »Und seitdem hat sich der Zweifel in meinem Kopf eingenistet«, sagte er.

Ich hörte ihm begeistert zu, denn seine Fähigkeit zu logischen Schlußfolgerungen war einzigartig. Gemeinsam machten wir unsere Beobachtungen, sammelten Daten, lasen Bücher, über die wir dann diskutierten, wobei der eine jeweils die Ansätze und Schlüsse des anderen in Frage stellte, nur damit dieser gezwungen war, sie mit soliden Argumenten zu untermauern und in aller Deutlichkeit zu verteidigen. Beide hatten wir es uns zur Gewohnheit gemacht, unsere Entdeckungen in Notizheften niederzuschreiben und sie mit den Erkenntnissen der Fachliteratur zu vergleichen. Wir verfügten über ausreichend Geduld, auch auf Einzelheiten zu achten, die oft so leicht übersehen werden, zum einen, weil sie allzu verborgen liegen, zum anderen, weil sie allzu offensichtlich sind. Niemals entschlüpfte uns eine Ausnahme, und ein ums andere Mal überprüften wir unsere Gedankengänge, indem wir Fakten zusammentrugen und uns in Erklärungen versuchten, die uns zu Gesetzmäßigkeiten und allgemeinen Schlußfolgerungen führen sollten. Bei diesen Gelegenheiten erörterten wir auch den Fall der Galapagos-Inseln. »Es wird dir sicher ein Rätsel sein, was du auf diesen Inseln vorfindest, denn warum trifft man hier, unmittelbar am Äquator, keine Sandstrände und keine tropischen Palmen an?« sagte ich zu ihm. »Ja«, gab er zu, »das gibt mir tatsächlich zu denken. Ich vermute, daß das Archipel durch eine Reihe von Vulkanausbrüchen entstanden ist und Pflanzen und Tiere vom Festland übers Meer herübergekommen sind, sollte dies aber tatsächlich der Fall sein, wundert es mich, daß Flora und Fauna so vielfältig sind und sich dabei dennoch so sehr von der des Kontinents unterscheiden.« »Ich würde dich gerne näher mit der Fauna dieser Inseln bekannt machen«, sagte ich zu ihm, »bevor du weitere Schlußfolgerungen ziehst.« Daraufhin zeigte ich ihm die hundertjährigen Riesenschildkröten, die Tausende von Pfund wogen, die riesigen Leguane, die sich auf den Felsen oder im heißen Sand aalten, die Vögel, Seelöwen, Krebse und Pinguine. Die Artenvielfalt beeindruckte ihn tief. Während einer Wanderung konnte ich ihm achtzig verschiedene Vogelarten vorführen!

Als einziges störte mich Darwins Angewohnheit, Musterexemplare zu sammeln. Es war mehr als eine bloße Gewohnheit, es war ein richtiges Fieber. Er erzählte mir, daß er schon von klein auf so gewesen war, als er bei sich zu Hause im Garten gespielt hatte, und auch später hatte sich dies bemerkbar gemacht, als er mit einem Professor nach Nordwales gereist war. Natürlich hatte er auch während dieser Fahrt mit der Beagle reichlich Gelegenheit dazu gehabt, seiner Leidenschaft zu frönen, und wollte auch auf diesen Inseln seinem Sammlertrieb nachgehen. Er trug Gläschen in verschiedenen Größen bei sich, Taschen und einen

Behälter für Pflanzenproben, und er erzählte mir, daß er am Abend die Beute des Tages auf seinem Arbeitstisch im Schiff ausbreitete, sie fein säuberlich sortierte, klassifizierte und präparierte, wobei er seine Musterexemplare mit Nadeln feststeckte oder sie in Alkohol einlegte. Dann etikettierte er sie, packte sie ein und schickte sie nach England. »Gott schuf und Linné klassifizierte«, pflegte er zu sagen, »denn genau das hat ein Naturforscher zu tun. Wenn man auf seinen Reisen nichts sammelt, verschwendet man nur seine Zeit, denn niemand sonst wird zu Gesicht bekommen, was ich gesehen habe, da nicht alle die Möglichkeit haben, die Welt zu umsegeln. Es ist notwendig, Exemplare an die Museen in Paris und London zu schicken, damit die Wissenschaft vorankommt.« Und wie er sie mit Ausstellungsstücken versorgte! Große Kisten mit Tukanen und anderen Vögeln brachte er auf den Weg sowie ganze Ladungen mit Farnen, Käfern, Glühwürmchen, Pilzen, Schmetterlingen, Blumen, Ameisen, Blättern, Wurzeln und wer weiß was noch für Sachen.

Diese Gewohnheit erschien mir barbarisch, vom ethischen Gesichtspunkt aus hielt ich es für moralisch nicht gerechtfertigt, Lebewesen im Namen der Wissenschaft umzubringen. Selbst die zoologischen Gärten durfte es meiner Ansicht nach gar nicht geben, denn wenn man den Tieren dort auch nicht das Leben nahm, so riß man sie doch aus ihrer natürlichen Umgebung, einzig und allein zum Vergnügen der Menschen. »Genügen dir nicht detaillierte Beschreibungen und sorgfältige Zeichnungen?« fragte ich ihn. »Selbstverständlich nicht«, entgegnete er selbstsicher, »das einzige, worauf ich nicht verzichten kann, ist das Sammeln.«

Mehr noch, Darwin war außerdem ein leidenschaftlicher Jäger und aß gerne Fleisch. Immer hatte er eine Flinte und zwei Pistolen bei sich, um den Schildkröten aufzulauern. Um ihn von seinem Tun abzubringen, führte ich ihn zu Stellen, an denen sich Skelette von Tieren befanden, die Menschen allein zur Befriedigung massakriert hatten, so viele Lebensjahre, in ein paar Minuten zunichte gemacht, und ich konnte meine bitteren Tränen nicht zurückhalten, als ich ihn fragte, wie sich denn diese Leute als Kinder Gottes bezeichnen konnten, wenn sie doch die anderen Lebewesen nicht achteten. Mein Weinen erschütterte ihn mehr, als ich hätte ahnen können. »Noch nie zuvor habe ich einen Mann weinen sehen«, sagte er, »aber du tust recht daran, wir sollten uns nicht schämen, ein so einfühlsames Herz wie die Frauen zu haben.« Von diesem Augenblick an, zumindest in meiner Gegenwart, beschränkte er sich darauf, sich genauso wie ich von Zwieback, Früchten und Nüssen zu ernähren. Doch nicht nur das, von da an war er sogar noch liebenswerter zu mir, und mir fiel auf, daß er mich oftmals aufmerksam ansah und immer wieder meine Nähe suchte.

Nach und nach verlor Charles seine übliche Gelassenheit, und sein müdes Gesicht verriet, daß er sich quälte und schlecht schlief. Doch immer, wenn ich in ihn drang und ihn fragte, was ihn bedrücke, antwortete er mir ausweichend und wiederholte ein ums andere Mal, daß alles in Ordnung sei und er nur schlecht geträumt hätte oder das Essen ihm schwer im Magen liege. Doch man sah, wie er litt. Sein schönes Lächeln war einem müden Gesichtsausdruck gewichen, und lange verweilte er in Gedanken versunken, den Blick ins Leere gerichtet.

Endlich beschloß ich eines Tages, ihn zur Rede zu stellen, und sprach zu ihm: »Ich kann das nicht länger ertragen. Wenn du mir nicht sagst, was los ist, werde ich keine Wanderungen mehr mit dir unternehmen, mag mein Vorgesetzter mich auch dafür bestrafen. Sprich zu mir, oder du sollst mich nicht wiedersehen.« Als er sich der Entschiedenheit meiner Worte bewußt wurde, erschrak Charles, doch auch so konnte er nicht in Worte fassen, was ihn beschäftigte. Eine ganze Weile verharrte er in Schweigen und sagte dann schließlich: »Zweifel quälen mich in meinem Inneren. Seit ich an diesen Ort gekommen bin, führt mich alles, was ich gesehen habe und was ich fühle, auf unerschlossene Pfade, die mich mit Angst erfüllen.«

Bemüht, seine Leiden zu lindern, beschloß ich, für meinen Freund zu sprechen: »Ich bin in der Lage, dir eine Antwort auf deine bangen Fragen zu geben und dir erstaunliche Entdeckungen zu offenbaren, die das Ergebnis langjähriger Arbeit sind und die ohne weiteres die ganze Naturgeschichte umwälzen könnten. Ich werde dir berichten, was ich weiß, und dir so die lang ersehnte Ruhe wiedergeben.«

Überrascht von meinen Worten, fragte mich Charles: »Was willst du damit sagen?« Darauf erwiderte ich: »Glaubst du denn, daß die Tiere, die du hier siehst, wie etwa die Schildkröten, Vögel oder Leguane, alle gleich sind?« Darwin sah mich an, als würde er nicht verstehen, wovon ich sprach. »Komm, ich werde es dir zeigen.« Da führte ich ihn zu vielen Plätzen, die wir auf unseren Expeditionen schon besucht hatten und deren Fauna ihm bereits bekannt war, aber erst jetzt machte ich ihn auf die Mannigfaltigkeit aufmerksam, die alle diese Arten in ihren Panzern oder Schnäbeln aufwiesen.

In der Klassifizierung von Finken und Schildkröten hatte ich bereits große Fortschritte gemacht und zeigte ihm eine nach der anderen all die verschiedenen Unterarten auf den vielen Inseln. »Die Schildkröten unterscheiden sich vor allem am Panzer«, erläuterte ich ihm, »an Form und Stärke des Schildpatts sowie an der Länge des Halses, bei den Finken sind die verschiedenen Arten dagegen an den Schnäbeln zu erkennen.«

»Was glaubst du, könnte der Grund für diese Vielfalt sein?« fragte ich ihn. Doch er schien gar nicht auf meine Worte zu achten, denn er wirkte ganz geistesabwesend.

Da berichtete ich ihm, was für Beziehungen ich in der Fauna dieser Inseln zwischen Pflanzen- und Tierwelt beobachtet hatte, wie die Tiere in ihrer Ernährung von anderen Tieren abhingen und in welchem Verhältnis sie zu den verschiedenen Arten von Räubern standen. Außerdem zeigte ich ihm, wie die Vögel balzten, und machte ihn darauf aufmerksam, daß sich die Arten nur mit ihresgleichen kreuzten, so daß auch ihre Nachkommen gleichartig waren. »Es findet eine geschlechtliche Zuchtwahl statt«, sagte ich ihm, und mir fiel auf, daß er errötete, als ich dieses Wort benutzte.

Dann erzählte ich ihm schließlich von der geschlechtlichen Überproduktion, die verschwenderisch erscheinen mochte, denn die Anzahl der Samen, die die Pflanzen erzeugten, und der Eier, die die Tiere legten, übertraf bei weitem die Zahl der Lebewesen, die letztendlich geboren wurden. »Was glaubst du, ist der Sinn eines solchen Überangebots?« fragte ich ihn, aber wieder schien er nicht auf meine Worte zu achten, ich war mir nicht einmal sicher, daß er mir überhaupt zugehört hatte. Dennoch fuhr ich fort: »Ich glaube, daß die Varietäten innerhalb derselben Art etwas mit dem Bedürfnis der Tiere zu tun haben, Nahrung zu suchen und sich an ihre Umwelt anzupassen. Meine Theorie, Ergebnis vieler Jahre der Arbeit und Lektüre, besteht darin, daß die Organismen einen Kampf ums Dasein führen müssen, und dieser Kampf zwingt sie dazu, sich den schwierigsten Gegebenheiten ihrer Umwelt anzupassen. Dadurch wird der Fortbestand der Arten gewährleistet.

Nun gut, besagte Veränderungen, die Folge der Anpassung sind, werden zwangsläufig auf die nächsten Generationen vererbt, so daß die Nachkommenschaft genetische Abweichungen aufweist, da diese Veränderungen auch ihren Vorfahren von Nutzen waren. Somit bilden sich allmählich immer differenziertere Arten aus. Dies bedeutet zum einen, daß die Arten nicht konstant sind, sondern daß sie sich verändern, um sich anpassen zu können, und zum anderen, daß die, welche sich nicht anpassen, sterben müssen und schließlich von der Erde verschwinden, weshalb wir dann von einem Artensterben sprechen können.

Die Frage des Artensterbens«, erklärte ich einem geistesabwesenden Darwin, »steht in engem Zusammenhang mit unserer Frage, warum mehr Samen und Eier produziert werden, als später Lebewesen auf die Welt kommen. In diesem Licht erscheint die Antwort ganz einfach: um den Fortbestand der Art zu sichern.

Was ich dir hier erzähle, läßt sich an diesem von der Natur begünstigten Ort, den die Galapagos-Inseln darstellen, nachweisen. Hier kannst du einen Finken sehen, der es gelernt hat, einen Dorn zu benutzen, um sich seine Nahrung aus der Baumrinde zu kratzen, einen Kormoran, der die Fähigkeit zu fliegen verloren hat, oder einen Leguan, der sich seine Nahrung im Meer sucht, aber aus Furcht vor den Haien sofort wieder an Land geht, sowie Schildkröten, die auf jeder dieser kleinen Inseln jeweils andere Merkmale aufweisen. Alles nur, um ihr Überleben zu sichern.

Ebenso«, fuhr ich fort und gelangte nun zum Kernpunkt der Frage, »wie du bei deinen geologischen Entdeckungen zu dem Schluß gekommen bist, daß sich die Erdstruktur in einem konstanten, nicht wahrnehmbaren Wandel befindet, gilt meiner Ansicht nach das gleiche für die Natur, denn auch in ihr ist nichts beständig. Die Arten entwickeln sich fort, sie entstehen und verschwinden wieder. Selbstverständlich handelt es sich um einen äußerst langsamen Prozeß, der nur in winzigen Schritten vor sich geht, ohne jähe Sprünge, und der sich über viele Generationen hinzieht.«

Als ich meine Rede beendet hatte, erhob sich Darwin und begann, auf und ab zu gehen, denn er gehörte zu jenen, die nicht stillsitzen können, wenn sie leiden oder erregt sind, im Gegensatz zu mir, die ich mich nur bewegen mußte, wenn ich glücklich war. Nachdem er eine ganze Weile geschwiegen hatte, fragte er mich, ob ich an Gott und die Bibel glaubte, deren Bild der Schöpfung dem meinen völlig entgegengesetzt war. Ohne mich von seiner strengen Haltung einschüchtern zu lassen, antwortete ich ihm, daß ich an die Wissenschaft glaubte und daß in diesem Fall Religion und wissenschafliche Wahrheit unvereinbar waren. »Das Leben auf der Erde wird von den Kräften der Natur gelenkt und nicht von göttlicher Hand«, sagte ich. Diese Feststellung brachte ihn über alle Maßen aus der Fassung, so daß er mich bat, nicht weiter über dieses heikle Thema zu sprechen.

Er wollte umkehren, aber ich hielt ihn zurück und sagte ihm, er müsse mir noch einen Augenblick länger zuhören, damit ich ihm zwei weitere Offenbarungen machen konnte. Erschreckt sah er mich an, denn er konnte sich nicht vorstellen, daß ich ihm noch mehr Dinge zu eröffnen hatte. Daraufhin sprach ich: »Als erstes möchte ich dir sagen, daß ich eine überzeugte Verfechterin, Verzeihung, ein überzeugter Verfechter der Ansicht bin, daß all dies damit zusammenhängt, wie das Leben und die Arten auf dieser Erde entstanden sind, nicht nur die Pflanzen und Tiere, sondern auch wir Menschen. Ich glaube, das Geheimnis des Ursprungs allen Lebens liegt darin verborgen, daß die Arten nicht unabhängig voneinander existieren, sondern sich aus anderen Arten entwickeln. Und ebenso bin ich überzeugt davon, daß auch die Menschen in demselben Schmelztiegel entstanden sind. Ich weiß genau, daß sich diese Erklärung gut mit deinen eigenen Entdeckungen über die Entstehungszeit der Erde vereinbaren läßt, weniger gut jedoch mit deinen religiösen Überzeugungen, nach denen der Mensch der Mittelpunkt der Welt ist und einen besonderen Platz in der Schöpfung einnimmt. Dennoch ist es die Wahrheit, die Beweise hast du hier vor Augen.«

In höchster Erregung wandte sich Charles von mir ab und ging fort, ohne zuzulassen, daß ich noch weitersprach und ihm mein zweites Geständnis offenbarte, nämlich daß ich eine Frau war. Zwei Tage lang verließ er nicht das Schiff und wollte mich auch nicht sehen. Und dies versetzte mich in um so größere Unruhe, als ich ihm alle meine Gedanken anvertraut hatte und nun seine Meinung hören wollte.

Doch bei unserer nächsten Begegnung tat er so, als hätte ich ihm niemals etwas von dem Ergebnis meiner Forschungen erzählt. Wir unternahmen wie üblich unsere Wanderungen, er sammelte seine Proben ein, und das strittige Thema wurde nicht angeschnitten. Aber als es Abend wurde, ließ er mich wissen, daß er in dieser Nacht nicht auf das Schiff zurückgehen würde, sondern mit mir unter freiem Himmel schlafen wollte.

Überglücklich begann ich, die nötigen Vorkehrungen zu treffen, suchte ein geeignetes Plätzchen und legte einen Wasservorrat an. Ich freute mich schon darauf, meinem Freund den Himmel und die Sternbilder zu zeigen, die von hier besonders deutlich zu sehen waren. Schließlich brachen Finsternis und Schweigen der Nacht über uns herein. Charles befand sich in überaus aufgeregtem Zustand, sein Atem ging hastig, und sein Herz schlug heftig. Auf einmal, als wir uns gerade erst auf einem glatten Stein niedergelassen hatten, um unsere Früchte und unseren Zwieback zu essen, fing mein Freund zu sprechen an: »Auch ich muß dir ein Geständnis machen. Es handelt sich um etwas, das mich über alle Maßen verstört. Meine Zweifel und meine Ängste entspringen nicht nur den wissenschaftlichen Erkenntnissen, die sich mir auf diesen Inseln aufdrängen und die so sehr an meinen religiösen Überzeugungen rütteln, aber zur gleichen Zeit nur allzusehr auf der Hand liegen, als daß ich sie beiseite schieben könnte, nein, sie entspringen statt dessen einer anderen

Entdeckung, die ich kürzlich in meinem eigenen Inneren gemacht habe. Ich weiß nicht, was mit mir geschieht, aber ich fühle mich so stark zu dir hingezogen, ich träume von deinem Gesicht und deinen Augen, von deiner kristallklaren Stimme und deinen Händen, wenn wir am Abend voneinander scheiden, dann sehne ich mich nach deinem Lachen.« Dann fügte er mit gesenktem Haupt hinzu: »Als hätte der Schöpfer nicht schon genügend Gründe, mich zu strafen, kommt nun auch dies noch hinzu.« Und bevor ich irgend etwas darauf erwidern konnte, fuhr er schon fort: »Vor meiner Abreise aus London hatte mir eine Frau versprochen, auf mich zu warten, doch tat sie dies nicht und heiratete einen anderen. Es schmerzte mich sehr, als ich diese Nachricht erhielt, doch jetzt danke ich dem Himmel, daß er sie vor mir errettet hat, denn offensichtlich steht mein Wesen im Widerspruch zu den Gesetzen der Natur und des Glaubens.« Da begann er zu weinen, ein sanftes, stilles Weinen, das jedoch aus tiefstem Inneren kam und nicht mehr aufhören wollte.

Ich umarmte und küßte ihn, fühlte mit ihm mit und war überrascht, daß mir der Grund seiner Seelenqualen nicht früher bewußt geworden war und daß ich seine Leiden ganz allein auf wissenschaftliche Motive zurückgeführt hatte. Für mich war Charles nichts weiter als ein guter Freund, ein hervorragender Arbeitskollege und ein ganz außergewöhnlicher Gesprächspartner. Schon vor langer Zeit hatte ich alle Gefühle in mir ersterben lassen, denn um mich ganz allein meiner Berufung hingeben zu können, war ich gezwungen gewesen, mein Herz zu verschließen, bis nichts mehr darin Platz fand als meine Arbeit. Doch mein junger Freund hatte niemals eine solch grundsätzliche Entscheidung treffen müssen, denn die Welt, die ganze Welt lag ihm zu Füßen. Und so konnte es geschehen, daß er sich unbewußt in mich, ausgerechnet in mich, verliebt hatte.

Niemals werde ich es mir erklären können, warum ich ihm nicht in eben diesem Augenblick die Wahrheit offenbarte. Vielleicht deshalb, weil ich mich damals bereits wirklich in den Mann verwandelt hatte, der ich immer sein wollte. »Die reine Liebe ist immer göttlich«, sagte ich zu ihm, um ihn zu trösten. »Gott lehrt uns, ohne all die absurden Bräuche und Normen der Gesellschaft zu lieben, die wir Menschen erfunden haben. Wir lieben die Tiere, die Sonne und den Regen, wir lieben einen Stein und ein Fossil, warum sollten wir denn nicht unseren Nächsten ohne Rücksicht auf sein Geschlecht lieben können?«

Ich weiß nicht, ob meine Worte ihn tatsächlich beruhigten oder ob es die Anstrengung des langen Tages und der Erschütterung war, welche, wie mir erst jetzt bewußt geworden war, seine Seele in der letzten Woche heimgesucht hatte, aber eine große Ruhe überkam auf einmal seinen Geist. »Du hast recht, ich kann nicht mir die Schuld daran geben, mir bleibt nichts anderes übrig, als meinen Körper dazu zu zwingen, nicht den Vollzug dieser Liebe zu fordern.«

Nach einem Schweigen, das so lang andauerte, daß ich Charles schon im Schlaf wähnte, bat er mich darum, ihm einige meiner wissenschaftlichen Schlußfolgerungen zu wiederholen, denn er glaubte, sie nicht ganz verstanden zu haben. »Sieh mal, mein Lieber«, sagte ich zu ihm, »du hast mich sehr gut verstanden, du hast selbst festgestellt, daß sich die Arten auf diesen Inseln durch die auf sie einwirkenden Umweltbedingungen, durch ihren Kampf ums Dasein und durch Gebrauch oder Vernachlässigung bestimmter Organe und Funktionen voneinander unterscheiden. Du hast auch gesehen, daß sie die Eigenschaften, die sie im Laufe dieser Anpassung erwerben, an ihre Nachkommen weitergeben. Ich weiß, es fällt dir schwer, dies anzuerkennen, und zwar aus religiösen, nicht aus wissenschaftlichen Gründen, doch wenn wir die gesamten

Lebensformen der Natur als Ergebnis einer langen Entwicklung betrachten und die komplizierten Strukturen und Instinkte der Lebewesen als Folge von Veranlagungen, die ihren Trägern nützlich sind, dann wird das Studium der Naturgeschichte nicht nur interessanter, sondern auch fruchtbarer, denn so können wir dem Geheimnis aller Geheimnisse auf die Spur kommen, nämlich dem Ursprung des Lebens, der Frage, wo wir herkommen und wie alles angefangen hat.« Und dann fügte ich einen Satz hinzu, der sein Gewissen erleichtern sollte: »Führe dir doch nur die erhabene Größe dieses Lebensplans vor Augen, lieber Freund. Willst du das Ganze von einem religiösen Standpunkt aus betrachten, kannst du dies gerne tun, denn Gott wird dann als derjenige erscheinen, der die Gesetze geschaffen hat, nach denen die Natur sich richtet. Wenn auch die Welt nicht mit einem Mal in ihrer endgültigen Gestalt entstanden ist, so hat der Schöpfer die Dinge doch nach seinem Willen erschaffen. Und dies gilt nicht nur für die Welt, sondern auch für dich selbst und für das, was in deinem Inneren geschieht.«

Als der Morgen graute, waren wir noch immer ins Gespräch vertieft. Es war eine Nacht bedeutungsvoller Worte gewesen, die sich mit langen Momenten des Schweigens abwechselten, während der wir uns eng umfaßt hielten. Als uns gegen Mittag die Sonne direkt ins Gesicht schien, mußten wir uns erheben. Da sagte mein Freund: »Ich werde hierbleiben und mit dir zusammenleben. Heute noch setze ich den Kapitän von meiner Entscheidung in Kenntnis. Ich bin überzeugt davon, daß ich mich an diesem Ort und an deiner Seite in den Wissenschaftler verwandeln werde, der ich gerne sein möchte, und in den Menschen, der ich sein könnte.«

Hand in Hand gingen wir zur Bucht, wo sein Schiff wartete. Dort trennten wir uns mit einem leichten Kuß, und jeder von uns zog sich in einen Winkel zurück, um nach all den heftigen Gemütsbewegungen in der Einsamkeit Zuflucht zu suchen. Er begab sich zu seiner Hängematte, die ihm das Bett ersetzte und die er in der kleinen Kajüte aufgehängt hatte, die er mit dem Kartographen teilte. Ich ging zu dem Wasserloch bei den Felsen, in das ich mit meinem ganzen Körper eintauchte, um mich zu erfrischen, und wo ich dann auf den Steinen liegend die Stunden verfließen ließ.

Zwei Tage darauf ließ man mich rufen, um mir mitzuteilen, daß die Beagle in See stechen würde. Charles sollte mit ihnen fahren, denn der Kapitän hatte ihm zu bedenken gegeben, was für großen Kummer seine Entscheidung hierzubleiben seiner Familie verursachen würde und daß sie sogar den Tod seines Vaters herbeiführen konnte. »Geh und regle diese Dinge«, hatte er zu ihm gesagt, »und wenn es dann noch immer dein Wunsch ist, kannst du später wieder hierher zurückkehren.« Ich war sehr traurig darüber, denn Charles war mir mit seinem scharfsinnigen Geist bereits ein lieber Begleiter geworden.

Vor ihrer Abfahrt stattete ich ihm noch einen Besuch ab. In prächtiger Laune unterhielt sich Charles gerade mit einigen Schiffsoffizieren und erzählte ihnen von all den Frauen, die er während seiner Reise kennengelernt hatte. »Die Argentinierinnen sind wahre Schönheiten, die Peruanerinnen zwinkern einem zu, die Brasilianerinnen haben eine dunkle Haut, die Frauen aus Feuerland laufen halbnackt herum«, hörte ich ihn sagen, aber als seine Augen auf mich fielen, verstummte er und blickte beschämt zu Boden. »Ist gerade von Frauen die Rede?« fragte ich ihn, doch er antwortete nicht. Plötzlich gab der Kapitän das Zeichen, die Anker zu lichten, und alle begannen geschäftig hin und her zu rennen und nahmen ihre Positionen ein. Da konnte ich ihm nichts mehr weiter sagen, nicht einmal ein paar Abschiedsworte. Unverzüglich begann sich das Schiff in Bewegung zu setzen. Ich stand am Ufer und schaute ihm nach, während es sich entfernte, und Charles und ich verabschiedeten uns mit einem Winken.

Als sich sein Bild am Horizont verloren hatte, überreichte mir Herr Lawson einen Brief von meinem Freund. Darin schrieb er mir: »Du verfügst über einen außergewöhnlich scharfsinnigen Verstand, vor allem jedoch über eine ureigene geniale Veranlagung. Ich danke dir für alles, was du mir auf den Galapagos-Inseln gezeigt hast. All das hat mich so tief erschüttert, daß es sicher der Ursprung aller meiner zukünftigen Theorien sein wird. Doch für den Augenblick benötige ich Zeit, um nachzudenken.«

Ich war in hohem Maße bewegt. Und erst jetzt wurde mir bewußt, daß auch ich mir nicht im klaren darüber gewesen war, wie ich mich in dieser Situation hätte verhalten sollen.

Einige Wochen später erhielt ich einen der vielen Briefe, mit dem ein reger Briefwechsel zwischen uns beginnen sollte. Charles erzählte mir darin von den Orten, an denen er auf der Rückfahrt nach England vorbeigekommen war. In der Südsee hatte er Gelegenheit gehabt, wichtige Beobachtungen über die Korallenriffe anzustellen, die in dem lauen Wasser gediehen und von so unterschiedlichen Formen, Größen und Farben waren. »Sie erstrecken sich über ganze Meilen, sind jedoch nie mehr als sechzig Zentimeter tief«, schrieb er. Dies bestätigte seine Theorie über die Bildung des Erdkruste, denn er war der Ansicht, daß diese Korallen mindestens eine Million Jahre alt sein mußten. Als sie gezwungen waren, nach Brasilien zurückzukehren, um einige Daten zu vervollständigen, die Fitzroy für unverzichtbar hielt, berichtete mir Charles von dort aus über die Verzweiflung der Mannschaft, die sich inzwischen nach ihrem Heimathafen sehnte. Von Kapstadt aus schickte er mir sein Exemplar der *Einführung in die Naturphilosophie*, und als er gerade erst zu Hause an Land gegangen war, schrieb er gleich ein paar Zeilen nieder, die von dem Glück sprachen, wieder daheim zu sein.

Bald darauf ließ er mich wissen, daß er eine seiner vielen Kusinen geheiratet und ein großes Landhaus gekauft hatte. Dort wollte er sich niederlassen und sich ganz der Aufgabe widmen, Schlußfolgerungen aus all dem zu ziehen, was er während seiner langen Reise beobachtet und zusammengetragen hatte. Er bat mich darum, ihm Zeichnungen und Befunde zu schicken, und wollte mir seinerseits aktuelle Veröffentlichungen zukommen lassen.

Natürlich nahm ich die Nachricht von seiner Heirat ganz und gar nicht gleichgültig auf, und zum ersten Male dachte ich über die Möglichkeit nach, die Inseln zu verlassen und in die Welt zurückzukehren, um wie eine normale Frau zu leben. Doch selbstverständlich gab ich diesem Drang nicht nach.

Und eines Tages trafen die ersten Bücher ein, die Charles selbst verfaßt hatte: sein Tagebuch, ein zoologisches Handbuch und eine Abhandlung über die Geologie der Galapagos-Inseln. Seine Darstellungsweise war äußerst klar, wobei er gar nicht versuchte, irgend jemanden von seinen Vorstellungen zu überzeugen, sondern nur einfach seinen Standpunkt darlegte, so überzeugt war er von der Richtigkeit seiner Ideen. Wenn sich auch sein Stil nicht sehr flüssig las, so war seine Beweisführung doch makellos, und er legte viel Wert auf anschauliche Beispiele. Doch niemals berührte er das Thema des Ursprungs der Arten und auch nicht das der natürlichen Auslese.

Die Jahre zogen ins Land, und Charles ging seiner Arbeit nach und ich der meinen. Da fiel ihm auf einmal ein Buch in die Hände, das nachhaltigen Eindruck auf ihn machte und das er mir unverzüglich zusammen mit folgender Botschaft zusandte: »Bitte lies es und schreib mir, was du darüber denkst.« Der Autor war ein Ökonom mit Namen Malthus, der von der Beziehung zwischen Bevölkerung, Raum und Existenzmitteln sprach. Seiner Ansicht nach wuchs die Bevölkerung stärker als ihre Ressourcen, und diese Begrenzung der Subsistenzmittel wirkte als natürlicher Auslesefaktor auf die Überzahl der Individuen, indem die Schwachen unterlagen und nur die Geeignetsten überlebten. Dadurch wurde dann die übermäßige Vermehrung der Art kontrolliert. Wenn dies nicht der Fall wäre, behauptete Malthus, würde sich die Bevölkerung hemmungslos vervielfachen, bis sie keinen Platz mehr auf diesem Planeten fände und auch die Nahrungsmittel für sie nicht mehr ausreichen würden.

Auch mich bewegte dieses Buch zutiefst, nicht nur, weil es mir äußerst aufschlußreich erschien, daß viele von uns Wissenschafltern gerade dasselbe beschäftigte und wir auf unserer Suche nach einer Antwort völlig unabhängig voneinander zu ähnlichen Schlußfolgerungen gelangten, sondern vor allem, weil Malthus, wie Charles meinte, uns das fehlende Kettenglied geliefert hatte und das Problem der natürlichen Auslese nun im Licht wissenschaftlicher Logik erschien. Warum war es das fehlende Kettenglied, das uns nun der englische Ökonom lieferte, fragte ich mich, wenn doch die Erklärung, die ich ihm damals gegeben hatte, rundum schlüssig und von größter Genauigkeit gewesen war. Die Antwort lautete zweifellos: Malthus konnte man Glauben schenken, weil er ein Mann und außerdem Engländer war und an einem Ort lebte, an dem man von seinen Meinungen Kenntnis nahm und an dem er von Menschen umgeben war, die ihnen die gebührende Aufmerksamkeit und Bedeutung zukommen ließen. Charles konnte an mir und meinen Schlußfolgerungen zweifeln, aber war es jener so angesehene Kollege, der seine Meinung äußerte, dann standen die Dinge anders.

In einem Brief bestand ich darauf, daß Charles die Theorien veröffentlichen sollte, die ich ihm damals erläutert hatte. Es spielte keinerlei Rolle, daß ich sie entdeckt hatte, wichtig war allein, daß sie an die Öffentlichkeit gelangten und somit zum wissenschaftlichen Fortschritt beitragen konnten. Und nur er war dazu in der Lage, weil ich niemanden kannte und auch von mir niemand etwas wußte, so daß man mir keine Aufmerksamkeit schenken würde.

Aber so sehr ich auch in ihn drang, Charles wagte es dennoch nicht, diesen Schritt zu tun. Die Wissenschaft widersprach der Kirchenweisheit, und er wollte nicht seine Bekannten und seine Familie verärgern, vor allem nicht seine Frau, die anscheinend überaus religiös war. Charles besaß keinen Wagemut, und wenn er auch schon ein anerkannter und geachteter Wissenschaftler war, zog er es doch vor zu schweigen, anstatt etwas gegen die biblische Schöpfungsgeschichte vorzubringen.

Also gab ich unseren Briefwechsel auf, denn seine furchtsame Haltung ärgerte mich. Ich konnte mir sein Leben in Pantoffeln vorstellen, wie er sich in seiner gemütlichen Bibliothek in seinem Heim vergrub, umgeben von Kindern und Dienstboten, und am Kaminfeuer seine Insektensammlungen inspizierte, die er in seiner Jugend zusammengetragen hatte, und darüber sann, was er wohl für Bücher schreiben könnte, die dem guten Gewissen nicht in die Quere kamen. Ich konnte ihn mir als einen Mann vorstellen, der nie sein Haus verließ, es sei denn, um zu einer Versammlung irgendeiner wissenschaftlichen Gesellschaft zu gehen, von denen es nur allzuviele in seinem Land gab, da die Engländer so viel Gefallen an ihnen fanden. Also zog ich es vor, nicht länger an ihn zu denken.

Kurz darauf nahm ich brieflich Verbindung zu einem jungen Forscher auf, der zu diesem Zeitpunkt auf den Molukken wohnte und ihre Flora und Fauna studierte. Er hieß Wallace, war ebenfalls Engländer und selbst ein Beispiel für den Kampf ums Überleben, denn er kam aus armem Hause und hatte sich seine Studien und

Experimente nur unter großen Opfern finanzieren können.

Alfred Wallace hatte von mir gehört und mir geschrieben. Bald begannen wir, Hypothesen und Entdeckungen auszutauschen, und schließlich entschied ich mich dafür, ihm von meinen Schlußfolgerungen zu erzählen, von denselben, die Jahre zuvor Darwin so sehr beeindruckt hatten. Mit ihm hatte ich es leichter, denn er steckte nicht so voller Vorurteile, so daß ich ihn von meiner Theorie überzeugen konnte, und obwohl seine Lebensbedingungen und sein Gesundheitszustand sehr kritisch waren, bereitete er einen langen Artikel vor, in dem er diese Erkenntnisse klar und offen darlegte.

Doch auch Wallace verfügte nicht über die Mittel oder gesellschaftlichen Beziehungen, um veröffentlichen zu können und seine Schriften den wissenschaftlichen Gesellschaften zukommen zu lassen, so daß ihm nichts anderes einfiel, als sie Darwin selbst zu schicken.

Und eines Tages fand ich in meinem Faß auf der Charles-Insel einen dicken Umschlag aus England. Er enthielt ein Manuskript und eine kurze Notiz: »Mein lieber Camilo: wie immer schreibe ich dir aus Down, Kent, von meinem Landsitz aus. Endlich habe ich meine Theorien zu dem Thema, das uns so beschäftigt, niedergeschrieben. Lange Zeit habe ich ganz im Geheimen daran gearbeitet. Ich habe meine Frau darum gebeten, das Manuskript nach meinem Tod zu veröffentlichen, doch ich schicke dir eine Abschrift, die ich selbst angefertigt habe, damit du von ihr Gebrauch machen kannst, wenn meinem Willen nicht entsprochen werden sollte. Immer noch sehe ich dein schönes Gesicht vor mir an dem Tag vor so langer Zeit, an dem du mich in deine wissenschaftlichen Entdeckungen eingeweiht und mich über meine menschliche Schwäche hinweggetröstet hast.«

Sofort begann ich zu lesen. Dies war nun endlich

jenes Buch, auf das ich so lange gewartet hatte, das Buch über den Ursprung der Arten. Darin fanden sich all die mit größter Geduld und Sorgfalt zusammengetragenen Befunde und Experimente, und in einer makellos aufgebauten Beweisführung legte er seinen Standpunkt dar und widerlegte den von anderen Wissenschaftlern, deren Theorien Charles allesamt bekannt waren. So erlangte die schriftliche Fassung dieser Ideen eine überwältigende Qualität und Klarheit. Darwin gab auf äußerst intelligente Weise wieder, was ich ihm erzählt, was er sich selbst überlegt und was die anderen geschrieben hatten, und er wußte, vom Besonderen aufs Allgemeine zu schließen, und stellte theoretische Überlegungen zu seinen empirischen Beobachtungen an. Und als wäre das noch nicht genug gewesen, er konnte all dies auch geschickt in Worte fassen.

In einem Brief dankte ich ihm für sein Vertrauen und rief ihm die schönsten Augenblicke unserer Freundschaft in Erinnerung, doch ebenso berichtete ich ihm über die Arbeiten von Wallace und wies ihn darauf hin, daß er sich vielleicht die Gelegenheit entgehen ließ, der erste zu sein, der diese Wahrheiten veröffentlichte, denn bald würden auch andere Wissenschaftler so weit sein.

Ich weiß nicht, welchen Anteil meine Argumente daran hatten, doch Charles gab dem Druck nach. Er faßte sein Buch in einem Artikel zusammen und stellte ihn, aufrichtig wie er war, zusammen mit der Schrift von Wallace der zuständigen wissenschaftlichen Gesellschaft vor. Was gab das für einen Skandal! Wissenschaftler und Theologen wandten sich gleichermaßen heftig gegen den Autor und führten einen Feldzug gegen ihn, in dem sie ihn lächerlich machten und persönlich angriffen, was Charles besonders zu Herzen gegangen sein muß, denn er hatte ein äußerst empfindsames Gemüt.

Doch die Wahrheit war nun gesagt, und das war das einzige, das zählte.

Lange Zeit über schrieben wir uns nicht mehr. Charles war zu sehr mit seiner Arbeit beschäftigt und sicherlich auch höchst betroffen von all den Problemen, die auf ihn zugekommen waren. Nachrichten von seinem schlechten Gesundheitszustand drangen bis zu mir. Immer schon war ich der Ansicht gewesen, daß er sich weniger um die Meinung der anderen hätte kümmern sollen, auch weniger Fleisch und Salz hätte er essen und vor allem seinen Körper mehr ertüchtigen müssen, und ebensowenig hätte es ihm geschadet, ab und zu seine vier Wände zu verlassen und in die Welt hinauszugehen, anstatt sich in seinem Zimmer einzusperren und sich von den Seinen verhätscheln zu lassen, denn dann hätte er sich sicher besser gefühlt und müßte sich nicht mehr beklagen.

Die Jahre vergingen. Ich führte mein bisheriges Leben fort, und mein Geist sah sich allmählich nach neuen Horizonten um und beschäftigte sich mit anderen Fragen. Von meinem Freund hörte ich nichts mehr, bis er sich eines Tages dazu entschloß, auch die Wahrheit über den Ursprung des Menschengeschlechts zu veröffentlichen. Das Buch ließ er mir selbst zukommen, doch diesmal war keinerlei Notiz von ihm dabei. Ich war zutiefst beeindruckt von der Art, in der er meine Theorie darlegte, daß alle Lebewesen aus demselben Schmelztiegel stammten. Nun bekannte er sich zu dem Gedanken, daß der Mensch nicht die Krone der Schöpfung war, sondern sich damit begnügen mußte, ein Säugetier unter vielen zu sein, ein Primat, der mit seinen Artgenossen eine Reihe körperlicher Eigenschaften teilte. Natürlich steigerten diese Schlußfolgerungen noch mehr den Zorn seiner Zeitgenossen, die ihn nun als Affen zu zeichnen begannen, wie ich in der Zeitung sehen konnte, in die er das Konvolut gewickelt hatte. Doch zu diesem Zeitpunkt war jeglicher Kontakt zwischen Darwin und mir bereits abgebrochen. Ich wußte nicht einmal, ob seine Familienangehörigen die

Briefe an ihn weiterleiteten, in denen ich ihm ab und zu Grüße schickte und auf die er nie antwortete.

Eines Tages, ich befand mich gerade in meiner Hütte, da klopfte es an die Tür. Ich fuhr erschrocken hoch, denn ich erhielt sonst nie Besuch. Ich stand auf und öffnete. Ein junger Mann begrüßte mich mit ausgesuchter Höflichkeit und fragte mich, ob er eintreten dürfe.

Er sagte, sein Name sei Francis Darwin und er sei Charles' Sohn. Er erzählte mir auch, daß er seinem Vater bei seinen wissenschaftlichen Arbeiten behilflich war, denn dieser sei nun schon krank und in vorgerücktem Alter. »Ich bringe Ordnung in seine Papiere, die veröffentlicht werden sollen. Und dabei bin ich auf einige Briefe gestoßen, die Sie ihm geschickt haben, sowie auf andere, die er Ihnen geschrieben, jedoch niemals abgeschickt hat. Letztere könnten aufs Höchste seinem persönlichen Ruf schaden, und mir ist der Gedanke gekommen, daß vielleicht noch andere Briefe dieser Art existieren, die bis zu Ihnen gelangt sind. Deshalb habe ich Sie hier aufgesucht, ich wollte mit Ihnen reden und Sie bitten, mir alle diese Schriften auszuhändigen und mir zu versichern, niemals an die Öffentlichkeit zu bringen, was zwischen ihnen beiden geschehen ist. Ich verpflichte mich dafür, Ihnen eine Leibrente auszurichten, deren Höhe Sie selbst bestimmen können.«

Es hatte mir die Sprache verschlagen. Niemals hätte ich gedacht, daß ein Vorfall, der sich vor fast vierzig Jahren zugetragen hatte, noch so viel Argwohn hervorrufen konnte. Doch hatte der gute Charles wohl nie sein schlechtes Gewissen zum Schweigen bringen können, weil ich für ihn immer ein Mann gewesen war, und so hatte er weiterhin unter seiner Zuneigung zu mir gelitten. Nun hatte seine Familie von meiner Existenz erfahren und war überaus besorgt.

Für Diskussionen oder Erklärungen war es nun zu

spät. Ich stand vom Tisch auf, ging zu einer kleinen Holztruhe hinüber, in der ich die Briefe meines Freundes und jenes Buchmanuskript aufbewahrte, das er selbst mir anvertraut hatte, und überreichte es dem jungen Mann mit dem strengen, ungeduldigen Gesicht, der behauptete, sein Sohn zu sein, und der eine so lange und beschwerliche Reise unternommen hatte, nur um das zu retten, was er für die Ehre seines Vaters hielt. Dann teilte ich ihm mit, daß ich kein Geld benötigte, weil es an diesem Ort nichts zu kaufen gab, mich jedoch über regelmäßige Büchersendungen freuen würde, da ich daran interessiert war, womit sich Wissenschaft und Philosophie im Augenblick beschäftigten. Mein Besucher versprach mir, dies zu tun, und verließ daraufhin mein Haus, wobei er sich mit seiner überaus englischen Liebenswürdigkeit von mir verabschiedete.

Ich sollte ihn nie mehr wiedersehen, doch er erfüllte äußerst gewissenhaft sein Versprechen, und bis zum heutigen Tage erwartet mich in meinem Faß auf der Charles-Insel einmal im Monat ein Paket mit meiner geistigen Nahrung.

Seitdem ist nun schon wieder einige Zeit verflossen. Ich habe inzwischen von Charles' Tod erfahren. Als ich die Nachricht erhielt, mußte ich sehr lange an ihn denken.

Die Wissenschaft erfordert die empirische Beobachtung, kann jedoch nicht auf das Sammeln von Befunden oder auf das Experimentieren verzichten, denn auf eine andere Weise kann man keine Entdeckungen machen. Letzteres war mir aber nicht gegeben, im Gegensatz zu Charles, der dies auf so vorbildliche Weise praktiziert hat. Doch darüber hinaus hat er noch einen weiteren entscheidenden Schritt getan: Er hat seine Erkenntnisse dazu benutzt, bestehenden Vorstellungen und dem bisherigen Wissensstand eine neue Richtung zu geben. Wenn auch ich diejenige gewesen bin, die die Beobachtungen angestellt hat und zu den richtigen Schlußfolgerungen gelangt ist, die ihn zum ersten Mal Ursprung und Entwicklung der Arten vor Augen geführt hat, so war es doch sein Verdienst gewesen, meinen Gedanken eine Einheit zu geben und allgemeine Grundsätze daraus abzuleiten. Ich bin Naturforscherin geblieben, und er ist zum Wissenschaftler geworden, er hat den Sprung geschafft, die Behauptungen methodisch aufbereitet und die Schlußfolgerungen mit der Theorie in Einklang gebracht.

Und wenn es auch den Tatsachen entsprechen mag, daß ich als Frau keinerlei Rolle in der Wissenschaft spielen konnte und mich deshalb in diesen Winkel der Welt zurückgezogen habe, wo mich niemand daran hindern kann, meiner Berufung nachzugehen, so ist es ebenso wahr, daß ich durch meinen Rückzug auf diese Inseln nicht an den geistigen Debatten meiner Zeit teilnehmen konnte und somit hinter meinen Zeitgenossen zurückgeblieben bin. Es ist mir wie den Tieren auf den Galapagos-Inseln ergangen, denn ich habe mich an eine Lebensweise angepaßt, die von mir keine größeren Anstrengungen forderte, und wenn es mir auf diese Weise auch gestattet war, zu tun, was mir beliebte, so hat mich dieses Leben doch auch daran gehindert, höhere Erkenntnisstufen zu erklimmen.

Darwin konnte in England zu mehr Ansehen gelangen, doch auch für ihn waren die Dinge nicht einfach. Es war ein harter Kampf, den er gegen die Ideen und Dogmen, die gerade in Mode waren, geführt hatte, und dies erforderte eine Menge Mut. Charles hat sich der Macht der Theologen, der »Wissenschaftler« und der Politiker entgegengestellt, welche die Wahrheit trotz ihrer Offenkundigkeit verschleiern wollten, und er hatte auch gegen die tief verwurzelten Ansichten der Allgemeinheit angehen müssen. Stoisch hat er die Scherze und Angriffe ertragen, die ihn zweifellos sehr geschmerzt haben müssen.

Darwins Schriften wurden veröffentlicht, doch von

mir ist keine Spur darin zu finden. Ich weiß nicht, ob dies Charles' eigene Entscheidung war oder ob seine Frau und sein Sohn dafür verantwortlich sind, die ihm beim Verfassen geholfen haben, jedenfalls ist mein Name aus der Geschichte getilgt worden, um ihm den ganzen Ruhm zufallen zu lassen. Es bekümmert mich nicht, daß er durch das berühmt geworden ist, was ich ihm gezeigt habe, denn das einzig Wichtige ist, daß die Wissenschaft vorankommt und Gutes in der Welt bewirkt. Die Entdeckungen sind nicht das Eigentum einer bestimmten Person, sondern der gesamten Menschheit, und deshalb müssen sie auch allen zugänglich gemacht werden.

Was mich betrifft, auch ich habe gelitten. Mein ganzes Leben habe ich der Wissenschaft geopfert, denn auf dem Weg, den ich gewählt hatte, war kein Platz für eine Familie. Welcher Mann oder welche Kinder hätten sich damit abgefunden, unter diesen Bedingungen zu leben, oder hätten mir die Freiheit gelassen, mich meinen Beobachtungen zu widmen? Darüber habe ich damals viel nachgedacht, als Darwin sich hier aufhielt und zwischen uns eine stärkere Bindung als die der bloßen Freundschaft entstanden ist. Es gab einen Augenblick, da hatte er mit dem Gedanken gespielt, sich hier niederzulassen, und einen anderen, da hatte ich daran gedacht, ihm die Wahrheit zu sagen und mit ihm nach England zu gehen, doch habe ich dies nicht getan. Großer Mut war vonnöten, um bis zum Ende meinem Ziel treu zu bleiben, das ich mir gesteckt hatte. Charles hat es verstanden, die dogmatischen Theorien über den Ursprung des menschlichen Lebens zu widerlegen, und ich gebe mich der Hoffnung hin, daß ich meinerseits mit meinem Beispiel dazu beitragen kann, daß Frauen ihrer Berufung folgen können und es ihnen nicht länger verwehrt sein wird, ein vollwertiges Leben zu führen, nur weil sie sich mit Leib und Seele der Kunst oder der Wissenschaft verschrieben haben. Vor kurzem habe ich etwas über eine junge Frau mit dem Namen Marie Curie gelesen, die in Frankreich in einem Laboratorium arbeitet. Sie soll ihren Lehrer geheiratet haben, und beide sollen sie sich nun der Forschungsarbeit widmen. Wie sehr hoffe ich, daß ihnen dies gelingen mag und daß im nächsten Jahrhundert, von der Jahrhundertwende an, die immer näher heranrückt, die Frauen es um einiges leichter haben werden. Und hoffentlich nicht nur die Frauen, sondern ebenso all jene, die sich in Menschen des gleichen Geschlechts verlieben, warum sollte dies nicht möglich sein?

In letzter Zeit muß ich oft an meine Familie denken, was schon lange nicht mehr vorgekommen ist. Ich erinnere mich an unser Landgut mit dem großen Herrenhaus, den Pferden, den Rindern, die das beste Fleisch im ganzen Land gaben. Und ich erinnere mich an das strenge Gesicht meines Vaters, wenn er Befehle gab oder Politiker aus der Hauptstadt empfing, die ihm große Ehrerbietung entgegenbrachten. Ob er wohl sehr gelitten hat, als ich auf und davon gegangen bin? Mag er noch oft an mich gedacht haben nach jener Nacht meiner Flucht ins Leere, einzig besessen davon, mich von dem alten Witwer zu befreien, den man mir als Ehemann bestimmt hatte? Ob er wohl die Viehhüter nach mir ausgeschickt hat, die bestimmt nach einer jungen Frau in langem Kleid Ausschau hielten, die sittsam im Damensitz im Sattel saß, obwohl ich schon damals, mit Kleidern, die ich dem Stallknecht entwendet hatte, als Mann aufgetreten war? So viele Jahre sind seitdem vergangen, doch die Zeit hat die Erinnerungen nicht auslöschen können! Ich sehe noch das stets ängstliche Gesicht meiner armen Mutter vor mir, das Gesicht meiner braven Schwester, als sie mit dem erbärmlichen Juan Domingo verheiratet wurde, und das meines Bruders, der ein Gutsherr zu sein lernte, genau wie mein Vater. Es ist merkwürdig, als einziges Gesicht ist das allerliebste verblaßt, das der Großmutter, die mir zwar immer gesagt hatte, daß eine Frau nicht so widerspenstig sein und sich auch nicht ihrem Vater so entgegenstellen dürfe wie ich, doch war sie es auch, die mich getröstet und gestreichelt hatte: »Meine arme Camila, du wirst viel zu leiden haben in deinem Leben.«

Beinahe hätte ich ihr einen Brief geschickt, als ich am Hafen angelangt war und gerade auf einem Schiff angeheuert hatte, denn in diesem Augenblick befiel mich eine große Angst. Doch ich tat es nicht. Und niemals sah ich sie wieder, weder sie noch sonst irgend jemanden von den anderen. Sie haben niemals mehr etwas von mir gehört seit jenem unvergeßlichen Morgen, an dem unsere Brigg hier anlegte und ich sogleich wußte, daß ich nun den einzigen sicheren Ort gefunden hatte, an dem niemand mich suchen würde. Und hier bin ich geblieben. Der Schiffsjunge, der die Kombüse putzte, war spurlos verschwunden. Man mußte ohne ihn wieder in See stechen.

Und noch immer bin ich hier. Wie zuvor bin ich damit beschäftigt, Pflanzen, Tiere, Steine und den Himmel zu beobachten, auch wenn mein Geist sich bereits anderen Dingen zugewendet hat. Wie die Griechen atme ich die Meeresluft ein, mache ausgedehnte Spaziergänge, lege mich in die Sonne und trinke klares Wasser, während ich den tiefen Quellen in meinem Inneren lausche.

Wenn dieser Ort mit seiner prächtigen Natur mir einmal die Frage nach dem Ursprung des Lebens eingegeben hat, so beunruhigt mich jetzt, im Alter, der Gedanke an sein Ende und seinen Sinn.

Das Feuer ist da, um zu brennen, die Sonne, um Licht und Wärme zu spenden. Doch wozu gibt es das Leben? Der Holzwurm fragt nicht, warum er bohrt, er tut es, weil dies der Zweck seines Lebens ist, und der Skorpion grübelt nicht darüber nach, warum er sticht, denn dies ist auch der Zweck seines Lebens. Doch wir

Menschen stellen uns diese Frage sehr wohl, denn der Sinn des Lebens ist für uns die bedeutendste Frage im ganzen Universum, das Rätsel aller Rätsel. Müssen wir das Leben als etwas Sinnvolles, Zielgerichtetes ansehen oder entbehrt es jeder Bedeutung und wird nur vom Zufall geleitet? Bewegen wir uns auf irgendein Ziel zu? Oder befinden wir uns vielleicht in einem endlosen Sturz, ohne zu wissen, ob wir dabei vorankommen oder rückwärts fallen, ob wir vielleicht Verirrte in einem unendlichen Nichts sind?

Einige denken, wir wären um des Glücks und der Freude willen auf der Welt. Sie sprechen von Leidenschaften und Gefühlen, von aufregenden Erfahrungen und Abenteuern, von der Liebe und der Freundschaft, vom Vergnügen. Für andere hingegen sind wir um des Leidens, um des Schmerzes und des Kummers willen auf dieser Erde. Sie sprechen von Martern, von edlen Zielen, vom Glauben, von der Schöpfung, der Hingabe oder dem Schweigen. Für einige besteht der Sinn des Lebens einzig und allein darin, Wissen zu erlangen. Andere wiederum betrachten das Leben als einen nutzlosen Hindernislauf, als einen beschwerlichen Tagesmarsch, der nirgendwohin führt. Sie sprechen vom Absurden, vom Pessimismus, vom Nihilismus oder ganz einfach vom Überdruß.

Einige versuchen, an die Grenzen ihrer Möglichkeiten zu gelangen, nur um diese dann zu durchbrechen. Dann werden sie zu Genies, Heiligen oder Kriminellen. Einige verbringen dagegen ihr Leben damit, beharrlich immer wieder den gleichen Arbeiten, den gleichen Gewohnheiten, den gleichen Pflichten nachzugehen. Es gibt Menschen, die ein Glas Wein trinken, um fröhlich zu sein, und Menschen, die sich mit Wein betrinken; Menschen, die stets am selben Ort verweilen, und Menschen, die immer unterwegs sind; es gibt Menschen, die sich an das Vertraute klammern, und andere, die immer und überall Fremde sind.

Für einige vergeht das Leben bei strahlendem Sonnenschein in einem behaglichen Haus. Andere wiederum sind schutzlos den Unwettern ausgesetzt, sie leben unter dem freien Himmel, überqueren breite, reißende Flüsse auf allzu schwankenden Brücken. Mancher verbringt sein Leben träumend, mancher mit offenen Augen, manch einer hat Zeit im Überfluß, und anderen sind die Tage nie lang genug, einer kommt von seinem Weg ab, ein anderer findet ihn erst gar nicht, manche empfinden ohnmächtige Wut und glauben, das Leben sei ihnen etwas schuldig geblieben, manche nehmen das Schicksal in ihre Hände [was immer das auch heißen mag], und mancher läßt sich von seinem Schicksal leiten oder widersetzt sich ihm.

Manch einer geht durchs Leben, als sei er allein auf der Welt, ein anderer dagegen wie ein Schuldiger, die einen schreiten unbeschwert voran, die anderen irren schlaflos durch die endlose Nacht ihrer Furcht. Manche werden zu Folterknechten, manche werden gefoltert, und die übrigen werden unbeteiligt daneben stehen und mit den Schultern zucken.

All dies zeigt, daß wir den Sinn des Lebens nicht erkennen können. Die einzige Sicherheit im Leben ist sein Ende, ein Augenblick, in dem alles aufhört und der Tod uns abholt. Und ebenso wissen wir, daß alle diesen Moment hinausschieben wollen, denn niemand möchte sterben, alle klammern wir uns an das Leben, selbst unter den schlimmsten Bedingungen und so aussichtslos die Lage auch sein mag.

Also ist die Antwort sehr einfach: der Sinn des Lebens ist das Leben selbst. Das Leben ist der Sinn an sich. Ebenso wie das Feuer, der Holzwurm und der Skorpion leben wir allein um des Lebens willen.

Die einzige unumstößliche Wahrheit ist das große Ja zum Leben, alles verzeihen wir ihm, nur um es zu erhalten, nur um es nicht zu verlieren. Wir verzeihen ihm ebenso Leichtigkeit wie Schwere, allzu dichte Finsternis wie allzu blendendes Licht: »Gewiß, so liebt ein Freund den Freund, wie ich Dich liebe, Rätselleben – ob ich in Dir gejauchzt, geweint, ob Du mir Glück, ob Schmerz gegeben«, schrieb meine Freundin Lou.

Der Unterschied zwischen dem einen Leben und dem anderen liegt nicht darin, seinen Sinn oder Zweck zu verstehen, sondern auf welche Weise man es zu leben hat. Wir glauben, die Wege, die wir begehen können, führten nur in eine einzige Richtung und unser Leben wäre entweder ein Gedicht oder eine Tragödie, eine Sinfonie oder ohne jede Musik, ein Gipfel oder ein Abgrund. Doch die Wahrheit ist, daß wir aus zwei, vier, aus tausend verschiedenen Teilen geschaffen sind, aus Sinnlosigkeit, Gleichgültigkeit, Überdruß.

All das weiß ich nicht mit Sicherheit, es ist reine Spekulation, nichts als Philosophie, der Versuch, etwas zu erklären, was ich nicht begreife, auch wenn ich sehr wohl weiß, daß das Chaos niemals gebannt werden kann.

Wir Menschen säen und ernten, wir plagen uns ab und stellen uns Fragen. Ich weiß, daß es keine Antwort gibt, denn im Grunde genommen ist es dieselbe Sonne, die den Lehm trocknet und das Wachs zum Schmelzen bringt. Was ist die Wahrheit, worin könnte sie bestehen?

Von meinen Reflexionen habe ich einem befreundeten Philosophen erzählt, der in Sils Maria lebt, ein Ort in Europa, an den er sich zurückgezogen hat, um sich in seine Gedanken vertiefen zu können.

Lange Zeit ist vergangen, bis ich eine Antwort von meinem guten Fritz erhalten habe, dem seine eigenen philosophischen Überlegungen und sein schlechter Gesundheitszustand allzusehr zu schaffen machen, aber als ich seinen Brief las, fand ich darin so grundlegende Ideen, daß ich lange darüber nachdenken mußte. Nietzsche schreibt: »Meine Lehre sagt: so leben, daß du wünschen mußt, wieder zu leben, das ist die Aufgabe,

– du wirst es jedenfalls! Wem das Streben das höchste Gefühl gibt, der strebe; wem Ruhe das höchste Gefühl gibt, der ruhe; wem Einordnung, Folgen, Gehorsam das höchste Gefühl gibt, der gehorche. Nur möge er bewußt darüber werden, was ihm das höchste Gefühl gibt, und kein Mittel scheuen! Es gilt die Ewigkeit!«

Der Briefschluß ist das, was mich am meisten bewegte: »Du bist eine große Philosophin, meine liebe Freundin von den Inseln, denn dies hängt mehr von der Seelengröße ab als von der klaren Logik, und deine Fragen sind ein Zeichen dafür, daß du über diese Größe verfügst. Nur wird es dir nichts nutzen, denn wer wagt schon, die Seufzer der Einsamen zu vernehmen?«

V

Und meine Schleuder ist die Davids

Beinahe hätte ich heute nicht kommen können, denn ich habe Angina gehabt, aber ich hatte das Bedürfnis, ihnen von etwas Schrecklichem zu erzählen, das vor kurzem passiert ist. Neulich ging es mir gar nicht gut, ich hatte Fieber, also bin ich einfach nicht in die Schule gegangen, sondern im Bett geblieben. Da habe ich gemerkt, daß Mama ganz unruhig war und im Haus hin und her gelaufen ist. Selbst das Dienstmädchen hat mir gesagt, ach, Señorita, ich weiß nicht, was die Señora heute hat, sie hindert mich dauernd am Arbeiten. Für gewöhnlich gibt sie mir in der Früh ihre Anweisungen und das Geld, dann gehe ich auf den Markt, und wenn ich wieder zurück bin, mache ich sauber, während sie sich den ganzen Tag in ihr Zimmer zurückzieht, ohne mir in die Quere zu kommen oder mich umherzuscheuchen, sie ist die perfekte Hausherrin für mich, nicht so wie die, bei der meine Schwester arbeitet, die ihr die ganze Zeit in den Ohren liegt, mach dieses, mach jenes. Ich glaube, sie schläft, ich weiß nicht, jedenfalls verläßt sie ihr Zimmer erst kurz bevor der Rest der Familie nach Hause kommt. So um sechs Uhr abends höre ich den Wecker klingeln, und dann steht sie auf, macht sich zurecht und geht in die Küche, um das Essen fertig zu machen. Heute aber, sehen sie doch selbst, wie ein eingesperrter Tiger läuft sie umher, sie schimpft mit mir, weil da und dort schlecht gefegt sein soll oder weil ich zuviel Salz an die Suppe getan habe.

Ich muß gestehen, daß mir das zu denken gegeben hat, was ich da vom Dienstmädchen gehört habe. Nie habe ich darüber nachgedacht, womit sich meine Mutter unter Tage beschäftigt. Mit Haushaltsarbeit und Kochen habe ich immer geglaubt, aber Gedanken habe ich mir darüber nie gemacht. Uns hat sie dagegen immer gesagt, daß man studieren, arbeiten, sich beschäftigen muß und nicht seine Zeit vertrödeln soll. Da habe ich mir vorgestellt, wie mein Bruder und ich den ganzen Vormittag in der Schule hocken, beim Englischunterricht, beim Turnen oder bei den Hausaufgaben, und wie mein armer Papa in seinem Büro arbeitet, damit wir uns ein Dienstmädchen leisten können, das alles erledigt, während sie in aller Seelenruhe schläft und keinen Finger rührt. Und da hat mich, ehrlich gesagt, die Wut gepackt, und was für eine. Dann habe ich eins und eins zusammengezählt und mir Gedanken über ihr merkwürdiges Verhalten in der letzten Zeit gemacht, zum Beispiel merkt man morgens, daß sie uns möglichst schnell aus dem Haus haben will, als hätte sie irgendwas Wichtiges vor, wobei wir sie stören würden, oder neulich hat die Oma sie nach der Fernsehserie gefragt und sie hatte nicht die geringste Ahnung, worum es ging, denn sie schaltet den Fernseher ja gar nicht mehr ein.

Am folgenden Tag bin ich also, da ich immer noch etwas Halsschmerzen hatte und mich die Neugier trieb, schon am späten Vormittag von der Schule nach Hause gegangen. Ich hatte Glück, denn Lupe war gerade unten auf der Straße, um den Mülleimer zu leeren, ach Señorita, fühlen Sie sich immer noch schlecht, lehnen Sie die Tür bitte nur an, und schließen Sie sie nicht. Ich bin die Treppe hinaufgeschlichen, habe vorsichtig die Tür geöffnet, bin leise hineingehuscht und schnurstracks zum Zimmer meiner Mutter gegangen, habe die Tür geöffnet, und was glauben sie, wobei ich unsere Señora erwischt habe? Nicht beim Schlafen, sondern beim Lesen. Das war also das ganze Geheimnis, das ganze Versteckspiel war nur dazu da, um lesen zu können, weil mein Papa es ihr verboten hat!

Sie hätten sehen sollen, wie sie reagiert hat. Sie ist aufgesprungen und hat versucht, das Buch verschwinden zu lassen und ihr Strickzeug aufzunehmen, das dort schon für solche Notfälle bereit lag, doch ich war schneller. Das Herz schlug ihr wohl bis zum Hals, so erregt war sie, kein einziges Wort brachte sie hervor und schaute mich mit dem mitleiderregenden Blick der Tiere im Zoo an. Da fiel mir auch plötzlich ein, daß ich letzte Woche zusammen mit Papa spazierengegangen bin und wir unterwegs den Buchhändler getroffen haben, wie geht es der Señora, grüßen Sie sie von mir und richten Sie ihr bitte aus, daß Ihre Bestellungen schon eingetroffen sind. Das hat uns gar nicht gefallen, aber wir nahmen an, es würde sich um Aufträge handeln, die sie vor dem Verbot aufgegeben hatte, und so machten wir uns weiter keine Gedanken darüber.

Selbstverständlich habe ich noch am selben Abend bei Tisch von dem Vorfall erzählt, und es gab einen Riesenkrach, Papa hat sie ausgeschimpft, sie hat geweint, und mein Bruder hat mich angebrüllt, ich sei ein Klatschmaul, aber ich bin der Ansicht, daß ich richtig gehandelt habe, so gehört es sich doch, meinen Sie nicht auch?

Meine Mama ist nicht wiederzuerkennen. Es gab großen Ärger bei uns zu Hause, weil sie beim Lesen erwischt worden ist. Anscheinend ist die Nena ganz unerwartet nach Hause gekommen, ich weiß nicht, was genau los war, jedenfalls ist sie ihr auf die Schliche gekommen und mußte damit gleich zu Papa rennen. Das gab vielleicht ein Geschrei, das können Sie sich ja vorstellen, noch Tage später haben die beiden sie eine Lügnerin geschimpft, sich über sie lustig gemacht, sie herablassend behandelt und gedemütigt, was sei denn das für ein Beispiel für die Kinder, was hätte sie sich denn dabei gedacht, hielte sich die Dame auf einmal für eine Intellektuelle, und andere häßliche Dinge dieser Art. Bis sie es so weit getrieben haben, daß Mama sie zum Teufel geschickt hat. Das Ganze war sehr merkwürdig. Von einem Augenblick auf den anderen war sie wie verwandelt, sie stand vom Tisch auf, noch nie hatte ich sie so in Fahrt gesehen, und sagte, sie hätte nun endgültig die Nase voll von uns, sie wolle einfach nur frei sein und tun was ihr beliebe und endlich etwas vom Leben, von ihrem Leben, haben. Und seitdem versteckt sie sich nicht länger vor Papa, sie hat auf einmal keine Angst mehr vor ihm und tut einfach das, wozu sie gerade Lust hat.

Und Sie sollten sie jetzt mal sehen, da können die anderen noch so viel schreien und ihr das Lesen verbieten, sie tut es trotzdem. Ich glaube, sie ist inzwischen die beste Kundin von der Buchhandlung. Jetzt kümmert sie sich wirklich nicht mehr im geringsten um den Haushalt und das Essen, Gottseidank ist noch das Dienstmädchen da, dem Mama alles ganz gut beigebracht hat, denn uns hat sie inzwischen vollkommen abgeschrieben, sie tut nicht einmal mehr so, als würden wir sie interessieren, sie lebt jetzt in ihrer eigenen Welt, nie hätte ich gedacht, daß sie so reagieren könnte, sie richtet kein Wort mehr an meinen Papa oder an meine Schwester, nicht einmal an meine Großmutter.

Unsere Mutter hat sich ganz schön verändert. Gestern Abend hat die Nena eine Mango gegessen, und plötzlich kam ein Wurm heraus. Die hat vielleicht einen Wirbel veranstaltet, als wäre ihr der Teufel selbst begegnet. Mama hat dagegen einfach die Frucht genommen und das Tierchen ganz vorsichtig herausgezogen und es auf einer Serviette abgesetzt, um seine Bewegungen zu beobachten. Können Sie sich das vorstellen? Wenn ihr früher nur eine einzige Küchenschabe über den Weg gelaufen ist, dann hat sie ein Mordsgeschrei veranstaltet und danach zwei Tage lang Töpfe und Teller ausgeräumt, um alles sauber zu machen und zu desinfizieren. Jetzt hebt sie das Tier dagegen hoch, legt es in ein Gefäß und bliebt ewig davor sitzen. Ebenso macht sie es mit dem Schimmel, der auf dem Brot wächst, früher war sie in der Lage, mitten in der Nacht beim Bäcker anzurufen, um sich zu beschweren, und jetzt ist es genau umgekehrt, es scheint fast, als wäre ihr das Brot mit Schimmel lieber. Sie rennt sogar auf die Straße und hebt Steine hoch, um Würmer zu suchen, meine Mutter, bei der wir niemals in der Erde buddeln durften, weil sie der Ansicht war, daß es nichts Schlimmeres gäbe als Dreck!

Und sie weiß jetzt über die seltsamsten Dinge Bescheid. Neulich hat sie mir von den Fischen in tropischen Gewässern erzählt, die alle so prächtige Farben hätten. Die in der Schule sollten mir den Stoff mal auf die Weise beibringen, dann würde ich mir alles auch viel besser merken! Es ist überhaupt nicht langweilig, von ihr etwas über Muscheln und Wurzeln oder Schnecken zu hören, ich bin ganz begeistert von ihren Geschichten. Zu Hause ist zwar keine Seife zum Händewaschen da, aber dafür gibt es keinen einzigen Baum in der Straße, der ihr unbekannt ist, sie kennt alle ihre Namen, die Form ihrer Blätter und was weiß ich noch alles.

Als einziges stören mich ihre Vorträge, die sie in letzter Zeit immer anbringen will, die gehen mir schon ganz schön auf die Nerven. Alle kriegen wir schon Zustände, wenn sie ständig damit anfängt, ach hätte sie doch die Gelegenheit zum Studieren gehabt, wie die heutige Jugend, selbst das Dienstmädchen geht ihr schon aus dem Weg. Deshalb muß ich dann immer als Publikum herhalten, ich kann sie ja schlecht ins Leere sprechen lassen. Gestern abend habe ich ihr gesagt, nur um überhaupt irgendwas zu sagen, daß es doch meiner Ansicht nach für sie noch nicht zu spät sei, sich ihren Studien zu widmen, wenn ihr das so viel Spaß mache. Da hat sie mir erklärt, daß das Problem darin liege, daß sie eine Frau und Herd und Familie nun einmal ihr Schicksal seien und daß es äußerst schwierig sei, diese gesellschaftlichen Zwänge zu durchbrechen. Ich habe ja bloß mit Ach und Krach die Mittelschule abgeschlossen, sagte sie zu mir, niemand hielt es für wichtig, mir eine gute Ausbildung zu geben, denn ich mußte mir doch nur die Zeit vertreiben, bis ich heiratete.

Und dabei wäre es auch geblieben, wenn sich meine Schwester nicht eingemischt und in diesem ironischen Tonfall, den sie sich in letzter Zeit angewöhnt hat, gesagt hätte: Wie schade, daß die Welt nicht so ist, wie die Dame sie gerne hätte. Ich habe meinen Mund gehalten, weil ich dachte, daß es sonst wieder so einen Streit zu Hause gibt, wie sie jetzt öfter vorkommen, aber nein, in aller Seelenruhe hat ihr Mama geantwortet, daß die Dinge nicht so bleiben müßten, wie sie sind, gerade deine Generation hat die Aufgabe, dafür zu sorgen, ihr müßt euch aktiv darum bemühen, daß sich in dieser Gesellschaft etwas ändert. Sie steigerte sich immer mehr hinein, während sie sprach, und fing schließlich damit an, daß wir auf die Barrikaden gehen und die Revolution ausrufen müßten.

»Wovon sprichst du?« fragte ich sie. »Was meinst du mit Revolution, bist du jetzt etwa Kommunistin geworden?«

»Was wäre denn so schlimm daran?« hat sie geantwortet. »Es spielt doch keine Rolle, bei welchem Namen man die Dinge nennt, sondern was sie Gutes bewirken können.«

Bevor ich auch nur ein Wort darauf erwidern konnte, hörten wir eine Stimme: Was für Ideen setzt du deinem Sohn da in den Kopf? Es war Papa, der gerade durch die Küchentür trat und offensichtlich alles mitgehört hatte. Als hättest du uns nicht schon genug angetan, willst du jetzt auch noch meinem Sohn Flausen in den Kopf setzen? Ich sagte nichts darauf, Don Alberto hat mich schon immer eingeschüchtert, aber sie ließ sich nicht aus der Fassung bringen, denn sie hat kein bißchen Angst mehr vor ihm, und entgegnete, er solle kein dummes Zeug schwätzen, allen, auch ihm, würde es nicht schaden, in einem Land zu leben, in dem die Probleme des Gesundheits- und Erziehungswesens oder des Wohnungsbaus gelöst wären und wir nicht um unsere Zukunft und die unserer Kinder bangen müßten. Es war eine schöne Rede, aber Papa hat darauf nur geantwortet, daß er sie in eine psychiatrische Anstalt stecken würde, denn er sei nicht bereit, sich so etwas bieten lassen, und Sie wollte er vor Gericht bringen, weil Sie, statt Mama zu heilen, das Ganze nur noch schlimmer gemacht hätten, und Sie beide würden diesen Unfug mit dem Lesen noch bereuen.

Ich habe darüber nachgedacht, wie mein Leben aussehen würde, wenn ich in einem anderen Land geboren worden wäre, in dem die Frauen eine andere Stellung hätten. Dann würde ich nicht immer zu Hause hocken, sondern hätte studieren können und wäre jetzt sicher Biologin, würde in der Weltgeschichte herumfahren und meiner Arbeit nachgehen. Aber eine Familie hätte ich auch, das versteht sich von selbst, denn ohne Mann und Kinder möchte ich doch nicht sein. Damit es aber dazu kommt, hilft nichts als eine Revolution, denn nur so ändert sich wirklich etwas auf der Welt. Wie gerne hätte ich Fidel kennengelernt, als er noch in den Bergen gewesen ist, so hochgewachsen [wie groß schätzt du Fidel?] und gut aussehend in seinem zerknitterten, olivgrünen Anzug und seinem dunklen Bart [warum denn ein Bart bei der Hitze, Fidel?]. Was für eine physische Stärke, was für eine Energie, was für eine Überzeugungskraft!

Unsere erste Begegnung hätte rein zufällig stattgefunden, denn er wäre eines Tages zu Freunden von mir gekommen, als auch ich gerade bei ihnen zu Besuch war.

Als sie mir erzählten, wer er war, da sagte ich ihm auf den Kopf zu, was ich von ihm und seinen Gefährten hielt: »Ich glaube nicht, daß ihr auch nur die geringste Aussicht auf Erfolg habt«, erklärte ich ihm, »denn auch wenn ihr euch hochtrabend 'Rebellenheer' nennt, so seid ihr doch nicht mehr als eine Handvoll schlecht bewaffneter Aufständischer, ihr könnt dem Regierungsheer, das die Amerikaner ausgerüstet haben, nicht mehr als ein paar Gewehre entgegensetzen und kennt außerdem nicht einmal die hiesige Berggegend geschweige denn einen einzigen Bauern aus dem ganzen Gebiet.« Dann rief ich ihm jene Worte des Dichters in Erinnerung: »Dieses Land, immer dem Unmöglichen anheimgefallen.«

Ich weiß nicht, ob er an diesem Tag gerade guter Laune war oder ob er unsere Gastgeber nicht kränken wollte, denn er wurde nicht wütend und ignorierte auch nicht dieses vorwitzige Mädchen, das ich damals war, sondern fing an, mir eine Rede zu halten, die mich in Erstaunen versetzte: »Es gibt keine gesellschaftliche oder politische Lage, so verworren sie auch erscheinen mag, aus der es keinen Ausweg gibt. Die Erfolgsaussichten beruhen auf Voraussetzungen technischer und militärischer Natur, doch in noch höherem Maße auf gesellschaftlichen Bedingungen. Man wollte den Mythos der modernen Waffen schaffen, die es dem Volk unmöglich machen sollten, der Diktatur in einem offenen Kampf von Angesicht zu Angesicht entgegenzutreten. Die Militärparaden und Heerschauen sollen diesen Mythos untermauern und den Bürgern das Gefühl völliger Ohnmacht vermitteln. Der Krieg ist jedoch nicht nur eine Angelegenheit von Gewehren, Kugeln, Kanonen und Flugzeugen. Keine Waffe, keine Gewalt ist in der Lage, ein Volk zu besiegen, das sich dazu entschließt, für seine Rechte zu kämpfen.«

Als er sah, daß ich ihm mit Interesse zuhörte, sprach er weiter: »Dafür gibt es unzählige Beispiele in der Vergangenheit und in der jüngsten Geschichte, doch keines ist so lehrreich und treffend wie das unserer eigenen Heimat. Während des Krieges von 95 standen in Kuba fast eine halbe Million spanischer Soldaten in Waffen, die Ausrüstung des spanischen Heers war ungleich moderner und schlagkräftiger als die der Freiheitskämpfer, die Kubaner verfügten im allgemeinen über keine anderen Waffen als ihre Macheten, denn ihre Patronengürtel waren fast immer leer. Und dennoch griffen sie die Spanier an. So kämpfen die Völker, die sich ihre Freiheit erobern wollen: Sie bewerfen die Flugzeuge mit Steinen und wälzen die Panzer auf den Rücken!

Nun gut«, fuhr er fort, »wenn ich vorhin gesagt habe, daß unsere Erfolgsaussichten vor allem auch von den gesellschaftlichen Voraussetzungen abhängen, dann deshalb, weil wir mit Sicherheit auf das Volk zählen können. Die erste Lektion lautet: Es kann keine Revolution geben, wenn nicht objektive Bedingungen vorhanden sind, die ihr in einem bestimmten historischen Moment entgegenkommen und sie somit ermöglichen. Das heißt also, daß die Revolution keine Kopfgeburt sein kann. Und wir können bereits auf gesellschaftliche Kräfte bauen, auch wenn wir nur wenig Waffen haben und uns ein Berg von Schwierigkeiten erwartet.

Sieh mal,« sagte er zu mir, und Jahre später sollte ich diese Worte erneut in seiner ersten Proklamation von Havanna hören, »bis zum heutigen Tag ist unser Land Opfer der unmenschlichsten Ausbeutung, des Machtmißbrauchs, der Ungerechtigkeit, der systematischen Plünderung öffentlicher Gelder durch raffgierige Politiker, der systematischen Plünderung nationaler Ressourcen durch ausländische Monopole, hier herrschen Ungleichheit und Rassendiskriminierung, Lug und Betrug, man unterwirft sich ausländischen Interessen, und überall sieht man Armut. Tausende und Abertausende von Familien leben ohne jede Hoffnung in ihren dürftigen Schilfhütten, Tausende und Abertausende von Kindern besuchen keine Schule, mehr als eine halbe Million Kubaner haben keine Arbeit, und die schwarzen Kubaner haben die geringste Aussicht darauf, jemals eine Arbeit zu finden. Laster und Glücksspiel treiben ihr Unwesen in diesem Land, Bauern, Fischer und Arbeiter, die überwältigende Mehrheit des ganzen Volkes wird ausgebeutet. Für das Volk wird kein Finger gerührt, nicht eine einzige gerechte Maßnahme wird ergriffen, um es vom Hunger zu erlösen, von seiner Armut, von Schmerzen und Leiden, rein gar nichts geschieht zum Wohle des Volkes. Das Volk hat keinerlei Chancen, hat keine Vergnügungsparks, keine Straßen, keine Gärten.«

Da Unwissenheit und Ungläubigkeit aus meinem Blick sprachen, ließ sich Fidel zu weiteren Erklärungen herab: »Unter dem Volk verstehen wir die große, geknechtete Masse, der alle Versprechungen machen, die aber von allen immer wieder hintergangen und betrogen wird, die Masse, die sich nach einer besseren, würdigeren Heimat sehnt, die von dem uralten Wunsch nach Gerechtigkeit beseelt ist, da sie seit Generationen Ungerechtigkeit und Spott erleiden mußte, die Masse, die umfassende, kluge Reformen in allen Bereichen verlangt und bereit ist, für diese Ziele ihren letzten Tropfen Blut zu opfern. Volk nennen wir«, fuhr er mit einer Stimme fort, die immer leidenschaftlicher wurde, je länger er sprach, »jene sechshundert Millionen Kubaner, die ohne Arbeit sind und das Bedürfnis haben, sich ihr Brot auf ehrenhafte Weise zu verdienen, jene fünfhunderttausend Feldarbeiter, die in elenden Hütten wohnen, vier Monate arbeiten und den Reste des Jahres Hunger leiden und deren Schicksal überall Mitleid erregen müßte, gäbe es nicht so viele Herzen aus Stein, das Volk sind für uns jene vierhunderttausend Fabrikarbeiter und Tagelöhner, deren Pensionen allesamt veruntreut werden, zusammengepfercht müssen sie in den höllischen Baracken hausen, ihre Löhne gehen direkt von der Hand ihrer Arbeitgeber in die der Wucherer, ihre Zukunft sind Lohnsenkungen und Entlassung, ihr ganzes Leben besteht aus immerwährender Arbeit, und nur im Grab finden sie Ruhe; das Volk sind jene hunderttausend Kleinbauern, die sich bis zu ihrem Tode auf einem Land abrackern, das nicht das ihre ist; jene dreihunderttausend Lehrer und Professoren, die so schlecht behandelt und bezahlt werden; jene zwanzigtausend Kleinhändler, die von ihren Schulden erdrückt werden; jene zehntausend jungen Berufsanfänger, die alle Türen verschlossen finden. Das ist das Volk, das all diese Not erleidet und dessen Wege mit Lügen und falschen Versprechungen gepflastert sind!«

Als Fidel seine Rede beendet hatte, herrschte tiefes Schweigen in dem Zimmer, in dem wir versammelt waren, und keiner wagte, es zu brechen. Da wurde mir zweierlei bewußt: daß ich einen Knoten im Hals hatte, weil ich äußerst bewegt war, und daß ich in seiner Nähe sein wollte, weil er mich überzeugt hatte.

Nachdem sich alle eine gute Nacht gewünscht und sich in ihre Zimmer zurückgezogen hatten, folgte ich ihm zu seinem Bett, und ohne ein weiteres Wort legte ich mich an seine Seite. Und er ließ es geschehen.

So konnte ich einen Mann kennenlernen, der in die Liebe die gleiche Leidenschaft legte wie in seine Worte und darin ebenso entschlossen war wie in seinem Handeln.

Als ich das zweite Mal mit ihm zusammentraf, war dies kein Zufall mehr, sondern ich hatte seine Gegenwart bewußt gesucht. Nächtelang hatte ich wach gelegen und über seine Worte nachgedacht, und mein einziger Wunsch war es nun, mich ihm und seiner Revolution anzuschließen. Aufgeregt wartete ich viele Wochen lang, bis er schließlich erneut in das Haus meiner Freunde kam, und kaum hatte ich ihn dort erblickt, sprudelte ich schon wieder meine Zweifel hervor:

»Wieso warst du so sicher«, fragte ich, »daß dir die Menschen glauben und dich als echten Revolutionär ansehen würden und nicht nur als einen der vielen Unruhestifter, die es immer schon ab und zu in diesem Land gegeben hat und die ihnen so viel versprochen, die Revolutionen letztendlich aber nur dazu benützt haben, an die Macht zu gelangen und sich und ihre Freunde persönlich zu bereichern?«

Doch an diesem Abend war Fidel nicht guter Stimmung und wurde ärgerlich. Er wollte sich nur ausruhen, und ich forderte ihn zu einer Diskussion heraus. Und die bekamen wir auch, zwar nicht über das eigentliche Thema meiner Frage, sondern über das von mir vehement verteidigte Recht, alles zu sagen, was mir durch den Kopf ging, so wenig es ihm auch behagen mochte, sowie über seine Verpflichtung als Revolutionär und Demokrat, mir zu antworten und zu akzeptieren, daß andere Leute eine unterschiedliche Meinung von ihm hatten. »Hör mal, Fidel,« sagte ich zu ihm, »du mußt deine Wut in Zaum halten und gelassen zuhören, auch wenn das, was man dir sagt, Albernheiten sind. Du solltest antworten und den anderen zu überzeugen versuchen, anstatt in Wut zu geraten und auf ihn loszugehen!« Da beruhigte er sich wieder und gab zu, daß etwas Wahres an meinen Worten war.

»Das Volk«, ließ ich nicht locker, »hatte keinerlei Veranlassung, dir zu vertrauen, da es im Laufe der Geschichte immer wieder erlebt hat, daß die Aufständischen Versprechungen gemacht haben und schließlich selbst zu Diktatoren geworden sind und die Dinge genauso blieben wie zuvor.« Um meinen Worten Gewicht zu verleihen, sprach ich von der Geschichte Kubas, die er so gut kannte. Ich erinnerte ihn an die glorreichen Tage von Demajagua und Baraguá, von Céspedes, Maceo und Martí und an all die, die für ein besseres Leben gefallen waren, was nur dazu geführt hatte, daß wir uns von einer spanischen Kolonie in eine nordamerikanische Kolonie verwandelten, während die Armen genauso arm wie vorher waren. »Warum denkst du, daß sie dir Glauben schenken sollten?«

Fidel hörte mir geduldig zu, und als ich zu Ende gesprochen hatte, da sagte er mir: »Wir werden die Revolution ausrufen, und diesmal wird es eine wirkliche Revolution sein. Die Bauern sind der Reden und der Versprechungen überdrüssig, das weiß ich wohl, sie wissen, daß von den Politikern nicht das Geringste zu erwarten ist. Aber dieses Mal wird, zum Glück für Kuba, die Revolution wahrhaftig zu Ende geführt werden. Es wird nicht so wie 95 sein, als die Amerikaner gekommen sind und sich zu Landesherren aufgeschwungen haben, es wird nicht wie 33 sein, als das Volk glaubte, nun würde es eine richtige Revolution geben, und dann auf einmal dieser Señor Batista kam und die Revolution verriet, die Macht an sich riß und eine grausame Diktatur errichtete. Es wird nicht so wie 44 sein, in jenem Jahr, in dem die Massen in Begeisterungstaumel gerieten, im Glauben, nun sei das Volk endlich an die Macht gekommen, und als die wirklichen Machthaber sich dann als Gauner entpuppten. Keine Gauner, keine Verräter, keine Eindringlinge mehr, diesmal wird es eine richtige Revolution werden!«

Und nachdem er einige Minuten nachgedacht hatte, fügte er noch hinzu: »Die gewaltige Kraft der kubanischen Revolution wird nicht im Sieg über die blutige Tyrannei, die uns erdrückt, liegen, sondern im Sieg über die Bedingungen, die sie ermöglicht haben. Es handelt sich nicht um eine einfache Umstellung der Regierungsmannschaft. Das kubanische Volk verlangt mehr als einen bloßen Machtwechsel, es verlangt eine radikalen Wandel in allen Bereichen des öffentlichen und gesellschaftlichen Lebens, jeder einzelne Kubaner soll ein würdiges Leben führen können. Das Geheimnis unserer Revolution, die Macht unserer Revolution liegt darin, daß sie ihr Augenmerk auf den bedürftigsten Teil des Volkes richtet, der am meisten gelitten hat, auf die Mittellosen, denen sie helfen will.«

Seine Leidenschaft bewegte mich tief, doch hatte er meine Frage nicht beantwortet: »Was bestärkt uns in dem Glauben, daß es dieses Mal eine wirkliche Revolution sein wird?« beharrte ich.

»Was diese Revolution von allen anderen unterscheidet«, antwortete er mir, obwohl nun schon wieder die Wut in seinen Worten zu spüren war, »sind die Menschen, die sie in die Hände genommen haben. Ich werde dir sagen, wer die Kämpfer sind: Es sind unangepaßte Menschen, die nicht dem politischen Fatalismus anhängen, der bis jetzt unser Leben bestimmt hat, Menschen, die ein besseres Schicksal für ihr Land wollen, ein würdigeres Gesellschaftsleben, ein größeres moralisches Bewußtsein aller seiner Bewohner, Menschen, die nicht gezögert haben, ihr Leben für diese Sache zu opfern. Nur wer so tief getroffen worden ist und wer gesehen hat, wie unendlich schutzlos die Heimat daliegt, und wie sehr die Gerechtigkeit mit Füßen getreten wird, dessen Worte können zum Kern der Wahrheit vorstoßen und wirklich aus dem Herzen kommen.«

Fidel verstummte. Mir fiel auf, daß weder in seinen Worten noch in seinem Gesicht die geringste Spur von Eitelkeit oder künstlichem Gebaren zu erkennen war. Wir setzten uns zu Tisch und aßen das Nachtmahl, das meine Freundin zubereitet hatte: Spanferkel und gebratene Bananen. Fidel schwieg während der ganzen Mahlzeit, und erst als wir beim Kaffee angelangt waren, hob er wieder zu sprechen an. Er berichtete mir von den Opfern, die die Rebellen brachten, vom Gefängnis, der Folter, dem Tod. Er sprach von seiner Farm in Mexiko, der Landung der Granma und der Auflösung des Feldzugs, von den siebzehn Monaten harter Arbeit im Untergrund und von dem Moncada-Massaker, dem Mißerfolg von Goicuría und der bitteren Niederlage von Alegría del Pío, von all den Jahren im Gefängnis und den sechs Monaten im Exil. Er sprach von den Zielen, die ihn zum Kampf getrieben hatten, von seinen moralischen Überzeugungen, gefestigt durch so viele schwere Prüfungen, von der Unterdrückung, der Verleumdung und der Vereinzelung, und am Schluß betonte er, daß es Moral und Utopie, Berufung und Aufrichtigkeit sind, die eine Revolution ausmachen.

»Du bist ein Romantiker«, sagte ich zu ihm, mit Tränen in den Augen, das Herz vor Bewegung geschwollen. »Das bin ich nicht, Mädchen«, antwortete er, »früher war ich das einmal, denn da las ich Victor Hugo. Heute lese ich Marx und Lenin, die gelehrte Revolutionäre sind, wahre Wissenschaftler.« »Na hör mal«, entgegnete ich, »dann bist du ja von einem Antimarxisten zum Marxisten geworden.« »So ist es in der Tat«, erwiderte er mit jenem Lächeln, das mir schon damals den Verstand raubte und es auch heute noch tut. Dann zwinkerte er mir in geheimem Einverständnis zu, und ich verstand, daß ich ihm folgen sollte, als er den anderen gute Nacht sagte und in sein Zimmer ging.

In dieser Nacht fiel mir auf, wie entsetzlich schlecht Fidel roch. Bestimmt stanken alle Guerrilleros so, bedachte man die Bedingungen, unter denen sie lebten. Darüber hatte ich mir nie Gedanken gemacht. »Camilo sagt, der Ché stinkt am meisten von allen und gewinnt seine Schlachten bestimmt deshalb, weil er die Soldaten allein durch seinen Gestank in die Flucht schlägt«, erzählte er mir lachend. Ich ging ins Bad, machte einige Handtücher naß und seifte sie ein, um ihn dann langsam auszuziehen und seinen Körper mit größter Sorgfalt zu waschen. Als dann die abgetragenen, schmutzigen und zerknitterten Kleider zu Boden fielen, kam in seiner blendenden Nacktheit ein unendlich schöner Mann zum Vorschein, in seiner ganzen Lebenskraft und Stärke. Jeden Winkel seines Körpers lernte ich kennen, während er mich gewähren ließ, und ich nahm mir vor, ihm soviel wie möglich von jener spärlichen Zeit zu rauben, die ihm zum Ausruhen zur Verfügung stand.

Zum dritten Mal traf ich ihn auf einem Fest. Er kam mit mehreren seiner Kameraden und lächelte, als er mich sah. »Wie geht's, kleine Mulattin!« rief er mir zu. Ich errötete, und mein Herz begann wie wild zu schlagen. Ich sah ihn in die Küche gehen und bei den Essensvorbereitungen helfen, er war ein hervorragender Koch, er kannte vierundzwanzig verschiedene Arten, Meeresfrüchte zuzubereiten. Als die Musik zu spielen anfing, dachte ich, er würde nun gehen, weil er ein ernster, studierter Mann mit Prinzipien war, aber nein, wir befanden uns schließlich in den Tropen, und das ging einem so schnell nicht aus dem Blut. Er kam zu mir herüber, und fest und entschlossen, wie bei allem, was er tat, umfaßte er mich und hielt mich den ganzen Tanz über so fest und auch bei den weiteren, zu denen aufgespielt wurde, denn in dieser Nacht vergnügten wir uns beide bis zum Morgengrauen.

Am nächsten Tag, kaum war ich aufgestanden, bat ich ihn, mich an seiner Seite zu behalten. »Jeder ist willkommen«, sagte er zu mir, »wir brauchen die Hilfe aller im Kampf gegen die Tyrannei, doch leicht wird es nicht werden, du wirst viel erdulden müssen.« Bevor er mich wissen ließ, was meine Aufgabe sein sollte, stellte ich ihm eine weitere Frage: »Warum hast du beschlossen, daß die Guerrilla-Taktik am besten für uns ist?« Gelassen antwortete er mir, während er sich ankleidete: »Die Voraussetzungen für eine Revolution müssen erst geschaffen werden, und dies kann nur durch den Kampf geschehen, und dieser Kampf muß dann ausgeweitet werden, bis er zu einem Aufstand der Massen wird. Genau dies unterscheidet eine echte revolutionäre Bewegung von einem Staatsstreich.« »Und warum soll mit dem Kampf gerade in den östlichen Provinzen begonnen werden?« beharrte ich, worauf er mir antwortete, während er sein Gesicht mit Wasser benetzte: »Weil in dieser Gegend die topographischen Bedingungen und die Entfernung zur Hauptstadt den Einsatz repressiver Kräfte erschweren.« »Aber auch der Einsatz unserer Leute wird erschwert«, konnte ich noch sagen, doch da war er schon aus dem Zimmer gegangen und hatte mich nicht mehr gehört.

Seine Antworten waren diesmal leider nur allzu kurz und bündig gewesen, so daß sie ein merkwürdiges Gefühl bei mir hinterließen. Damals wurde mir bewußt, daß es eine von Fidels Leidenschaften sein mochte zu reden, meine jedoch war es inzwischen, ihm zuzuhören. In diesem Augenblick wußte ich noch nicht, daß wir beide in Zukunft mehr als genug Gelegenheit haben sollten, unsere Vorliebe zu befriedigen.

Die Tagen vergingen, und Fidel offenbarte mir nicht, was meine Aufgabe sein sollte. Langsam fing ich an zu verzweifeln. Endlich rief er mich eines Tages zu sich, doch bevor er auch nur ein einziges Wort gesprochen hatte, nahm er mich mit einem Ungestüm, das ich an ihm noch nicht kannte, das mich jedoch faszinierte. »Du hast mir gefehlt, kleine Mulattin!« sagte er zu mir, worauf ich vergnügt, wie es meine Art war, antwortete: »Vielleicht besteht meine Aufgabe in diesem Kampf darin, mich den Leidenschaften seines Anführers hinzugeben. Ich könnte mich mit diesem Gedanken anfreunden.« »Rede nicht solche Dummheiten«, entgegnete er verärgert, »hier sind wir alle gleich, und eine Revolution ist eine ernste Angelegenheit.« Da schämte ich mich, daß ich ihn gekränkt hatte, denn dies war nicht meine Absicht gewesen. »Verzeih mir,« sagte ich zu ihm, »wie töricht ist das von mir gewesen.«

Die Aufgabe, die Fidel mir zuwies, war seltsamer Art. Es ging darum, sich unter dem einfachen Volk umzuhören und herauszubekommen, was es über die Revolution und ihre Kämpfer sagte und dachte, um es ihm dann zu hinterbringen. »Es gibt keine andere Möglichkeit, um mit der wahren Meinung des Mannes auf der Straße in Berührung zu bleiben, und dies ist von größter Wichtigkeit für mich. Der Presse kann man kein Vertrauen schenken, und die Kuriere haben ihren eigenen Standpunkt, der zwar ebenfalls von Bedeutung sein mag, jedoch recht einseitig ist. Du mußt diesem Auftrag mit größter Sorgfalt und Fingerspitzengefühl nachgehen, niemand soll wissen, wer du bist, denn dies würde das Vertrauen der Leute erschüttern.«

So wurde ich zu einem richtigen Mitglied von Fidels Truppe, auch wenn es mir nicht bestimmt war, mich in Olivgrün zu kleiden und ein Gewehr zu tragen. Mein Posten war geheimerer Natur und weniger heroisch: Ich verwandelte mich für ihn in die Vertreterin der öffentlichen Meinung. Ich ging auf die Straße, setzte mich in die Busse, besuchte die Schulen, lauschte Tischgesprächen und folgte aufmerksam allem, was gesprochen und erzählt wurde. Fidel zeigte sich äußerst interessiert und wollte alles wissen. Er verfügte über ein sehr klares Auffassungsvermögen und verlangte stets von mir, völlig offen zu sein, denn er wollte die Wahrheit erfahren.

Ich weiß nicht, ob es noch andere Kampfgenossen mit dem gleichen Auftrag gab, ebensowenig weiß ich, ob er mir alles glaubte, was ich ihm erzählte. Ich weiß nur, daß er mir für meine Arbeit mit herrlichen Worten dankte, »für dein Vertrauen und deine Liebe, mit denen du uns während dieser heldenhaften, für unser Land entscheidenden Jahre begleitest. Dein Name wird wie der anderer Mitstreiter mit geheimer Mission zwar noch nicht in der Öffentlichkeit bekannt, doch dafür wird er morgen in den Geschichtsbüchern erscheinen.«

Ich wollte gar nicht in die Geschichte eintreten, ich wollte nur in seiner Nähe sein. Und wenn die Gelegenheiten, bei denen wir uns sehen konnten, auch sehr selten waren, so machte die Intensität dieser gemeinsamen Momente die lange Wartezeit wett. Ich erinnere mich an einen Tag, als wir uns geliebt hatten und danach im Radio Barbarito Diez singen hörten, beiden schwiegen wir, und er rauchte seine ewige Havanna. Auf einmal wandte er sich um, sah mir in die Augen und sagte: »Deine Hingabe und deine Schönheit, kleine Mulattin, werden deinen Namen auch in mein Gedächtnis eingraben.«

Zur Erinnerung an diese Zeit habe ich das einzige Foto aufbewahrt, das uns zusammen zeigt. Ich trage darauf einen Kordrock, eine weiße Bluse und eine Jacke. Er seinen zerknitterten olivgrünen Anzug. Das Haar fiel mir damals in die Stirn, er trug eine Baskenmütze.

Fünfundzwanzig Monate hielten sich die Rebellen in den Bergen auf. »Aus diesen bescheidensten aller Höhen erwächst uns unser Rang, unser Name und unser Platz im Buch der Geschichte«, schrieb ein junger Schriftsteller. Es war eine harte Zeit, denn sie hatten nicht genügend zu essen und kaum Kleider, sie legten weite Strecken zu Fuß zurück, mußten die Feuchtigkeit ertragen und sich vor Verfolgern verstecken. Doch unbeugsam harrten sie dort aus. »Ein Fidel, der die Berge erleuchtet, ein Gewehr, fünf Stangen und ein Stern«, sollten die Leute später singen.

Weder Zweifel noch Ängste suchten sie heim, denn das Schicksal der Revolutionäre war, wie Fidel mir sagte, bereits besiegelt und eine Niederlage nicht mehr möglich. Und wenn damals auch noch nicht jene berühmte Parole »Das Vaterland oder der Tod« geprägt worden war, die er ein Jahr später öffentlich ausgeben sollte, so entsprachen diese Worte doch genau ihrer Haltung. Immer wieder zitierte er Martí:

Wenn man in den Armen
der dankbaren Heimat stirbt,
dann beginnt mit dem Sterben endlich das Leben!

Während dieser Monate ließ mich Fidel zu sich rufen, wenn er Zeit hatte oder gerade an Informationen von mir interessiert war. Während wir sprachen, beschäftigte er sich mit anderen Dingen, bald führte er den Ladestock in sein Gewehr, bald ordnete er seine Papiere oder ging im Zimmer auf und ab. Und immer rauchte er seine Havanna! Danach hielt er mir einen Vortrag über das Wesen der Revolution, als würde er beim Reden seine Gedanken entwickeln. Manchmal sagte er, es ginge darum, die Macht zu erlangen, um der Verfassung aus dem Jahre 40 endlich Geltung zu verschaffen und eine zivile Übergangsregierung aufzustellen, die die normale Ordnung im Land wiederherstellen sollte, und in spätestens einem Jahr sollten dann allgemeine Wahlen im Land ausgerufen werden. Bei anderer Gelegenheit sagte er, daß das Ziel eine humanistische Demokratie sei, die in der Lage sein sollte, die materiellen Bedürfnisse aller zu befriedigen, ohne dabei Freiheit, soziale Gerechtigkeit und Menschrechte aufgeben zu müssen. Und das letzte Mal, als wir auf dieses Thema zu sprechen kamen, sagte er, der Kampf müßte ein antiimperialistischer sein, man müßte Großindustrie und Handel verstaatlichen, die Produktionsmittel allen zur Verfügung stellen und die Planwirtschaft einführen. »Was denkst du darüber?« fragte er mich, und während er auf meine Antwort wartete, sah er mich mit seinem scharfen, eindringlichen Blick an. Und ich wußte nichts weiter zu sagen, als daß er ein Schwärmer sei, und dies bestritt er.

Was Fidel am meisten interessierte, war die Meinung der Leute über die revolutionären Aktionen. Ich erzählte ihm, denn so hatte ich es gehört, daß die meisten positiv dazu standen, denn sie sahen darin die Möglichkeit, sich für die täglichen Erniedrigungen zu rächen, die sie von Seiten des Heers, der Polizei, des SIM und der Reichen zu erdulden hatten. »Und sie mögen auch die Rebellen, weil sie rücksichtsvoll sind, wenn sie um Essen und Unterkunft bitten, und nicht die Angewohnheit haben, Sachen zu konfiszieren oder auf Überfälle und Entführungen zurückzugreifen, um Geld zu bekommen. Wütend macht sie jedoch, daß sie Brücken sprengen oder Zuckerrohrplantagen in Brand stecken, da sie selbst darunter zu leiden haben.« Meine Worte gaben Fidel zu denken, denn das Wichtigste, die wesentliche Voraussetzung für einen Sieg war seiner Ansicht nach die Unterstützung von Seiten des Volkes. Und deshalb war ich überglücklich, daß ich ihm, als die Triumphe der Rebellen immer dichter aufeinanderfolgten, ermutigende Nachrichten bringen und ihm erzählen konnte, wie sehr die Leute ihn achteten und immer mehr bewunderten und daß sie nun auch bereit waren, ihren Teil dazu beizutragen, auch wenn dies bedeutete, daß sie selbst ein großes persönliches Risiko eingehen mußten.

Als ich Fidel das letzte Mal in den Bergen sah, war das Gebäude der Diktatur schon sichtlich ins Wanken geraten, und er hatte beschlossen, den entscheidenden Schlag auszuführen, wobei der Waffengang mit einem revolutionären Generalstreik einhergehen sollte. Es war ein bewegender Moment. Zu diesem Zeitpunkt war meine Schwangerschaft schon weit fortgeschritten, und liebevoll, wie er sein konnte, kam er zu mir, um mir viel Glück bei der Entbindung zu wünschen. Ich vergoß viele Tränen, während ich ihn umarmte, denn es war sowohl der schwerste Augenblick in meinem Leben als auch der schwerste Augenblick in unserem Kampf, und so wünschte auch ich ihm Glück in jener entscheidenden Stunde, die nun heranrückte.

Beim Abschied bat ich ihn darum, nicht an der Spitze voranzumarschieren, sich nicht umbringen zu lassen wie Martí, der gerade erst den Heimatboden betreten hatte, als er schon in der Schlacht fiel. Ich weiß nicht, ob er mich gehört hatte, war dies jedoch der Fall gewesen, so antwortete er mir nicht. Er schloß nur die Tür, und ich stürzte zu Boden und verbrachte zwei Tage damit, zu der Virgen de la Caridad del Cobre zu beten und für ihn und die Heimat zu bitten.

Eine nach der anderen befolgte ich die Anweisungen, die er den Bürgern gab, so zum Beispiel als er sie darauf hinwies, sie sollten aufpassen, keine falschen Befehle oder Kommuniqués entgegenzunehmen, oder als er sie ermahnte, sie sollten keine Steuern zahlen, die Universitätsvorlesungen nicht mehr besuchen und jeden Vertrauensposten oder militärische Stellung im Dienst der Dikatatur aufgeben, denn dies wäre Verrat am Vaterland. Über einen vertrauenswürdigen Freund ließ ich ihm eine Botschaft zukommen, in der ich ihm von der Angst der Leute unterrichtete, diese Maßnahmen zu befolgen, denn dies konnte sie das Leben kosten, doch Fidel ließ mir mitteilen, daß die Zeit der kindischen Überlegungen nun vorüber sei.

Denn jetzt war er nicht mehr gewillt zu diskutieren, weder mit mir noch mit sonst irgend jemandem. Militärische Befehle und Anweisungen für die Zivilbevölkerung lösten einander ab, der Kampf war an mehreren Fronten eröffnet worden, die Kolonnen unter dem Befehl von Camilo und vom Ché steuerten auf ihre Ziele zu, der Panzerzug war in die Luft gesprengt worden und die gespannte Stimmung im Land hatte ihren Höhepunkt erreicht. Genau zu dieser Zeit kam unser Sohn zur Welt, er war kräftig wie sein Vater und weinerlich wie seine Mutter. Ich gab ihm den Namen Fidel, denn so nannte sich der, der ihn gezeugt hatte, und ebenso die, die ihn zur Welt gebracht hatte.

Und schließlich kam die Stunde des Triumphs. Fünf Jahre, fünf Monate und fünf Tage nach dem Massaker von Moncada kam der süße Augenblick des Sieges, süßer als die Guayave, süßer als die feinste Praline. Der Tyrann floh, während alle das neue Jahr feierten, und das ganze Land gehörte nun den Revolutionären.

Zwanzigtausend Märtyrer waren im Kampf gefallen,

Tote, »die wachsen und immer größer werden, selbst wenn die Zeit ihre Knochen zernagen mag«, schrieb ein Dichter. »Wo sollt ihr in den Annalen auftauchen, Brüder? Wo sollen eure Namen erscheinen, inmitten all dieser Zahlen, da ihr doch so viele seid, daß sie nicht alle niedergeschrieben werden können?«

Unverzüglich bat ich darum, nach Havanna versetzt zu werden, denn ich wollte dabeisein, wenn sich die Hauptstadt in jener Woche mit Bärtigen mit Baskenmütze und Armbinde füllen sollte, die sich alle ähnelten wie ein Ei dem anderen und sich bei jeder Gelegenheit mit Genosse anredeten. Fidel hatte recht behalten, das ganze Volk trug nun die gleiche Uniform. In dem gewaltigen Menschengedränge erwarteten wir den Einzug des Jeeps mit den Kommandeuren. Ich hatte meinen Sohn mitgenommen und wollte ihn seinem Vater zeigen.

Noch immer bekomme ich eine Gänsehaut, wenn ich daran denke, welchen Empfang ihm die Menschen bereiteten, wie sie ihre ganze Hoffnung auf ihn setzten. Dies war der wahre Sieg. Ebenso bekomme ich eine Gänsehaut, wenn ich an seine Siegesrede denken, die er nirgendwoanders als im Cuartel Columbia hielt, das von diesem Augenblick an in Libertad umgetauft wurde. Und an die Taube, die sich auf seiner Schulter niederließ. Und an die anderen Reden, die wir zu hören bekamen. Und an Camilo, der ihm sagte: »Weiter so, Fidel.« Und an seine ersten Fernsehauftritte und Kundgebungen, bei denen die Plätze nur so von Menschen wimmelten. Wie lebendig fühlten wir uns da, als ein Teil des Ganzen, als Herren in unserem eigenen Land!

»Wer hat den Krieg gewonnen?« fragte Fidel, und er selbst antwortete: »Das Volk, das Volk hat den Krieg gewonnen.« Und der Begeisterungstaumel läßt sich nicht in Worte fassen. »Fidel, Fidel!« schrien die Leute und schwenkten Schilder mit der Aufschrift »Danke

Fidel!« Und ich dachte, daß dieser Augenblick das überwältigendste Erlebnis meines ganzen Lebens und Fidel der Größte war und daß mein Sohn in keinem besseren Land und zu keinem besseren Zeitpunkt der Geschichte hätte auf die Welt kommen können.

Ich nahm meine Arbeit wieder auf, um nun die Meinung der Bürger über die Maßnahmen der Revolutionsregierung zu erforschen. Mehrere Monate lang arbeitete ich allein für mich, ohne Fidel zu sehen oder zu wissen, ob es das war, was er von mir erwartete. Er war so beschäftigt, daß niemand in seine Nähe gelangen konnte.

Eines Tages, als er gerade von einer Versammlung kam und zu seinem Auto ging, fiel sein Blick auf mich. Ich stand dort inmitten der Menge, die ihm zujubelte. Mit jenem schönen Lächeln, das so typisch für ihn war, trat er auf mich zu und bestellte mich eine Woche später zu sich.

Und natürlich ging ich zu ihm. Ich nahm das Kind mit, und er hob es in die Höhe und küßte es auf die Stirn. Und mir liefen die Tränen die Wangen hinunter.

Dann ließ er mich wissen, daß ich meine Arbeit wie bisher fortsetzen sollte, daß ich vom Innenministerium ein Gehalt von hundert Pesos erhalten würde, bei einer jener Geheimadressen, an die ich mich nicht mehr genau erinnern kann, aber daß ich kein Büro hätte und niemandem außer ihm Rechenschaft schuldig sei, und dies in privaten Zusammenkünften, bei denen es kein Protokoll geben würde, wie es sonst bei allen anderen üblich war, die dem Comandante irgend etwas mitzuteilen hatten. So wurde ich Teil der ersten Geheimkader, die Jahre später vollständige Brigaden werden sollten, die in die Welt auszogen, um Devisen, Informationen, Elektrogeräte, Ersatzteile, Maschinen und Technologie zu beschaffen, die uns niemand offen verkaufte, weil keiner es sich mit den Yankees verderben wollte. »Du mußt lernen, ein völlig normales und legales

Leben dabei zu führen«, sagte mir Fidel, »deine Arbeit ist jetzt wichtiger als je zuvor.« Und ich erfüllte sie gewissenhaft, erfüllte sie optimal: Niemand hat mich je entdeckt.

Die ersten Monate waren so voller Arbeit, daß ich nicht einmal Zeit zum Atemholen hatte. Tag für Tag nahm etwas Neues seinen Anfang, kam etwas Neues in Gang. Viele Reden wurden gehalten, und überall sah man olivfarbene Uniformen. Die Menschen diskutierten, äußerten ihre Meinung, zogen ihre Schlußfolgerungen. Alle saßen sie wie gebannt vor dem Fernseher, um dem Comandante zuzuhören und die Neuigkeiten zu erfahren. Fidel sagte: »Zuerst kommt die Machtergreifung der Massen und an zweiter Stelle die Zerschlagung des Bemamtenapparates und der Militärmaschinerie, die das Rückgrat dieses Regimes der Privilegierten gebildet haben.« Und er begann, Maßnahmen zu ergreifen und Revolutionsgesetze zu erlassen, die von der Absetzung des Präsidenten bis zu der Verwendung der Lotterieeinnahmen gingen, von der Lösung des Gehaltsproblems bis zu neuen Produktpreisen. »Um das Land zu regieren, um es in die richtige Richtung zu führen und zu erziehen«, sagte er mir bei dieser Gelegenheit, »ist Geduld und Verstand vonnöten. Bei unserem Vorgehen darf kein Bedürfnis übergangen, kein Winkel des Landes zurückgesetzt werden.« »Ich hoffe, auch uns, deinen Sohn und mich, wirst du nicht vergessen«, brachte ich vor, jedoch ohne große Hoffnung, daß er bei all seinen Beschäftigungen Zeit für uns würde erübrigen können, und auch Gerüchte von anderen Frauen und Kindern waren mir schon zu Ohren gekommen.

Während dieser Zeit litt ich beträchtlich. Große Eifersucht verbitterte mir meine Tage. Anstatt Kommentaren über die revolutionären Maßnahmen zu lauschen, erkundigte ich mich nach Fidels Liebschaften. Und dann weinte ich die ganze Nacht.

Deshalb beschloß ich, den kleinen Fidelito bei meinen Eltern zu lassen. Dort würde er gut versorgt sein, meine Mutter und meine Schwestern, die so liebevoll und fröhlich waren, würden sich um ihn kümmern.

Da besuchte er mich eines Tages bei mir zu Hause, in Begleitung von ein paar Freunden, darunter ein ausländischer Schriftsteller mit Namen Gabriel, die Sängerin Elena Burke und andere, von denen ich nie erfuhr, wer sie eigentlich waren. Sie brachten Rum mit und eine unbändige Lust, sich zu vergnügen.

Als ich ihn nur sah, war all mein Kummer wie weggeblasen. Ich trank und tanzte, als wäre ich eine Frau aus dem Tropicana, stellte mich vor ihm zur Schau, vergaß meine gute Erziehung und all die Gründe und Errungenschaften der Revolution. Ich gab mich ihm hin, als der Morgen schon graute und alle anderen gegangen waren.

Daraufhin nahm ich meine Arbeit wieder auf und erfüllte sie mit dem Ernst einer wahren Milizionärin. Ich aß Austern an der Mole, während ich auf die Meinungen meiner Tischgenossen hörte, oder aß Haifischsuppe im Chinesenviertel, während ich mit einem anderen Gast über die letzten Reden diskutierte. An allen Ecken und Enden, bei einem Kaffee, mit einer Zigarette oder einer Havanna im Mundwinkel, wurden die neuesten Entwicklungen kommentiert. Und nicht nur bei uns in Havanna, sondern auch im ganzen Land, das ich, von Maisí bis San Antonio, vollständig durchreiste, ohne auch nur einen einzigen Winkel zu vergessen.

Und so erlebten wir hautnah mit, wie die Mehrheit der Leute vom Unglauben in die Glückseligkeit verfiel, als auf einmal die Mieten, der Strompreis und die Telefongebühren gesenkt wurden, als die Agrarreform verabschiedet wurde und als sie auf einmal genügend Geld hatten, um sich viele der Dinge zu kaufen, die sie schon immer hatten haben wollen. Und ebenso hautnah erlebten wir mit, daß im Gegensatz dazu manche von der Glückseligkeit in Unglauben verfielen, als die Casinos zugemacht wurden, als man ihnen sagte, daß ihr Studium auf Privatschulen während der Zeit, in der man die Universität von Havanna geschlossen hatte, ungültig war, als die Stadtreform verabschiedet wurde, als man von der moralischen Festigung des öffentlichen Lebens sprach und als Luxuswaren wie Shampoo und Geschenkpapier immer mehr zur Mangelware wurden.

Und während dieser Zeit vollzog sich die tatsächliche Revolution, denn nun gab es bereits Arbeit für alle, es fehlte beinahe an Kräften, und es gab auch Schulen, Arzneien und Lebensmittel. Die Leute, die nicht an diese Zustände gewöhnt waren, fingen an, alles zu horten, was sie in die Finger bekommen konnten, egal was es war, so daß nichts anderes übrigblieb, als die Marken einzuführen. Und auch wenn sich schon allmählich die Schlangen und das »Halt mir meinen Platz frei«-Prinzip herauszubilden begannen, so gab es doch viele Dinge umsonst, man kam gut mit dem Geld aus, und es lebte sich gut.

Die Augen füllten sich mit Freudentränen, wenn man sah, daß es nun keine obdachlosen Kinder mehr auf der Straße gab und daß Milch für alle da war, während sie früher eher den Hunden der Reichen gegeben worden war, als daß die Armen sie bekommen hätten. Die Augen wurden einem auch feucht, wenn man sah, daß nun keine Bettler mehr um Almosen baten, daß es keine vergessenen Greise mehr gab, kein Kind, das nicht zur Schule ging, und daß kein junger Mensch mehr ohne Arbeit war, kein Mann mehr nur wegen seiner schwarzen Hautfarbe mißhandelt wurde und keine Frau mehr dazu gezwungen war, ihren Körper feilzubieten. Die Augen füllten sich mit Tränen, wenn man sah, daß sich weder die Yankees noch die Weißen mehr zu den Herren der Welt aufschwingen konnten, daß die Häuser der Reichen beschlagnahmt und aufgeteilt wurden, daß Bauernhöfe und Genossenschaften gegründet und Wohnungen gebaut wurden und daß man sonntags an die Strände gehen konnte, denn nun waren sie für das ganze Volk da: Tarará, Jibacoa, Varadero, Santa María del Mar.

Und Fidel sprach: »Unsere Gesellschaft schützt den einzelnen, versichert ihn gegen Krankheit oder Unfall, kein Kind ist mehr ohne ein Dach über dem Kopf, jeder hat ein Recht auf ärztliche Behandlung, auf das Studium, auf einen Arbeitsplatz.« Und was er sagte, entsprach wirklich der Wahrheit.

Wieviel arbeitete ich in diesen Jahren! Ich streifte durch die Städte, reiste durch das Land und besuchte die Dörfer im Landesinneren, ich ging zu den Fußballspielen, stieg in die Busse, stand in den Schlangen vor den Warenlagern und bot mich zu freiwilliger Arbeit in den Kindertagesstätten und den Krankenhäusern an, ich nahm an Stadtviertelversammlungen teil und an den Zusammenkünften in den Fabriken, alles nur, um zu hören, was die Leute zu sagen hatten, die Arbeiter und Studenten, die Frauen und die Alten und selbst die Kinder. Ich stellte ihnen Fragen und hörte zu. Und da niemand wußte, wer ich war, und außerdem niemand mehr Angst hatte, wie in den Zeiten der Diktatur, so offenbarten sie mir alles, erzählten mir, was sie für gut hielten und was nicht, was sie an der Revolution ärgerte und was sie erschreckte. Und ich schrieb alles nieder, jede einzelne Meinung, damit mir nichts entfiel, was Fidel vielleicht wissen wollte, wenn er Zeit haben sollte, mir zuzuhören.

Denn über Zeit verfügte er nun am wenigsten. Arbeit, Lust , Energie, Worte, all dies besaß er im Überfluß. Ich wünschte mir so sehr, daß er mich zu sich rufen würde, damit ich ihm meine Berichte vortragen konnte und auch weil ich mich nach seinem Körper sehnte und davon träumte, ihn zu umarmen und seine Zärtlichkeit zu spüren, doch es war nicht möglich, immer war er von Menschentrauben umgeben und legte sich nie zum Schlafen nieder, er nickte nur ab und zu ein wenig ein, um Kräfte für all seine Tätigkeiten zu sammeln, die er dann unverzüglich wieder aufnahm. Und nur ganz selten ließ er mir die Nachricht zukommen, daß er mich nicht vergessen hatte und ich weiterhin gewissenhaft meine Aufgabe erfüllen sollte. Und dies tat ich auch.

Seit damals hatte Fidel die Gewohnheit angenommen, uns in vielen Reden die Richtung zu weisen und uns zu sagen, was zu tun war und wie die Dinge auszusehen hatten. »Die große Aufgabe unseres Volkes besteht darin zu produzieren«, betonte er immer wieder, »denn die Güter fallen nicht wie Manna vom Himmel, die Menschen müssen sie sich erobern, müssen sie der Natur entreißen, sie sich erarbeiten. Wir müssen noch mehr arbeiten und mit mehr Engagement, wir müssen Sorgfalt und Gewissenhaftigkeit in der Produktion, den Fabriken, den Genossenschaften, den Farmen, auf den Feldern und überall sonst vervielfachen, und ebenso müssen wir uns anstrengen, den größtmöglichen Gewinn aus unserem Reichtum zu ziehen, um alles herauszuwirtschaften, was wir benötigen, die Rohstoffe richtig auszunutzen, über die wir verfügen, und das, was wir haben und was wir produzieren, noch besser zu verteilen.« All dies sagte uns Fidel, und wir hörten ihm zu.

Und wie wir arbeiteten, in den Zuckerfabriken, in den Schulen, in den Kantinen, in den Polikliniken, in den Firmen und Industrieunternehmen, die gegründet wurden, auf den Sportplätzen, auf den Wegen und Straßen. Inpud stellte Töpfe und Kühlschränke her, die Cuéllars Millionen von Flaschen, andere machten Schuhe oder Pappkartons. Überall schossen Vorratslager, Mühlen, Häckselwerke und Trockenanlagen für Reis in die Höhe. Viele meldeten sich freiwillig, um beim Bauen zu helfen, bei der Zuckerrohrernte, um Blut zu spenden, zu impfen, Hygienemaßnahmen durchzuführen, bei der Alphabetisierung behilflich zu sein. Kampagnen wurden gestartet: Der Frauenbund überzeugte uns davon, daß wir ein Pfund weniger Zucker verbrauchen sollten, damit mehr Zucker für den Export übrig blieb, das Komitee zur Verteidigung der Revolution animierte uns dazu, altes Eisen und gebrauchte Flaschen zu sammeln, Fidel hörte auf, seine Havannas zu rauchen, um mit gutem Beispiel voranzugehen, damit alle Zigarren in den Export gehen konnten. Es gab Brigaden und Mikrobrigaden, Stipendiaten, Kasernen, die in Schulen umgewandelt worden waren, allgemeinärztliche und zahnärztliche Dienste, Auszeichnungen für herausragende Arbeiter und für nationale Helden der Arbeit.

Dies war eine gute Zeit, voll von Zielen und Jahresplänen, Aufgaben über Aufgaben, Losungen, guten Erträgen und Höchstleistungen. »Auf zum Zuckerrohr!« »Voranmarschiert im Geist des Kontingents!« »Vorwärts, vorwärts!«, all dies stand an den Mauern, es war überall zu hören und entsprach dem, was wir alle dachten und wünschten. Ein Plakat feuerte uns mit der Aufschrift an: »Diese Fahne, diesen Himmel, diese Erde werden wir verteidigen, egal um welchen Preis.« Und ein anderes jubelte: »Ihr Herren Imperialisten, wir haben nicht die geringste Angst vor euch.«

Das war die Revolution.

Bei allem mußten wir von Null anfangen, denn wir konnten auf nichts aufbauen: von den Diskussionsveranstaltungen bis zur Organisation von Genossenschaften, von einem Gesetz bis zu einer Parole, die Vertrauen in das Neue einflößte, von Betriebskosten für einen Bulldozer bis zu einer Buslinie. In Dürrezeiten verfiel man auf die Idee, dem Rind Honig zu geben, wenn es an Kräften bei der Zuckerrohrernte fehlte, wurden die Schüler aus den Schulen geholt und auf die Felder geschickt, wenn man ein Wohnhaus brauchte, wurden freiwillige Helfer gesucht. Jegliche Diskriminierung wegen Hautfarbe, Geschlecht oder Alter hatte ein Ende gefunden, die Arbeiter bereiteten sich auf das Richteramt vor, neue Gesetze wurden erlassen, man sprach über die glänzende, fortschrittliche Zukunft, die uns erwartete, und stellte Statistiken darüber auf, was alles schon erreicht worden war und was noch alles getan werden mußte.

Besonders groß war die Anzahl der Kongresse, Versammlungen, Konferenzen, Plenarsitzungen und Zusammenkünfte aller Art, die Fidel glücklich machten. Es gab Versammlungen von Studenten und Schülern, von Arbeitern und Bauern, von Frauen und Nachbarn und von Pionieren. »Sieht man sich die Arbeitertagungen mit ihren zehntausend Delegierten an«, sagte er, »sieht man sich die Hunderttausende von Millizionären an, dann wird einem bewußt, daß die Arbeiterklasse auf der Seite der Revolution ist. Sieht man sich die hundertausend Brigadiere der Alphabetisierungskampagnen an, dann wird einem bewußt, daß die Studentenschaft auf der Seite der Revolution ist. Sieht man sich die Bauernversammlungen an, die Zehntausende von Bauernmilizionären, dann wird einem bewußt, daß die Bauernschaft auf der Seite der Revolution ist. Unser Land lebt von einem Kongreß zum nächsten, berät sich unaufhörlich über Ideen, Vorstellungen, Standpunkte, Probleme und Ängste der ganzen Bevölkerung. In keinem einzigen Land der Welt haben die Bürger ein größeres Mitbestimmungsrecht.«

Zu diesem Zeitpunkt bildeten sich jene Organisationen, in denen wir alle Platz fanden. Alle Welt besaß einen Mitgliedsausweis und eine Uniform, selbst die Babys in den Kindertagesstätten. Es gab Gewerkschaften, Verbände, landwirtschaftliche Genossenschaften, Studentenvereinigungen und Pionierbünde. Es gab Mitglieder des CDR und der FAR, Milizangehörige und Reservisten. Alle träumten von einem Mitgliederausweis. Fidel bestand darauf, daß alles vereinheitlicht werden sollte. »Völlige Einheit und völlige Integration ohne Abspaltungen oder Opposition, denn die nützt nur dem Feind, weil der Imperialismus nur einen Keil zwischen uns treiben will. Die Einheit ist eine der stärksten Waffen in unserem Überlebenskampf«, betonte er.

Doch weiß ich nicht nur von guten Zeiten zu berichten, denn ich erinnere mich auch an schwierige Stunden. Von Anfang an wurden gegen Kuba, gegen Fidel, gegen die Revolution verleumderische Anklagen erhoben und Intrigen gesponnen. Einmal waren es die Nordamerikaner, die in Zorn gerieten und Warnungen und Drohungen gegen uns ausstießen, dann war es wieder Fidel, der ihnen mit einer radikalen Maßnahme antwortete, wie zum Beispiel der Verstaatlichung ihrer Unternehmen. Und wütend sagte er zu mir: »Was wollen sie von uns, wenn doch das gesamte Volk auf seiten der Revolution ist? Was wollen sie denn, wenn doch alle Kräfte im Land für die Maßnahmen der Revolutionsregierung sind? Worum geht es hier, wenn nicht darum, das Ansehen einer ganzen Nation mit Füßen zu treten? Worum geht es hier, wenn nicht darum, sich dem Willen und den Zielen einer ganzen Nation in den Weg zu stellen, die Souveränität unseres Landes zu beeinträchtigen, uns das Recht zur freien Selbstbestimmung zu verwehren, das doch allen Völkern der Welt zusteht oder zustehen sollte? Worin besteht das Verbrechen der kubanischen Revolution? Worin liegen die Fehler der kubanischen Revolution, die doch einfach nur in unserer Heimat ein Ideal verwirklichen und ein gerechteres und menschlicheres Leben ermöglichen will?«

Und dann fügte er hinzu: »Wenn alle Bürger unserer amerikanischen Brüdervölker unser Land besuchen und zwei Wochen hierbleiben könnten, um die Insel zu durchreisen und mit eigenen Augen zu sehen, was sich hier abspielt, wie einfach wäre es dann, den Schleier aus

Lügen und üblen Verleumdungen zu zerreißen, an dem mächtige internationale Interessen weben, um unsere Revolution zu vernichten!«

Doch dann hatten eines Tages, als wir am wenigsten darauf gefaßt waren, die Staatssekretäre der amerikanischen Länder bereits Anklage gegen uns erhoben und uns aus ihrer Organisation ausgestoßen. Da berief Fidel eine Versammlung ein und eröffnete uns, daß die aggressive Politik gegen unser Land gegen das internationale Recht verstieß und einen wirtschaftlichen Angriff auf unser kleines Land darstellte, um es von seinem revolutionären Vorhaben abzubringen. »Die geglückte Revolution ist Kubas treffende Antwort auf die Verbrechen und Ungerechtigkeiten, die der Imperialismus in Amerika zu verantworten hat. So stellt Kuba eine offene Wunde für die Imperialisten dar. Was verbirgt sich hinter dem Haß der Yankees auf die kubanische Revolution? Wodurch läßt sich die verschwörerische, aggressive Haltung erklären, die von der gegenwärtig reichsten und mächtigsten imperialistischen Macht der ganzen Welt ausgeht sowie von den Oligarchien eines ganzes Kontinents, die eine Bevölkerung von 350 Millionen Menschen repräsentieren wollen und sich gegen ein kleines Volk von nur sieben Millionen Einwohnern richtet, das wirtschaftlich unterentwickelt ist, über keine finanziellen und militärischen Ressourcen verfügt, mit denen es die Sicherheit oder die Wirtschaft irgendeines anderen Landes bedrohen könnte?« Und nachdem er diese Frage gestellt hatte, gab er selbst die Antwort darauf: »Was sie vereint und antreibt, ist die Angst, die Angst ist die Erklärung, die Angst vor der lateinamerikanischen Revolution, die Angst davor, daß die Arbeiter, Bauern, Studenten, Intellektuellen und fortschrittlichen Kräfte der Mittelschichten durch Revolution die Macht über die unterdrückten, hungrigen Völker an sich reißen könnten, die bisher von den Yankee-Monopolen und reaktionären Oligarchien in Amerika ausgebeutet wurden, die Angst davor, daß die geplünderten Völker dieses Kontinents den Unterdrückern ihre Waffen entwinden und sich, wie Kuba, zu freien Völkern Amerikas ausrufen.« Und zum Schluß verkündete er: »Das einzige, was Kuba den anderen Völkern geben kann und auch schon gegeben hat, ist sein gutes Beispiel. Die Ansicht der Imperialisten, wir wollten die Revolution exportieren, ist falsch. Sicherlich unterstützen wir andere revolutionäre Bewegungen, doch sind wir bei weitem keine Subversionsfabrik, sondern eine Bildungsanstalt für soziale und wirtschaftliche Ideen. Und wenn diese Ideen auch von fundamentaler Bedeutung sind, so können Revolutionen doch nicht exportiert werden, denn es sind immer die jeweiligen Völker, die sie machen.«

Wie bewegend war es, ihm zuzuhören, und wie bewegend, die Antwort der entflammten Menge zu hören: »Fidel, Fidel, was haben die Amerikaner bloß gegen ihn!« Und alle stimmten das Lied an: »Kuba, schönes Kuba, noch schöner bist du ohne Yankees.« Und auch Fidel war ergriffen und sagte zu mir: »Kuba war das letzte Territorium, das die Unabhängigkeit von den Spaniern erlangt hat, und das erste, das die Unabhängigkeit von den Yankees erreicht hat. Es ist das erste freie Gebiet in ganz Amerika, frei von Ausbeutung, Laster, Analphabetismus und all dem, was die sogenannte 'freie Welt' in den anderen Ländern dieses Kontinents hervorbringt. Wir sind die ruhmreichste Vorhut der ganzen Welt, heute wird Kuba respektiert!«

Doch die Schwierigkeiten nahmen kein Ende. Da waren noch die Reichen und die verwöhnten Sprößlinge, die geglaubt hatten, sie würden wieder das lange Ende der Wurst erwischen, doch hatten sie nun gemerkt, daß sie sich getäuscht hatten und es sich diesmal um eine wirkliche Revolution handelte. Und da war die Kirche, die zu Anfang die Revolutionäre unterstützt hatte, jetzt jedoch von den Maßnahmen befremdet war, die sie trafen. Sie alle begannen nun, die Sabotage zu fördern, Bomben in den Geschäften und Brände in den Zuckerfabriken zu legen, Pamphlete von Flugzeugen abzuwerfen oder einfach eine Konterrevolution in der Sierra del Escambray anzuzetteln. Doch Fidel schlug zurück, indem er Milizen aufstellte und Verteidigungs- und Überwachungskomitees ins Leben rief, die sich später in den CDR verwandeln sollten. So endeten sie schließlich als adliger Abschaum und als das elende Gewürm, das sich in Miami niedergelassen hatte.

Und da waren auch die weißen Bauern und die Armen auf dem Lande und in der Stadt, die schnell und gratis das kriegen wollten, was man ihnen versprochen hatte, denn sie hatten nicht die Geduld, zu warten, bis die Revolution ihre Versprechungen wahr machen würde. Und ihnen verbot Fidel, sich die Dinge auf eigene Faust anzueignen, denn Ordnung mußte sein: »Die Anarchie ist der schlimmste Feind der Revolution«, sagte er.

Und eines Tages, als wir es am wenigsten erwartet hätten, fielen sie in unser Land ein. Und wenn es auch stimmt, daß wir sie mitsamt ihren modernen Waffen in die Flucht geschlagen haben, so blieben sie doch in La Caimanera, bis zum heutigen Tag haben sie sich bei uns eingenistet. »Guantanamera, guajira Guantanamera«, heißt es im Lied.

Aber Fidel wich keinen Schritt vor den Yankees zurück. Er sagte uns: »Sie glauben, durch Embargos, durch Angriffe und Blockaden unser Land besiegen zu können? Genau darin liegt ihr Irrtum. Sie wollen dieses rebellische, heroische Volk in die Knie zwingen, doch wir werden nicht müßig zusehen! Der Imperialismus wird die kubanische Revolution niemals niederschlagen, der Imperialismus wird niemals die kubanische Revolution besiegen.« Und wir antworteten auf den Massenversammlungen, zu denen ich meinen Sohn mitnahm, damit er stolz auf seine Heimat und auf seinen Vater sein konnte: »Fidel, weiter so, schlag die Yankees k.o.!«

Wegen des Embargos konnten wir nun nicht mehr länger unseren Zucker verkaufen, und uns wurden keine Maschinen, Ersatzteile, Lebensmitteln, Arzneien und Brennstoffe mehr verkauft, so daß es allmählich immer weniger Waren bei uns gab. Und niemand kam uns zur Hilfe, aus Furcht vor Repressalien der Yankees. Wir verfügen über keine natürlichen Rohstoffe wie Kohle oder Öl und ebensowenig über große Flüsse, die uns mit hydraulischer Energie versorgt hätten. Wir hatten auch keine Technologie oder Kredite, keine Produktionsmittel oder Ersatzteile, um die Landwirtschaft zu mechanisieren und die Industrie anzukurbeln. Zu allem Überfluß verfügten wir auch weder über Techniker noch über Verwaltungsexperten und auch sonst über keine Fachkräfte, denn die Mehrheit von ihnen hatte sich in Richtung Norden aufgemacht und die neunzig Seemeilen überquert. Und wie auch Fidel sehr richtig bemerkte, so waren die Anführer der Revolution zwar äußerst fähig darin, alle Probleme, die den Aufstand und die Machtübernahme betrafen, zu lösen, doch waren sie nicht im geringsten in Wirtschaftslehre bewandert. »Die Leitung eines Staates ist eine äußerst schwierige Angelegenheit«, gab Fidel zu bedenken, »die Kader haben keine Ausbildung, sie sind keine Volkswirtschaftler, sondern Kommunisten.«

Da kam uns die Sowjetunion zur Hilfe und rettete uns. In Zukunft sollte sie uns abkaufen, was wir anzubieten hatten, selbst den Zucker, den wir nicht selbst raffinieren konnten, und sie verkaufte uns, was wir benötigten, alles zu einem guten Preis, mit Krediten und Beratern.

Als in unserem Hafen ihr Öl, ihre Rohstoffe und ihre Waffen ausgeladen wurden, die jene 6400 Meilen zurückgelegt hatten, die uns vom Schwarzen Meer trennten, flog Fidel nach Moskau, küßte die russischen Führer und sprach von dem »bewundernswerten Volk der Sowjetunion« und von der »ewigen Freundschaft« zwischen unseren beiden Ländern. Unsere Zeitungen füllten sich mit Lobeshymnen auf ihre Botschafter, Militärs, Techniker, Künstler und selbst auf ihre Touristen, die so schlecht rochen, und in die neue Verfassung wurde ein Artikel aufgenommen, der die Freundschaft zwischen uns besiegelte. »Ohne die UdSSR«, sagte Fidel, »ohne die sozialistischen Brüdervölker, ohne die Hilfe, die sie uns leisten, wäre der Sieg der Revolution in einem Land wie Kuba unmöglich gewesen. Kuba und sein ruhmreiches Volk stehen nicht allein!«

Doch die Menschen bekamen es allmählich mit der Angst zu tun. Sie sagten, das sei nun reiner Kommunismus und nicht das, wofür sie gekämpft hätten. Fidel entgegnete ihnen, daß es das Volk nicht zu kümmern hatte, ob sich dies Kommunismus oder sonstwie nannte, denn wer niemals etwas besessen hatte, der hatte auch nichts zu verlieren, dafür jedoch eine Menge zu gewinnen. »Jedes Land hat seinen eigenen Charakter«, sagte Fidel, »und jedes Land muß sein Programm, seine Pläne und Praktiken diesen Eigentümlichkeiten anpassen. Gesellschaftssysteme lassen sich nicht aufzwingen.« »Wie denkst du darüber?« fragte er mich bei einer Gelegenheit, und ich antwortete ihm in aller Aufrichtigkeit: »Für mich spielt es keine Rolle, wie sich diese Revolution nennt, Hauptsache, sie ist auf seiten der Armen. Ich bin keine Sozialistin und keine Kommunistin, ich bin eine Fidelistin«, sagte ich ihm, »und hier, auf dieser Insel, sind wir alle Fidelisten.«

Und das war die Wahrheit.

Nach und nach verfügten wir über immer mehr Tonnen von Zucker, über Industriekomplexe, Raffinierien und Heizkraftwerke, über pharmazeutische Industrie, wissenschaftliche Forschungsinstitute und begannen sogar das Atomkraftwerk von Juraguá zu bauen, das jedoch niemals fertiggestellt werden konnte. Wir hatten ein Revolutionsmuseum, einen Kongreßpalast, zwei Fernsehsender, Bücher, Tageszeitungen und Zeitschriften und sogar eine bedeutende Filmhochschule. Wir hatten Sportler, die bei allen Wettkämpfen gewannen, und eine höhere Lebenserwartung, und wir vertauschten die Leiden der Armen mit den Krankheiten der entwickelten Länder. Wir bekamen neue Provinzen, wie zum Beispiel Granma, die Bayamo und Manzanillo ersetzte, neue Helden und eine neue Geschichte, und die Kinder wurden allmählich mit den Namen Camilo oder Vilma, Abel oder Celia, Lenin oder Tania getauft, und Schulen und Fabriken nannten sich nach Frank País, der ermordet worden war, sowie nach Camilo Cienfuegos, der bei einem Unfall ums Leben gekommen war, und nach Haydée Santamaría, die sich umgebracht hatte, und nach Ché Guevara, der in Bolivien den Tod gefunden hatte. Und es gab auch andere Feiertage, die nun aus anderen Anlässen stattfanden: der Tag des nationalen Aufstands, das Jahr der Produktivität, das Jahr der Erziehung.

Es waren herrliche Zeiten, erfüllt von »tiefer revolutionärer Überzeugung, einer veränderten Bewußtseinshaltung und einer neuen Einstellung zum Leben«, wie Fidel sagte.

Doch dann kam die Zeit der Anschuldigungen, des Verrats und der politischen Geschäfte, der Sticheleien und Intrigen, um die einen aus ihren Ämtern zu entfernen und andere dafür einzusetzen, um Einfluß auf den Lauf der Dinge nehmen zu können. Die CDR-Leute verwandelten sich nun in Spione, und alle Welt überwachte und denunzierte Nachbarn, Freunde, Genossen. Ein großes Mißtrauen machte sich breit. Menschen mit anderen sexuellen Neigungen und anderen Ansichten wurden unterdrückt, ebenso diejenigen, die selbständig waren, sowie die, die als Nichtstuer oder Parasiten beschimpft wurden. Gerüchte über politische

Säuberungen, Razzien und Verhaftungen machten die Runde sowie über Folter in den Gefängnissen, um die Gefangenen zum Sprechen zu bringen, und sogar Gerüchte über Erschießungen gingen um, alles hinter vorgehaltener Hand.

Als ich Fidel mit all dem konfrontierte, was überall herumerzählt wurde, da versicherte er mir, daß ich mich täuschte: »Diese Revolution ist einzigartig in ihren Methoden, einzigartig in ihrem Verlauf. Wie alle Revolutionen, die es auf der Welt gegeben hat, strebt sie nach Gerechtigkeit, doch auf ihre eigene Weise, nicht durch Terror und Gewalt, sondern durch Überzeugungskraft und Vernunft. Deshalb bestand unsere erste Maßnahme nicht darin, das Agrargesetz zu erlassen, sondern das gesamte Volk davon zu überzeugen, daß das Agrargesetz eine Notwendigkeit war. Dies nennt man, 'die subjektiven Voraussetzungen schaffen', die ebenso wichtig sind wie die objektiven Bedingungen, von denen ich dir früher schon gesprochen habe.« Dennoch hörte man auf der Straße, daß der und der verhaftet oder abgeholt worden war.

Zu dieser Zeit kamen auch das Sektierertum, die Kursberichtigungen und die Selbstkritik auf. Fidel wütete gegen die Postenjäger und die Selbstgefälligen, gegen die Schweinehunde und gegen die Machtbesessenen. Er sagte, daß es überall Verräter mit einem Dolch hinter ihrem Rücken gäbe oder Zauderer, die den Fortgang der Revolution behinderten. »Es gibt keinen Fehler, den wir nicht ahnden werden, keinen Fehler, der nicht aus der Welt geschafft würde!« wiederholte der Comandante immer wieder.

Doch in Wirklichkeit bekamen die Leute immer mehr Angst, man wußte nicht mehr, was man tun und lassen sollte, und vor allem, was man offen aussprechen konnte. Einer wurde kleinbürgerlicher Gesinnung beschuldigt und ein anderer des Individualismus, jener als Pragmatiker und dieser als Opportunist. Als ich

Fidel dies erzählte, antwortete er mir mit folgenden rätselhaften Worten: »Nur derjenige muß sich sorgen, der sich seiner revolutionären Überzeugungen nicht sicher ist. Für uns wird immer das gut sein, was für die Mehrheit des Volkes gut ist. Wir betrachten die Dinge aus folgender Perspektive: Für uns wird das edel, schön und nützlich sein, was für sie edel, schön und nützlich ist. Wer anders denkt, wer nicht für und durch das Volk denkt, der hat ganz einfach keine revolutionäre Einstellung. Das heißt, innerhalb der Revolution ist alles möglich, außerhalb der Revolution nichts. Und diese Maxime gilt für alle Bürger. Gegenüber den Rechten eines ganzen Volkes zählen die Rechte der Volksfeinde nicht. Wir haben eine Revolution durchgeführt, die größer ist als wir selbst, und wir werden den Feinden mit all der nötigen Härte entgegentreten.«

Die Jahre vergingen. Ich sah Fidel nur noch selten. Die Arbeit hielt den Mann gefangen, und er erinnerte sich weder an seine kleine Mulattin noch an seinen Sohn. Böse Zungen behaupteten, daß es irgendwo noch einen anderen Fidelito gab und daß dieser sehr wohl den Namen des Comandante trug.

Es war mein eigener Vater, der mir dies erzählt hatte. Er tat es, weil er sich über das Verbot ärgerte, Schweine und Hühner im Innenhof des eigenen Hauses zu halten. »Es heißt, das würde die gesamte nationale Produktion gefährden, die Tiere würden erkranken, sie hätten eine halbe Million Schweine opfern und auf der ganzen Insel den Schinken konfiszieren müssen, und deshalb müßte unter wissenschaftlichen, hygienischen Bedingungen produziert werden, alles nach Plan, und sie würden nein sagen zu den kleinen Kramläden, zum Einzelhandel und zur selbständigen Arbeit. Womit sollen wir uns denn dann in Notzeiten behelfen?« fragte er sich betroffen.

Es gab viele Aspekte der Revolution, die mein Vater nicht verstand, vielleicht war er schon zu alt dazu.

»Warum soll man alle Kräfte in das Zuckerrohr stecken«, sagte er, »wenn wir nicht einmal die Möglichkeit haben, es zu raffinieren? Warum bauen wir nicht die Lebensmittel an, die wir brauchen: Reis, Gemüse, Bohnen, Obst?«

Ich führte an, was ich von der Regierung gehört hatte: Wenn wir das täten, könnten wir über keine Devisen verfügen, denn dann gäbe es nichts mehr zu verkaufen. Doch er behauptete, daß dafür doch noch der Tabak, der Nickel und die Arzneien da wären, die hier hergestellt wurden, und daß es doch nicht richtig sein könne, alles auf ein einziges Produkt zu setzen, denn bei einem Wirbelsturm oder bei Preisschwankungen auf dem Markt würde es uns sehr schlecht ergehen. So dachte mein Vater, und er sagte es jedem, der es hören wollte, doch ich war der Ansicht, daß der Comandante besser als irgend jemand sonst wußte, was richtig für uns war.

Und auf einmal kauften uns die Genossen plötzlich nicht nur den Zucker zu einem günstigen Preis ab und liehen uns nicht mehr nur Geld, sondern kamen auch hierher, um uns zu unterrichten und den rechten Weg zu weisen. Und wir hatten ihren Anweisungen zu gehorchen. Streng und kalt, wie sie waren, wurde unter ihrem Einfluß alles ernst und förmlich, alles verwandelte sich in Komitees, Hierarchien und Fünfjahrespläne. Selbst an unserer Buchführung hatten sie etwas auszusetzen, und wenn es nach ihnen gegangen wäre, dann hätten sie auch das Rezept für das Coppelia-Eis geändert, doch ich ließ Fidel schwören, daß er das niemals zulassen würde!

Und schließlich verwandelten auch wir uns in Bürokraten wie sie, die Zahl der Planstellen schoß in die Höhe, jede Effizienz war uns abhanden gekommen, und die Arbeiter hatten immer weniger Beschäftigung. Den bestehenden Reichtum hatten wir nun verteilt, waren jedoch unfähig dazu, neuen Reichtum zu schaffen. Und was noch schlimmer war, als wir schließlich endlich selbst produzierten, waren wir nicht in der Lage, uns in angemessener Weise um den Transport und die Verteilung der Erzeugnisse zu kümmern. Wenn man auch ständig von sozialistischen Heldentaten und von Millionärs- und Multimillionärs-Brigaden sprach, so wurde in Wahrheit doch wenig produziert, und das, was hergestellt wurde, war von schlechter Qualität. Moralische Argumente konnten nun niemanden mehr anspornen, und von dem Kampfgeist, der Hingabe und dem Opfermut, von dem in den Reden gesprochen wurde, war nichts mehr zu spüren. Viele fehlten in der Arbeit, oder man ging ihr höchst nachlässig und widerwillig nach, überall herrschte Unpünktlichkeit, und wenn auch viele noch freiwillige Beiträge leisten mochten, so waren diese nicht der Rede wert. Niemand bemühte sich mehr, einen Topf in einer öffentlichen Küche richtig auszuwaschen oder die Straße zu fegen, seine Stipendiatenkleidung zu bügeln oder ein Fenster zu putzen, sich bei der Lieferung der Produkte zu beeilen oder beim Arzneiverkaufen oder in der Krankenpflege freundlich zu sein! Die einzige Losung, die alle wiederholen, lautete: »Mach dir das Leben nicht unnötig schwer, bloß nicht überarbeiten.« Ich erzählte das alles Fidel, aber er antwortete mir, daß die Gründe für die Ineffizienz auf viele Faktoren zurückzuführen seien: auf die Unerfahrenheit der Leute, den Mangel an Disziplin, sogar auf den Paternalismus der Arbeitsgesetzgebung, doch die Revolution sei auf dem richtigen Weg.

In Wirklichkeit war alles in höchstem Maße zentralisiert, und niemand wagte es, irgendeine Entscheidung zu treffen, ohne nachzufragen und Anweisungen von oben zu erhalten. Und diese Ratschläge oder Entscheidungen hingen von komplexen Apparaten mit einem so schwerfälligen Getriebe ab, daß Zeit und Energie in Ausschüssen, Versammlungen, bei Stadträten und in

Kanzleien verpufften. Nichts ging voran, es sei denn durch Beziehungen und Bekannte. Auf den Versammlungen in den Werken, in den Schulen, in den Zuckerfabriken wurden auf endlosen und todlangweiligen Sitzungen nur noch die offiziellen Verlautbarungen wiederholt, und die Leute nahmen allmählich nicht mehr daran teil und äußerten nicht mehr ihre Meinung, und dies gar nicht einmal aus Angst, sondern aus bloßer Trägheit.

Man war zu faul, die Zeitung zu lesen, denn es stand sowieso immer das gleiche darin, man langweilte sich dabei, den Reden der Genossen zuzuhören, weil sie immer das gleiche sagten, selbst Fidel schwang immer die gleichen Reden. Ich machte ihn darauf aufmerksam, doch er war der Ansicht, daß eine Zeitung nicht zur Information da war, sondern zu Agitation und Propaganda. Und genau das war es auch! Man hörte und las von nichts anderem mehr als von Modellen, Beispielen, Parolen, Helden der Arbeit, Besuchen des russischen Botschafters und Angriffen auf den gegenwärtigen nordamerikanischen Präsidenten, dessen Namen man mit einem Hakenkreuz versah.

Und trotz alledem versicherte mir Fidel, daß die Presse- und Informationsfreiheit gesichert sei. Ein ums andere Mal wies er mich darauf hin, daß keine Menschenseele ihres Rechtes zur freien Meinungsäußerung, sei es schriftlich oder mündlich, beraubt worden sei. »Wir sind gegen eine Meinungskontrolle«, betonte er gerne, »hier gibt es keine Zensur, wir wählen nur aus, was wir veröffentlichen, denn konterrevolutionäres Gedankengut ist es nicht wert, an die Öffentlichkeit zu gelangen.« Und dann fügte er hinzu: »Wer sehen will, wie eine wahre Demokratie aussieht, der soll nur nach Kuba kommen.«

Als wir zum ersten Mal seit Monaten wieder einmal zusammenlagen und ich vor Lust fast weinte, als ich erneut seinen Körper spürte, da konfrontierte ich ihn, in jener drängenden Art, an der er so großen Gefallen gefunden hatte, gleich mit mehreren Fragen: »Wie kann man den, der kritisiert und Einwände hat, von dem Verschwörer und Konterrevolutionär unterscheiden? Wie kann man den Unterschied zwischen Vereinheitlichung und Einmütigkeit feststellen? Zwischen dem parasitären Bürokraten und dem Verwaltungsarbeiter? Wie kann man zwischen notwendiger Kontrolle und Unterdrückung unterscheiden?« Aber Fidel war nicht dazu aufgelegt, mir auf meine Fragen zu antworten, er streichelte mir das Haar und sagte mir, daß er mich sehr liebte, weil ich mir die ganze Frische meiner Jugend bewahrt hätte.

Doch ich wollte keine Schmeicheleien hören, sondern meine Meinung zum Ausdruck bringen, und deshalb sagte ich ihm, daß es zumindest das Kontrollorgan eines Parlamentes, einer freien Presse oder einer öffentlichen Meinung geben müsse, das auf die Zweifel der Bürger eingehen könnte. Da kam er wieder in Fahrt und antwortete mir, daß es in Kuba kein autoritäres Regime gäbe und auch keinen Personenkult. »Ich fühle mich glücklicherweise nicht zum Caudillo berufen und habe auch nicht die Psyche eines Caudillos, niemals hat es mir besonderes Vergnügen bereitet, Befehle zu erteilen, und wir haben es auch nicht zugelassen, daß unser Konterfei überall zu sehen ist, irgendein öffentlicher Platz unseren Namen trägt oder daß man uns ein Monument errichtet. Wenn in einem bestimmten Augenblick Entscheidungen von einer einzelnen Persönlichkeit getroffen wurden, dann nur deshalb, weil unser Apparat noch nicht gut genug ausgerüstet war, aber daß sie von einer einzelnen Person ausgingen – und das möchte ich unterstreichen – heißt nicht etwa, daß sie willkürlich gewesen wären. Ich glaube aufrichtig und fest an das Prinzip der kollektiven Leitung, ich glaube an die fundamentale Idee einer institutionellen Führung, denn wer könnte sich schon für allen überlegen und unfehlbar halten?«

Doch ich ließ nicht locker und hielt ihm vor, daß es Privilegien und Privilegierte gebe, die ein Auto und ein großes Haus mit Privatstrand hätten, ins Ausland reisen und in den Intershops kaufen könnten. »Das verärgert die Leute, denn es wird immer so viel von der Gleichstellung in der Gesellschaft geredet, doch die Unterschiede treten offen zutage. Und das gleiche geschieht auf kulturellem Gebiet. Die Bücher, die auf den Markt kommen, oder die Programme, die man im Radio hören oder im Fernsehen sehen kann, interessieren die Leute kaum, denn es ist reine Propaganda. Und ins Theater oder Ballett kann auch niemand gehen, weil die Karten nur gegen Dollar verkauft werden.«

Da geriet er in Wut. »Dieser Mißbrauch, diese Privilegien, all das, ist das etwa Kommunismus?« sagte er. »Privilegien? Niemals! Krieg den Privilegien, Krieg der Kleinmütigkeit, der Anpassung! In was verwandelt sich da die Revolution? In ein Joch, in eine Dressurschule. Und das ist ganz und gar nicht die Revolution, denn die Schule der Revolution muß tapfere Männer hervorbringen, freie Gedanken und das Vertrauen in die eigenen Ideen. Wir wollen kein zahmes, abgerichtetes Revolutionsheer. Erzähl mir von Einzelfällen, nenn mir Namen«, aber seine Wut schüchterte mich ein, und ich antwortete ihm: »Ich hatte den Auftrag, dir weder das eine noch das andere zu sagen. Ich bin Revolutionärin, kein Spitzel, ich berichte dir nur von den Problemen und sage dir nicht die Namen der Leute.«

Aber als ich etwas später wieder auf dieses Thema zurückkam, das die Menschen am meisten ärgerte, da sagte er mir, daß wir nichts dabei gewinnen würden, Zweifel unter die Leute zu streuen oder dem Ansehen der Revolution zu schaden. Und als ich immer noch nicht locker ließ, da antwortete er mir, daß man der obersten Führung besonders entgegenkommen müßte, denn »die Führungsspitze ist es, die zählt, und gute Entscheidungsträger sind unerläßlich, wenn alles erfolgreich verlaufen soll. Wenn es zufriedene Kader und einen guten Führungsstab gibt, dann wird alles reibungslos funktionieren.«

Und folglich wurden die Privilegien nicht abgeschafft, weder für die Kubaner noch für die Ausländer, die zum Studium oder auf Besuch hierherkamen und in den großen Hotels in Havanna und Varadero abstiegen, gut aßen und tranken oder in der funkelnagelneuen internationalen Filmhochschule lebten oder in den Heimen der Pioniere, und das alles umsonst. Fidel nannte dies »Solidarität« und betonte, daß diese wesentlicher Bestandteil der Revolution sei. Deshalb würden unsere Brigaden, besagter Solidarität zuliebe, Heilkliniken in Peru bauen und unsere Künstler und Musiker würden zu Kongressen und Vorführungen auf der ganzen Welt fahren und unsere Ärzte und Soldaten in Angola, Namibia und Äthiopien kämpfen. Und all dies, obwohl uns doch so viele Dinge fehlten, so daß ich schließlich wütend auf Fidel wurde und ihm sagte, daß wir keine Geschenke zu vergeben hätten! Doch selbstsicher, wie er sich immer gab, antwortete er mir: »Die internationale Solidarität ist notwendig, um unsere Schuld gegenüber der Menschheit abzutragen.« Und er forderte mich auf, einen in Afrika gedrehten Film anzusehen, in dem wir Kubaner als die heldenhaften Retter dieser verfolgten und mißhandelten Neger auftraten, und wieder füllten sich meine Augen mit Tränen, und ich mußte ihm recht geben.

Die Jahre zogen ins Land. Wir lebten dahin. Doch die Lebensqualität besserte sich nicht. Es war inzwischen äußerst beschwerlich, an Lebensmittel zu kommen. Man mußte lange in endlosen Schlangen anstehen, um Marken zu bekommen oder um die rationierten Waren zu ergattern und die frei verkäuflichen zu kaufen, wie zum Beispiel die sowjetische Kondensmilch oder das bulgarische Dosenfleisch. Nie wußte man, was gerade angeboten wurde. Jemand schrie, die

Bananen sind gekommen, der Stoff ist da, die Tomaten, und jeder ließ alles stehen und liegen und lief, um zu kaufen, was zu kaufen war. Es gab kaum Abwechslung im Warenangebot. Wir aßen Brot, Reis, Bohnen, Ei, Huhn und Schwein – das eine zu mager, das andere zu fett –, Kartoffeln, etwas Gemüse und wenig Obst. Meeresfrüchte, Spanferkel, das köstliche Brot mit Geleefüllung, Mangos, Äpfel und Papayas waren nicht mehr zu bekommen. Selbst die Tapiokasuppe mit Bananen gab es nicht mehr! Rum und andere alkoholische Getränke, wie der süße Guayaveschnaps aus Pinar, den es noch auf dem Markt gab, waren von schlechter Qualität, denn die guten blieben den Diplomaten und dem Export vorbehalten. Nicht einmal der typisch kubanische Frühstückskaffee aus dem Lied war mehr zu bekommen: »Mamá Inés, wir Schwarzen trinken alle Kaffee«, und ebensowenig gab es noch den Tabak mit seinem bitteren, starken Geschmack zu kaufen.

Und dann war da noch die Kleidung. Man teilte uns im Jahr ein paar Meter Stoff zu, von schlechter Qualität und mit häßlichem Muster. Die fertige Kleidung war schlecht zugeschnitten, die Schuhe plump und steif. Seife war Mangelware, ebenso Zahnpasta und Toilettenpapier. Auf die Toilette zu gehen verwandelte sich in eine wahre Leistung. Wenn Elektrogeräte ins Lager kamen, waren sie schneller ausverkauft als ein Baiser am Stand vor der Schule, wenn das Gerät aber kaputt ging, dann konnten Jahre vergehen, bis es repariert wurde. Dies betraf auch Telefone und Maschinen. Die Busse kamen immer seltener und waren immer überfüllt. Ständig war der Strom weg, oder es gab kein Wasser. Jahrelang mußte man auf ein Auto, einen Kühlschrank, einen Fernseher oder ein Fahrrad warten. Es gab keine Reifen, keine Fensterscheiben, keine Farben, keine Glühbirnen und keinen einzigen Kosmetikartikel. Und die Post war höchst unzuverlässig, alles ging verloren.

Nicht genug damit, jeder Behördengang, jede Genehmigung, jeder Antrag, von denen unzählige erforderlich waren, bedeutete ein endloses, langwieriges Hin und Hergelaufe, »das ist nicht in unserem Büro, Genossin«, »das ist nicht möglich, Genossin«, »noch etwas Geduld, Genossin«, »glaubst du, das sei so einfach, Genossin?«, »du weißt doch, daß das seine Zeit dauert« und anderes dummes Zeug dieser Art, bei dem man nicht übel Lust hatte, das ganze Büro mitsamt seinen Insassen in die Luft gehen zu lassen. Im Überfluß gab es nur endlose Reden auf endlosen Versammlungen der Parteibasis, auf Plenarsitzungen und zu was weiß ich noch für Anlässen.

All das berichtete ich Fidel, doch als wäre die Zeit stehengeblieben, antwortete er mir, daß uns vielleicht viele materielle Dinge abgehen mochten, wir eines jedoch im Überfluß hätten: eine revolutionäre Doktrin, die wissenschaftlich fundiert, tiefgründig und von höchster Bedeutung sei. »Dies ist nun einmal«, sagte er, »der Preis der Freiheit, der Preis der Würde, der Preis, den die Heimat von uns verlangt. Was sind die reellen Möglichkeiten und die moralischen Prinzipien unserer Revolution? Worin besteht nicht nur der materielle Prozeß, sondern der kulturelle und geistige Reichtum, den wir gerade schaffen? Die Revolutionen sind nicht dazu da, sich auf ihren Lorbeeren auszuruhen, sondern um Neues zu schaffen. Selbstverständlich kommt es zu Versorgungsengpässen, und das gefällt uns ganz und gar nicht, doch für die lebenswichtigen Waren haben wir gesorgt. Wir leben in ehrenhafter Armut, und immerhin gibt es einiges, worum uns die Bürger der Industrieländer beneiden können. Wir müssen zwischen dem Luxus und den lebensnotwendigen Dingen wählen: zwischen der Malerei und der Babynahrung, zwischen Kosmetika und ärztlicher Ausstattung. Ich streite ja gar nicht ab, daß die Schuhe häßlich sind, aber das spielt für mich keine Rolle, solange die Energien auf das

Wesentliche verwandt werden: Produktionsmittel herzustellen und gute Nahrung.«

Zehn, fünfzehn, zwanzig, fünfundzwanzig, dreißig Jahre ging es so weiter. Das Leben der Rationierungen und Warteschlangen, der Privilegien und Reden, der Versprechungen für die Zukunft und dem Neid auf die Ausländer nahm seinen Lauf.

Und in diesen zehn, fünfzehn, zwanzig, fünfundzwanzig, dreißig Jahren änderten sich auch mein Leben, meine Arbeit und meine bedingungslose Liebe zu Fidel nicht. Wie es im Lied hieß, das damals gesungen wurde: »Im Leben gibt es Liebschaften, die man nie vergessen kann.«

Diese ganze Zeit über ließ Fidel mich zu sich rufen, um meine Berichte entgegenzunehmen, aber während er anfangs immer noch ein klein wenig Zeit fand, um mit mir allein in den Morgenstunden zusammenzuliegen, so geschah dies immer seltener, bis es schließlich überhaupt nicht mehr vorkam. Es war wie im Schlager, nach dem damals getanzt wurde: »Aus ist es mit der Liebe, das war's, auf Wiederseh'n, und vergiß, was zwischen uns war.«

Doch konnte ich einfach nicht vergessen, denn wenn ich auch nichts als ein Schatten in Fidels Leben gewesen war, eine Frau unter vielen anderen, eine Revolutionärin aus der Masse, so bedeutete Fidel doch alles für mich, er war nicht nur meine große Liebe, sondern auch meine einzige.

Zehn, zwanzig, dreißig Jahre. Und dann kam der Tag der Botschaftsbesetzung und der Ereignisse im Hafen von Mariel. Und da wurde uns klar, daß der Verfall nicht nur die Lebensbedingungen betraf, sondern ebenso die Stimmung der Bürger im Land. Es hatte den Anschein, alle wollten die Insel verlassen, nur um von hier wegzukommen. Ich erzählte das Fidel, und er anwortete mir: »Wir haben eine Politik der offenen Türen, und wer reisen will, der soll reisen. Hier hast du die Ausreisegenehmigungen, es sind die Yankees, die ihnen keine Visa geben.« Doch das stimmte nicht, niemand konnte fortgehen.

Und dann kam das Jahr 89 und mit ihm das Unerwartete, das Unvorstellbare: die Entwicklungen, die zum Zerfall der UdSSR führten, die unser großes Vorbild und unser großer Beschützer gewesen war. 1990 gab es keinen Sozialismus mehr in Europa und auch keine sowjetische Hilfe mehr für uns. Es war ein harter Schlag, sowohl in moralischer als auch in wirtschaftlicher Hinsicht. Und wenn wir bis jetzt ohne die Yankees ausgekommen waren, wie sollten wir nun, dem Imperialismus und seiner Blockade zum Trotz, ohne Devisen, ohne Öl und ohne jegliche Hilfe überleben?

Aber Fidel gab nicht nach. »Unsere Revolution wird nicht scheitern«, verkündete er mir, »denn sie kann auf Arbeiter, Bauern und Studenten zählen. In unserem Land sind Staat, Regierung und Volk eins, alle sind sich in höchstem Maße einig über die Revolution und ihre Ziele. Unser System ist dazu geschaffen, daß es die Menschen schützt, um ihnen zu helfen. Es findet ein ständiger Dialog zwischen Führung, Volk und unseren kollektiven Organen statt, sofern diese funktionieren. Es besteht überhaupt kein Grund für uns, hier irgendeine Art von Reformen oder Umgestaltungen durchzuführen, die nicht unserer Wirklichkeit entsprechen. Es besteht keinerlei Veranlassung dazu, die Entwicklungen in der Sowjetunion zu imitieren.«

Doch was er auch sagen mochte, die Lage wurde immer schlimmer. Wir sahen im Fernsehen, wie Fidel stundenlang darüber debattierte, wie man die Schweine ernähren könnte, denn wir hatten kein Futter mehr für sie und auch kein Geld, um welches zu kaufen. Wir sahen, wie die Fachleute die mögliche Nutzung des Zuckerrohrabfalls analysierten, Papierherstellungsmethoden und Techniken besprachen, das Öl als Energiequelle zu ersetzen. Wir sahen, wie sie alle möglichen

Arten von »Konversionstechnologien«, wie sie es nannten, erfanden, um Stroh als Brennstoff und die Landwirtschaftsabfälle als Proteine zu benutzen. Wir hörten, wie sie von den Bürgern Sparmaßnahmen bei Energie und Brennmaterial forderten, von der Rückkehr zum Fahrrad und zu den Zugtieren sprachen. Wir kehrten sogar zur homöopathischen Medizin zurück, wir, die wir immer so stolz auf unsere pharmazeutische Industrie gewesen waren. Die Lage wurde wahrhaftig von Tag zu Tag schlimmer.

Am dreiunddreißigsten Geburtstag unserer glorreichen Revolution hörten wir den Comandante reden: Die tägliche Arbeitszeit sollte um die Hälfte gekürzt werden, man würde an den Arbeitsplätzen kein Essen mehr ausgeben, der Strom sollte öfter gesperrt und Buslinien eingestellt werden, da es kein Benzin gab. Wir befanden uns in einem sogenannten »Ausnahmezustand in Friedenszeiten«.

Seidem sind viele Monate vergangen. Fidel läßt sich nicht von seinen Überzeugungen abbringen: »Wir werden standhalten, wir werden um jeden Preis ausharren und unsere gemeinsame Sache verteidigen. Durch unser Volk zieht sich kein Graben, niemand wird in diesen für unsere Heimat so schwierigen Momenten ins feindliche Lager überlaufen. Kuba ist ein ewiges Baraguá, selbst die Toten werden ihre Arme erheben und unsere Fahne verteidigen.« Und mir sagt er: »Diese Revolution ist für mich noch nicht gescheitert, da müßte man schon über die Leichen von Tausenden und Zehntausenden von Revolutionären hinweggehen.«

Und so befinden wir uns also im dritten Jahr des letzten Jahrzehnts des 20. Jahrhunderts, im vierunddreißigsten Jahr der Revolution, an unserem Breitengrad in der Karibik.

Die kubanische Revolution hat sich in eine Quelle nicht etwa der Armut, sondern des vollkommenen Elends verwandelt, in reine Ineffizienz, in absolute

Hoffnungslosigkeit. Heute stürzen sich die Kinder auf jeden dieser Fremden, an die wir für ein paar Dollar das Beste verscherbeln, was wir zu bieten haben, um von ihm einen Bonbon oder einen Kaugummi zu erbetteln, die jungen Leute sind begierig auf seine Jeans und seine Turnschuhe, die Frauen bieten ihm ihren Körper für eine Dose Limonade oder ein Stück Seife an. Die Leute leben weiterhin in Hütten und Baracken, die Wohnungen sind in jämmerlichem Zustand und die Mauern bröckeln ab. Überall liegen Unrat und Schutt, die Dächer sind undicht und die Straßen voller Schlaglöcher, es fehlt an Wasser und Strom, die Praxen der Hausärzte verfügen über keine Medikamente, nicht einmal über Alkohol.

Auf dem Schwarzmarkt bekommt man mal eine Tomate, mal eine Süßkartoffel, hier ein wenig Reis mit Würmern oder da einmal ein Spanferkel, all das für ein halbes Monatsgehalt oder gar für den Lohn von drei Monaten. Die Lager sind leergeräumt, und nachdem man stundenlang in endlosen Schlangen gewartet hat, ziehen einige mit Bohnen, andere mit einem Kohlkopf oder einer halben Flasche Rum ab, und das ist dann alles, was es an diesem Tag an Nahrungsmitteln gibt. Zeitungen kommen nur noch sporadisch heraus und werden dann für die, die sie überhaupt noch lesen möchten, an den Ecken angeschlagen. Die Polizei überwacht die Busse, denn die Leute prügeln sich darum, mitfahren zu dürfen, da die Busse nur noch so selten vorbeikommen.

Immer mehr Menschen fliehen, stehlen ein Flugzeug oder ein Schiff, um sich aus dem Staub zu machen. Terroristen landen an unseren Küsten, und aus Miami schicken sie uns Botschaften, die Unzufriedenheit und Umsturzpläne schüren. Die Yankees stehen in den Startlöchern und rüsten sich schon, während wir Hunger leiden.

Kuba, mein Kuba, schönstes Land, das menschliche

Augen je erblickt haben. Das Kuba des blauen Himmels, der in der Nacht nur so von Sternen funkelt, des wogenden Meeres, des salzigen Abendwindes, dieser rhythmischen, singenden Sprache. Das Kuba der Hafenmole, an der die stürmischen Wellen zerschellen, der Schiffe in der Bucht, die ihre Sirenen ertönen lassen, und der Kirchenglocken, die alle zur selben Zeit läuten.

Kuba, mein Kuba, Isla Juana, Isla Fernandina, Santiago de Cuba, San Cristóbal de La Habana. Land des Zuckerrohrs und des Tabaks, der Banane, des Reises und Kaffees, von Engländern, Spaniern und Yankees begehrt und geliebt von Hatuey, dem Indio, Girón, dem Piraten, Maceo, dem Krieger, Céspedes, dem Landesvater, Villaverde, dem Erzähler, Cucalambé, dem Verfasser von Stanzen, und Plácido, dem Dichter, geliebt von Martí, dem Befreier, Mella, dem Kommunisten, und Fidel, dem Revolutionär. Mein Damajagua, Yara, Bayamo, Baraguá, Moncada und meine Sierra Maestra.

Kuba, mein Kuba, Land des mythischen Blutes, Land der Wirbelstürme, der Verschwörungen, der Rebellionen, Aufstände und Revolutionen, der Pocken, des Gelbfiebers, der Schlafsucht und der Cholera. Land der Sklaven und entsprungenen Neger, der Unabhängigkeitskämpfer gegen die Spanier, der ermordeten Studenten, der weißen Bauern, der Mulatten, »der tropischen und zivilen Mussolinis, was auf das gleiche herauskommt«.

Kuba, mein Kuba, Land San Marcials, der die Ameisen vernichtet, die Saat und Pflanzungen zerstören, das Land, das Anfang des 19. Jahrhunderts das Eis kennenlernte und in dem in diesem Jahrhundert Musik auf öffentlichen Plätzen verboten wurde.

Ja, sie haben dir deine Musik genommen, mein Kuba, dir, Land der Klänge und der Bongos, des Spinetts, des Boleros und des Guaguancó.

Kuba, mein Kuba, Land der Wildnis, der Macheten, Erntemaschinen, Zuckersiedereien. Land so finsterer Orte wie der Hunnenhöhle und so eleganter Viertel wie Vedado und Biltmore. Land der tapferen Frauen, Dichter, politischen Parteien, Zeitungen und Bordelle, Peep-shows, Kasinos und Strände. Mein Yemayá, Chango und Babalú, mein Santa Bárbara, Land der Virgen de la Caridad del Cobre, Land des Rums, der Havannas und des Guayaveschnapses aus Pinar. »Meine Heimat, von außen so süß und so bitter von innen«, heißt es beim Dichter.

Im Namen meines Kubas sende ich dir diesen Gruß
wenn die Sonne deine Bergrücken küßt
dann verlieben sich die Palmen,
und es wachsen die Blumen.

Was sollen wir jetzt für dich tun, mein Kuba? Was kann man tun, damit sie dich in Frieden leben, säen, essen, tanzen und denken lassen?

Vor kurzem habe ich Fidel wiedergesehen. Wenn er auch noch immer über große physische Präsenz verfügt und nichts von seinem Enthusiasmus und seiner Leidenschaftlichkeit verloren hat, sieht er doch müde aus und ist ergraut, auch seine Reden sind gelassener geworden. »Weder ich noch meine revolutionäre Gesinnung zeigen Schwäche«, versicherte er mir, »ich habe mir meine Willenskraft und meinen Arbeitsgeist bewahrt. Auch du siehst gut aus, dein Körper ist noch immer sinnlich, und auch das Gesicht hat noch seine feinen Züge.«

An diesem Tag war er ganz besonders gefühlvoll. Er sah mir fest in die Augen und wiederholte immer wieder: »Wir beide, du und ich, haben nun schon mehr als dreißig Jahre Ideen ausgetauscht und miteinander diskutiert.« Und ich spürte den Knoten in der Kehle und die Bewegung, die mir die Tränen in die Augen trieb. Ich, die treueste aller Fidel-Anhänger, treu wie Celia, immer verliebt, sei es im Geheimen wie Haydée oder offen wie Nati, Revolutionärin im Untergrund wie Marie Antoinette und bekennende Revolutionärin wie Melba. Ich, Mutter eines seiner vielen Kinder, ein weiterer Fidel neben all jenen, denen er nicht nur seinen Vornamen, sondern auch seinen Nachnamen gegeben hatte.

Die schlechten Zeiten haben mich von ihm entfernt. Er ist nun allzusehr damit beschäftigt, was aus unserem Land in Zukunft werden soll, welches heute in größerer Gefahr ist als je zuvor, und niemals mehr läßt er mich zu sich rufen. Wie alle Kubaner, kenne ich nicht seinen privaten Wohnsitz, und ich sehe ihn nur, wenn er in seinem schwarzen Auto vorbeiflitzt oder plötzlich, unvermutet in der Öffentlichkeit, in einer Fabrik oder auf einer Versammlung auftaucht. Wie alle Kubaner sehe ich ihn im Fernsehen, wenn er auf den Kongressen Reden hält oder zu seinen Auslandsreisen aufbricht, mit Schlips und steifem Kragen, in seiner makellosen Uniform, in der er so stattlich aussieht. Wie sehr vermisse ich die Zeiten, in denen er mit mir sprach, in denen ich ihn während endloser Stunden plaudern hörte, jene Zeiten, in denen ich ihn bat, mich für meine Dienste für die Revolution zu entlohnen, und er sich ein paar Stunden für mich Zeit nahm! Doch das ist vorbei, jetzt hat er keine Minute mehr übrig: Fidel beim Staatsrat und beim Politbüro, beim Zentralkomitee und in der Nationalversammlung, Fidel mit den Delegationen, die ihn aufsuchen, und mit den ausländischen Journalisten, die ihn interviewen. Fidel, Oberbefehlshaber, Präsident, Premierminister, erster Staatssekretär, Held und Führer in einem. Fidel, der nicht nur internationale Konflikte löst, sondern ebenso Versorgungsengpässe und medizinische Fragen, erzieherische, militärische, politische und arbeitsrechtliche Probleme.

Ich habe ihn um ein Treffen gebeten. Ich möchte ihm persönlich einen Brief überreichen. Der Genosse, der seinen Terminkalender führt, kennt mich nicht und sagt, daß das schwierig werden wird, weil er sehr beschäftigt sei.

»Lieber Fidel: Du weißt besser als alle anderen, wer ich bin, deine kleine Mulattin Fidelia, die immer ihrem Land treu war und es immer bleiben wird, treu der Revolution und treu auch dir. Ich bin nicht schwach, ich habe weder den Kampf satt noch bin ich mutlos. Von dir habe ich gelernt, was es bedeutet, Revolutionärin zu sein, und was es bedeutet, sich in jedem Augenblick und in jeder Lage ehrenhaft zu zeigen. Du hast mich gelehrt, daß Ethik und Moral die grundlegenden Waffen unserer Verteidigung sind, du hast mich gelehrt, was Würde ist und was es heißt, eine Überzeugung zu haben und unbestechlich zu sein. Du hast mir beigebracht, was ich tun muß, um meine Pflicht zu erfüllen und dabei keine Anerkennung zu erwarten, und von dir habe ich auch gelernt, nie im Kampf nachzulassen und immer unermüdlich zu arbeiten.

Es gab eine Zeit, in der wir alle einverstanden damit waren, individuelle Bedürfnisse und materiellen Wohlstand zu opfern. Doch nun sind mehr als dreißig Jahre vergangen, und die Lage ist schlimmer als je zuvor. Du selbst hast mich gelehrt, daß es unvereinbar mit der menschlichen Natur ist, auf Lebensqualität zu verzichten, daß es keine Entschädigung für den gibt, der auf alles verzichtet. 'Auf der Welt ist ein bestimmtes Maß an Würde unabdingbar', hast du mir mit Martís Worten gesagt.

Lieber Fidel: Wir Kubaner können nicht weiter. Du hast uns beigebracht, daß kein Volk über seine natürlichen Gegebenheiten hinausgehen kann. Und da sind wir nun, ganz allein auf der Welt, ohne jegliche Hilfe, ohne Brennstoffe und Devisen, ohne Nahrungsmittel und Medikamente. Es geht nicht darum, die Wahl zwischen lebenswichtigen Produkten und Luxuswaren zu treffen, es geht darum, daß wir überhaupt keine Wahl haben. Wir haben Hunger. Die Kälte wandert vom Bauch in den Kopf, die Wut vom Kopf in den Bauch.

Martí hat gesagt, 'der aufrechte Mensch sucht sich nicht den Ort, an dem es sich besser lebt, sondern an den ihn die Pflicht bindet.' Doch heute kann man nicht mehr so denken, denn es geht nun nicht mehr nur darum, besser zu leben, sondern ums nackte Überleben, und das ist hier nicht mehr möglich. Du sagst, uns fehle es an vielen materiellen Gütern, doch dafür hätten wir eine revolutionäre Doktrin, moralische Prinzipien und Würde. Doch brauchen wir irdische Nahrung, um diese Prinzipien aufrechtzuerhalten! 'Es gibt kein Brot ohne Freiheit', hast du mir einmal gesagt, doch ebensowenig gibt es Freiheit ohne Brot, sage ich dir. 'Es sind minimale Voraussetzungen vonnöten, um sich entwickeln zu können.' Das sind deine Worte, lieber Fidel.

Der Hunger ist nun unser Tyrann, und 'das Recht zum Aufstand gegen die Tyrannei ist eines der Prinzipien, die uneingeschränkte Gültigkeit haben.' Auch das sind deine Worte, lieber Fidel. Wir wollen nun nicht mehr mutig und heiter ertragen, was hier vor sich geht, denn wir sehen keinen Ausweg und keine Zukunft. Die Begeisterung ist erloschen, Hoffnungslosigkeit hat nun Besitz von uns ergriffen.

Erinnerst du dich daran, wie du mir sagtest, daß wir keine Revolution für zukünftige Generationen oder für die Nachwelt machen würden, sondern für die Gegenwart, mit und für diese Generation, für die Männer und Frauen von heute? Nun gut, der Moment ist jetzt gekommen, zuzugeben, daß dies nicht der Fall war. Ich habe unseren Sohn zur Welt kommen und wachsen sehen, ich habe meine Enkel zur Welt kommen sehen, und die Lage wird von Tag zu Tag aussichtsloser.

Die Grenze ist erreicht, lieber Fidel. Sie wurde uns von außen auferlegt, das wissen wir wohl, denn dies hätte die freieste, demokratischste und gerechteste

Gesellschaft der Welt werden können, das einzige Land ohne Arme auf diesem armen Kontinent.

Nicht unsere Revolution ist gescheitert, wir sind im Recht, historisch im Recht, wir sind im Besitz der Wahrheit, die in die Geschichtsbücher eingehen wird, denn wie du selbst richtig bemerkt hast, kann eine Lüge nicht in alle Ewigkeit aufrechterhalten werden. Doch bis es soweit ist, müssen wir akzeptieren, wie du selbst mich gelehrt hast, daß 'die Meinung der Massen stärker ist als der König selbst. Das Seil, das aus vielen Fasern gedreht ist, ist kräftig genug, um einen Löwen zu ziehen.'

Lieber Fidel: Dieses Land, das die letzte Bastion des Kolonialismus in Amerika gewesen ist und mehr als dreißig Jahre lang sein erstes und einziges freies Territorium war, frei von imperialistischen Kräften, frei von Ausbeutung und Ungleichheit, ein Land der Utopie, dieses Land ist nun eine Gespensterinsel.

Lieber Fidel: Im Januar 1959 hast du gesagt, das Volk könne, wenn irgendeiner deiner Genossen oder du selbst auch nur das geringste Hindernis für den Frieden in Kuba darstellen sollten, über euer Schicksal entscheiden, denn du wärest ein Mann, der entsagen könne. Ja, so hast du dich ausgedrückt, mein lieber Fidel.

Nun gut, dieser Augenblick ist nun gekommen. Ich wußte es, als mein Enkel, der gerade erst acht Jahre alt ist, auf die Frage seiner Lehrerin, 'was willst du werden, wenn du groß bist?', geantwortet hat: 'Ausländer'.

Ja, Fidel, unser Enkel möchte Ausländer werden, um zu leben, wie die, denen es gutgeht, denen es an nichts fehlt. Die Antwort tat mir weh, lieber Freund, tat mir in der Seele weh.

Lieber Fidel: Immer habe ich gedacht, daß du dich niemals irrst, doch heute wage ich es zum ersten Mal, an die Möglichkeit zu glauben, daß du naiv bist und die Dinge so siehst, wie du sie gerne sehen möchtest, und nicht so, wie sie wirklich sind. Du, der du so viele

Daten und Zahlen im Kopf hast, der du mehr Bücher als irgend jemand sonst über Geschichte und Politik gelesen hast und dich selbst heute noch viele Stunden am Tag der Aufgabe widmest, dich über alles, was in der Welt geschieht, zu informieren und es zu analysieren, du bist dir nicht über Tatsachen klar geworden, die die Spatzen schon von den Dächern pfeifen.

Ich, die ich dich das ganze Leben über begleitet habe, die ich immer auf dich gewartet habe, die ich all denen keinen Glauben schenken wollte, die dich kritisieren und sich fast dabei umbringen, dir die Schuld an allem in die Schuhe zu schieben; ich, die ich nie jemand anderen geliebt habe als dich und niemals an deinen Worten gezweifelt habe, weil deine Wahrheit immer auch die meine gewesen ist, ich schreibe dir heute, was mich tief in meinem Herzen bewegt. Mein ganzes Leben habe ich damit verbracht, zuzuhören, was die Leute dir zu sagen haben, und nun sage ich dir: Das kubanische Volk, ausgehungert und verfolgt, des Elends überdrüssig, dieses Volk, das dich voller Hoffnung vor mehr als dreißig Jahren empfing und das dich so sehr geliebt hat, dieses Volk bittet dich nun, daß du ihm hilfst, daß du es nicht mehr länger leiden läßt. Es bittet dich darum zu gehen.«

VI

Des Herrn sind die Erde und ihre Früchte

Nun stellen Sie sich bloß die neueste Marotte meiner Frau vor: Jetzt hat sie das Dienstmädchen in die Familie aufgenommen, hat ihm Kleider gekauft, einen Fernseher ins Zimmer gestellt und läßt sie nun Krankenschwester lernen, ein nützlicher Beruf, wie sie meint. Natürlich hat das Mädchen die Gelegenheit beim Schopf ergriffen und ihre häuslichen Arbeiten niedergelegt. Wenn ich zu ihr sage, hör mal Lupe, wo sind denn meine Socken, dann antwortet sie mir, Sie müssen sie schon selbst suchen, Don Alberto, ich habe habe doch zu lernen. So weit ist es also mit uns gekommen!

Nun gut, weil das Mädchen so beschäftigt ist, hat meine Frau wieder das Kochen übernommen, aber Sie sollten mal sehen, was es da jetzt so zu essen gibt, sie nennt es »einfache Kost«, doch ich würde es eher als kärglich bezeichnen: ein winziges Stückchen Schweine- oder Hühnerfleisch mit Bergen von Reis und Bohnen. An Obst gibt es nur noch Orangen und Bananen, an Gemüse gerade mal Tomaten und Kohl. Sind wir denn so arm, frage ich, gibt es nun keine Maiskolben, Kürbisse und Artischocken mehr in diesem Land, sind uns Mangos, Äpfel, Pfirsiche und Ananas ausgegangen? Und gar nicht zu reden von den Desserts, diese Zeiten sind vorbei, mit dem Nachtisch ist ein für alle Male Schluß. Beklag dich nicht, sagt sie zu mir, du weißt gar nicht, wie gut es uns geht, es gibt Leute, die nicht einmal das haben, ganze Länder, in denen man kaum etwas zu essen bekommt.

Und Sie sollten die Kleider sehen, in denen sie herumläuft: ein Paar billige Schuhe und altmodische Hosen, die sie weiß Gott woher hat. Unsere Kleine sagt, daß sie bestimmt mehr Zeit damit verschwendet, dieses schreckliche Zeug aufzustöbern, als wenn sie sich moderne, normale Sachen kaufen würde, die es in allen Läden hier gibt.

Aber, wissen Sie was, all das stört mich nicht mehr so wie früher, denn trotz all ihrer Ticks hat sich doch etwas verändert, ich könnte Ihnen gar nicht genau sagen, was. Als wäre meine Frau nun vernünftig geworden. Sie sagt den Kindern, sie müßten arbeiten, anstatt nur zu studieren, damit sie lernten, wie sie im Leben einmal zurechtkommen wollen, und von niemandem abhängig sind. Da hat sie recht, ich war schon immer der Ansicht, daß es nicht gerecht ist, daß die ganze Last auf meinen Schultern ruht, doch niemals hätte ich es gewagt, dies laut auszusprechen, stellen Sie sich das nur vor, da müßten wir schon in einer anderen Welt leben, da müßte schon die Revolution kommen, wie sie sagt. Ich seh' schon das Gesicht meiner Mutter vor mir, wenn die Nena zu arbeiten anfangen würde, hat denn das Mädchen keinen Vater, was glaubst du, welcher Mann sie so heiraten möchte, wären ihre Worte. Und mein Beto, der studiert schon an und für sich nicht gerne, wenn er jetzt noch etwas anderes nebenher machen müßte, dann würde der Arme bestimmt in allen Fächern durchfallen.

Früher haben wir davon geträumt, wir beide, meine Frau und ich, daß unsere Tochter einmal eine gute Partie machen würde, ein Junge mit ordentlichem Beruf, der ihr ein bequemes Leben bieten könnte, und daß beide, wie wir, zusammen mit ihrer kleinen Familie in einer Wohnung leben würden, aber jetzt sagt meine Frau ihr, daß sie sich nicht so schnell binden soll, daß sie zuerst einmal lernen müßte, auf eigenen Beinen zu stehen und nicht nur die Ehe im Kopf zu haben. Und für den Jungen hatten wir uns gewünscht, daß er, wie ich, einmal Rechtsanwalt werden und einen sicheren Posten in meinem Büro bekommen würde, aber jetzt spricht sie ihm von der Berufung, der Hingabe an die Arbeit und solchen Dingen. Er läßt sich von ihren Reden anstecken und sagt, er möchte einmal Arzt werden, um in einem der großen staatlichen Krankenhäuser zu arbeiten, aber dann überlegt er es sich wieder anders und will auf einmal doch lieber Kaufmann werden, weil er nicht gerne studiert. Kurz und gut, wer weiß, wo uns das alles noch hinführen wird, ich habe nicht die geringste Ahnung, die einzige, die genau weiß, was sie will, ist das Dienstmädchen.

Ich denke darüber nach, ob wir nicht wegfahren und eine von diesen günstigen Europa-Reisen unternehmen sollten. Unsere Freunde, die schon dagewesen sind, sagen, daß man unbedingt Paris, London und Rom gesehen haben müßte. Na, vielleicht läßt es sich ja machen. Schließlich lebt man nur einmal, wie meine Frau sagt, und man muß das Leben genießen. Und bisher habe ich kaum gelebt, ich verbringe den ganzen Tag in meinem Büro, um mir meine Brötchen zu verdienen und zu schauen, daß ich es mir mit meinem Chef nicht verderbe. Wenn ich dann abends nach Hause komme, habe ich keine Lust mehr, irgendwas zu unternehmen. Ich glaube, es ist an der Zeit, mal etwas rauszukommen, ab und zu ins Kino zu gehen, Domino zu spielen, vielleicht ein Buch zu lesen, wer weiß, womöglich macht es mir ja Spaß und ich werde sogar noch wie sie!

Die Wogen zu Hause haben sich jetzt geglättet, meine Eltern streiten nicht mehr, weil mein Vater sich nicht mehr so leicht aufregt, inzwischen hört er Mama sogar zu und fragt sie, was sie von diesem und jenem hält.

Am Montag ist mein Freund Eduardo Lalo zum Essen gekommen, habe ich Ihnen schon von ihm erzählt? Das ist ein Klassenkamerad, er gehört eigentlich nicht zu meinen engsten Kumpeln, aber in alphabetischer Reihenfolge kommt er nach mir in der Liste, und wir sollen jetzt zusammen eine Zeichnung in Geometrie anfertigen. Dieser Lalo ist ganz schön fleißig, er meint, er will einmal Schriftsteller werden, Erzählungen von ihm werden schon in der Schülerzeitung veröffentlicht. Meine Mama und er begannen ein Gespräch darüber, was wäre, wenn die Welt anders aussähe und solches Zeug, das sie sich in letzter Zeit in den Kopf gesetzt hat. Wenn es nach ihnen ginge, dann hätten sie alles Bestehende schon längst auf den Kopf gestellt und das Unterste zuoberst gekehrt.

Wir unterhielten uns also gerade, als meine Schwester nach Hause kam. Und wie gewöhnlich hat sie sich über uns lustig gemacht. Das macht sie immer, wenn von Dingen die Rede ist, die sie nicht interessieren. Aber in Wirklichkeit ist ihr inzwischen alles egal, schlimmer noch, an allem hat sie was auszusetzen, sie ist ganz schön eingebildet. Ich glaube, es läuft nicht so gut mit ihrem Freund, soweit ich weiß, ruft er sie nicht mehr an, und sie geht auch nicht mehr mit ihm aus.

Die Nena hat sich am meisten darüber aufgeregt, daß jetzt jeder sein Zimmer selbst aufräumen und sein Geschirr abwaschen muß. Gestern abend saßen wir gerade beim Abendessen, und sie hatte Lust auf eine heiße Schokolade, wir haben keine im Haus, hat Mama gesagt, aber nimm dir einen Kaffee. Da ist sie in die Luft gegangen und fing damit an, daß sie dieses Haus verlassen würde, wenn sie könnte, weil sie es nicht mehr aushielte. Das hat sie so oft wiederholt, bis unsere Mutter ihr ins Gesicht gesagt hat: Nur zu, Anna Lilia, worauf wartest du, geh doch und verdiene dir deinen Lebensunterhalt selbst, wozu bist du denn jung, kräftig und gesund und hast eine gute Erziehung genossen. Danach herrschte Schweigen am Tisch, meine Schwester wartete darauf, daß Papa sich auf ihre Seite stellen würde, aber der sagte keinen Mucks. Dann lief die Nena in ihr Zimmer, schlug die Tür hinter sich zu und schrie, daß die einzige in diesem Hause, um die man sich noch kümmere, das Dienstmädchen sei.

Nun, so sieht es aus. Für mich dreht sich augenblicklich alles darum, daß ich nicht weiß, ob und was ich studieren soll, das macht mir ganz schön zu schaffen, daß man mir soviel von der Zukunft spricht. Jetzt, da meine Mama geheilt ist, könnten Sie vielleicht mir helfen?

Sie werden es nicht glauben, aber mir ist eine Idee gekommen: Ich backe jetzt Kuchen und verkaufe sie in der Nachbarschaft und an Bekannte. Mein Nußbrot ist schon überall berühmt, also hoffe ich, auf diese Weise etwas dazuzuverdienen. Ich möchte selbst beliebig über mein Geld verfügen können und nicht immer Alberto darum bitten müssen. Aber mit dieser Beschäftigung, mit meiner Hausarbeit und meiner Lektüre komme ich kaum mehr mit meiner Zeit zurecht!

Das Kneten des Teiges ist etwas äußerst Angenehmes, ich weiß nicht, ob Sie es schon einmal gemacht haben, aber ich hatte immer Spaß daran, man spürt richtiggehend, daß man in unmittelbarer Berührung mit dem Elementaren, mit der menschlichen Nahrung ist. Dann fühle ich mich in die Zeit zurückversetzt, als meine Kinder klein waren und ich sie gesäugt und ihnen alles beigebracht habe: Sprechen, Essen, Laufen. Es ist dieselbe Empfindung, ein tiefes Glücksgefühl darüber, daß man etwas Wichtiges tut, das Wichtigste, das es auf der Welt gibt!

Neulich habe ich meinem Freund, dem Buchhändler, meine Gedanken vorgetragen, und wir sprachen darüber, was das Wesentliche im Leben ist und wie leicht man das vergißt und davon abkommt. Dann gab er mir ein paar Bücher. Und bei ihrer Lektüre, wissen

Sie, kam mir der Gedanke, daß ich, wenn ich könnte, am liebsten aufs Land ziehen würde, um nicht nur mein Brot zu backen, sondern noch früher anzusetzen und die Erde selbst zu bearbeiten, um schließlich das Korn ernten zu können, aus dem das Brot gemacht wird.

Der ideale Ort dafür wäre ein Kibbuz in Israel. Meine Großmutter Sara Nejome wäre unter denen gewesen, die die ersten Siedlungen gründeten. Als junges Mädchen wäre sie nach Palästina gekommen, auf der Suche nach dem gesegneten Land, doch schon von klein auf hätte sie den zionistischen Gruppen angehört und an jedem Freitag ihres Lebens etwas von dem wenigen Geld, über das sie verfügen konnte, in die Sammelbüchse des Jewish National Fonds geworfen, jener Organisation, die dort Land kaufte, wo unsere Vorfahren hergekommen waren.

Meine Schwester und ich liebten unsere Großmutter von ganzer Seele, und wir hörten begeistert ihren Geschichten zu und gaben dann nachher unsere Kommentare dazu ab. »Ich glaube, sie war mutig, weil sie es gewagt hat, die Ihren zu verlassen, um ganz allein an einen so fernen Ort zu reisen, an dem es nichts gab«, sagte Jen. »Ich glaube, sie ist gegangen, weil sie wußte, daß Gott sie beschützen würde, denn Er wollte es so, daß seine Kinder in das Land Israel zurückkehrten«, sagte ich. Als wir sie danach fragten, antwortete uns die Großmutter, »das hatte weder etwas mit Mut noch mit Glauben zu tun, sondern ganz einfach mit der Lust am Leben. Ich hatte die antisemitischen Verfolgungen satt, die Verbote, die spitzen Hüte und gelben Kleider, die die Juden im Laufe der Geschichte tragen mußten, um sich von den anderen zu unterscheiden, und vor allem hatte ich die Pogrome satt, das Morden und die Angst.«

Doch wir wußten, daß dies nicht die ganze Wahrheit sein konnte. Wenn meine Großmutter in dieses ferne Land gegangen war, dann weil sie davon träumte, das

Land zu kultivieren, denn dies war den Juden dort verboten gewesen. Ihr ganzes Leben lang hatte sie das Gedicht von Bialik wiederholt: »Oh, hätte ich doch Flügel zum Fliegen, ich flöge ins Land, wo der Mandelbaum und die Palmen wachsen!«

Von ihrer Ankunft in Erez erzählte meine Großmutter zwei verschiedene Versionen. Manchmal sagte sie, daß ihr in dem Augenblick, in dem sie an Land ging, vor Rührung die Tränen gekommen waren: »Wir hatten soviel darüber gehört, über unser Land! Man hatte uns erzählt, es sei wunderschön, voll wilder Blumen, es sei das Land, in dem Milch und Honig fließen.« Ein andermal erzählte sie, daß sie in dem Augenblick, in dem sie ihren Fuß auf diese Erde setzte, ihr das Jom-Kippur-Nachtgebet in den Sinn gekommen sei: »Gepriesen seist du, Herr, der du dein Angesicht wieder über Zion leuchten läßt.«

Doch meine Großmutter muß dieses Land wahrhaftig sehr geliebt haben, um nicht von dem enttäuscht gewesen zu sein, was sie vorfand, denn statt Blümchen, Milch und Honig oder Segnungen traf sie nur dürren Boden an, den Jahrhunderte der Vernachlässigung ausgelaugt hatten und dem unmöglich irgend etwas zu entreißen war, wie ihr die arabischen Nachbarn versicherten.

Doch sie und ihre Gefährten waren hartnäckig. Sie hatten nicht Heim und Familie verlassen und waren nicht Tausende von Kilometern gereist, um sich jetzt geschlagen zu geben, also packten sie mit beiden Händen zu, auch wenn sie nichts von Landwirtschaft verstanden, da sie immer in Ghettos gelebt hatten, sie säuberten das Gelände von Steinen, Gestrüpp und Unkraut, zogen die ersten Furchen und säten.

»Wer wird Galiläa errichten? Wir! Wir!« sangen die Siedler, die sich in den Sümpfen im Norden niedergelassen hatten. Und diejenigen, die bis zu den Wüstengegenden im Süden vorgestoßen waren, fügten noch eine weitere Strophe hinzu: »Wer wird Negev errichten? Wir! Nur wir!« Ich glaube, sie sangen, um die Müdigkeit zu überwinden oder um sich selbst davon zu überzeugen, daß sie sich nicht geirrt hatten: »Wir sind in dieses Land gekommen, um es wieder in Besitz zu nehmen und aufzubauen und damit es uns wieder in Besitz nimmt und aufbaut: Anu banu artza livnot u lehivanot ba.«

Jen und ich liebten die Lieder der ersten Siedler, wir waren ergriffen von der Vorstellung, wie sie sangen, der Malaria, der Ruhr und dem Fieber, den Türken, Engländern und Arabern zum Trotz, die sie verfolgten, sie bestahlen und ihre Waren beschlagnahmten. Zeit und Energie schwanden dahin, während sie Chinin nahmen und Eukalyptusbäume pflanzten, um die Fliegen zu verscheuchen, Tage und Kräfte schwanden dahin, während sie Hunger litten und Zypressen pflanzten, um einen Wall gegen den Wind zu errichten.

Meine Schwester fand besonders großen Gefallen daran, wenn die Großmutter von ihren Träumen sprach, von ihren Vorstellungen und von den Büchern, die sie las. Mich interessierten dagegen mehr die greifbaren Dinge, die Bewältigung der alltäglichen Probleme. Meine Schwester hatte den sanften, verträumten Charakter meiner Großmutter geerbt, mir dagegen lagen ihre Liebe zum Land und ihr Idealismus im Blut. Und unsere Großmutter bemühte sich, unser beider Vorlieben zu befriedigen. Mir erzählte sie davon, wie sie gelebt und was sie gegessen hatten: »Wir zogen mit den Steinen dieser Gegend die Wände einer Wohnstube hoch, und das Dach deckten wir mit Binsen, durch deren Ritzen der klare Himmel von Erez schien, der wie blankgefegt und mit Sternen übersät war. Wir schliefen auf Holzdielen, die wir mit Stroh bedeckten. Unser Tisch war aus Blech, und ein alter Fetzen Stoff diente als Vorhang, der die Männer von den Frauen trennte. Für unsere Notdurft mußten wir weit hinausgehen, denn es brauchte einige Zeit, bis wir die Latrine installiert hatten. Wir ernährten uns von Agaven, von den großen, die nicht hart werden, von Ziegenkäse und Tomaten, die uns ein paar arabische Frauen verkauften. Manchmal besorgte jemand ein wenig schwarzen Tee oder Pfefferminztee. An einem Tag kamen die Söhne des benachbarten Scheichs und halfen uns, einen Ofen zu bauen. Zu dieser Zeit gab es noch nicht diesen Haß, der während all dieser Jahre zwischen den Arabern und den Juden gewachsen ist und den wer weiß was für seltsame Interessen geschürt haben. Es gab Diebstähle und Zwistigkeiten, aber keinen Haß. Deshalb kamen sie in aller Seelenruhe zu uns, gekleidet in ihre Galabijas und ihre langen Kefijas, und griffen uns unter die Arme, so daß wir schließlich unsere erste warme Mahlzeit genießen konnten: zwei Hühner, die jemand aus Tiberias mitgebracht hatte. Dieselben Araber schenkten uns ab und zu einen Gewürzkuchen oder ein Glas frische Lebenijah. Die klimatischen Bedingungen waren extrem, und wir litten sehr unter ihnen. Ich weiß nicht, was schlimmer war, die unerbittliche Hitze im Sommer, die die Stirn zum Glühen brachte, oder der Winterregen, der durch die Ritzen des Hauses und bis in die Knochen drang, so daß die Dächer zerstört und Menschen wie Tiere krank wurden. Doch wenn ich es recht bedenke, so war und ist immer noch das Schlimmste der Jamsin-Wind, an ihn gewöhnt man sich niemals.«

Jen erzählte die Großmutter dagegen von den großen Denkern, von Herzl und Borojow, von Marx und Jabotinskij, und sagte ihr auswendig die Gedichte von Bialik und Alterman, von Greenberg und Tschernischewskij auf. »Am Abend, so müde wir auch sein mochten, fanden wir uns immer in Gruppen zusammen und studierten und diskutierten. Und wir hielten Versammlungen ab, auf denen zur Sprache kam, was im Land vor sich ging, und auf denen über die internationale zionistische Bewegung und über die Weltpolitik geredet wurde. Wenn jemand Nachrichten von den Seinen erhielt, gab er sie an alle anderen weiter, und wenn jemand eine Reise unternahm, um etwas zu verkaufen oder einzukaufen oder um eine Bestellung abzuholen, erzählte er uns, was sich außerhalb des Kibbuz zutrug: ob ein neuer Moschaw im Galiläa gegründet worden war oder eine Zeitung in Haifa, ob die Zahl der Schüler in der Bezalel-Schule in Jerusalem inzwischen gewachsen war oder der See von Genezareth noch blauer aussah. Gelegentlich wurde zur Versammlung gerufen, um ein neues Mitglied willkommen zu heißen oder einen berühmten Ehrengast zu empfangen, wie zum Beispiel Trumpeldor, der bei unserer Gemeinschaft vorbeigekommen war, bevor er nach Tel Jai ging, wo er sterben sollte.

Wir wollten die Welt, die Gesellschaft, die Menschen ändern und glaubten, das sei möglich. Nun gut, eigentlich glaube ich immer noch daran«, sagte die Großmutter. »Deshalb legten wir so großen Wert darauf, bürgerliche Sitten und Moral zu ändern, wir waren der Ansicht, daß es nichts geben dürfte, was nicht Allgemeingut wäre, und ebensowenig private Angelegenheiten, wir dachten, alles sollte mit den anderen geteilt werden. Wir waren überzeugt davon, und ich bin es noch heute, daß wir hier, jenseits vom Individualismus, jenseits von Privateigentum oder dem Bedürfnis nach materiellen Gütern, ein großes kollektives Unternehmen begründen könnten, das sich auf die Kraft unserer Hände stützte, so daß eine neue Form des Zusammenlebens und eine neue Lebensphilosophie entstehen würden. Das war unsere Auffassung davon, uns unsere Heimat zu schaffen. Wir erfanden nicht nur eine neue Lebensform, sondern auch eine neue Moral, die auf den demokratischen Entscheidungen der Gruppe aufbaute, und wir lebten nach dieser Moral. Und dies war höchst beschwerlich und ermüdend.

Die Hälfte des Lebens verbrachten wir mit Zusammenkünften, auf denen alle zur gleichen Zeit sprachen, schrien und sich ereiferten, nichts durfte unerwähnt gelassen werden, die Themen brannten uns auf der Seele. Wir debattierten sowohl über die Weltrevolution, die unserer Vermutung nach in Europa im Anschluß an die große russische Revolution losbrechen würde, als auch über die Räder, die wir einem alten Fuhrmann abkaufen wollten, um unseren ersten Pflug zu bauen; wir redeten über mögliche Änderungen des Ehe- und Familienlebens und über die verschiedenen Samensorten, die man säen konnte; die Themen gingen vom Wesen unseres Judaismus und unserem Begriff von Tradition bis zu den Maschinen, in die wir als erstes investieren sollten; von der Bedeutung materieller Güter bis zu der Frage, ob man nur Hühner oder auch Gänse halten sollte; von der bestmöglichen Erziehung unserer Kinder, die wir eines Tages haben würden, bis zu der Frage, ob man ein Pferd vor den Pflug spannen oder für die Nachtwachen benutzen sollte; vom Begriff der Nation an sich und der Regierung, die unserer Ansicht nach unser Medinet Israel bekommen mußte, wenn es einmal existieren sollte, bis zu der Frage, ob die Frauen Ohrringe benutzen durften, die zu dieser Zeit für manche ein Symbol der Rebellion und für andere des Luxus waren, je nach ihrem Herkunftsland.

All das erörterten wir: Wann wir Kleider kaufen sollten und was für welche; ob man sich Flinten oder besser Pistolen besorgte, zu dieser Zeit konnte man noch nicht einmal von Maschinengewehren oder moderneren Waffen träumen; ob der Augenblick bereits gekommen war, in ein Radio zu investieren; wo man am günstigsten das Korn verkaufte; auf welche Weise man am besten ein Huhn zubereitete. Alles war für uns eine Frage der Politik, eine schwerwiegende Angelegenheit oder wurde zum Prinzip erhoben, und wir gerieten uns sogar in die Haare darüber, ob es sich um ein sozialistisches oder ein zionistisches Prinzip handelte.

Und wie wir stritten! Es gab sogar einige, die den Kibbuz verließen, und andere, die vorübergehend fortgingen und dann wieder zurückkamen, und wieder andere, die sich schreckliche Beleidigungen an den Kopf warfen, die einen Groll in die Welt setzten, der bisweilen noch heute anhält. Doch auf diese Weise bauten wir uns unsere Gemeinschaft und unser tägliches Leben auf.«

Wenn meine Großmutter von den Prinzipien sprach, dann horchte meine Schwester auf und stellte ihr Fragen, aber wenn sie vom alltäglichen Leben erzählte, dann blieb sie stumm, und ich war diejenige, die sich einmischte. Und ich war wie verzaubert von ihren Antworten, bei denen ihre Augen ganz klein wurden und ihre Stirnfalten noch deutlicher hervortraten.

»Wir teilten alles miteinander, jeder brachte sein Hab und Gut in die Gemeinschaft ein, ob es sich nun um ein Buch, eine Decke oder ein Paar Stiefel handelte. Deshalb machte auch das Gerücht die Runde, daß wir ebenso unsere Partner untereinander austauschen und die Frauen mit allen Männern schlafen würden, doch das stimmte nicht, denn wenn wir auch mit der alten Moral brechen wollten, so hatten wir doch feste Prinzipien, die uns ein untadelhaftes Benehmen geboten.«

»Also habt ihr euch gar nicht amüsiert«, fragte ich.

»Doch, natürlich«, entgegnete die Großmutter, »trotz körperlicher Erschöpfung, schmerzenden Muskeln und von der Arbeit gerädertem Körper waren wir so vergnügt, daß wir ein Lagerfeuer entfachten und zu tanzen begannen. Ach, wie schön ist doch die Jugendzeit! Man bezieht Kraft und Energie von weiß Gott woher, vom Idealismus oder von der Jugend selbst. Sogar für die Liebe reichten unsere Kräfte! Nach und nach bildeten sich Paare, die weit hinausgingen, um in der Nacht an irgendeinem Ort zusammenliegen zu können, und am nächsten Tag standen sie frühmorgens schon wieder bereit, um ihrer Arbeit nachzugehen.«

So verliefen unsere Gespräche, bei denen die Großmutter sowohl meine Neugier als auch die meiner Schwester zu stillen wußte. Bei anderen Gelegenheiten sprach sie zu uns beiden, zum Beispiel als sie uns etwas über unsere Mutter erzählten wollte. »Großvater machte mich gleich in der ersten Nacht, nachdem er das Geheiligte Land betreten hatte, zu ihrer Mutter, dieser Draufgänger. Zu jener Zeit war alles verboten, man durfte keine Dächer decken und keine Einwanderer mitbringen. Also wurden wir zu Weltmeistern der Täuschung. In den dunklen Nachtstunden stellten wir die Häuser fertig und versteckten Waffen und Ernteerträge, so daß es am nächsten Morgen den Anschein hatte, als sei nichts geschehen. Und wir schleusten weiterhin heimlich die Unseren ein. Die Schiffe kamen, beladen mit Flüchtlingen, in Chipre an, und von dort führten wir sie zu den Kähnen, die in der Morgendämmerung an den nur spärlich bewachten Stränden landeten. Als wir schließlich beim Kibbuz angelangt waren, feierten wir nach all der Aufregung und Mühe die Ankunft der neuen Siedler mit Liedern und Tänzen. Großvater Dowidl war kaum angekommen, da wandte er schon kein Auge von mir, als ich ihnen Wasser reichte, und gleich darauf trat er, ohne weitere Umstände, auf mich zu, nahm mich beim Arm, und wir entfernten uns ein Stück weit, wie es für gewöhnlich die Liebespaare taten. Und auf dem Feld wurde eure Mutter gezeugt.

Das gab vielleicht ein Geschrei! Meine Schwangerschaft versetzte die ganze Gemeinschaft in Aufruhr, denn unsere Lebensbedingungen waren mehr als unsicher, und wir lebten in völliger Armut. Doch es war nun einmal geschehen, und daran war nichts mehr zu ändern.« An diesem Punkt der Erzählung lächelte die Großmutter verschmitzt, bevor sie hinzufügte: »Ich werde euch etwas sagen, von klein auf habe ich gewußt, daß ich mein Leben dem Wichtigsten weihen wollte.

Immer bin ich der Überzeugung gewesen, daß die zwei wesentlichsten Dinge im Leben, die ich mir von ganzem Herzen wünschte, die folgenden waren: das Land zu bearbeiten und Kinder zu bekommen, viele Kinder. Und beides ist Wirklichkeit geworden, und ich habe es nie bereut, mein Leben hätte gar nicht besser verlaufen können.

Eure Mutter war meine einzige Tochter, und die Glückseligkeit, die ich bei ihrer Geburt empfand, läßt sich nicht in Worte fassen. Noch jetzt spüre ich genau die Wärme ihres winzigen Körpers, sehe die Schönheit ihres geröteten Gesichts vor mir und habe ihr Schreien in den Ohren, mit dem sie auf die Welt kam. Und natürlich wurde sie im Kibbuz unverzüglich zum Mittelpunkt aller Zärtlichkeiten. War sie einmal krank, wachten alle an ihrem Bettchen, als sie zu sprechen anfing, ließen alle sie hochleben, wenn jemand verreiste, kam er unweigerlich mit einem Geschenk für sie wieder. Es war unser aller gemeinsame Tochter, auf die wir stolz waren und die uns in diesen so schweren Tagen Glück brachte.«

Niemals verstand ich, warum die Großmutter mit so großem Nachdruck von unserer Mutter sprach, denn wenn ich auch sehr wohl wußte, daß sie dies tat, damit wir sie nicht vergaßen, so wurde sie doch im Laufe dieser Erzählungen immer wieder vom Kummer übermannt, und das Gespräch erstarb. Zuerst füllten sich ihre Augen mit Tränen, dann wurde ihre Stimme brüchig, und schließlich schwieg sie ganz. Dann umarmten wir sie immer, obwohl wir wußten, daß sie nun nicht mehr bei uns war, sondern weit weg, versunken in ihre Erinnerungen.

Großvater Dowidl verschwand, noch bevor meine Mama auf die Welt gekommen war. Großmutter sagte, daß er nach Hause zurückgekehrt war, weil er starkes Heimweh gehabt und das mühsame Leben in Erez nicht ertragen hatte, aber nach Meinung meines

Onkels Uri war er nur in eine andere Stadt gezogen und hatte dort eine andere Frau geheiratet.

Onkel Uri ist der Sohn von Großvater Menachem, den Großmutter kennenlernte, kurz nachdem meine Mutter zu laufen angefangen hatte. »Der Keren Kayemet hatte uns Land zugesprochen, um einen Kibbuz aufzubauen. Es waren sechzehn Dunams, auf denen wir Wein anpflanzten, wie es in der Gegend üblich war. Erinnerst du dich an die Worte des Propheten Amos, liebe Keren?« fragte sie mich, worauf sie selbst antwortete: »Und ich werde mein Volk erneut nach Israel führen, und sie werden dort Weinberge pflanzen und Wein trinken.« Und das taten wir auch. Es ist äußerst beschwerlich, die Gerüste für die Reben zu bauen, man muß jede Pflanze einzeln nehmen und sie mit einer Schnur an eine Stange binden. Dann begossen wir sie mit Eimern voll Wasser, die wir aus einem Brunnen zogen, den wir selbst gegraben hatten. Wie durchliefen alle Rebenreihen mit ihren Trauben und benetzten die Erde, ohne auch nur einen einzigen Tropfen der wertvollen Flüssigkeit zu verschwenden. Und wir lernten, die Pflanzen sorgfältig zu beschneiden, denn Trauben sind äußerst empfindliche Früchte.«

An diesem Punkt der Erzählung hielt die Großmutter inne. Gemächlich schälte sie einen Apfel, wobei das spitze Messer in ihrer Rechten die Frucht immer wieder umrundete, bis sie die ganze Schale gelöst hatte. Dann schnitt sie den Apfel in Stücke und gab jeder von uns eines davon, bevor sie in ihrem Bericht fortfuhr: »Großvater Menachem habe ich kennengelernt, als wir unsere ersten Trauben auf den Markt brachten, er war dort als Einkäufer für Weinfabrikanten, und wir fanden vom ersten Augenblick an Gefallen aneinander. Also begann er, mich im Kibbuz zu besuchen, und eines Tages brachte er uns aus heiterem Himmel als Geschenk eine ausrangierte Pumpe mit, die zwar die Hälfte der Zeit über in Reperatur war, sich aber dennoch als sehr nützlich für uns erwies. Manchmal benutzten wir sie dazu, Wasser zu ziehen, und manchmal, um Strom zu erzeugen. Die Gefährten waren ihm so dankbar für dieses Geschenk, daß sie sich ihm gegenüber sehr freundlich zeigten. Dies wußte Menachem auszunutzen, denn nun kam er jede Woche, um den Sabbat mit uns zu verbringen. Und immer brachte er schöne Sachen mit: Brot, Hühner, Zucker, Butter, an einem Tag brachte er eine Schere mit. Nun gut«, sagte Großmutter, »dann geschah schließlich, was geschehen mußte, und dein Onkel Uri kam zur Welt.«

Großmutter erinnerte sich gern an Großvater Menachem. »Er war ein außerordentlich schöpferischer Geist, immer fiel ihm etwas Neues ein, er konnte nicht einen Moment stillsitzen. Unser erstes größeres Bauvorhaben hatten wir ihm zu verdanken, er besorgte das Material und brachte den Javerim bei, wie man damit umging. Es handelte sich um den Wasserspeicher. Ein hoher Turm wurde daraus, mit einem riesigen Versammlungsort, so daß er schließlich zu unserem Wahrzeichen wurde und der Punkt war, nach dem sich alles bemaß: 'Wir sehen uns beim Turm', 'Der Benzintank muß auf der und der Höhe des Turms angebracht werden, die Kornspeicher auf dieser Turmhöhe', und dergleichen mehr. Doch wie mühsam war es, genügend Wasser zu finden, um ihn aufzufüllen! Wir mußten Brunnen graben und das Wasser rationieren, doch immerhin hatten wir nun ein kleines Reservoir, und alles nur dank dem guten Menachem. Und wir hätten sicher auch bald das Energieproblem gelöst, wenn er mit seinen Experimenten hätte fortfahren können, aber die Javerim machten sich über seine Ideen lustig. Schon damals sprach er davon, daß wir die Sonnenenergie ausnützen müßten, weil es in dieser Gegend nicht genügend Öl gab und ebensowenig Kohlevorräte und auch keine großen Flüsse, die zur Stromerzeugung hätten dienen können.«

Großmutter Sara und Großvater Menachem pflanzten den ersten Gemüsegarten des Kibbuz an. »Wir verstanden nicht das geringste davon, aber wir lasen in Büchern nach und holten Erkundigungen ein. Wir besorgten Samen, legten sie in heißes Wasser – eine unfehlbare Methode, um sie zu desinfizieren und den Prozeß des Keimens zu beschleunigen –, und mit unseren eigenen Händen gruben wir Löcher in die Erde, setzten die Pflänzchen ein und schaufelten die Kuhlen rasch wieder zu, damit die Feuchtigkeit nicht verdunstete.« Und immer beendete unsere Großmutter ihre Rede mit den Worten: »Wenn ich mir die Maschinen anschaue, die wir heute haben und die alle drei Arbeitsgänge auf einmal in Höchstgeschwindigkeit erledigen, dann bin ich immer tiefbewegt, wenn ich daran denke, wie Menachem und ich bis zu den Ellenbogen in der Erde wühlten, denn wir hatten damals noch nicht einmal eine Spitzhacke. Doch am meisten rührt es mich, wenn ich an die Gesichter unserer Gefährten denke, als wir die ersten Rettiche aßen, die wie durch ein Wunder prächtig gediehen waren, denn später mußte ich feststellen, daß sie nur allzu leicht bitter werden. Ebenso bewegen mich noch immer ihre Überraschungsrufe bei unseren ersten Mohrrüben, die sich so viel Zeit beim Wachsen ließen, daß wir schon geglaubt hatten, sie würden überhaupt nicht mehr aus der Erde kommen.

Von diesem Zeitpunkt an bekam der Gemüseanbau Vorrang. Heute sind wir auf diesem für unsere Ernährung so grundlegenden Gebiet völlig autark und verfügen über eine außerordentliche Vielfalt der Erzeugnisse: Salat, Spinat und Mangold, die zweimal im Jahr geerntet werden können, Tomaten, die Dürre und den Salzgehalt des Bodens gut vertragen, die man jedoch mit besonderer Sorgfalt ernten muß, weil sie sehr leicht zerdrückt werden, außerdem Kohl, Broccoli, Blumenkohl, Kürbisse, Zwiebeln, Paprikaschoten, Sellerie, der als junge Knolle so sehr der Kohlrübe gleicht, sowie Runkelrüben, die ich roh gar nicht gerne mag, in der Suppe jedoch schon, darüber hinaus Zucchini und sogar alle Arten von Gurken, obwohl diese soviel Wasser benötigen, sowie Spargel, dessen Anbau äußerst kompliziert ist. Seit kurzem pflanzen wir Artischocken an, das ist ein mediterranes Gemüse, das hier sehr gut wächst. Und natürlich haben wir auch Kräuter für den Tee und für die Küche.«

Eine von Großmutters Lieblingsgeschichten war die von den Auberginen. »Als wir einmal über die Felder gingen und uns versteckten, um allein sein zu können, begegneten wir einem Paar spanischer Juden, die auf diesem Weg gerade nach Hause gingen. Sie schenkten uns ein paar Samen von einer Gemüseart, die es bei uns nicht gab und die ich nie zuvor gesehen hatte. Ich pflanzte sie ein, und daraus entstanden die Auberginen, die alle so sehr mochten und die wir mit Knoblauch zubereiteten oder brieten.

Großvater Menachem war der geborene Bauer, er kannte alle Launen und Wünsche der Erde, die er auch den Leuten im Kibbuz beibrachte, so daß wir uns, als der Keren Kayemet uns fünfunddreißig weitere Dunams zusprach, unter Menachems Anleitung daranmachten, in großem Maßstab anzupflanzen.« Ich glaube, meine Großmutter muß zu jener Zeit ihr glückliches Gesicht bekommen haben, dieses fröhliche Lächeln und diese sanften Augen, wie von jemandem, der sieht, daß sich nach und nach seine Träume erfüllen. Sie sprach sehr gerne darüber: »Von den Grundbedürfnissen des Menschen, nämlich Nahrung, Wohnung und Kleidung, ist die Ernährung zweifellos das wichtigste«, sagte sie. »Und das Getreide ist das elementarste Nahrungsmittel, denn es gibt dem Organismus den Brennstoff und somit die Energie, die er zum Leben braucht. Und natürlich nicht nur dem menschlichen Organismus, sondern auch dem der Tiere, die uns ihrerseits wieder Milch- und Fleischprodukte sowie Eier geben, die uns mit Proteinen versorgen. So gibt es also nichts, was das Getreide ersetzen könnte. Da wir dies wußten, bestanden Menachem und ich darauf, den Weinanbau aufzugeben, denn Wein gab es genug in Erez, und statt dessen Korn anzubauen. Und es gelang uns, unsere Gefährten davon zu überzeugen.

Der Boden in dieser Gegend ist sehr sandig, locker und porös, so daß er die Feuchtigkeit leicht bis in die tiefsten Schichten aufnehmen kann. Dafür ist jedoch das Gelände vollkommen eben, so daß der Wind darüber hinwegfegt, dem Boden das Wasser entzieht und ihn schnell austrocknet. All die Jahre, die der Boden nicht bebaut worden war, hatten ihn ausgelaugt und ausgewaschen, so daß der Anfang nicht leicht war. Ein großes Problem stellten die Stürme dar, denn sie trugen ganze Erdschichten mit sich fort, und als dann endlich die ersten Pflanzen wuchsen, riß der Wind die zarten Blätter ab und knickte die höchsten Stengel. Heutzutage stehen uns bereits Methoden zur Verfügung, den Boden fester zu machen, sowie Präparate, um seine chemische Zusammensetzung zu verbessern, aber damals hatten wir nichts davon. Also pflanzten wir als erstes zum Schutz einen Baumwall und machten uns anschließend daran, den Boden zu bearbeiten, indem wir ihn von Steinen, Gestrüpp, Klumpen und trockener Kruste befreiten. War diese Arbeit getan, pflügten wir die Erde tüchtig um und bewässerten den Boden. Zu dieser Zeit hatten wir noch keine Düngemittel, nicht einmal Mist, denn wir besaßen keine Tiere und auch keine organischen Abfälle, so daß wir zunächst noch nichts anbauten, denn die einzige Möglichkeit, dem Boden neue Kräfte zu geben, bestand darin, die tiefsten Erdschichten mit den oberen zu mischen, so daß sich alle mit Feuchtigkeit vollsogen und somit der Erde genügend Wärme, Luft und Mikroorganismen zugeführt wurden. Es war eine sehr harte Arbeit. Doch indem wir die Erde umgruben und in ihren Tiefen Feuchtigkeit und Humus suchten, gelang uns das Unmögliche.

Na, ist euch schon langweilig?« fragte die Großmutter, denn sie sah, daß Jen schon beinahe einschlief, doch wußte sie, daß ich dagegen von ihrem Bericht gepackt war. »Bitte erzähl weiter«, bat ich sie, und da umarmte sie mich. »Ach, meine liebe Keren, du verspürst den Ruf der Erde genauso wie ich.« Und sie kam auf ihre Geschichte zurück:

»Als erstes pflanzten wir Weizen an, denn Klima und Boden dieser Gegend eignen sich vorzüglich für diese Getreideart. Der Weizen benötigt Wasser, doch nicht so viel wie der Reis, und er benötigt Wärme, aber nicht so viel wie der Mais. Es ist eine sehr genügsame Pflanze; um zu wachsen, braucht sie nur ein gemäßigtes Klima, und um zu reifen, kommt sie mit ein wenig Sonne aus. Außerdem hat der Weizen einen verhältnismäßig großen Nährwert, er verdirbt nicht so leicht und läßt sich gut speichern. Deshalb hatten wir ihn für unseren ersten Anbau ausgewählt.

Einer jener europäischen Freiherren, die alle Juden unterstützten, die sich in Palästina niederließen, gab uns einen Kredit, und so versorgten wir uns mit Hacken, Spaten, Harken, Sensen, Sicheln und Schaufeln, Bewässerungsfässern, Saatsäcken und einem Küchenmesser. Wir beschafften uns so viel auf einmal, daß wir uns wie Herren über die modernsten Werkzeuge fühlten! Denn damals fehlte es uns an allem: an Medikamenten, an Nadel und Faden, an Stiefeln für die Feldarbeit, an Papier und Bleistift, um nach Hause zu schreiben.

Wir besaßen ein einziges Pferd und einen schwerfälligen, primitiven Holzpflug. Das Tier ermüdete schnell, der Pflug blieb an jedem Stein hängen, und die Furchen wurden ganz krumm, doch das spielte keine Rolle, wir ließen uns nicht entmutigen, warfen die Saat aus und verscheuchten die Vögel, die sie fressen wollten.

Bis zum heutigen Tag muß ich noch zittern, wenn ich daran denke, wie die ersten Triebe unseres Weizens ihre Köpfe aus der Erde steckten und wie sie dann aufrecht in die Höhe schossen und schließlich die Ähren mit ihrem schönen Korn wuchsen. Es war wie ein Wunder.

Schritt für Schritt verfolgte ich das Wachstum, stundenlang saß ich neben den Pflanzen und sah, wie sie die Blätter entfalteten, wie sich die Knoten herausbildeten und wie die Blütezeit begann. Mit größter Ungeduld wartete ich darauf, daß das Korn reifte, und wachte darüber, daß kein Tier sich an ihnen zu schaffen machte und ihnen auch keine Pilze, Wucherungen oder Flecken wuchsen, die das sichere Merkmal von Krankheiten sind. Ich jätete fleißig und entfernte alles Unkraut, das zwischen dem Korn wuchs und ihm Licht, Nährstoffe oder Wasser entziehen konnte. Ich sorgte mich um Nagetiere und um Vögel, selbst um den Himmel, denn ich hoffte, daß es nicht zu heiß und nicht zu kalt werden würde, damit mir der Weizen nicht einging. Die Gefährten wunderten sich, denn anstatt im Haus zu schlafen, blieben Menachem und ich über Nacht bei dem Weizen! Und dort, inmitten unserer geliebten Pflanzen und in unmittelbarer Nähe von Mutter Erde, die sich uns gegenüber so großzügig gezeigt hatte, geschah es auch, daß Menachem mich zur Mutter von deinem Onkel Arieh machte. Ich glaube, weil er gerade auf diese Weise empfangen worden ist, ist er auch der kräftigste und stämmigste von meinen Söhnen.

An dem Tag, an dem das Getreide geerntet werden konnte, zogen wir mit den Werkzeugen aus und holten die Früchte unserer Arbeit ein. Zuerst schnitten wir die Halme ab, dann bündelten wir das Getreide und schichteten es ordentlich in einen Speicher, damit das Korn trocknen konnte. Was für ein herrlicher Anblick war das, die gemähten Felder und die Berge der Ähren!

Und wenn wir nach der Arbeit auch völlig durchgeschwitzt waren und uns der ganze Körper schmerzte, konnten wir uns doch nicht sattsehen am Werk unserer Hände.

Wenn das Korn gelb ist und sich leicht von den Ähren lösen läßt, dann kann man es dreschen, danach wird es gewaschen, Erde oder Verunreinigungen werden entfernt, und das schlechte Korn wird ausgelesen, bevor man es speichert. Wir schütteten es zu Haufen auf, denn unser Klima ist so trocken, daß es nicht faulen kann. Heute wird all diese Arbeit von Maschinen erledigt, es gibt jetzt Mähmaschinen und sogar Mehrzweckmaschinen, die mit einem Mal schneiden, dreschen und auslesen, und die Kornkeller sind heutzutage immer richtig beleuchtet und temperiert, doch damals war das nicht so, und wenn man großes, gleichmäßiges Korn erntete, dann war das Glück vollkommen und unser Ziel erreicht.

Selbstverständlich ging es uns nicht immer so gut, oftmals erwies sich das Korn als geschädigt, hart oder verunreinigt, denn wir hatten weder Düngemittel noch Schädlingsbekämpfungsmittel und konnten nicht tiefer säen, als es uns unsere primitiven Werkzeuge erlaubten. Und dann waren da noch die Heuschrecken, wenn wir eine schwarze Wolke am Horizont sahen, so war alles umsonst, soviel Geschrei und Rauch wir auch machten und wenn wir auch noch so gewissenhaft die Empfehlungen befolgten, die man uns gegeben hatte. Das Schlimmste daran kam erst hinterher, wenn wir die winzigen Eier suchen mußten, die die Heuschrecken hinterlassen hatten, und die wir dann ganz tief in der Erde vergruben, damit nicht noch mehr Schwärme geboren wurden. Und wenn die Ernte einmal gut ausgefallen war, dann wurde sie zu allem Überfluß bisweilen auch noch von den Türken beschlagnahmt, oder die Araber brannten uns die Felder ab.«

An diesem Punkt der Geschichte war meine Schwester bereits unweigerlich entschlummert, denn sie interessierte sich nicht für die Angelegenheiten der Erde. Daraufhin brachte uns die Großmutter zurück ins Kinderhaus, Jen trug sie auf dem Arm, und mich führte sie an der Hand. Auf dem Weg über die kaum erleuchteten Pfade im Kibbuz und während sie mir beim Ausziehen half und mich ins Bett brachte, fuhr die Großmutter in ihrem Bericht fort, denn sie wußte wohl, wie sehr ich darauf brannte, alle Einzelheiten zu erfahren: »Am meisten Kopfzerbrechen bereitete uns immer das Problem mit dem Wasser. Wir fingen es in Fässern und selbst in Steinen auf und nutzten jeden Tropfen, selbst den Tau. Am besten ist das Regenwasser, denn es ist leicht und sauerstoffreich, nur regnet es hier äußerst selten, und da es hier auch keine Flüsse gibt, mußten wir einen Brunnen graben. Problematisch war jedoch, daß das gezogene Brunnenwasser nicht sauber war, und so wurden einige Pflanzungen verunreinigt, vor allem die mit den grünen Blättern, an denen sich so leicht alle möglichen Krankheiten festsetzen. Wegen der Beschaffenheit des Bodens war dieses Wasser außerdem salzhaltig, was zwar gut für Tomaten und Auberginen war, nicht jedoch für die anderen Pflanzen. Heute gibt es Produkte, die die Qualität des Wassers verbessern, wie zum Beispiel den Härtegrad und die Temperatur, kurz und gut, damals gab es nichts dergleichen. Mehr noch, damals ahnten wir nicht einmal, daß es einmal möglich sein sollte, die natürlichen Eigenschaften des Wassers oder der Erde zu ändern, wir verfügten über keinerlei Kenntnisse auf diesem Gebiet, wir mußten allein auf unsere Erfahrungen aufbauen und ließen uns von den Ergebnissen überraschen. Wir fanden selbst heraus, wie und wann wir zu säen hatten, wann man die Saat bewässern mußte und wieviel Wasser sie benötigte, wie viele Samenkörner zu setzen waren und in welcher Entfernung voneinander und vieles mehr.«

Besonders lebhaft erinnere ich mich daran, wie uns

Großmutter zu Onkel Schmuel zum Impfen brachte. Jen und ich weinten, schrien und wehrten uns mit Händen und Füßen. Also erzählte sie uns folgende Geschichte: »Großvater Menachem starb an Malaria, als ich mit Onkel Schmuel schwanger ging. Das ist eine grauenerregende Krankheit. Die Muskeln verspannen sich und verhärten, der Körper wird von Krämpfen geschüttelt, und man bekommt hohes Fieber. Nach dem Anfall überkommt einen ein großes Schwächegefühl, und der ganze Körper wird so matt, daß man nicht einmal mehr den Kopf heben oder den Arm bewegen kann.

Damals suchten uns häufig Krankheiten heim, vor allem am Magen und in der Kehle. Und wir bekamen schreckliche Sonnenstiche. Außerdem machten uns unsere Zähne zu schaffen, die sehr schlecht waren. Natürlich hatten wir keinen Arzt, keine Impfstoffe und keine Medikamente. In schweren Fällen spannten wir das Pferd an, um jemanden zu einem Doktor zu fahren, aber für gewöhnlich behandelten wir uns mit Wasser, Chinin und Bettruhe. Heute verfügen wir über einen eigenen Arzt, und das müssen wir ausnutzen. Dein Onkel Schmuel hat eben deshalb Medizin studiert, weil er sah, wie sehr ich unter dem Tod seines Vaters litt, und weil er selbst darunter gelitten hat, ohne Vater aufzuwachsen. Von Kindheit an sprach ich viel mit ihm über diese gesegnete Wissenschaft, die Menschenleben retten kann, und ich glaube, das muß ihn tief berührt haben.

Damals gab es hier einen rumänischen Doktor, den ersten im ganzen Kibbuz, er bekam ein recht hohes Gehalt von uns, das wir mühsam zusammenkratzten. Wir errichteten ihm eine Klinik, stellten ihm eine Krankenschwester und gaben ihm ein solide gebautes Haus, eines der besten, das es bei uns gab, damit er dort mit seiner Frau leben konnte. Jeden Nachmittag nach der Schule ging der Onkel zu ihm, um ihm zu assistieren. Da der Doktor keine Kinder hatte, schloß er ihn in sein Herz und nahm sich die Zeit, ihn geduldig zu unterrichten. Nachdem Schmuel seinen Militärdienst geleistet hatte, besuchte er die Universität, und der Kibbuz zahlte sein Studium. Ich bin sehr stolz darauf, daß er sich jetzt hier niedergelassen hat«, sagte die Großmutter, »obwohl ich mich dafür schäme, daß ich ein Paar so feiger Enkelinnen habe, die sich keine Spritze geben lassen wollen.«

»Wenn ich einmal groß bin, dann werde ich Medizin studieren, damit du glücklich bist«, sagte dann Jen zu ihr, »und ich werde alle Leute heilen, und niemand wird mehr sterben.« »Und ich werde das Land bearbeiten, um allen zu essen zu geben«, sagte ich darauf, «niemand wird mehr Hunger haben, und Vetter Schlomo wird uns verteidigen, denn er wird der beste Soldat der Welt werden.« Da bedeckte uns die Großmutter mit Küssen und umarmte uns fest und sagte: »Meine armen Mächen, meine allerliebsten Mädchen.«

Vetter Schlomo ist der Enkel von Großvater Schlomo, den meine Großmutter kennenlernte, als der Unabhängigkeitskrieg ausbrach. Unser Kibbuz befand sich unmittelbar an der Grenzlinie, und wir mußten ihn unter Einsatz vieler Menschenleben und um den Preis großer Zerstörung verteidigen. Großvater Schlomo gehörte zum Palmach-Stoßtrupp und war bei uns stationiert, um hier den Kampf zu leiten. Er brachte Großmutter all die Heldenlieder bei, die sie sangen, um sich Mut zu machen. »Von Metula im Norden bis zu Negev im Süden, vom Meer bis zur Wüste werden wir wachsam sein, wir, die Jungen vom Palmach.«

Nach dem Sieg blieb Großvater Schlomo in der Gegend, um den Bau der Flüchtlingslager zu leiten. Also errichteten sie ein nicht allzu geräumiges, jedoch sehr ordentliches Lager, und dort, während sie Decken zurechtlegten und Wasserbehälter aufstellten, fanden sich unsere Großmutter Sara und der Soldat Schlomo zusammen, wobei schließlich mein Onkel Avigdor entstand, der Vater von Vetter Schlomo.

Immer wenn die Großmutter von Onkel Avigdor sprach, sagte sie, daß mit ihm das Glück im Kibbuz Einzug hielt, denn damals wandten sich die Javerim an die Jewish Agency, um ein Darlehen für ein Babyhaus zu erhalten. »Inzwischen hatten sie gemerkt, daß ich viele Kinder haben würde«, sagte die Großmutter mit einem sanften Lächeln, »und andere ebenfalls, denn Rochele und Leah waren auch schon schwanger, so daß die Sache langsam ernst wurde. Was wurde das für ein Haus! Es war das schönste im ganzen Kibbuz, es besaß zwei Stockwerke und große Fenster, damit ausreichend Luft und Sonne hereinkommen konnten, und aus Sicherheitsgründen lag es genau im Zentrum des Kibbuz. Ihr habt nicht mehr darin gelebt«, sagte sie uns, »aber es war sehr gemütlich, Großvater Schlomo hat dort unsere erste funkelnagelneue Klimaanlage angebracht und ein paar Primuskocher, die viel Lärm machten, aber äußerst nützlich waren.«

Nach Aussagen meiner Großmutter war Schlomo ihr stattlichster Mann gewesen, dunkelhaarig und schlank, wie alle spanischen Juden. Als Kind war er auf dem Arm seiner Eltern nach Haifa gekommen, und bevor sie an Land gegangen waren, wurde er mit Lysol desinfiziert, was die Familie äußerst gekränkte hatte. Als junger Bursche ließ Schlomo sich für die Palmach-Stoßtruppe anwerben und meldete sich immer zu den gefährlichsten Missionen, vielleicht um den Aschkenasim zu zeigen, daß er der beste war, und die Erniedrigung der Seinen so wieder wettzumachen. Das Schicksal wollte es, daß sie ihn unserem Kibbuz zuteilten, wo ihm die Liebe begegnen sollte und dies ausgerechnet in Gestalt einer weißen, blonden Frau. Doch dasselbe Schicksal wollte es auch, daß er nicht leben sollte, um diese Liebe zu genießen. Großvater Schlomo fiel in einer Nacht, in der er Wache stand, sein Sohn Avigdor war damals noch nicht einmal ein Jahr alt. Zwanzig Jahre später wurde eben jener Onkel Avigdor von der Explosion einer Mine zerfetzt, als sein eigener Sohn Schlomo ebenfalls gerade erst ein Jahr alt wurde. Deshalb versicherte uns mein Vetter Schlomo seit er sprechen konnte immer wieder, daß er Soldat werden wollte, um seinen Großvater und seinen Vater zu rächen. Und das ist er auch geworden, obwohl er bereits zweimal schwerverletzt ins Krankenhaus eingeliefert worden war.

Wäre Großvater Schlomo nicht gestorben, dann hätte er sich nach Ausrufung des Staates Israel sicher dem Heer angeschlossen und bestimmt den Kibbuz verlassen, denn er war nicht der Mann, der geduldig das Land bebaute. Ich weiß nicht, was die Großmutter in diesem Fall getan hätte, doch wurde sie nicht vor diese Entscheidung gestellt. Großvater Saul dagegen war in Erez geboren worden und in unmittelbarer Berührung mit der Erde aufgewachsen, er liebte das Landleben, und wenn er nachts mit geschultertem Gewehr seine Wachrunden zog, dann nur, weil ihm keine andere Wahl blieb. Wie unterschiedlich waren die beiden, und doch liebten sie dieselbe Frau und wurden auch von ihr geliebt!

Großmutter Sara und Großvater Saul waren dafür verantwortlich, daß mehr Vielfalt in den Anbau im Kibbuz kam, denn Saul sagte, es sei sehr riskant, ihr ganzes Leben nur von einem einzigen Erzeugnis abhängig zu machen. Also begannen sie, Hafer und Gerste anzupflanzen, die, wie uns unsere Großmutter erklärte, ähnlich angebaut werden wie der Weizen, sich an die unterschiedlichsten Bodenarten anpassen können und sehr widerstandsfähig sind, ohne daß sie allzuviel Wasser benötigen, der Hafer etwas mehr als der Weizen, die Gerste etwas weniger. Unsere Großmutter ist noch immer ganz ergriffen, wenn sie an die hohen, geraden

Halme denkt, an die hellgrünen der Gerste und an die dunkelgrünen des Weizens.

Großvater Saul war wie besessen davon, das Land in vollkommener Ausgewogenheit zu bebauen, und er steckte meine Großmutter mit seiner Idee an, so daß beide ihre Zeit damit verbrachten, zu lesen und zu experimentieren, um den Boden optimal nutzen zu können. Auf Grund ihrer Studien beschlossen sie, Hülsenfrüchte anzupflanzen, die sich gut mit anderen Kulturen vertragen und der Erde wieder Aufbaustoffe zuführen. »Die Wechselwirtschaft ist notwendig«, erklärte sie uns, »denn durch sie kann sich die Erde regenerieren. Jede Pflanze nimmt ganz bestimmte Nährstoffe in sich auf, und wenn diese fehlen, dann wachsen sie nicht mehr so gut, sie bekommen schwache Stengel und vergilbte Blätter.«

Also gab es im Kibbuz inzwischen Saubohnen, grüne Bohnen, Erbsen und Zuckerschoten. »Und da wir nun schon einmal dabei waren, beschlossen wir eines Tages, Kartoffeln anzubauen, die sehr nahrhaft sind. Doch weil sie während ihrer verschiedenen Wachstumsperioden eine sehr unterschiedliche Menge von Wasser, Licht und Wärme benötigen, erwies sich ihr Anbau als äußerst schwierig. Wir wagten es trotzdem, und natürlich ließ der Mißerfolg nicht auf sich warten. Starrköpfig wie wir waren, versuchten wir es ein ums andere Mal, bis es uns schließlich gelang.«

Wenn meine Schwester und ich über ihre vielen Experimente lachten, dann störte das die Großmutter überhaupt nicht. »Unsere Kartoffeln mögen zwar nicht so schmackhaft wie die russischen sein, die es früher bei uns zu Hause gegeben hat, und auch nicht so gut wie die heutigen, die aus Peru stammen, denn unsere hatten wenig Geschmack und waren zu mehlig, aber mehr als einmal retteten sie uns vor dem Hunger.« Und nachdem sie dies gesagt hatte, fragte sie uns schließlich, ob wir wüßten, daß der Weizen zum Wachsen die langen Tage bevorzugt, während die Kartoffeln im Gegenteil die kurzen Tage vorziehen. Nein, das hatten wir noch nicht gewußt.

Von Großvater Saul bekam Großmutter ihren Sohn Dov, meinen Lieblingsonkel, ein liebevoller, ruhiger Mann, der seine Tage mit dem schönen Spiel der Jalil-Flöte verbringt. Seit mehreren Jahren zieht er mit seinem Freund Arieh, der Akkordeon spielt, durch das ganze Land und gibt Konzerte mit folkloristischer jiddischer und hebräischer Musik.

Aber unser eigentlicher Großvater war Chaim. Er war nach dem Krieg mit den Einwandererwellen der Holocaust-Überlebenden gekommen. Mein Onkel Mosche, sein Sohn, sagt immer, Großmutter hätte sich in seinen Vater verliebt, weil dieser damals so mager und schwach war, daß es einem das Herz zerriß, und ihr Mutterinstinkt trieb sie dazu, sich um ihn zu kümmern und ihm zu essen zu geben. Meine Großmutter verliebte sich in Chaim, als Saul nach Amerika ging, um die ersten Traktoren für den Kibbuz zu kaufen, und nicht mehr zurückkam. Saul begann, Briefe zu schicken, in denen er uns mitteilte, daß es besser wäre, mit der Heimreise noch etwas zu warten, weil eine neue Dreschmaschine auf den Markt kommen sollte, und dann schrieb er, es wäre besser, noch etwas länger zu warten, weil sie einen neuen Brutapparat für Hühner angekündigt hätten, und so verging die Zeit, ohne daß er sich entschließen konnte zurückzukehren. Doch bis zu seinem Tode hat uns Großvater Saul stets mit allem versorgt, was er nur aus diesem fernen Land schicken konnte.

Währenddessen pflegte und umhegte die Großmutter den frisch angekommenen Chaim, der sie zum Dank nicht nur erneut schwanger machte, sondern sie auch heiratete und alle ihre Kinder adoptierte. »Ich bin eben altmodisch«, sagte er, um seine Handlungsweise zu erklären, »ich bin nicht als Freidenker oder Zionist in dieses Land gekommen, sondern weil Hitler die Meinen ausgelöscht hat und ich wie durch ein Wunder überlebt habe und nun hierhergebracht worden bin.« Alle im Kibbuz erinnern sich noch mit großer Rührung an dieses merkwürdige Paar, das Chaim und Sara bildeten, er ganz mager und klein, vollkommen kahl, sie groß und stämmig, mit ihren dicken, blonden Haaren, die sie zu einem Zopf geflochten hatte, und an den Augenblick, als sie beide inmitten all ihrer Kinder, sie hochschwanger, unter der Chuppa standen, während der Rabbi die Heiratsgebete deklamierte.

Zehn Tage darauf kam Josele auf die Welt. Auch in diesem Fall hielt es Großvater Chaim mit der Tradition und wählte für seine Söhne die alten jüdischen Namen und nicht diese »hebräischen Wortschöpfungen, die keine Bedeutung für mich haben und einem nicht auf der Zunge zergehen«.

Onkel Josele starb im Alter von vier Monaten, nach langem Leiden. Schon von Geburt an war er sehr schwächlich gewesen, wie hätte es auch anders sein sollen, da doch sein Vater durch die Hölle der Konzentrationslager gegangen war, und so sehr meine Großmutter auch um sein Leben kämpfte, konnte sie ihn doch nicht retten.

Es heißt, sie sei noch lange Zeit danach sehr bedrückt gewesen, bis Großvater Saul anfing, aus Amerika Gläschen mit sehr guten Vitaminen zu schicken, die Großvater Chaim wieder zu Kräften kommen ließen.

Chaim war es, der mit den Orangen im Kibbuz angefangen hatte, denn damals waren diese ausschließlich von den Pardesanim angepflanzt worden. Diese Frucht war das Symbol für Luxus, denn im alten Europa war sie sehr teuer und wurde außerordentlich geschätzt. Bis zum heutigen Tag erinnert sich meine Großmutter jedesmal, wenn sie sich eine Orange schält, an ihre Kindheit und an das Wunder, das es damals bedeutete, eines dieser herrlichen, goldenen Wunderwerke zu bekommen: »Wir aßen sie bis auf den letzten Kern auf, und aus den Schalen kochten wir Tee, und dann warfen wir sie immer noch nicht weg, sondern ließen sie trocknen, um sie zwischen die Wäsche zu legen, damit diese ihren guten Geruch annahm.«

»Die Orangen, die wir mit Chaim anpflanzen lernten, erwiesen sich als zuckersüß«, sagte die Großmutter, »und sehr saftig. Bald schon war ihr Anbau ein solcher Erfolg, daß wir anfingen, sie nach Europa zu exportieren, wo die Leute sich darum rissen. Obwohl erzählt wird, daß nach dem Jom-Kippur-Krieg die französischen Studenten unsere Orangen an Mauern zerschmetterten, um ihrem Antizionismus Ausdruck zu verleihen. Was für eine Verschwendung, was konnte denn die Frucht dafür, die Nahrung ist geheiligt oder sollte es zumindest sein.«

Die Orangenbäume sind von kleinem Wuchs und ausladend, darüber weiß ich sehr gut Bescheid, weil wir alle im Kibbuz bei der Orangenernte geholfen haben. Mittags kann man sich, wenn die Sonne den Feldarbeitern auf den Pelz brennt, unter die Orangenbäume legen und in ihrem Schatten ein wenig ausruhen. Meine Großmutter und Großvater Chaim machten reichlich Gebrauch davon, und so kam mein Onkel Mosche auf die Welt, der dank der amerikanischen Vitamine ein gesundes, normales Kind wurde. Ein Jahr darauf wurde mein Onkel Herschele geboren, der ebenfalls ein stämmiger, hochgewachsener Blonder war, der von klein auf den Frauen den Kopf verdrehte und dies auch heute noch tut. Ihn zeugten sie zwischen den Rosen, die Chaim und Sara damals zu pflanzen begannen und für die sie geräumige, feuchte Gewächshäuser errichteten, in denen die vollkommensten und schönsten Rosen wuchsen, mit langen Stengeln, riesigen Blättern, in leuchtendem Rot, und vor allem mit einem wunderbaren Duft. Deshalb gingen sie auch für über einen Dollar das Stück in der rauhen Kälte des europäischen Kontinents weg. Als Herschele herangewachsen war, machte er dem Ort seiner Empfängnis alle Ehre, denn er war es, der die riesigen Sonnenblumen bei uns einführte, die uns über den Kopf wuchsen und aus deren Kernen wir Öl herstellten. Ich erinnere mich noch an jene Nächte, in denen wir Garinim genossen, während wir uns auf der alten Leinwand und mit dem alten Projektor, den die Javerim in Tel Aviv gekauft hatten, einen Film mit Greta Garbo oder Ingrid Bergman ansahen.

Meine Großmutter bekam noch zwei weitere Söhne. Als Onkel Nachman auf die Welt kam, befand sich der Kibbuz gerade inmitten einer Modernisierungsphase. Man richtete Bewässerungssysteme ein, es wurden veredelte Samen gekauft, Düngemittel und Pestizide, man begann mit neuen Kulturen und pflanzte zum Beispiel Apfelbäume, deren Früchte auf dem Markt sehr beliebt waren und die sehr viel Ertrag pro Fläche brachten und leicht zu handhaben waren, und es wurde viel gebaut. Ständig hielten sich Leute der Firma Solel Boleh bei uns auf, die dabei halfen, Häuser, Lagerhallen, Vorratskammern und Speicher zu errichten. Der Speisesaal wurde vergrößert, man installierte Badezimmer, es wurde ein Gemeinschaftssaal für die verschiedensten Aktivitäten eingerichtet, wie zum Beispiel für Kinovorstellungen und Schachpartien, sowie eine kleine Bibliothek. Man errichtete zweistöckige Häuser für die altgedienten Vatikim und unabhängige Zimmer für die Jungen und ebenso für die alten Eltern unserer Kibbuzniks, die mit uns zusammenleben wollten. Das Kinderhaus wurde komfortabel ausgebaut, die Bunker wurden ordentlich hergerichtet, und man installierte auch zwei weitere wunderbare Dinge: ein riesiges Schwimmbecken, das die heißen Sommer erträglicher machte, und eine geräumige, praktische Küche mit allen Errungenschaften der modernen Technik. Seit dieser Zeit haben wir für alles Maschinen: um die

Wäsche zu waschen und sie zu trocknen, um Teller zu waschen, sogar fürs Kartoffel- und Mohrrübenschälen haben wir welche. Und in jedem Haus gibt es seit dieser Zeit ein Radio und einen Kühlschrank.

Onkel Nachman hatte es übernommen, unsere Ernte zu verkaufen und bei den Kollektiven zu besorgen, was wir in unsere Produktion hineinstecken mußten. Und ihm ist es auch zu verdanken, daß wir schließlich zu Milcherzeugern wurden. »Er war noch sehr klein, als die ersten drei Kühe im Kibbuz angeschafft worden sind«, erzählte die Großmutter, »ein paar arme, magere Tiere, die die ganze Zeit über brüllten. Er schloß sie in sein Herz, vor allem eine, die wir Chabibi nannten. Sie gab am meisten Milch und hatte ein winselndes Kälbchen adoptiert, als dessen Mutter bei der Geburt gestorben war. Sobald er also dazu in der Lage war, beschaffte uns Nachman einen Kredit und errichtete Ställe und eine Molkerei. Das waren Zeiten, in denen Geld zur Verfügung stand, viele Lira, so nannte man die Währung damals, später wurden dann die Schekel daraus, und heute sind es die neuen Schekel«, sagte die Großmutter. »Wir erhielten Unterstützung von der Regierung, die sie ihrerseits von den Vereinigten Staaten und den Juden aus aller Welt bekam. Heute ist die Milchwirtschaft unser wichtigster Industriezweig, und in mehreren israelischen Städten gibt es Restaurants, die unser Eis, unseren Käse, unser Joghurt und unsere Labne anbieten, denn sie sind vorzüglich, die besten im ganzen Land, und das will was heißen, denn es gibt hier überall hervorragende Milchprodukte.«

Großvater Chaim und Großmutter Sara führten von nun an einen Teil der Getreideproduktion der Ernährung des Viehs zu. »Zu Anfang gaben wir den Kühen Hafer und Gerste, die sehr viele Kohlehydrate und wenig Ballaststoffe enthalten«, erklärte mir die Großmutter, »wir gaben ihnen sogar die Weizenstoppeln mit etwas Zucker gemischt, doch dann beschlossen wir, auf

Schneckenklee umzusteigen, der auch vorzüglich und äußerst ertragreich ist, sich besser für unseren Boden eignet und außerdem noch Erosionsschäden mindert. Der Schneckenklee hat den Vorteil, daß er sehr schnell wächst, und das nicht nur einmal im Jahr, sondern das ganze Jahr über, und außerdem kann er zusammen mit den Hülsenfrüchten angepflanzt werden. Wir verwandeln das Produkt in Heu, denn so bewahrt es die Eigenschaften der grünen Pflanze und läßt sich leicht an die Tiere verfüttern. Wir geben ihnen auch Futterrüben, die die Milchabsonderung anregen sollen.«

Das Nesthäkchen unter meinen Onkeln war Gideon, der einzige, bei dem Großvater Chaim sich nach so vielen Jahren in Israel hatte erweichen lassen, ihm einen hebräischen Namen zu geben. Gidi, wie wir ihn nannten, vergötterte seine Mutter und wurde eifersüchtig, als Jen und ich bei ihnen einzogen und sie uns sehr viel von ihrer Zeit und ihrer Aufmerksamkeit widmete. Während dieser Zeit pflegte er dann weit hinauszugehen und stundenlang über die Felder zu wandern oder sich hinzusetzen und in den Himmel zu starren. Bei diesen Spaziergängen entbrannte seine Leidenschaft für die Bienen. Von frühester Jugend an begann er, sie zu züchten, und bis zum heutigen Tage holt er Honig aus den Waben, während die Bienen sich auf sein Gesicht setzen und seinen ganzen Körper bedecken, ohne ihn jedoch zu stechen. Meine Großmutter half ihm dabei, Zierblumen im ganzen Kibbuz zu pflanzen, der sich dadurch in jenen wunderschönen Ort verwandelte, der er heute noch ist.

»Unser Leben wäre in vollkommener Harmonie verlaufen, wären da nicht die ständigen Kriege gewesen, der Terrorismus und die Unsicherheit«, versichert uns immer die Großmutter. »Es gab keinen einzigen sorglosen Tag, seitdem wir hier wohnen.« Wenn die Großmutter diesen Satz sagt, dann wird Jen ganz traurig, und mich packt die Wut. Von klein auf hatten wir darüber diskutiert, wie man am besten Frieden schaffen könnte, doch niemals konnten wir uns einigen. Sie träumte davon, mit den Feinden zu sprechen, ihnen die Dinge zu erklären, ihnen Blumen und Gedichte zu bringen, und ich träumte davon, sie zu töten, um mich zu rächen.

Nach dem Krieg von 67 kamen viele südamerikanische Einwanderer ins Land. Einer von ihnen nannte sich Jacobo Kleinman, und er sollte unser Vater werden.

Er war in Uruguay zur Welt gekommen, stammte aus einer begüterten und zutiefst zionistischen Familie. Von frühester Kindheit an hatte er schon davon geträumt, einmal in Israel zu leben, und schließlich erfüllte sich dieser Traum, als er ein Stipendium für das Weizmann-Institut in Rehovot bekam. Zu dieser Zeit hatte unsere Mutter den Kibbuz bereits verlassen, weil sie lieber in der Stadt wohnen wollte, und so arbeitete sie als Verkäuferin in einem Geschenkladen im besten Hotel von Beer Sheva, im Dessert Inn.

Meine Mutter Java und mein Vater Jacobo lernten sich kennen, als er in ihren Laden trat, um einzukaufen, und sie sollten sich nicht mehr trennen, bis zu dem Tag, an dem sie durch eine Bombenexplosion getötet wurde, als sie gerade mit meiner Schwester und mir, ihren sechsjährigen Zwillingen, im Park spazierenging. Damals holte uns Großmutter wieder in den Kibbuz zurück, und deshalb wuchsen wir hier auf.

Ich weiß nicht, wie andere Mütter sind, aber Großmutter Sara Nechome war für uns die beste Mutter der Welt. Ihr üppiger Körper war eine ideale Schlafstätte, ihre Hände hielten immer Liebkosungen und ihr Mund immer herrliche Geschichten für uns bereit.

Als ich zur Frau heranwuchs, war ihre Freude unermeßlich, »jetzt kannst auch du schon Kinder bekommen«, sagte sie zu mir. Sie brachte mir bei, mich in jenen Tagen des Monats sauber zu halten, und erklärte mir, daß es die anderen Tage waren, an denen man schwanger wurde. Meine Schwester Jen hatte noch nicht zu bluten angefangen. Ihr gegenüber verhielt sich Großmutter auf andere Weise, denn schon damals wußte sie, daß wir verschiedene Wege einschlagen sollten. Sie kannte uns recht gut.

Und wenn wir uns auch äußerlich wie ein Ei dem anderen gleichen, so sind Jen und ich innerlich doch vollkommen verschieden. Von klein auf hat sie immer Gefallen an der Dichtung und an den Protestliedern gefunden, und in ihrem Herzen ist sie eine Pazifistin. Seit mehreren Jahren gehört sie einer Organisation an, die sich Schalom Achschav nennt und sich vorgenommen hat, den Dialog mit den Arabern zu fördern und um jeden Preis Frieden zu schaffen, und sei es durch Rückgabe der besetzten Gebiete, es spielt für sie keine Rolle, ob sie dabei Jerusalem abgeben müssen. Jens Name bedeutet »Anmut«, und das ist sie wirklich: anmutig und bezaubernd. Und sie nutzt ihre Qualitäten gut: Sie zieht durchs ganze Land, hält Reden, nimmt an Zusammenkünften teil und ist die Freundin eines berühmten Schriftstellers, der der Gründer dieser Gruppe ist. Sie sind alle nicht mit der Regierungspolitik einverstanden und haben die Kritik am Heer populär gemacht. Wenn unsere Soldaten früher Helden waren, weil sie die feindlichen Flugzeuge zerstörten, wenn sie noch nicht einmal von ihren Stützpunkten gestartet waren, so wird heute schlecht über sie geredet, weil sie die Steine der Intifadah mit Kugeln beantworten.

Ich dagegen habe von meiner Großmutter die Liebe zur Erde geerbt, und seit ich dazu in der Lage war, widmete ich mich im Kibbuz der Landwirtschaft. Nicht umsonst ist mein Name Keren, was soviel wie Samen bedeutet. Schon als ganz junges Mädchen habe ich bei der Blumensaat geholfen und bin auch Onkel Herschl bei den Sonnenblumen zur Hand gegangen. Doch niemals hatte ich das Gefühl, daß meine Arbeit noch den gleichen Wert hatte wie in der Pionierzeit, als die Anstrengungen der ersten Siedler wahrhaftig noch von entscheidender Bedeutung waren. Heute läuft alles über Maschinen, Arbeitspläne und Düngemittel, so daß die Landwirtschaft eine Arbeit ist wie alle anderen auch und keinerlei Idealismus erfordert.

Als ich siebzehn Jahre alt war, lernte ich Tal kennen. Es war an einem Sonntag, nach dem Passahfest, und ich ging mit meiner Freundin Liora ins Museum der Diaspora, das sich in der Universität von Tel Aviv befindet. Tal saß in der Cafeteria, er trug kurze Hosen, ein ärmelloses Hemd und dicke, schwarze Sandalen. Als sich unsere Blicke begeneten, biß er gerade von einem riesigen Käse-Baguette ab. Er war so schön, so groß und kräftig, so voller Lebenskraft, daß ich nicht umhin konnte und auf ihn zutrat. Wie es bei den Frauen in meiner Familie Brauch war, ließ ich mich nicht lange bitten, und neun Monate später kam meine erste Tochter zur Welt, die ich nach meiner Mutter Java taufte. Doch dies sollte der schöne Tal niemals erfahren, denn als er seinen Militärdienst beendet hatte, schenkten ihm seine Eltern eine Reise nach Tibet, und wir sahen uns nicht wieder.

Drei Jahre darauf wurde meine Tochter Shifra geboren. Ihr Vater ist ein russischer Geiger, der damals gerade erst nach Israel gekommen war und den ich an einem Sonntag nach dem Laubhüttenfest kennengelernt hatte, als ich mit Liora ein Konzert in den Zikhron-Yaaqov-Bergen besuchte. Auch er erfuhr niemals etwas von der Geburt des Mädchens, ich habe es ihm nicht gesagt, denn er hat sowieso schon genügend Schwierigkeiten, sich in diesem Land einzuleben, daß ich ihm nicht noch diese zusätzliche Last aufbürden möchte.

Und wie soll man denn keine Probleme haben, wenn doch das Leben in Israel so ungeheuer verworren ist?

Es gibt Männer, die sich wie im Mittelalter kleiden: in Schwarz, mit Lederhut und langen Jacken, und das bei dieser Hitze. Und was noch schlimmer ist, sie denken und leben auch so wie im Mittelalter: Sie arbeiten nicht, sondern widmen sich ganz der Lektüre der Heiligen Schriften und dem Gebet, damit Gott sie im nächsten Jahr nach Jerusalem führt, auch wenn sie bereits in der Heiligen Stadt wohnen, doch erkennen sie das nicht an, weil es der Messias zu sein hat, der sie dorthin führen muß. Und zur gleichen Zeit gibt es Frauen, die sich vor den Luxushotels halbnackt an den Stränden sonnen. Es gibt reiche Leute, die in Ramat Hasharon zweistöckige Häuser mit riesigen Gärten haben, es gibt Leute wie du und ich, die jeden Tag aufstehen, um sich ans Studium zu machen oder zur Arbeit zu gehen, und es gibt sehr arme Leute, die in den Marktvierteln wohnen oder in den Wellblechbaracken, die ihnen die Regierung zugewiesen hat.

In diesem Land, das über keinerlei Rohstoffe und kaum über Vermögen verfügt, leben Juden aus aller Welt, die nichts miteinander gemeinsam haben: Die amerikanischen Juden kommen auf der Suche nach der Orthodoxie, die Äthiopier verstehen nicht, warum man sie aus Afrika hergeholt hat, die Russen kamen auf der Flucht vor der Hölle, doch fanden sie nicht das Paradies, sondern mußten feststellen, daß hier kein Manna vom Himmel fällt. Die Sephardim beklagen sich über die Ashkenasim, die Intellektuellen streiten gegen die Religiösen, und in der Regierung kämpft jeder gegen jeden. Es ist gerade in Mode, schlecht über die Kibbuzniks zu sprechen und die Fehler der Armee ans Licht der Öffentlichkeit zu bringen. Und als ob das noch nicht genug gewesen wäre, so gibt es da immer noch die Kriegsdrohung von seiten unserer Nachbarn sowie den Terrorismus, der uns Tag und Nacht in Atem hält!

Deshalb habe ich eine Entscheidung getroffen, denn

ich glaube, daß wir in dieser Situation einfach Partei ergreifen müssen, daß man nicht so leben kann, als wäre alles in bester Ordnung.

Ich habe mich der Gush-Emunim-Partei und in ihr der Amana-Bewegung angeschlossen, der Frauengruppe in dieser zutiefst religiösen Organisation. Das sind die Pioniere von heute, die Siedlungen in den im Krieg besetzten Gebieten errichten, wir nennen sie die befreiten Gebiete. Wir leben in Judäa und in Samaria, den Stätten unserer Vorfahren, von Vater Abraham und König David. Es ist eine herrliche Gegend mit einem einzigartigen Licht, doch ist sie sehr dürr und verarmt. Wir werden das Land bearbeiten und es zum Blühen bringen.

An diesem Ort habe ich erneut jene urwüchsige Energie gespürt, die unsere Leute dazu getrieben hat, nach Palästina zu kommen. Hier lebe ich zusammen mit Idealisten, mit beherzten jungen Leuten, die alle materiellen Güter für ein Leben im Glauben, gegründet auf die Kraft ihrer eigenen Hände, aufgegeben haben. Sie empfinden wahre Liebe für diese Heimat und leben nach einem eigenen, strikten Verhaltenskodex. Sie sind so wie die Unseren in der Pionierzeit, bevor sie vom Komfort verweichlicht wurden. Gerade hier durchläuft ein Zittern meinen ganzen Körper, wenn wir unsere Hymne, die Hatikwa, singen oder wenn ich unsere Fahne flattern sehe, so wie es auch meiner Großmutter nach der Unabhängigkeit ergangen sein muß, in jenem glorreichen Augenblick, als zum ersten Mal eine eigene jüdische Fahne gehißt wurde, so herrlich in ihrem Blau-Weiß, wie ein Thalit, und mit dem Davidstern in der Mitte.

Doch das Höchste war es für mich, zu Gott gefunden zu haben. Ich, die ich niemals von Ihm und seinem Trost gehört hatte, die ich ihn nie um etwas gebeten oder ihm für etwas gedankt hatte, die ihm aus Unwissenheit oder Hochmut immer fern gewesen ist, ich habe schließlich doch noch meinen Weg zu ihm gefunden. Denn an diesem Ort ist Er in jedem Augenblick unseres Lebens gegenwärtig.

Yaacob, mein Ehemann, hat mir den Weg gewiesen. Es mußte so kommen, denn nicht umsonst trägt er den Namen meines Vaters und eines der drei Väter des jüdischen Volkes. Er war es, der mir gesagt hat, daß die zwei Quellen des Lebens die Thora und das Wasser sind. »Wir haben kein Wasser in diesem Land, also müssen wir es suchen gehen. Doch zunächst nimm Gottes Wort in dich auf.«

Und so geschah es. Meine Augen und mein Herz haben sich weit aufgetan. Ich habe gelernt zu glauben. Wenn ich den Gebeten und Gesängen lausche, dann wird etwas in meinem Inneren berührt. Ich habe gelernt, mit lauter Stimme das Lob des Herrn zu verkünden. »Shema Israel, Adonai Eloheinu, Adonai Ejad.« »Höre, oh Israel, Adonai ist unser Gott, Adonai ist unser alleiniger Gott.«

Ich bin dabei, die Gebete, die Brachots und das Tefilla, das Halacha, die Kaschrut-Gesetze und die spezifischen Aufgaben der Frau zu erlernen. Ich lerne, die Feste zu feiern und den Sabbat vorzubereiten, diesen ganz besonderen Tag, an dem die gesamte Familie ins Bad geht, um sich danach, sauber und rein, an den Tisch mit der weißen Tischdecke zu setzen, auf dem die siebenarmigen Leuchter mit ihren angezündeten Kerzen, der Wein für das Kiddusch-Gebet und das Jala-Brot stehen.

Mein Mann hat mich bei einem berühmten Rabbi eingeführt, der unser geistiger Führer ist. Als ich ihn fragte, ob ich mit ihnen zusammenleben dürfte, obwohl ich nichts von der Religion wüßte, da antwortete er mir mit den Worten des Talmud: »Wenn sich ein Mensch mit den Bedürfnissen der Gemeinschaft beschäftigt, dann ist dies ebensoviel wert, als würde er sich mit der Thora beschäftigen.«

»Glaubt Ihr, daß ich es schaffen werde?« fragte ich ihn, und er antwortete mir mit den Worten von Rabbi Nachman von Bratislava: »Jeder kann sich selbst unterrichten, jedoch nur durch seine Taten.«

»Aber glaubt Ihr, daß ich es noch werde lernen können?« fragte ich weiter, worauf er mir mit den Brachots antwortete: »Wer sich nicht zu fragen schämt, der wird erhöht werden.«

»Erscheint es Euch nicht allzu spät, um damit anzufangen?« wollte ich wissen, worauf er mir mit den Worten von Ibn Esra antwortete: »Die Zeit ist der erhabenste und weiseste aller Lehrer.«

»Doch war mir dies alles bis jetzt völlig unbekannt!« rief ich aus. Da sprach er mit Rabbi Hillels Worten: »Wenn nicht jetzt, wann dann?«

»Also glaub Ihr wirklich, daß es mir jetzt noch gelingen wird?« ließ ich nicht locker, und er entgegnete: »Wenn das Wasser den festen Stein höhlen kann, dann kann auch die Thora in dein Herz eindringen.«

Da überkam mich ein großes Glücksgefühl, denn ich wußte nun, daß mir dieser Weg jetzt offenstand. »Kein Gerechter wird jemals den Platz eines Reuigen einnehmen können«, sagte mir der Rabbi.

Und hier bin ich nun, Baruch Hashem, am rechten Ort. Die Antworten des Rabbi haben mich zum Bleiben bewegt, ich bin wegen des Glaubens meines Mannes und wegen dieser gesegneten Erde hier, der wir ihre Früchte entreißen müssen, sowie wegen der Möglichkeiten der Reue und Erlösung. Hier habe ich geheiratet, hier werde ich säen und Kinder gebären, das nächste von ihnen ist schon auf dem Weg, hoffentlich werden noch viele folgen, »gelobt seist du, Herr, daß ich diesen Tag erleben durfte«.

»Du wirst den Herrn, deinen Gott, von ganzen Herzen und mit ganzer Seele und all deiner Kraft lieben. Jeden Morgen wirst du dem Ewigen Vater danken, daß er sich in seiner großen Barmherzigkeit deiner Seele angenommen hat«, heißt es in der Schrift. Und wirklich danke ich ihm dafür, jeden Tag beim Aufstehen, wenn mich all meine Arbeit erwartet, und jede Nacht vor dem Schlafengehen, wenn die Müdigkeit schwer auf mir lastet. Doch vor allem am Sabbat sind meine Gebete voller Andacht:

> Laß uns in Frieden schlafen, oh Gott,
> Und wieder zum Leben auferstehen.
> Strecke Deine schützende Hand über uns,
> Leite uns mit Deinem weisem Rat.
> Erlöse uns, damit wir Deinen Ruhm singen
> können,
> Bewahre uns vor dem Bösen und vor der
> Versuchung.
> Lenke unsere Schritte mit deiner Barmherzigkeit,
> Gib uns das Leben und den Frieden, jetzt und in
> aller Ewigkeit.

Was kann kann ich noch sagen? An Orten wie diesem, wo die Jahrhunderte ihre Spuren hinterlassen haben und der göttliche Atem weht, ist schon seit langer Zeit alles gesagt, ein für alle Mal, und es ist nicht möglich, auch nur ein einziges Wort hinzuzufügen. Es bleibt uns nichts anderes übrig, als uns mit dem Schweigen zu vermählen.

VII

Die Quelle des Lichts

Ich bin ganz glücklich, ich bin befördert worden, das Gehalt ist zwar nicht viel höher, doch ich trage nun eine größere Verantwortung, und mein neues Büro ist eine wahre Augenweide, riesengroß und mit einem gewaltigen Schreibtisch, zwei Telefonen und einem Sitzungstisch. Ich glaube, die Europareise wird zwar im Moment noch ein Traum bleiben, doch das spielt keine Rolle, die läuft uns nicht weg, ich werde sogar wieder etwas tun, um mich in Form zu bringen, ich möchte anfangen zu joggen, so an die dreimal pro Woche, und mir neue Anzüge kaufen.

Meiner Frau ist jetzt auf einmal eingefallen, daß wir noch mehr Kinder haben sollten, stellen Sie sich das mal vor! Es stimmt zwar, daß wir in letzter Zeit wieder ein Intimleben führen, so schön wie in unserer Jugendzeit, als wir gerade frisch verheiratet waren, wer könnte das schon nach so vielen Ehejahren von sich behaupten, doch nun gleich eine Schwangerschaft, das geht mir dann doch ein wenig zu weit. Wenn ich ihr sage, daß wir nun schon zu alt für solche Geschichten sind, entgegnet sie, wir sollten doch dann Kinder adoptieren und daß es Scharen von Kindern gebe, die kein Dach über dem Kopf hätten, also ich bitte Sie, ich seh' mich schon in meiner Wohnung inmitten von einem Haufen Rotznasen, die mir die ganze Nacht über in die Ohren schreien. Und die sollen dann wohl auch nur dieses Grünzeug zu essen kriegen, hat die Nena sie neulich gefragt, denn sie hat inzwischen Vegetarier aus uns gemacht, sie meint, das sei besser und gesünder. Jetzt gibt es bei ihr Linsensuppe, grünen Salat, Obst mit Nüssen und Honig, und während wir darauf herumkauen, hält sie uns immer Vorträge über das seelische Gleichgewicht, über die Energie, das Karma und so ein Zeug. Sie wissen ja inzwischen, wie sie ist, wenn sie sich mal was in den Kopf gesetzt hat, selbst die Blumentöpfe im Wohnzimmer mußten schon daran glauben, denn jetzt hat sie statt Geranien Teekraut gepflanzt!

Habe ich Ihnen erzählt, daß sie inzwischen ein Geschäft aufgemacht hat? Ja, es läuft sehr gut, sie wird es am Ende noch sein, die mich durchfüttert. Sie backt Kuchen und hat bereits so viele Bestellungen, daß sie einen weiteren Ofen angeschafft und zwei Mädchen eingestellt hat, die ihr helfen. Jetzt sucht sie geeignete Geschäftsräume und denkt sogar an einen öffentlichen Verkauf, anstatt nur ins Haus zu liefern. Unser Junge hat inzwischen auch seinen Führerschein gemacht, und sie zahlt ihm Lohn dafür, daß er die Bestellungen ausfährt, wenn er aus der Schule kommt.

Weniger gefällt mir allerdings, daß sie sich mit ein paar Nachbarinnen zusammengetan hat, die immer in Weiß gehen und wie Erleuchtete durch die Gegend schweben. Am Nachmittag stellen sie sich auf einmal im Wohnzimmer auf und machen ihre Übungen, sie strecken und biegen sich, als wären sie aus Gummi, eine von ihnen steht sogar Kopf. Dann hocken sie sich im Schneidersitz auf den Boden, schließen die Augen und bleiben eine Ewigkeit so sitzen, ohne daß irgend jemand sie ansprechen dürfte, nicht einmal guten Tag darf man sagen, denn das lenkt sie ab, sie können dann nicht »die Leere in ihren Geist strömen lassen«, also ich bitte Sie, soll ihr Geist doch ruhig voll bleiben, sage ich. In einer Ecke hat sie ein riesiges Plakat von einem halbnackten Herrn aufgehängt, den sie als Heiligen bezeichnet, sie schmückt es mit frischen Blumen und zündet Räucherkerzen an, wie bei einem Altar. Und den ganzen Tag über hört sie eine Schallplatte, auf der immer pausenlos derselbe Satz wiederholt wird: »OM

NAMAH SHIVAYA«, zehn-, hundert-, tausendmal genau dieselben Worte und dazu noch in einer unverständlichen Sprache, das kann einem wirklich auf den Geist gehen, aber sie singt das glücklich nach, als würde sie beten. Wir sind ehrlich gesagt nie besonders gläubige Leute gewesen, aber wenn das schon sein muß, dann doch bitte so, wie es Gott befiehlt, und nicht auf diese merkwürdige Weise, denken Sie nicht auch?

Wie Sie sehen, habe ich abgenommen. Nicht etwa, weil man bei uns zu Hause neuerdings fast verhungert, bei diesen neuen Essenssitten, die Mama bei uns eingeführt hat, Spinat und Vollkornbrot und so was, sondern weil ich mich von meinem Freund getrennt habe, und das bedrückt mich so sehr, daß mir sogar der Appetit abhanden gekommen ist. Mein halbes Leben lang habe ich eine Diät nach der anderen gemacht, ohne auch nur ein einziges Kilo abzunehmen, und jetzt habe ich es allein durch die Traurigkeit geschafft. Es wird herumerzählt, er hätte schon eine neue gefunden, alle Welt hätte ihn schon mit ihr gesehen, aber meine Mutter sagt, das sei das beste für mich: »Es ist nicht gut für dich, so früh zu heiraten, man muß sein Leben genießen, und die Wunden werden mit der Zeit heilen.« Sie kennen sie ja, sie ist Weltmeisterin im Redenschwingen. Früher bin ich wütend geworden, wenn sie mir mit ihrer Philosophie gekommen ist, aber jetzt nicht mehr, ich laß sie einfach reden und achte gar nicht mehr auf ihre Worte. Obwohl ich, ehrlich gesagt, zugeben muß, daß einige der Dinge, die sie so sagt, mir manchmal doch zu denken geben. Mal sehen, bald wird es mir vielleicht wie meinem Vater und meinem Bruder ergehen, die sich immer mehr von ihr einwickeln lassen. Sie hängen an ihren Lippen und trinken ihre Worte, als wär's Meßwein.

Glauben Sie, ich werde einen neuen Freund finden?

Ich habe versucht, mein Äußeres zu verändern, ich habe mir die Haare bei einem Friseur schneiden lassen, den man mir empfohlen hat, ich mache die Gymnastikübungen mit etwas mehr Schwung und habe mir neue Kleider gekauft. Mama sagte, ich sehe gut aus, aber ich komme mir komisch vor, so ganz allein, ich hatte mich daran gewöhnt, immer mit Luis herumzuziehen, auf die Wochenenden zu warten, um zusammen mit ihm auszugehen. Jetzt habe ich Angst, daß es Samstag wird und ich keinen habe, der mich ausführt. Ich gehe nicht gerne allein mit meinen Freundinnen weg, da sehen alle, daß wir keinen Partner haben, obwohl das den Vorteil hat, daß wir auf den Festen freier als die anderen sind und mit allen tanzen können.

Ich arbeite augenblicklich als Kellnerin in einer Crêperie in der Calle de la Paz, alle, die dort aushelfen, sind junge Leute wie ich. Es ist ganz schön hart, wir sind die ganze Zeit auf den Beinen, und man verdient nicht viel dabei, Mindestgehalt und Trinkgeld, doch alles ist besser, als studieren zu müssen. Dabei sind auch schon mal ein paar Rendezvous zustandegekommen, und es gibt da einen Jungen, der mich schon ein paarmal ins Kino eingeladen hat, aber ich mache mir keine allzugroßen Hoffnungen.

Wissen Sie, was mir neulich passiert ist? Ich bin in Mamas Zimmer gegangen, um ein Paar Strumpfhosen zu suchen. Jetzt liest sie nicht mehr wie früher auf ihrem Bett, sondern hat sich einen Tisch ans Fenster gerückt und ihn mit Blumenschalen dekoriert, die sie selbst bepflanzt, seit sie beschlossen hat, daß es ihr doch gefällt, mit den Händen in der Erde zu wühlen. Sie hat sich eine Ecke hergerichtet und setzt sich dort ganz ernsthaft hin und tut so, als würde sie studieren, und macht sich haufenweise Notizen. Dann habe ich nur so aus Langeweile in den Büchern geblättert, die oben auf dem Stapel lagen. Aufs Geratewohl schlug ich eins von ihnen auf, und da fiel mir ein Satz ins Auge, den sie unterstrichen hatte: »Niemand besitzt etwas so sehr, wie der, der es sich erträumt.« Der Satz hat mich nachdenklich gestimmt, ob es wohl wahr ist, daß sich das Träumen so sehr lohnt?

Meine liebe Frau Doktor, ich komme mit einem so festen Glauben zu Ihren Therapiestunden, als würde ich in die Kirche gehen, und ebenso gestärkt verlasse ich Sie wieder. Es ist gut, mit jemandem sprechen zu können.

Sie werden es nicht glauben, aber in letzter Zeit hat sich etwas tief in meinem Inneren gerührt, und ich fühle, wie in mir das Bedürfnis nach religiöser Tiefe in meinem Leben wieder auflebt. So viele Jahre ist es schon her, daß ich das Interesse daran verloren hatte!

Ich habe an Gott gedacht, aber nicht etwa nur, um ihn um etwas zu bitten oder damit er sich um uns kümmert, uns beschützt oder den rechten Weg zur Erlösung weist, sondern einfach nur, um ihm zu danken. Mir ist bewußt geworden, wie gut er es mit mir gemeint hat. Ich habe eine bezaubernde Familie, führe ein geruhsames Leben, es fehlt mir an nichts, und ich habe keine Schmerzen, ich bin diese schrecklichen Depressionen losgeworden und habe sogar Erfolg mit meinem Geschäft. Ich bin also rundum glücklich.

Ich habe daran denken müssen, wie meine Großmutter mich früher immer zur Messe mitgenommen hat. Sie hat mir beigebracht, »Ehre sei Gott in der Höh'« zu singen. Danach überkam mich mich immer ein wohliges, geläutertes, friedliches Gefühl, als wäre der Herr mit mir.

Im Augenblick lese ich gerade Bücher über die Religion. Ich glaube, genau das hat meinem Leben noch gefehlt, um es wirklich vollkommen zu machen. Wenn ich gekonnt hätte, wenn es nur nach mir gegangen wäre, dann hätte ich gerne in unmittelbarer Nähe von einem geistlichen Lehrer gelebt.

Zum Beispiel in Indien, in einem Land, in dem der Himmel nicht blau, sondern grün ist, in dem eine drückende, flirrende Hitze herrscht, es nichts als Staub und Lärm gibt, wo man überall von Geschrei und regem Treiben umringt ist und in der Luft ein strenger Geruch hängt, eine Mischung aus Gewürzen, Urin und Schweiß.

Und überall wimmelt es von Leuten, Scharen von spindeldürren Menschen, die sich abschuften, manche verkaufen etwas oder fegen die Straße, andere entleeren ihren Darm oder spucken, und die übrigen lassen mit weit aufgerissenen Augen die Zeit verstreichen und kauen Betel dabei, während ihnen der rote Speichel aus den Mundwinkeln läuft. Und wo man auch hinsieht, nichts als Dreck und Kühe, die alles zertrampeln, was ihnen in den Weg kommt, sowie bis aufs Gerippe abgemagerte, räudige Hunde, die etwas zum Essen suchen.

Ich sehe auch mich selbst, wie ich dort mit dem Schiff ankomme und an Land gehe, den Hafen verlasse und durch die Straßen wandere, meinen Koffer in der Hand. Ein eleganter Wagen bahnt sich mühsam seinen Weg durch das Fußvolk und die Rikschas, die kreuz und quer durch die Menge kurven und deren Träger ihre Kunden auf bloßen Schultern und barfuß befördern. Der Chauffeur, in makelloser Uniform, kutschiert zwei englische Fräuleins, die auf dem Weg in die sauberen, ruhigen Stadtviertel sind, mit ihren weißen Häusern und dem grünen, tadellos gepflegten englischen Rasen.

Keinen einzigen Tag würde ich in der Stadt verweilen, denn ich bin nicht in dieses Land gekommen, um Tee zu trinken und zu plaudern, sondern auf der Suche nach geistlicher Orientierung. Deshalb würde ich unverzüglich in den Zug nach Kochrab steigen, wo sich der Aschram von Gandhi befindet, der Mann, in dessen Schatten ich leben möchte.

Nachdem ich quer durch das ganze Land gefahren, an Dörfern und Feldern vorbeigekommen wäre und scharfen Curry gegessen hätte, der meinen westlichen Magen in Flammen gesetzt hätte, würde ich schließlich an meinen Bestimmungsort gelangen. Doch wie groß wäre dann meine Enttäuschung gewesen, als ich dort im ganzen Umkreis nichts als einen kleinen Bungalow antreffen sollte! Lange stand ich da in der sengenden Sonne und konnte es nicht fassen. Ich war durch die halbe Welt gereist, nur um hierher zu gelangen, und nun wußte ich nicht, was ich tun sollte.

Der erste Mensch, den ich zu Gesicht bekam, war eine kleingewachsene Frau, die einen gelben, geblümten Sari trug und den Kopf bedeckt hatte. Zweifellos ging sie zum Brunnen hinüber, denn sie trug einen Eimer, doch als sie mich sah, änderte sie ihre Richtung, kam zu mir herüber und blickte mich aus liebenswerten, dunklen Augen an. »Kann ich dir helfen?« fragte sie in einem Englisch mit starkem Akzent. Wie aus der Pistole geschossen kam der Satz, den ich so viele Monate lang geübt hatte: »Ich bin eine Ausländerin, die um die Erlaubnis bittet, in diese Gemeinschaft aufgenommen zu werden und mit den Menschen, die ich bewundere, zu leben und zu arbeiten. Ich bin auf der Suche nach Gott, und ich weiß, daß ich ihn hier finden und in Seiner Nähe leben kann.« Die Frau lächelte: »Einige Fremde haben sich uns seit unserer Tätigkeit in Südafrika bereits angeschlossen, und sie waren hervorragende Gefährten. Wir sind ihnen zu größtem Dank verpflichtet, du bist also willkommen. Nationalität und Religion des einzelnen spielen hier keinerlei Rolle, nur seine moralische Haltung ist von Bedeutung.« Und nachdem sie dies gesagt hatte, machte sie mir ein Zeichen, daß ich ihr folgen sollte. Später erfuhr ich, daß diese Frau Kasturbai hieß und Gandhis Ehefrau war.

Ich folgte ihr durch diese dürre, ärmliche Gegend, bis wir ein Mädchen trafen, der sie meine Lage schilderte. Anschließend ging sie wieder an ihre Arbeit, während mich Kamdar, wie sich das Mädchen nannte, an einen Ort führte, an dem Eimer und Wannen standen. Dort ließ sie mich allein zurück, damit ich mich nach der langen Reise waschen und erfrischen konnte. Was für ein herrlicher Augenblick war das, der angenehmste seit meiner Ankunft in diesem fremden Land. Ich erinnere mich noch genau an dieses einzigartige Gefühl, als das Wasser über meinen Körper floß, über mein Gesicht und meinen Kopf, der wie wild schmerzte, da die Sonne ihm zugesetzt hatte. Wie oft sollte ich diese Szene noch erleben, nicht nur am eigenen Leib, sondern auch bei allen Fremden, die den Aschram besuchten und mit dem Klima nicht zurechtkamen! Ich erinnere mich an einen nordamerikanischen Schriftsteller, der eine Woche bei uns verbrachte, er setzte sich stundenlang in die Badewanne und schrieb auf seiner kleinen Reiseschreibmaschine, die er auf ein paar Kisten gestellt hatte.

Als erstes nahm ich an einer gemeinsamen Mahlzeit teil. Eine andere junge Frau, mit Namen Ramibai, holte mich ab, half mir beim Abtrocknen und Ankleiden und führte mich in den Speisesaal. An die zwanzig Personen warteten dort schweigend auf ihren Matten. Vor jedem stand ein Glas Wasser sowie eine Schale, in welche diejenigen, die die Speisen auftrugen, Gemüse, Kartoffeln, etwas Salz und ein paar runde, weiche Fladen hineinlegten. Doch niemand begann zu essen.

Auf einmal trat er in den Saal. Ich hatte ihn nie zuvor gesehen, doch wußte ich, daß es Gandhi war, denn alle Blicke richteten sich auf ihn. Das sollte er also sein? Konnte ein so unbedeutendes Männchen so viel Wirbel machen und soviel Bewunderung erwecken und Anlaß für so viele polemische Angriffe geben?

Wie die meisten Inder war er von kleiner Statur, dunkelhäutig, sehr schlank gewachsen und trug einen stattlichen, schwarzen Schnurrbart. Er mochte an die fünfundvierzig Jahre alt sein und kleidete sich von Kopf bis Fuß in Weiß: eine lange Jacke und darunter eine Art Wickelrock. An den Füßen trug er einfache Sandalen, und er hatte eine billige Armbanduhr umgebunden. Bald darauf sollte er sein Äußerers in das verwandeln, das ihn später so berühmt machte: ein weißer Lendenschurz, der Kopf völlig glattrasiert, der Schnurrbart ergraut. Ich weiß nicht, ob die Verehrung, mit der alle ihn ansahen, daran schuld war oder eine eigentümliche Kraft, die von seiner Person ausging, jedenfalls wurde ich nervös. Was sollte ich ihm sagen? Was hatte ich hier in seinem Haus zu suchen? Warum war ich von so weit her gekommen, nur um ihn zu sehen?

Doch er nahm mich nicht einmal wahr. Das Männchen begab sich zu seinem Platz, setzte sich auf ein Kissen, und die Stille wurde noch tiefer. Jemand deklamierte einige Gebete, denen alle andächtig lauschten, und dann richteten die zwanzig Anwesenden ihre ganze Aufmerksamkeit auf das Essen, als gäbe es nichts Wichtigeres auf der Welt. Darin bestand also das spirituelle Leben? War Gott im Gemüse und beim Kauen zu finden? Offensichtlich waren alle hier davon überzeugt, und der Augenblick würde schon noch kommen, an dem auch ich so denken würde, denn die Nahrungsmittel sind uns vom Schöpfer gegeben worden, um unseren Körper am Leben zu erhalten, und sie sind so wichtig wie Gebete und Andachtsübungen.

Doch in meinen ersten Stunden dort verstand ich noch nichts von diesen Dingen, noch war ich der Ansicht, das geistige Leben müßte aus Tätigkeiten bestehen, die bedeutungsvoller erschienen. Ich versuchte, wie die anderen zu essen, doch ich war zu aufgeregt. Und auch meine Sitzhaltung wurde mir langsam unbequem, da ich auf meinen verschränkten Beinen saß. Ich wußte auch nicht, wie ich meine Finger richtig zu gebrauchen hatte, um die Nahrungsmittel zu greifen, und vermochte nicht wie die anderen die Chapati zu falten: in ein Dreieck, das sie in Brot und Löffel zur gleichen Zeit verwandelte. Und zu allem Überfluß hatten alle Speisen nicht den geringsten Geschmack.

Dennoch lernte ich in diesem ersten Augenblick an der Seite meines Gurus zwei Dinge. Zum einen, daß man mit der größten Hingabe zu essen hatte, ohne dabei an etwas anderes zu denken oder gar etwas anderes zu tun [wie zum Beispiel zu reden, so wie ich es gewohnt war]. Und dies galt auch für alles andere: ob man fegte, Nüsse schälte, ob man studierte oder betete, man mußte jeder einzelnen Tätigkeit immer die größtmögliche Hingabe und Konzentration zuwenden.

Zum anderen lernte ich, daß es mir unmöglich war, für mehr als zwei Minuten auf meinen gekreuzten Beinen zu hocken. In Indien gab es keine Stühle, und niemand störte sich daran, doch meinen westlichen Knöcheln und meinem Rücken setzte dieser Brauch nur allzusehr zu, so viel ich mich in meinem Land auch Meditationsübungen hingegeben haben mochte und so oft ich auch die Hatha-Yoga-Übungen durchgeführt hatte. Während mehrerer Tage zog ich es vor, nicht zu essen, nur um mich nicht setzen zu müssen.

Während der ersten Wochen im Aschram erging es mir schlecht. Alles erschien mir fremdartig, häßlich, unbequem und beschwerlich. Ich fand keine geeignete Beschäftigung für mich und konnte mich nicht mit den anderen verständigen – nicht nur wegen ihrer fremden Sprache, sondern einfach weil die Menschen dort kaum den Mund aufmachten –, das Essen sagte mir nicht zu, und ich litt Hunger, weil man uns so wenig davon gab, ich kannte kaum die Gebete und vertrug die Hitze nicht.

Eines Tages brach die Pest in dem Dorf aus, und so beschloß Gandhi, daß wir den Bungalow aufgeben und uns an einem anderen Ort niederlassen sollten, der außerhalb des Gefahrenbereichs lag. Seine Wahl fiel auf ein Gebiet an den Ufern des trägen Flusses Sabarmati, vier Meilen vor der Stadt Ahmedabad entfernt, und dorthin zogen wir, um eine neue Gemeinschaft zu gründen. Er gab ihr den Namen Satyagraha, ein Wort, das er erfunden hatte und das soviel bedeutete wie »die Ablehnung der Ungerechtigkeit und gleichzeitig der Sieg der Wahrheit durch die Kräfte der Seele und der Liebe«. Diesen Namen hatten die Kampagnen meines Meisters zum zivilen Ungehorsam in Afrika getragen, und so sollten sie sich auch hier nennen.

Der Ort war schön. Es gab dort ein Wäldchen mit buschigen Bäumen, weidende Kühe und Büffel, Frauen, die ihre Wäsche im Fluß wuschen und sie gegen die Steine schlugen.

Während wir die Gebäude, einige niedrige, weiße Hütten, errichteten, wohnten wir in Zelten. Den einzigen bereits existierenden Raum bezog Gandhi. Er war so winzig wie eine Zelle und hatte sogar Gitter, die von einem früheren Bewohner angebracht worden waren.

Als erstes errichteten wir die Küche. Zu diesem Zeitpunkt waren wir schon an die vierzig Männer, Frauen und Kinder, und wir lebten unter äußerst ärmlichen Bedingungen. Die Vorräte wurden von weit her geholt, und wir hatten keinerlei sanitäre oder andere Einrichtungen: weder Wasser noch Abflußleitungen oder elektrisches Licht. Doch zu meiner Überraschung waren alle guter Laune.

Wir begannen mit unserem Tagewerk um drei Uhr in der Morgendämmerung. Gleich nach dem Aufstehen wuschen wir uns mit größter Sorgfalt und beteten andächtig. Dann unternahmen wir einen ausgedehnten Spaziergang, bei dem uns Gandhi immer voranging. Er strotzte nur so vor Energie und lief uns in großen Schritten davon. Als dann schließlich die Sonne am Horizont auftauchte, nahmen wir ein Frühstück zu uns, das aus Früchten, Brot mit Butter, Marmelade oder Honig bestand. Es gab Tee für alle, die wollten, denn auch wenn Gandhi keinen Tee trank, so war dies dennoch nicht verboten.

Die Arbeitsstunden widmeten wir den Tätigkeiten auf unserer Farm, die alle landwirtschaftlicher Natur waren, denn wir bauten Früchte und Getreide an. Außerdem verrichteten wir häusliche Arbeiten wie Fegen, Putzen, Waschen und Essenzubereiten. Außerdem gingen wir in die Nachbardörfer, um dort unsere Dienste als Schullehrer anzubieten und die armen, unwissenden Leute, die dort wohnten, in Fragen der Ernährung, der Medizin und der Hygiene zu unterrichten. Zu all dem kam dann noch die Pflicht zu eigenen Studien.

Nachts sank ich todmüde auf mein Lager, doch die Hitze ließ mich keinen Schlaf finden. Wir hatten es uns angewöhnt, außerhalb der Gebäude zu schlafen, denn dort war es frischer, doch in der Monsunzeit fiel der Regen so dicht, daß dies nicht mehr möglich war. Dann mußten wir in unseren Zimmern bleiben, wo ein feuchter Dunst aufstieg, der die an sich schon mörderische Hitze noch ansteigen ließ. Es gab auch viele Schlangen, die Gandhi uns zu töten verbot, obwohl er unsere Abneigung gegen diese Tiere teilte. »Alles, was lebt, ist dein Nächster«, pflegte er zu sagen.

Am wenigsten konnte ich mich an das Essen gewöhnen. Obwohl wir schon zu so früher Stunde auf den Beinen waren, nahmen wir doch keine Nahrung zu uns, bis die Sonne aufgegangen war, und auch nachdem sie wieder untergegangen war, aßen wir nichts mehr. Ich litt Hunger, so daß die Nächte sich für mich endlos in die Länge zogen. Doch auch während des Tages konnte ich meinen Hunger nicht stillen, denn es gab wenig zu essen, weil Gandhi der Ansicht war, man sollte nur so viel essen, wie unbedingt erforderlich war, da man anderen Menschen sonst die Nahrung raubte. »Wenn man für seinen Lebensunterhalt arbeitet und sich so ernährt, daß man gerade seinen Körper erhalten kann und nicht mehr, dann wird es Arbeit, Nahrung und Muße für alle geben«, versicherte er uns.

Die Mahlzeiten waren nicht nur kärglich, sondern auch in höchstem Maße frugal. Gandhi vertrat den Standpunkt, daß man den Körper, nicht jedoch die Geschmacksnerven ernähren müßte, so daß er sich gegen jeglichen Genuß beim Essen aussprach. Folglich setzte sich unser Menü aus gekochtem oder rohem Gemüse, rohen oder getrockneten Früchten, Nüssen, Reis oder Kartoffeln und Chapatis zusammen. Es gab Honig, Früchtemarmelade, Ghee oder Butter sowie Ingwer. Und das war alles. Gandhi war nämlich auch der Meinung, man dürfe nicht zu viele verschiedene Produkte aufnehmen, da dies die Verdauung erschwerte. Er selbst nahm niemals mehr als fünf verschiedene Nahrungsmittel an einem Tag zu sich.

Zum Trinken gab es abgekochtes Wasser oder Tee, und später, nachdem eine Krankheit Gandhi an den Rand des Todes gebracht hatte, fügten wir Ziegenmilch zu unserer Diät hinzu. Ihr Geschmack war mir zuwider, und ich bekam Durchfall davon, doch daran war nichts zu ändern, denn die Kuhmilch hielt keinen Einzug in unsere Küche, weil der Meister das Gelübde abgelegt hatte, sie niemals anzurühren. Das war seine Art, seinen Widerstand gegenüber der Mißhandlung dieser Tiere gerade in Indien zum Ausdruck zu bringen, wo man doch vorgab, sie als heilige Tiere zu verehren.

Selbstverständlich durften Fleisch und alle anderen Produkte, die mit ihm zu tun hatten, unter keinen Umständen und bei keinerlei Gelegenheit verzehrt werden. Die Speisen wurde ohne jegliches Gewürz zubereitet, weder mit Zucker noch mit Salz, obwohl es zu den Mahlzeiten ein wenig von Letzterem gab, für diejenigen, die es unbedingt hinzuzufügen wünschten. Wie sehr vermißte ich die Kuchen und Süßspeisen bei mir zu Hause!

Gandhi bestand auf der Notwendigkeit von periodischen Fastenzeiten, wobei er sich immer zärtlich an seine überaus fromme Mutter erinnerte, die ihm diesen Brauch beigebracht hatte. Er selbst fastete aus allen nur erfindlichen Gründen, sei es wegen seiner gesundheitlichen Experimente oder als Buße, sei es aus seinem Drang heraus, das Fleisch zu bezähmen, oder als Strafe. Und sein ganzes Leben lang sollte er das Fasten auch als politische Waffe gebrauchen, eine recht wirksame, auch wenn er dabei mehr als einmal beinahe gestorben wäre.

Durch die Experimente, die Gandhi mit verschiedenen Nahrungsmitteln an sich selbst unternahm, lernte er, Krankheiten zu heilen. Niemals nahm er irgendeine Arznei an, die nicht natürlichen Ursprungs gewesen wäre, und für welchen Fall auch immer, er verschrieb stets spezielle Diäten, Wasserheilkundeverfahren, Lehm- oder Schlammumschläge und Einläufe. Mir verschaffte er einmal bei einer starken Blutung Linderung, indem er mir eine Diät ganz ohne Gemüse und Salz verordnete und mir nur rohe Früchte zu essen gab. Einem der Kinder, das sich den Arm gebrochen hatte, machte er mehrere Umschläge, bis der Arm völlig wiederhergestellt war.

Gandhi war peinlich auf Sauberkeit bedacht, ob es sich nun um Menschen oder Nahrungsmittel handelte, um Zimmer oder Latrinen. Er selbst verwandte nach dem Aufstehen zwanzig Minuten darauf, seinen Körper zu waschen, fünfzehn um sich die Zähne zu putzen, und anschließend fegte er eine halbe Stunde lang sein Zimmer. Nachts machte er sich Einläufe, um seine Därme zu säubern, und wir alle taten es ihm nach. Seine Kleidung war stets makellos weiß. Als er einmal einen berühmten ausländischen Schriftsteller empfangen sollte, hielt er sich mehrere Minuten damit auf, einen winzigen Mangofleck auszuwaschen, der zufällig auf seinen Lendenschurz geraten war. Selbst in den schwierigsten Augenblicken seines Lebens ließ Gandhi niemals von seinen Reinheitsritualen ab. »Der Körper ist Gottes Wohnung«, sagte er, »deshalb muß man ihn reinhalten.«

Und er maß auch der Leibesertüchtigung große Bedeutung bei. Zweimal am Tag, früh am Morgen und bei Sonnenuntergang, ließ er uns lange Spaziergängen machen. »Wenn man den Körper gesund und kräftig erhält, wird er uns niemals Beschwerden verursachen, und nur wenn wir derart von ihm befreit sind, können wir uns der Erfüllung unserer Aufgaben widmen«, sagte er. »Körper, Seele und Geist arbeiten im Einklang, und damit es eine harmonische Zusammenarbeit ist, müssen sie alle vollkommen gesund sein.« Und wenn man ihn ansah, schlank und behende, stark und energiegeladen, wie er war, da mußte man zugeben, daß viel Wahrheit in seinen Worten lag.

Gandhi verabscheute unnütze Gespräche, welche er als Zeitverschwendung ansah. Sprechen sollte man nur, um das Nötigste zu sagen, und den Rest der Zeit hatte man zu schweigen, denn nur durch das Schweigen konnte man geistige Energie entfalten und die »kleine, innere Stimme« vernehmen, die wir alle in uns haben, und die, seiner Ansicht nach, die weiseste von allen war und der man zu gehorchen hatte. Wegen meiner abendländischen Gewohnheiten fiel mir dies äußerst schwer, denn von klein auf hatte man mich an die Plauderei gewöhnt, und ich redete gerne. Gandhi dagegen verharrte oft stundenlang in Schweigen, und später nahm er sich sogar vor, einen ganzen Tag in der Woche nicht mehr zu sprechen. Und von diesem Entschluß wich er nicht mehr ab, allen Hindernissen zum Trotz. Ich erinnere mich daran, wie er das erste Mal verhaftet worden war. Da es ein Montag und somit sein Schweigetag war, sagte er kein Wort und lieferte sich bloß der Polizei aus. Ich erinnere mich auch an einen Tag, an dem gerade eine wichtige Entscheidung im politischen Kampf gefällt werden mußte und er sich zur Verzweiflung ganz Indiens einschloß und sechs Wochen lang meditierte und auf seine innere Stimme »lauschte«.

Unser Leben im Aschram war hart und spartanisch, »so setze ich die Lehren der Bhagavadgita, wie ich sie verstehe, in die Tat um«, sagte Gandhi, »die Askese ist ein sehr schweres Opfer, doch es ist das einzige, was wir Gott geben können, als Ausgleich für all das, was Er uns gibt«. Wir besaßen jeweils nur zwei Garnituren Kleidung und eine Essensschale, das war alles. Auch alles andere in unserer Umgebung beschränkte sich auf das strikt für unsere Arbeit Erforderliche, es gab keinerlei Zierat oder Privateigentum. Diese Lebensweise trug den Namen Aparigraha, das heißt, ein Leben ohne alle materiellen Güter. Doch wenn ich auch theoretisch mit diesem Prinzip einverstanden war, so litt ich doch sehr darunter. Meine Vorstellung von dem, was unbedingt zum Leben notwendig war, wich von der Gandhis beträchtlich ab, denn Toilettenpapier und Süßspeisen waren für mich grundlegend, nicht jedoch für den Meister. Mehr als einmal dachte ich daran, diesen Ort zu verlassen, an dem mich niemand und nichts zurückhielt und den ich aus freiem Willen aufgesucht hatte.

Niemals werde ich den Augenblick vergessen, in dem ich ihn persönlich kennenlernte. Während der Zeit, die ich nun schon im Aschram lebte, hatte ich ihn viele Male zu Gesicht bekommen und in seiner Nähe gegessen, doch war ich ihm niemals vorgestellt worden, und nie hatten wir ein Wort miteinander gewechselt. Eines Tages kam Kurshed, die blutjunge Tochter von einem engen Freund des Gurus, zu mir und sagte, Gandhi wolle mich sehen. Ich war so aufgeregt, daß ich heftig zu schwitzen anfing und kaum mehr richtig atmen konnte.

Als ich in sein Zimmer trat, sah ich, daß er von mehreren Leuten umgeben war: Mirabehn, eine Engländerin, die hier lebte, Maulana, ein gelehrter Moslem von athletischem Körperbau, die Ärzte Hakim und Ansari, sein jüngster Sohn Devadas, der junge Kishorlal, der immer mit ihm zusammenarbeitete, und einer seiner Sekretäre, Mahved Desai. Ebenfalls anwesend war Hochwürden Andrews, ein sympathischer, gebildeter Mann, der eng mit Mahatma befreundet und der einzige Mensch auf der Welt war, der ihn Mohan nennen durfte! Gandhi schrieb gerade mit äußerster Konzentration einen seiner vielen Artikel, die er an die Zeitungen schickte. Er benutzte dazu kleine Fetzen Papier oder die Rückseite von gebrauchten Briefumschlägen. Zum Schreiben verwendete er Bleistiftstummel, die kaum mehr zwischen seinen Fingern zu sehen waren. Ich konnte nicht glauben, daß dieser bewunderte Mann, dem Millionen von Menschen folgten, nicht nur über kein Telefon, keinen Schreibtisch und keinen Ventilator verfügte, sondern nicht einmal über anständiges Papier und angemessenes Schreibwerkzeug. Doch nichts war ihm so zuwider wie Luxus, Verschwendung und Vergeudung.

Eine ganze Weile blieb ich dort stehen und betrachtete ihn. Mein Körper zitterte bei dem Gedanken daran, daß ich nun dem Erleuchteten, dem Meister, dem Heiligen, dem Vorbild, der Moralischen Stärke, der Großen Seele von Angesicht zu Angesicht gegenüberstand.

Als er seine Tätigkeit beendet hatte, winkte er mich zu sich heran. Nachdem ich zu ihm herangetreten war, warf ich mich auf den Boden und sagte folgende Worte, die ich irgendwo gelesen hatte: »Ich verneige mich vor Dir mit meinem Körper, meinen Worten und meinem Geist.« Gandhi lachte. »Ich bin doch nicht Gott, schwätz also nicht so albernes Zeug«, wies er mich zurecht. Hinter seinen kleinen Brillengläsern mit dem Metallrahmen fixierten mich seine kleinen Äuglein, die ironisch blitzten. Mir fielen seine riesigen Ohren auf, die von seinem Kopf abstanden, die ebenfalls gewaltige Nase sowie ein Muttermal am rechten Oberlid. Dann sprach er mit seiner leisen, sanften, um nicht zu sagen schwachen Stimme zu mir. »Du bist also die mit dem Appetit von Bhima«, sagte er zu mir und ließ mich seinen berühmten Sinn für Humor spüren. Ich errötete, denn diese Figur aus dem indischen Nationalepos war bekannt für ihre Gefräßigkeit. »Mach dir keine Sorgen, das kann man in den Griff bekommen. Auch ich habe einen großen Magen.« Alle lachten, als er das sagte, doch ich blieb ernst. Es beschämte mich, daß er so viel über mich wußte, ich hatte gedacht, er hätte meiner geringen Person noch überhaupt keine Beachtung geschenkt.

Daraufhin sprachen wir über meine Suche nach Gott, von meinem Wunsch, in seiner Nähe zu leben und seine Lehren zu befolgen. »Wir suchen hier keinerlei mystische Ekstase, sondern wir wollen den Aufgaben des alltäglichen Lebens eine geistige Dimension geben. Doch der Weg der Selbstläuterung ist schwierig und langsam«, sagte er zu mir. Plötzlich blickte er auf seine Armbanduhr, und ohne ein weiteres Wort stand er auf und ging zur Tür. Alle folgten ihm. »Pünktlichkeit ist eine Manie von ihm«, flüsterte mir jemand ins Ohr. Er mußte es gehört haben, denn er hielt inne, wandte sich zu mir um und sagte: »Die Zeit ist eine Gabe Gottes, und jede Minute muß in seinen Dienst und in den Dienst unserer gemeinsamen Sache gestellt werden«; nachdem er dies gesprochen hatte, setzte er seinen Weg fort.

Seit dem Augenblick, da ich Gandhi gesehen und mit ihm gesprochen hatte, veränderte sich mein Leben. Ich, ein Mensch wie andere auch, war persönlich beim Guru gewesen, ich hatte das Darsham empfangen, und die Kraft seiner Persönlichkeit hatte mir neue Lebenskräfte verliehen. Oder war es seine Geduld gewesen, seine Sanftmut oder seine Großzügigkeit? Ich weiß es nicht. Auf den ersten Blick schien er ein kleines Männchen zu sein wie andere auch, doch wenn man sich ihm näherte, dann ging eine ganz besondere Wirkung von ihm aus! Seitdem er mir seine Aufmerksamkeit zugewandt hatte, war ich eine andere geworden, ich war wieder begierig darauf, dem Weg meiner geistigen Suche fortzusetzen. Wie gut hatte ich doch daran getan, nach Indien zu kommen!

Tagelang fühlte ich mich so bedeutend und erregt, daß ich alle Fluchtwünsche und selbst die Süßigkeiten vergaß und mich auf meine Arbeit und meine Seva konzentrieren konnte. Ich schlief sogar ruhiger. Noch besser begann ich mich zu fühlen, als ich allmählich die Gebete erlernte und an den Gebetsstunden teilnehmen konnte. »Die Andacht ist von höchster Bedeutung«, sagte Gandhi zu mir, »je gottesfürchtiger man sich verhält, desto mehr gelangt man in den Besitz des göttlichen Funkens.« Wenn ich auch kaum etwas von den heiligen Riten der Hindus wußte, waren diese Augenblicke für mich dennoch ein großer Genuß, denn dann spürte ich, wie eine große Energie und gleichzeitig eine große Heiterkeit Besitz von mir ergriffen. Damals verstand ich, warum Gandhi so sehr auf der Einhaltung der Sandhya beharrte, nämlich auf die täglichen Gebete, denn er glaubte fest an die Kraft dieser Anrufungen Gottes. »Die Gebete sind kein Mittel zum Zweck, sondern ein Ziel an sich«, sagte er mir, »bete so, wie du kannst, so wie du zu beten verstehst, jeder muß seinem eigenen Weg zu Gott folgen. Es gibt nicht nur einen einzigen Weg, alle Religionen sind verschiedene Pfade, die auf dasselbe Ziel zulaufen.« Und Mahatma glaubte so felsenfest daran, daß während der Gottesdienste neben den Lobgesängen der Waischnawitas auch Verse aus dem Koran und christlichen Chorälen gelesen wurden. Dies vermittelte einem ein wunderbares Gefühl der Ökumene.

Doch vor allem fühlte ich mich besser, als ich auf Anweisung des Meisters das Bhagavadgita zu lesen begann, die heilige Schrift, die Gandhi »Das himmlische Lied«, »Wertvollster Schatz«, »Das Buch der Bücher für die Erkenntnis des Wahren« nannte. Mein Herz begann sich nun wirklich zu öffnen, und in ihm keimte langsam meine eigene Bhakti. Zorn und Verzweiflung verschwanden wie durch Zauberkraft. Wer hätte das gedacht, ich, eine Fremde, keiner Kaste angehörig, eine Fremde, der man in früherer Zeit zur Strafe flüssiges Eisen in die Ohren gegossen hätte, bloß weil sie, und sei es auch nur durch Zufall, bei einer Lesung aus dem heiligen Buch zugehört hatte, ich wurde nun seiner Botschaften teilhaftig! Und alles dank dieses Mannes, dieses Weisen, für den die moralische Haltung den Wert eines Menschen ausmachte und nicht seine Abstammung oder sein Geburtsort!

Auf einmal wurde mir bewußt, wie gut mein Gesundheitszustand war, wie gut mir die Nahrung und die Leibesübungen, die Gandhi uns auferlegte, taten, wie tatkräftig und stark ich mich fühlte. Als hätte mir die Göttin Shakti ihre Kraft verliehen! Der Meister hatte recht, man mußte auf seinen Körper achten, auf die wesentliche Beziehung zwischen körperlichem Wohlbefinden und geistiger Gesundheit.

Kurz nach meiner ersten Begegnung mit Gandhi ließ mich Maganlal zu sich kommen, dessen Aufgabe es war, den Aschram zu führen und zu verwalten, und der den Ruf hatte, nicht nur äußerst tüchtig zu sein, sondern außerdem ein Zauberer, denn er regelte die Finanzen dergestalt, daß er den maximalen Nutzen aus dem Geld zog, das der Meister von reichen Freunden aus Industrie und Handel bekam. Maganlal unterrichtete mich davon, daß ich auf Anweisung von Mahatma nun anfangen würde im Büro zu arbeiten, um ihm dabei zu helfen, die fremdsprachige Presse zu lesen und die Post zu beantworten, die aus allen Teilen der Welt eintraf. Derselben Arbeit war Gandhi bei seiner ersten Rückkehr aus Südafrika für den Indian National Congress nachgegangen, so daß ich mich höchst geschmeichelt fühlte! Doch ich wußte nicht, was mich erwartete, denn wir erhielten Zeitschriften und Zeitungen aus der ganzen Welt, die alle sorgfältig gelesen und deren Artikel kurz zusammengefaßt werden mußten, und außerdem erhielten wir viele Briefe von Politikern, Philosophen, Theologen und Literaten, ebenso wie von einfachen Leuten, und es war üblich, alle davon zu beantworten, egal welchen Inhalts sie waren oder wer auch immer der Absender sein mochte.

Teil meiner Arbeit war es außerdem, zwei indische Dialekte zu erlernen, Hindi und Urdu, denn Gandhi hielt sie für die beiden Hauptsprachen im Land und somit für die einzigen, die einmal zur Lingua Franca werden konnten. Er wandte sich niemals auf englisch an die Bauern und scheute keine Mühe, um in ihren eigenen Sprachen mit ihnen reden zu können, von denen es viele gab und die er alle ein wenig beherrschte, wenn auch nur ihren Grundstock.

Wegen meiner neuen Aufgaben wurde mir von nun an die Arbeit auf dem Feld erspart, die mir unter der Sonne so schwer gefallen war. Weiterhin mußte ich jedoch zusätzlich noch die häuslichen Arbeiten erledigen, und wie alle anderen fuhr ich fort, Getreide zu mahlen, Essen zuzubereiten, Latrinen zu putzen, Kranke zu pflegen.

Zu Anfang schien mir die Last meiner Verpflichtungen allzu schwer. Es gab Tage, an denen ich abends so erschöpft war, daß mein Atem aussetzte. Gandhi lachte über mich und sagte, das sei besser so, dann könnte ich die Luft sparen, wie die Fakire. Meine Leiden berührten ihn nicht im geringsten, im Gegenteil, er beschämte mich durch seine eigene Leistungsfähigkeit und Ausdauer. »Das einzige Leben, das sich zu leben lohnt, ist ein Leben voller Arbeit«, sagte er und fügte hinzu: »Ich verlange nicht mehr von dir, als du geben kannst, doch verlange ich alles von dir, was du geben kannst. Niemand ist je erhöht worden, ohne durch das Fegefeuer der Leiden gegangen zu sein.«

Ich sah diesen dürren Mann an, der kaum etwas aß, kaum schlief und immer guter Laune war, der unermüdlich neue Arten des Kampfes erfand, Unmengen von Menschen empfing, Zeitungsartikel schrieb, Studienprogramme entwarf und, als wäre das alles nicht schon mehr als genug gewesen, niemals seine Gebete vernachlässigte und sogar Zeit fand, sein Zimmer zu fegen und Gymnastik zu machen, so daß ich mich seinem Beispiel nur unwürdig fühlen konnte. Da wählte ich mir einen Namen für mich aus: Von nun an würde ich mich Maya nennen, denn an mir war nichts als Blendwerk und Fehlurteil.

Maganlal war mit Leib und Seele Aschrammitglied und ein wahrhaftiger Satyagrahi, denn seiner Arbeitszeit und seinen Mühen waren keine Grenzen gesetzt, und er widmete sich allem, was getan werden mußte, gleichgültig, um was für eine Art von Betätigung es sich handeln mochte: Er beschäftigte sich gleichermaßen mit Sekretariats- und mit Haushaltsarbeiten, er kümmerte sich sowohl um die Bauern in den Nachbardörfern als auch um unsere reichen Wohltäter, an einem Tag addierte und substrahierte er Rupien, an einem anderen fuhr er die vier Meilen in die Stadt, um Nahrungsmittel zu kaufen. Und immer war er bei Gesprächen mit Würdenträgern oder Schriftstellern an Gandhis Seite, ohne jemals Ermüdung zu zeigen oder seine Heiterkeit zu verlieren. Mit ihm zu arbeiten war ein einzigartiges Privileg. Ich erinnere mich noch daran, wie wir den Brief aufsetzten, mit dem Gandhi dem Vizekönig alle seine Auszeichnungen zurückgab und mit dem sein berühmter Feldzug des passiven Widerstands seinen Anfang nahm, und wie wir den Brief schrieben, den er während des Krieges an Hitler schickte und in dem er ihn dazu aufforderte, der Zerstörung ein Ende zu machen.

Die bedeutendsten Momente meines Lebens im Aschram waren jene, in denen Gandhi Zeit fand, mit mir zu sprechen. Sehnlichst wartete ich auf diese Augenblicke und bereitete mich schon innerlich auf sie vor. Am Anfang sprachen wir von einfachen Dingen, wie zum Beispiel von meinen Problemen, mich an die Arbeit zu gewöhnen. Lächelnd antwortete er mir, indem er mir die grundlegende Bedeutung der Bhagavadgita erläuterte: »Die Erlösung kann nur durch die Tat erfolgen. Die Tat ist unerläßlich, doch muß man sie so gut wie möglich ausführen. Man muß arbeiten, beten, seinem Nächsten helfen, indem man alles von sich gibt. Wichtig ist jedoch, daß man dadurch keinerlei persönlichen Gewinn zu erlangen sucht und ebensowenig Belohnungen oder Lob. Das heißt nicht, daß du den Ergebnissen deines Handelns gleichgültig gegenüberstehen sollst, denn diese lenken deine Taten, es dürfen jedoch nicht die Ergebnisse sein, die dich persönlich dazu bewegen, deine Taten zu einem Ende zu bringen. Gleichgültig, ob es dir nun Schmerz oder Vergnügen bereitet, ob du gewinnst oder verlierst, ob sie dir Kummer oder Freude bringen. Willst du Herr deines Lebens und näher bei Ihm sein, dann mußt du diese Widrigkeiten überwinden und den Sumpf der Blendwerke überspringen.«

Wir sprachen auch von meinen Schwierigkeiten, dem rechten Weg zu folgen. »Ich möchte wirklich demütig und gottesfürchtig sein«, sagte ich zu ihm, »doch gelingt mir dies nicht, weil ich unfähig dazu bin, mich an die grundlegendsten Dingen des täglichen Lebens zu gewöhnen, wie zum Beispiel das Essen, das Klima und die schwierigen natürlichen Gegebenheiten dieses Ortes. Doch ich möchte es wirklich schaffen, und ich glaube, ich habe auch den Willen dazu, dies zu tun.« Gandhi hörte mir geduldig zu und meditierte dann. »Ich führe dies auf die westlichen Sitten zurück, die deinen Charakter geprägt haben und ein ernsthaftes Hindernis für die praktische Umsetzung der Lehren darstellen«, sagte er zu mir. »Vielleicht fehlen mir in der

Tat die nötigen Kenntnisse«, bekräftigte ich, worauf er entgegnete: »Wichtig ist nicht, Kenntnisse anzuhäufen, wie man im westlichen Erziehungswesen glaubt, sondern den Charakter zu formen, das Herz zu bilden.« Seiner Ansicht nach sind die Kindheitserfahrungen am tiefsten in der menschlichen Natur verwurzelt und deshalb sehr schwierig zu überwinden oder zu ändern. »Deshalb spielt die Kindeserziehung eine so entscheidende Rolle.« Doch vor allen Dingen forderte er mich nachdrücklich dazu auf, nicht aufzugeben, denn er glaubte ebenfalls an die Kraft des Willens: »Man wird schließlich zu dem, was man denkt, und das Wichtigste ist es, die Kraft zu haben, den eigenen Ansprüchen gerecht zu werden.« »Legst du deshalb so viele Gelübde und Versprechen ab«, fragte ich ihn, wohl wissend, daß nichts und niemand in der Welt ihn dazu bewegen konnte, sie zu brechen, wenn er sie einmal ausgesprochen hatte, »weil du deinen Willen, sie erfüllen zu können, auf die Probe stellen möchtest?« »Nein«, antwortete er und ließ mich erneut spüren, wie wenig ich seine Worte verstand, »wenn es auch richtig sein mag, daß die Selbstbeschränkung der Seele zuträglich ist, so dienen mir meine disziplinarischen Vorsätze weniger als Prüfung, sondern als Schutz.«

Denn ich hörte Gandhi zwar aufmerksam zu und glaubte zu verstehen, was er sagte, doch merkte ich nicht, daß in seinen Worten, die so einfach zu sein schienen, ein viel tieferer Sinn lag, der für mich äußerst schwer zu verstehen war, so sehr ich mich auch anstrengen mochte. Also begann ich, ihn immer mehr zu fragen, und zwar so viel, daß ich mir wir Gargi vorkam, der Schüler, der so viel wissen möchte, daß er schließlich seinen Lehrer zur Verzweiflung treibt. Doch mein Lehrer verlor nie die Geduld und antwortete mir immer scharfsinnig und sanft. »Frag ruhig, zur Erkenntnis gelangt man nur durch Fragen, doch denk immer daran, daß alles Fragen nichts nützt, wenn man keinen Glauben hat. Der, der glaubt, trägt den göttlichen Funken in sich.« Jedem Thema, so unbedeutend es auch sein mochte, widmete Gandhi seine volle Aufmerksamkeit und verwandelte es in einen Gegenstand der Meditation, aus der er eine Lehre ableitete. Und selbstverständlich erging es nicht nur mir so. Jedem, der sich ihm näherte, hörte er zu und gab ihm Ratschläge. Ich erinnere mich noch an ein Ehepaar von Unberührbaren, das sich trennen wollte. Der Guru widmete ihnen eine ganze Woche, sprach jeweils mit beiden, um in sie zu dringen, daß sie doch zusammenbleiben sollten, und es gelang ihm auch. Obwohl es ihm gar nicht gefiel, als der Dichter Tagore ihm den Namen »Große Seele« gab, begann auch ich ihn in meinem Inneren »Mahatma« zu nennen, ein Name, der so gut zu ihm paßte und der seinem Wesen genau entsprach.

Nach und nach wurden unsere Gesprächsthemen tiefgründiger. Gandhi erzählte mir, daß alles ein Kampf zwischen dem Guten und dem Bösen, zwischen Wahrheit und Lüge sei. Selbstloses Handeln zum Wohle der Mitmenschen, die Suche nach dem Guten und Wahren sollten die Richtlinien meines Lebens sein. Um auf diesen Weg zu gelangen, mußte man über sehr viel Kraft und Willen verfügen, über ein Herz, dem jede Selbstgefälligkeit oder Schmeichelei fremd war, man mußte bereit sein, Opfer zu bringen und sich zu bemühen, sowie bereit zur Disziplin und zur Selbstkontrolle, ohne die gar nichts erreicht werden konnte. »Und auch die Gnade Gottes ist notwendig«, sagte er mir mit seinem schelmischen Lächeln, als wären all die zuvor genannten Voraussetzungen, die mir sowieso schon abgingen, nicht bereits genug gewesen.

Und all dies klang von seinen Lippen nicht nur anmutig, sondern auch möglich, doch für einen Geist wie den meinen waren gerade diese Dinge die schwierigsten. Denn für Gandhi bestand die Wahrheit nicht bloß darin, nicht zu lügen, sondern sie wurde zu etwas viel Umfassenderem, zu der Suche nach dem Absoluten, nach Gott. Die Gewaltlosigkeit, die Ahimsa, bestand nicht nur darin, nicht zu töten, sondern schloß auch ein, sich nicht einmal zu ärgern oder die Beherrschung zu verlieren, mehr noch, sie schloß die Fähigkeit zur Liebe ein. Die Keuschheit war für ihn nicht nur körperlicher Natur, sondern erstreckte sich auf das Denken, und sie bezog sich nicht nur auf das Geschlechtsleben, sondern allgemein auf die Kontrolle aller Leidenschaften. Nicht zu stehlen bedeutete nicht nur, anderen nicht ihr Gut wegzunehmen, sondern dabei durfte auch das nicht genommen werden, was man nicht unbedingt zum Leben benötigte. Aß ich mehr, als ich brauchte, um meinen Körper zu erhalten, dann raubte ich anderen die Nahrung. Und wenn Gandhi von der Besitzlosigkeit sprach, dann meinte er damit nicht nur, sich nicht an materielle Güter zu klammern, sondern sich von allem Überflüssigen zu trennen und ein Leben in der größtmöglichen Einfachheit zu führen. Für mich war dies das Schwierigste, denn meine Vorstellungen vom unbedingt Erforderlichen waren nicht die gleichen wie die Gandhis. Er konnte praktisch von nichts leben. Seine persönlichen Besitztümer beschränkten sich auf zwei Lendenschurze, ein Paar Sandalen, eine Armbanduhr, eine Brille, den Eßnapf und natürlich seine Ausgabe des Bhagavadgita.

Das war alles. So verlangte er von uns also nicht nur Askese, sondern einen grundlegenden Verzicht, Sanyasa genannt, der einen Verzicht auf alle eigenen Bedürfnisse darstellte.

Obwohl ich also Gandhi lauschte, selbst Studien betrieb und sein Glaubensbekenntnis zu verstehen glaubte, wurde mir bewußt, daß ich es nicht in seiner ganzen Erhabenheit begreifen konnte. Er selbst unternahm ungeheure Anstrengungen, um zu erfüllen, was er sich vorgenommen hatte. Als ein Mensch, der von Natur aus leidenschaftlich war, sehr leicht zum Zorn neigte und einen vorzüglichen Appetit hatte, machte er das Prinzip der Selbstbeherrschung zu einem seiner liebsten Grundsätze und zu einer seiner beharrlichsten Übungen. Und dennoch war er nicht zufrieden mit sich. »Die ganze Zeit über habe ich mich um die Vervollkommnung meines Selbst bemüht«, sagte er zu mir. »Doch je mehr ich darüber nachdenke und die Vergangenheit betrachte, desto deutlicher spüre ich meine Grenzen. Ich weiß, daß es meine niederen Leidenschaften sind, die mich so von Ihm entfernen. Und dennoch will es mir nicht gelingen, mich von ihnen zu lösen.« Und als wäre seine eigene Aufgabe nicht bereits groß genug, als würden seine persönlichen Anstrengungen nicht schon ausreichen, versuchte er außerdem noch, die anderen auf den rechten Weg zu führen.

Damals fragte ich mich, was für eine Art von Mensch oder göttlichem Wesen Gandhi sein mußte, daß er sich nicht nur in den Kampf stürzte, sich selbst zu vervollkommnen »und gerade in Gottes Angesicht blicken zu können«, wie er sagte, sondern sich darüber hinaus vorgenommen hatte, auch die anderen zu ändern und somit »eine neue Menschheit heranzubilden«. War er es nicht, der in Wirklichkeit am wenigsten Demut und am meisten Ehrgeiz von allen zeigte? Ein Mensch, der aus seinem Leben, unter strengsten Gelübden, einen permanenten Verzicht macht, wird der nicht letzten Endes mehr Lust an seiner Lebensweise empfinden und wird diese nicht mehr seiner Eitelkeit schmeicheln, als dies bei uns einfachen Menschen der Fall ist, die wir von viel weniger kompliziertem Wesen sind, sondern nur einfache menschliche Verhaltensweisen und Laster vorweisen können? War seine Askese nicht eine besonders ausgeprägte Form von Ausschweifung und seine Art, den Glauben mit unerschütterlicher Selbstsicherheit und der steten Überzeugung von der Richtigkeit seines Handelns zu leben, die höchste und unbescheidenste Form der Machtausübung?

Doch wer war ich schon, daß ich mir solche Gedanken erlauben durfte? Ich, der ich nicht einmal die Stärke und den Willen dazu hatte, zu versuchen, worum er sich mit seiner ganzen Kraft seit so vielen Jahren bemühte.

Allerdings war Gandhi starrköpfig und trotzig, eigensinnig und wenig tolerant gegenüber Vorstellungen, die von den seinen abwichen. Er gehorchte allein seiner »inneren Stimme«. Niemals änderte er seine Meinung, es sei denn, er selbst hielt dies für angebracht. In diesem Fall machte es ihm nichts aus, öffentlich seine Irrtümer zu bekennen, selbst wenn dieses Bekenntnis bisweilen seinen politischen Gegnern nutzte. Doch war er von seiner Meinung überzeugt, dann betrug er sich wie ein unantastbarer Richter, und niemand konnte ihn jemals von seiner Meinung abbringen, denn für ihn stand fest, daß seine Handlungsweise die richtige war.

Ich weiß nicht, was für Folgen dieses Betragen in der Politik hatte. Ich sah, daß er damit seine Familie zur Verzweiflung treiben konnte und ebenso einige seiner Mitstreiter wie den überaus würdevollen Nehru mit seiner weißen Kappe, der dem Mahatma grenzenlose Achtung und Ehrerbietung entgegenbrachte – er nannte ihn Bapu –, oder wie den Dichter Tagore, der sich den Bart raufte und Gandhi beschuldigte, noch im Mittelalter zu leben. Mit Sicherheit kann ich jedoch sagen, daß er in seinem eigenen Leben zweimal beinahe an schrecklichen Krankheiten gestorben wäre, während der er in seiner unnachgiebigen Haltung gegenüber der westlichen Medizin kein bißchen nachgab. Und unsere geliebte Kasturbai, seine Frau, starb an Lungenentzündung, weil Gandhi es nicht zuließ, daß man ihr Penizillin spritzte. Und drei seiner vier Söhne verließen ihn, weil sie sein Verhalten nicht mehr ertragen konnten.

Mehr noch, Harilal, der älteste Sohn, welcher der Tradition nach das geistige Erbe seines Vaters und den Familienvorsitz hätte antreten sollen, trieb die Wut gegen seinen Vater sogar so weit, zum Islam zu konvertieren und eine Mohammedanerin zu heiraten, die er dann schließlich mitsamt den Kindern sitzenließ, und dann verfiel er dem Alkohol. Doch Gandhi ließ sich nicht erschüttern. Als wir einmal darüber sprachen, sagte er mir: »Ich bin bereit, die Dinge zu opfern, die ich am meisten liebe, damit ich meine Suche nach Gott fortsetzen kann.«

Nur zweimal während all der Jahre, die ich an seiner Seite verbrachte, konnte ich erleben, daß er sich überzeugen ließ. Das erste Mal geschah es, als sein Sohn Devadas sich mit Lakshimi vermählen wollte, die die Tochter von Gandhis engem Freund Rachachi war. Mahatma war gegen diese Verbindung, denn seiner Ansicht nach hatten zwei Menschen nicht aus Liebe zu heiraten. Also stellte er die beiden vor eine schreckliche Prüfung: Sie sollten fünf Jahre warten. Doch die jungen Leute bestanden die Probe, und wir alle waren Zeugen dieser fröhlichen Hochzeit. Das zweite Mal geschah es, als die gute Manu schwer erkrankte und Gandhi es zuließ, daß man einen chirurgischen Eingriff unternahm, um ihr Leben zu retten.

Und dennoch wurzelte Gandhis Größe gerade in seinem Charakter, der ihn darum kämpfen ließ, das Niederste in uns Menschen zu überwinden, um zu einem erfüllteren, reineren Leben zu gelangen, sowohl im persönlichen Bereich als auch in seiner gesellschaftlichen und politischen Arbeit. Nur er, mit seinem Eigensinn, seiner Vorstellung vom Guten und Wahren und vor allem mit seinem festen Grundsatz, niemals für sein Handeln Lohn zu erwarten, sich niemals von materiellen Gütern verführen zu lassen und niemals Furcht vor irgend jemandem oder irgend etwas zu empfinden, nicht einmal vor dem Tod, nur er konnte den Kampf um seine persönliche Läuterung in den Kampf um eine Läuterung der Gesellschaft verwandeln. Und nur er konnte sich seine Reinheit und Schlichtheit sowie die Unbestechlichkeit seiner Ziele und Mittel bewahren. Er pflegte zu sagen, daß es keine Tat gebe, sofern sie aufrichtig sei, welche nicht in aller Öffentlichkeit vollführt werden könnte. Und diesem Grundsatz gemäß lebte er auch: Er aß, schlief, empfing seine Besucher und verrichtete sogar seine körperlichen Bedürfnisse vor den Augen der ganzen Welt.

Einmal hörte ich einen der amtlichen Würdenträger, der den Aschram besuchte, sagen, daß der Starrsinn des Mahatma vom Stoff jener Verblendungen sei, die alle Hindernisse überwinden und zu kühnen Unternehmungen führen. Und in der Tat war Gandhis Starrsinn seine mächtigste Waffe, die er sehr gut zu gebrauchen wußte. Er benutzte sie gegen die Engländer und ebenso gegen die Inder selbst, die sich ihm in den Weg stellten, und ebenso benutzte er sie gegen seine Anhängerschaft, wenn wir seinen Standpunkt einmal nicht verstanden, und er richtete sie auch gegen sich selbst. Was für ein besseres Beispiel gäbe es dafür als die Indigo- und Salz-Feldzüge! Und sein Kampf für die Unberührbaren, gegen den sich selbst einige seiner engsten Mitarbeiter stellten!

Dieser Kampf bewegte mich zutiefst, denn ich hatte ihn von Anfang an als unmittelbare Zeugin verfolgen dürfen. Kaum hatten wir uns am Sabarmati niedergelassen, bestand Gandhi auf der Aufnahme der ersten Familie Unberührbarer in die Gemeinschaft, die die gleichen Pflichten und Rechte haben sollte wie alle anderen Mitglieder auch. Noch lebhaft ist mir das Bild jenes Paares vor Augen, das mit einem kleinen Kind ankam, die Augen von Furcht geweitet. Der Unwillen und die Ablehnung der Aschramiten war beträchtlich, und obwohl alle vorgaben, den Anweisungen des Gurus Folge zu leisten, taten sie es doch widerwillig und nur widerstrebend, da sie seit Jahrhunderten daran gewöhnt waren, diese Parias zu verachten. Einmal hörte ich sogar eine Auseinandersetzung zwischen Mahatma und seiner Frau mit an, welche nicht die Nahrung mit den Unberührbaren teilen oder es zulassen wollte, daß die Frau sie mit ihren Händen anfaßte. Der Besitzer des Ziehbrunnens gestattete es nicht, daß sie das Wasser von dort holten, und selbst unsere Wohltäter stellten auf einen Schlag die finanzielle Unterstützung des Aschrams ein, da sie nicht an den althergebrachten, tiefverwurzelten Bräuchen rütteln lassen wollten. Doch Gandhi ließ sich nicht beirren. »Wenn uns einige ihre Hilfe verweigern, dann wird uns schon von anderer Seite Geld zufließen«, sagte er, »Gott wird uns nicht verlassen, denn wir sind auf der gerechten Seite.« »Mayabehn«, sagte er zu mir, »weise ist der, welcher das Sein an sich immer mit den gleichen Augen betrachtet, sei es im Brahmanen, im Reichen, in der Kuh, im Elefanten, im Hund und in dem, der ihn ißt, nämlich im Unberührbaren.« In Augenblicken wie diesem bewunderte ich ihn am meisten, und er wuchs für mich zu ungeahnter Größe.

Nach und nach, wie die Wassertropfen, die schließlich den härtesten Stein höhlen, setzte er sich durch. Ohne jegliche Gewalt oder Zwang überzeugte er alle davon, diese Familie »kastenloser Brüder«, wie er sie nannte, diese »Harijans, die auch Kinder Gottes sind«, anzunehmen. Wir sahen, wie daraufhin der starrköpfige Brunnenbesitzer beschämt von seiner unnachgiebigen Haltung abrückte, und wir sahen wie Nehrus Mutter, eine in höchstem Maße gottesfürchtige Frau, Essen zu sich nahm, daß ihr von einer Unberührbaren gereicht wurde. Nicht nur das, einige Tage später stellte sich auch noch ein reicher Industrieller aus Ahmedabad ein, den niemand kannte, und schenkte uns einfach so zwei Lakh Rupien, als wir nicht einmal mehr das Geld für das Essen am nächsten Tag hatten. Da begriffen wir, daß Gandhi auf der Seite der Wahrheit stand und uns deshalb diese Wunder geschahen. »Wenn ein aufrichtiges Herz reine Wünsche hegt, werden sie ihm immer erfüllt werden«, versicherte er mir ohne jeden Stolz und ohne jede Anmaßung.

Wie viele Stürme dieser Art hatten wir zu bestehen, wieviel Unverständnis, Zwang und Druck, Drohungen und Geldmangel galt es zu überwinden! Doch Gandhi bewies uns ein ums andere Mal, daß sein Kampf gerecht und der Sieg somit auf seiner Seite war. Niemals ließ er sich aus der Ruhe bringen, alles vergalt er mit dem Guten, und wenn er auch die Sünde hassen mochte, so haßte er doch niemals den Sünder. Und all dies zeigte, daß seine Überzeugungen aus tiefstem Inneren kamen: die Gewaltlosigkeit, die Demut, die Toleranz und vor allem der so tief empfundene und wahrhaftige Glauben. Und wie sehr bewunderten wir ihn!

Noch heute bewegt mich der Gedanke an jenen Augenblick, an dem er beschloß, daß wir – und mit uns ganz Indien – nicht nur unsere eigene Kleidung selbst anfertigen sollten, sondern sogar das Garn für den Stoff. In den Augen der Leute war dies ein verrückter, törichter Einfall, doch seine Beweggründe zeugten von größter Aufrichtigkeit und tiefem Scharfsinn.

Für ihn waren die Armen die Seele des Landes und die einzigen, an die er glaubte. Er suchte sie in ihren Dörfern auf, wohnte in ihren Häusern und reiste im Zug in der dritten Klasse, um ihnen nah zu sein, denn er war der Ansicht, daß in dieser schweigenden Mehrheit und in der Rückbesinnung auf ihre traditionellen Lebensformen der Weg der Erlösung lag. Deshalb sträubte er sich heftig gegen den sogenannten »Fortschritt« des Westens, der Maschinen und Bräuche einführte, die uns in seinen Augen schadeten. »Die Bauern verbringen viele Monate im Jahr ohne Arbeit, weil die Landwirtschaft ihrer nicht bedarf. Spinnen und weben würde ihnen nicht nur eine Beschäftigung geben, sondern mit dem Erlös aus dieser Tätigkeit oder zumindest mit der Ersparnis, die es bedeuten würde, nicht die englische Baumwolle kaufen zu müssen, könnten sie auch sich selbst helfen.«

Deshalb begann er seine Swadeshi-Kampagne. Auf einem großen Scheiterhaufen ließ Gandhi die ausländischen Erzeugnisse verbrennen und forderte die Inder auf, sie nicht mehr zu kaufen. Sie sollten dafür der heimischen Industrie wieder Kräfte zuführen und ihre eigene wirtschaftliche Lage neu beleben, und der erste Schritt dazu bestand darin, ihr eigenes Garn und ihre eigenen Stoffe herzustellen. Die Maßnahme mutete merkwürdig an, und der Einschnitt erschien sehr hart, doch die Menschen folgten ihm.

Im Aschram begann nun ein reges Treiben, denn wir suchten jemanden, der uns im Spinnen und Weben unterrichten sollte. Schließlich fanden sich zwei Frauen, die diese Aufgabe übernahmen. Beide hießen sie Ganga, doch sonst bestand keine Verbindung zwischen ihnen. Die eine besorgte ein altes Spinnrad und das Vorgarn. Die andere brachte uns bei, die Fasern mit der Krempel aufzulockern, zu spinnen und zu weben. Beide taten sie dies mit einer Hingabe, die selbst die ärgsten Zweifler unter uns schließlich zu rühren vermochte. Und bald loderten in den Dörfern die Scheiterhaufen, und in allen Häusern waren wieder die Spinnrocken zu sehen. Sie wurden zum Wahrzeichen der ganzen Nation, die ihre Auferstehung feierte, das schließlich selbst auf der Fahne zu sehen war. Das ganze Land kleidete sich in Gewänder, die es von eigener Hand angefertigt hatte. Auch wenn sie aus grobem Material sein mochten, waren waren wir doch stolz auf sie.

Natürlich machten sich viele über Gandhi lustig, sie sagten, er wolle das Rad der Geschichte zurückdrehen und würde nicht nach vorne schauen. Doch Mahatma ließ sich nicht erschüttern und antwortete ihnen mit einem Vers aus der Feder eines seiner Gegner: »Antwortet man nicht auf deinen Ruf, dann geh, geh allein.«

Zweimal wurde ich von meinem Guru zurechtgewiesen. Der Grund war, daß ich bei beiden Gelegenheiten nicht den wahren Sinn seiner Lehren verstanden hatte. Das erste Mal geschah es, als ich mir etwas darauf einbildete, zur Gruppe seiner engsten Mitarbeiter zu gehören. Ich begann zu glauben, daß meine Büroarbeit wichtiger war als die, die andere taten, obwohl Mahatma immer wieder betonte, daß alle Arbeiten einander ebenbürtig seien: »Es gibt keine niederen oder höheren Arbeiten, wichtig ist nicht die Art der Arbeit, sondern die Einstellung, mit der man sie ausführt«, erklärte er mir. Also ließ er mich zu sich rufen und führte mir vor Augen, daß er mich für die Büroarbeit eingeteilt hatte, nicht ewa weil ich besser als andere gewesen wäre, sondern nur weil ich die Hitze auf dem Feld nicht aushalten konnte und zu wenig Kenntnisse besaß, um in die Dörfer zu gehen und wie die anderen zu unterrichten. Als er mich beschämt den Kopf senken sah, fügte er hinzu: »Wer von denen, die sich mit ihrer geistigen Stärke gebrüstet haben, mußte nicht zusehen, wie sie sich in Staub verwandelte?«

Das zweite Mal geschah es, als ich ihn darum bat, ihn bei seinen Kampagnen begleiten zu dürfen. Seit meinem Eintritt in den Aschram hatte ich ihn immer wieder aufbrechen gesehen, sei es zum Salzmarsch, bei dem ihn achtzig Aschramiten begleiteten, sei es zur Indigo-Kampagne zusammen mit einem großen Gefolge, sei es zum Khadi- oder zum Charkha-Feldzug. Ich sah ihn unzählige Male ins Land fahren, um Konflikte zwischen Bauern und Arbeitern mit ihren Arbeitgebern zu schlichten. Ich sah ihn zu einem Besuch beim Vizekönig in der Hauptstadt aufbrechen und sogar zu einer Reise nach England. Wie oft verabschiedete er sich nicht von uns, um durch die Dörfer zu wandern und den Armen nah zu sein oder um in die Städte zu reisen, wo er dem Wahnsinn der Gewalttätigkeiten Einhalt gebieten wollte, der dort immer wieder losbrach. Und natürlich sah ich nur zu oft, wie er sich ins Gefängnis aufmachte. Und ich blieb immer zurück, denn niemals wurde ich dazu aufgefordert, mich ihm anzuschließen, obwohl ich doch am liebsten in seiner Nähe sein und ihn begleiten wollte. Also beschwerte ich mich bei ihm darüber. Und ich erhielt die Antwort, die ich verdiente: »Es kommen allein diejenigen mit mir, die eine Aufgabe zu erfüllen haben.«

Und tatsächlich begleiteten ihn die Sekretäre, die Journalisten und Politiker, diejenigen, die Symbol für etwas waren, wie zum Beispiel jener Junge mit den rührenden Augen, den Gandhi vor dem Galgen gerettet hatte, weshalb dieser sich niemals mehr von ihm trennte und ihm immer treu ergeben blieb, oder diejenigen, welche die direkt Betroffenen vertraten, wie jener magere Bauer, der ihn wochenlang verfolgt hatte, bis er Gandhi davon überzeugen konnte, in seine Provinz zu reisen und seinen Gefährten zu helfen. »Vielleicht nimmst du mich nicht mit, weil ich eine Frau bin«, wagte ich ihm zu sagen. »Das weibliche Geschlecht ist nicht das schwächere, es ist das edlere von beiden, wegen seiner Gabe zur Aufopferung und zum stillen Leiden«, antwortete er mir, »zwar ist es wahr, daß ich noch nie von einer Frau verlangt habe, durch die Dörfer zu ziehen, wie ich es von den jungen Männern fordere, die sich uns anschließen und die das Land von Grund auf kennenlernen sollen, bevor sie an unserem Kampf teilnehmen, doch bin ich schon immer von Frauen umgeben gewesen, und sie erfüllen hier wichtige Aufgaben von größter Verantwortung. Das Einfühlungsvermögen der Frau steht weit über der selbstgefälligen Anmaßung des Mannes.« »Dann nimmst du mich vielleicht nicht mit, weil ich eine Ausländerin bin?« ließ ich nicht locker. »Ist dies nicht auch Mirabehn, die Engländerin, die mich gelegentlich begleitet? Nein«, wies er mich zurecht, »du kommst aus verschiedenen Gründen nicht mit: weil ich weiß, daß du die Dreißig-Kilometer-Märsche unter der Sonne nicht aushalten würdest, und vor allem, weil du Arbeiten im Aschram nachzugehen hast, die erledigt werden müssen. Was würde aus der Gemeinschaft und unseren Verpflichtungen gegenüber den Dorfbewohnern werden, wenn alle fortgingen?«

Ich mußte zugeben, daß er recht hatte, daß ich wegen meiner eigenen Unfähigkeit nicht mitgehen würde und weil meinen Aufgaben entsprechend mein angestammter Platz hier war, in unserem Haus. Denn, wie Gandhi sagte, jeder mußte die Arbeit erfüllen, für die er sich eignete.

Und wie gut, daß er mich nicht mitnahm! Wie oft stellten sich ihnen die Engländer entgegen und zerschlugen ihnen ihre Schädel und Rücken mit den Lathis, wie oft wurden Menschen dabei erschossen. Und wie oft begannen Hindus und Moslems gewalttätige Auseinandersetzungen. Welche Eitelkeit konnte nun noch bei einer so empfindlichen Dame wie mir nach all dem verletzt werden? Ich, eine Paschnu, ein Wesen niedrigen Ranges, das von rohen Instinkten gelenkt wurde, wäre es nicht am besten gewesen, man hätte mich niemals in die Gefolgschaft aufgenommen? War es nicht mein Glück, daß ich meinen Hort nicht verlassen und nicht das Elend und die Gewalt mit ansehen mußte, die in ganz Indien herrschten? Hatte ich vielleicht schon vergessen, wie schlecht es mir bei meiner Ankunft in diesem Land ergangen war, wie mühsam ich mich an das Klima, das Essen, die Mentalität der Menschen, an die vielen Sprachen gewöhnt hatte? Gandhi sei Dank, daß er mir all das erspart hatte und mich hier wohlbehalten zurückließ, damit ich meiner Seva und meinen Schreibarbeiten nachgehen konnte!

Von da an beneidete ich nicht mehr die Frauen, die ihn begleiteten, weder Kasturbai, die ihm den Orangensaft reichte, um die Fastenzeit zu beenden, noch Manu, auf deren Schultern er sich im Alter beim Laufen stützte, und auch nicht die Ärztin Sushila Nayas, die über seine Gesundheit zu wachen hatte und ihm Zitronenwasser mit Ingwer zu trinken gab, und ebensowenig Abha, die ihr Ohr zu seiner schwachen Stimme neigte, um seine Anweisungen entgegenzunehmen und sie an die anderen weiterzugeben, und nicht einmal Mirabehn, die ihm vor seiner Abreise seine Sandalen reichte, seine Frucht, seinen Spinnrocken, seine Milchflasche und einige Bücher. Von da an wollte ich einfach nur ich selbst sein und die Arbeit tun, die mir zukam. »Es ist besser, den Aufgaben nachzugehen, die man erfüllen kann, selbst wenn man dabei scheitern sollte, und nicht andere auf sich zu nehmen, die einem nicht entsprechen, auch wenn sie edler und besser erscheinen mögen«, sagte mir mein Meister.

Als er einmal wieder aus dem Gefängnis zurückkehrte, kam es ihm in den Sinn, daß wir erneut umziehen sollten. Er wollte den Aschram einer Gruppe Unberührbarer überlassen, und wir sollten von hier fortgehen. Und so geschah es auch. Dem Geist seiner Lehren treu, klammerten wir uns nicht an unsere Besitztümer und zogen fort. Wie immer suchten wir uns einen abgelegenen Ort, inmitten der Bauerndörfer, und wir fanden ihn in der Nähe von Wardha auf einem Feld voller Skorpione, wo wir die Gemeinschaft mit Namen Sevagram gründeten.

Und so begannen wir wieder ganz von vorne: Wir suchten eine Wasserquelle, errichteten die Gebäude und Latrinen, teilten die Arbeit in der Küche und in anderen Bereichen ein und widmeten uns wieder dem Spinnen und Weben, der Erziehung unserer Kinder und den Besuchen in den Nachbardörfern, um ländliche Betriebe aufzubauen, zu unterrichten und Aufklärungsarbeit zu leisten.

Dies war eine äußerst erfüllte Zeit. Gandhi fastete so

viele Male und ging so oft ins Gefängnis, daß wir gar nicht mehr mitzählen konnten. Er hatte es sich angewöhnt, uns aus der Gefangenschaft Briefe zu schicken, und nahm immer eine Ziege mit sich, um sich täglich frische Milch zu melken. Es gab Augenblicke, da waren so viele von uns hinter Gittern, daß der Aschram nur noch von einer Handvoll Leute aufrechterhalten wurde. Und es gab Augenblicke, da waren wir so viele, die mit dem Mahatmaji fasteten, daß es den Anschein hatte, ganz Indien hätte das Essen eingestellt!

Unsere Arbeit war inzwischen so angewachsen, daß wir unsere gesamte Organisation umgestalten mußten. Ich begann, mit Pyarelal zusammenzuarbeiten, und da uns die Post inzwischen über den Kopf wuchs, kamen uns Kishorlal und Devadas zur Hilfe sowie später Winoba und Kalekar, die beide Sanskrit konnten. Meine Erinnerungen an diese Zeit geraten mir durcheinander: Begann Gandhi damals, sein künstliches Gebiß zu benutzen? Geschah es zu dieser Zeit, daß er an etwas erkrankte, von dem wir nie genau wußten, ob es Malaria oder Sumpffieber war, und er sich an einem Strand in der Nähe von Bombay im Haus einer unserer Wohltäter erholte? Empfing er zu jener Zeit, während einer seiner Krankheiten, den Besuch eines Musikers, Schüler von Sri Aurobindo, mit Namen Dilip, in dessen Gegenwart sich der Guru so glücklich fühlte, daß er danach von der Notwendigkeit sprach, in unmittelbarem Kontakt mit dieser herrlichen Kunst zu leben? Brachte damals Pandit Nehru, mit seiner Rose im Knopfloch, seine kleine Tochter Indira mit, damit sie den Mann kennenlernen sollte, den er »die Seele Indiens« nannte? Entschied Gandhi zu jenem Zeitpunkt, daß sein Nachfolger eben jener Nehru sein sollte und nicht einer der Brüder Patel, die ihm ebenfalls die ganze Zeit über so nah gestanden hatten? War damals auch jene attraktive nordamerikanische Frau gekommen, um ihn zu fotografieren, wie er mit seinem

Spinnrocken auf dem Boden saß? Fertigte damals Amil Segupta jene Zeichnung an, auf der Mahatma beim Spinnen zu sehen ist und die vier Säulen seines Gedankengebäudes erschienen: die Weisheit der Veda, die Frömmigkeit Buddhas, das Opfer Christi und die Brüderlichkeit des Islam?

Genau erinnere ich mich jedoch an einen seiner Gefängnisaufenthalte, bei dem er beschloß, eine neue Übersetzung des Bhagavadgita in die Sprache seiner Heimatprovinz, ins Gudscharati, in Angriff zu nehmen. »Warum noch eine Übersetzung?« fragte ich ihn, als er wieder nach Hause kam, beladen mit Blättern mit den Früchten dieser ungeheuren Arbeit, worauf er erwiderte: »Weil ich finde, daß das Bhagavadgita auch denen zugänglich sein sollte, die es noch nicht verstehen können, wie zum Beispiel die Frauen und all jene, die keine Schulbildung haben. Deshalb habe ich auch eine Reihe von Anmerkungen hinzugefügt und ein Vorwort verfaßt, in dem ich erläutere, wie ich die Lehren dieses großen Buches verstehe.«

Mir wurde das Glück zuteil, daß ich den Prozeß geistiger Erneuerung, den Gandhi damals einleitete, aus nächster Nähe verfolgen durfte. Jeden Tag fanden wir uns in der Abenddämmerung vor seinem kleinen Kämmerchen zusammen, in dem sich nur eine Schlafmatte, ein Bücherregal und an der Wand ein Kruzifix befanden. Während er mit seinen gelehrten Freunden die einzelnen Abschnitte analysierte und miteinander verglich, hörte ich zu und machte Notizen.

Zu dieser Zeit beschloß ich auch, einen anderen Namen für mich zu wählen, mit dem auch Gandhi einverstanden war: »Du bist im Begriff, den Schleier der Täuschung zu zerreißen, und kannst nun den Namen Maya ablegen und einen anderen annehmen, der dem entspricht, was du gefunden hast: die geistige Zufriedenheit«, sagte er und fügte hinzu: »Von nun an sollst du Ananda heißen.«

Wie gerne hätte ich noch hundert Jahre so weitergelebt und weiterhin Lehren von meinem Meister empfangen. Doch dies war nicht möglich, denn kurz darauf begann die traurige Zeit, in der viele seiner Gefolgsleute von ihm abfielen und es aus der Menge Steine und Schmährufe auf ihn hagelte. Zunächst machte er weiter, als sei nichts geschehen, er ging überallhin, wohin er gehen mußte, und kämpfte, wofür er kämpfen mußte. Doch als endlich der Augenblick der Unabhängigkeit gekommen war, litt er stark unter der schrecklichen Welle der Gewalt, die zu der Gründung zweier Länder, Indiens und Pakistans, führte. Ich erinnere mich noch an die Briefe, die er sich mit Dschinah, dem Führer der Moslems, schrieb, welchen er darum bat, dieses Verbrechen nicht zuzulassen, doch es war umsonst. »Dreißig Jahre Arbeit haben nun ein schmachvolles Ende gefunden«, sagte er zu mir. Von da an wurde er immer trauriger. Er, der einmal gesagt hatte, er würde gerne hundertfünfundzwanzig Jahre leben, um seine Arbeit vollenden zu können, wäre nun lieber gestorben, und er verbrachte den ganzen Tag beim Gebet und verstand die Welt nicht mehr. Das Kolonialreich – das Radsch – war gefallen, die Briten fort, doch hinterließen sie nicht jenes Land, von dem Mahatma geträumt hatte, eine Stätte der Arbeit, des Glaubens und des Friedens, sondern zwei Staaten, in denen sich die Menschen gegenseitig umbrachten.

Damals sollte ich ihn zum letzten Male sehen, denn in jener Zeit verließ er den Aschram, um niemals wieder zurückzukehren. »Nie habe ich einen so ungewissen, dunklen Weg vor mir gehabt«, sagte er mir, bevor er ging, »ich flehe um Erleuchtung.« Noch heute schießen mir die Tränen in die Augen, wenn ich an seine so berühmte Geste des Segnens denke, Abhaya Mudra genannt, bei der er seine Hand schwenkte, um »die Furcht zu verscheuchen«, sowie an seinen Gruß, den Namaste, zu dem er beide Hände aneinanderlegte und den Kopf voller Demut neigte.

Gandhi ging in die Dörfer, in denen sich Hindus und Moslems gegenseitig umbrachten, und versuchte ihren Streit zu schlichten. Er ging in die Städte, um zu fasten, damit die Menschen wieder zur Vernunft kämen. Und von nichts ließ er sich mehr aufhalten, auch nicht nachdem man bereits dreimal versucht hatte, ihn zu ermorden. Seine Begleitung beschränkte sich inzwischen auf ein paar Frauen, die für ihn sorgten, und er lebte die ganze Zeit über bei den Armen, bat um Almosen, wie es seine Gewohnheit war, um sie den noch Bedürftigeren zu geben. Durch seine Beharrlichkeit verwirklichte er bis zur letzten Konsequenz jene Worte, die wir immer von ihm gehört hatten: »Halte dich aufrecht, auch wenn die Hoffnung dich verlassen hat.«

Doch mein Gandhi, mein Bapu, mein Mahatmaji, hatte jeglichen Rückhalt verloren. Er, der immer mit guten Beispiel vorangegangen war, dem es gelungen war, Zorn in Liebe und Leidenschaft in Keuschheit zu verwandeln, jener einfache, demütige Mann, jener Heilige, der sich für den schwersten Weg entschieden hatte, stand nun allein in der Welt, und niemand interessierte sich mehr für seine Lehren.

Schließlich traf eines Tages die Nachricht bei uns ein: Er war tot. Man hatte ihn ermordet. Der Körper von ihm, der seit Jahren nicht mehr im Aschram gewesen war; der Körper von ihm, der siebzehnmal in der Öffentlichkeit und so viele Male alleine für sich gefastet hatte; der Körper von ihm, der in grobe, blendend weiße Baumwolle gewickelt war, von unseren eigenen Händen gewebt, und den man nun mit Blut befleckt hatte; der Körper von ihm, der uns als Vorbild gedient hatte, dem es gelungen war, sich durch seine Großmut und seine Barmherzigkeit, durch seine Toleranz, seine Heiterkeit und Güte über die gemeinen Sterblichen zu erheben; der Körper von ihm, dem jegliche Gier, jeglicher Neid, Haß, Stolz oder Heuchelei fremd war, dieser Körper ruhte nun dort, so fern von uns, eingerieben mit Sandelöl und Safran, gewaschen und gekleidet, wie er es gerne hatte, das Haupt mit Lorbeer bedeckt, die Füße mit Rosen und mit seiner Kette aus Baumwollkugeln um den Hals, denn so hatten ihn sicher die hergerichtet, die in dieser traurigsten aller Stunden bei ihm sein konnten, die, die ihn sterben gesehen und gehört hatten, wie er mit seinem letzten Atem Rama anrief.

»Das Licht über unserem Leben ist erloschen, alles liegt jetzt in Finsternis«, waren die Worte von Pandit Nehru, die im Radio erklangen.

Wer sollte nun unsere Schritte in dieser Welt lenken? Wer lehrte uns nun, den rechten vom falschen Weg, das Gute vom Bösen zu unterscheiden? Wer würde dieses arme, von Schrecken heimgesuchte Land nun retten? Ich empfand wie der Dichter Mirabei, als er schrieb: »Was tue ich nun ohne ihn, meinen Herrn?«

Also verließ ich damals den Aschram. Mit allen meinen Brüdern ging ich dorthin, wo wir hingehen mußten: an den Ort, wo wir ihn von dieser Welt scheiden sehen konnten. Ich verspürte einen tiefen Schmerz und unermeßliche Trauer. Wenig nutzten mir nun seine Worte, die er mich gelehrt hatte: »Weil jedem, der geboren wurde, der Tod sicher ist, und jedem, der gestorben ist, die Geburt, so beklage nicht das Unvermeidliche.«

Als wir nach Delhi kamen, trafen wir auf Tausende und Abertausende von Menschen, die es uns gleich getan hatten. Es war unmöglich, sich dem Fluß zu nähern, doch in der Ferne sah man den hohen Scheiterhaufen für die Beerdigung, mit seinem duftenden Holz, und ich konnte mir ausmalen, wie sie ihn darauf betteten, mit Ghee und Kokosöl eingerieben, den Kopf in Richtung Norden gewandt. Die Tränen rannen mir die Wangen hinab, als ich mir sein sicherlich heiteres Gesicht vorstellte, jetzt, da er sich endlich mit Mahat vereinen konnte. »Du hast deinen Körper zurückgelassen, geh nun zu Ihm. Oh, Ardschuna. Oh, Krischna. Oh, Gowinda.«

Auf einmal ging ein Klagelaut durch die Menge, und da wußte ich, daß mein Guru brannte. Ich mußte an die riesigen Scheiterhaufen denken, auf denen alle ausländischen Erzeugnisse verbrannt worden waren, als er sich zum passiven Widerstand entschlossen hatte.

Es war Winter. Die Sonne hatte diesen besonderen Glanz der kalten Jahreszeit, und der eisige Wind schürte die Flammen im Holz und ließ sie bis in den Himmel lodern. Damals waren nicht nur wir, seine Gefolgsleute, in Weiß gekleidet, sondern viele hatten diese Farbe der Trauer angelegt. Man hörte das Wehgeschrei der Menschen, die Mantras und die religiösen Gesänge, das Prasseln des Feuers.

Alles hatte nun ein Ende gefunden. Sadaguru, Hare guru, He Mahatma, Ki Jai Bapu, lebe wohl, mein Mahatmaji, lebe wohl.

Ich kannte weder die Gebete noch die Gesten oder Rituale, um meiner Klage Ausdruck zu verleihen, doch ich fühlte wie der Dichter, »daß Gott mich mit dem Baumwollfaden der Liebe an ihn gebunden hatte«, als einziges fiel mir ein, den Herrn aller Himmel zu bitten, ihn von der Wiedergeburt zu befreien, damit für seine Seele der Samsara ein Ende hatte. »Mahatma amar ho gayé«: du bist in die Unsterblichkeit eingegangen, du hast die Ruhe verdient, für dich ist der schmerzhafte Kreislauf beendet und deine Seele befreit.

Ich war auf einmal allein in der großen Menge. Ich hatte meine Gefährten verloren. Ich sah Männer, Frauen, Kinder, Greise und Junge, Politiker und Marktschreier, Reiche und Arme, Einheimische und Ausländer, die ihrem Schmerz Ausdruck verliehen. Ich hörte das Raunen, als der Vizekönig und seine Lady, Nehru und die Würdenträger gingen. Ich hörte, wie sich einige Frauen in das Feuer werfen wollten wie Sati, die treue Frau Schiwas. Ich hörte Gebete und Gesänge, das leise Wehklagen der Menschen und die schrillen Klänge des Sitars um die Mittagszeit. Ich irrte zwischen Bettlern und Sadhus, Swamis und Radschas, Kulis und Leprakranken, mißhandelten Kühen und räudigen Hunden umher. Gewalt lag in der Luft. Wie gut, daß du von uns gegangen bist, mein lieber Guru! Diese Welt ist kein Ort mehr für dich.

Ich blieb die ganze Nacht über dort und sah zu, wie der Scheiterhaufen abbrannte. Ich wartete bis zum Morgen, bis man die Asche in der Urne verwahrt hatte, und dann ging ich. Ich wollte nicht die zwölf Tage hierbleiben, die vergehen mußten, bis sie die Asche dem Wasser übergeben würden, wo sich der heilige Jumna und der heilige Ganges vereinten, dieser Fluß, den alle verehrten und von dem ich nur die schlammigen, übelriechenden Ufer sehen konnte.

Da rief ich mir die Lehren Gandhis ins Gedächtnis: »Das Ich ist eine Kette von Verwandlungen, und eine Sache im Leben bereitet auf die andere vor.« Und mir wurde klar, daß er recht hatte. Für mich hatten sich die Umstände geändert, und nun mußte auch ich mich ändern. Ich mußte meinen Weg weitergehen. Auf diese Weise wollte ich den Glauben und die Lehren des Meisters im Leben verwirklichen.

Also beschloß ich, Indien zu verlassen, doch wohin sollte ich mich nun wenden, welcher Ort würde mir nun in den Sinn kommen, und was war die Mission, die ich dabei zu erfüllen hatte? Da rief ich mir wieder jene Worte ins Gedächtnis, die ich so lange Zeit vergessen hatte: »Heute öffnen sich alle Wege für dich. Begehe sie, achte auf sie, wandle dich, liebe.«

Epilog

Der unendliche Horizont Gottes

Ich bin gekommen, um Ihnen zu danken und mich zu verabschieden.

Sie wissen ja, was geschehen ist: Ich habe zu lesen gelernt und Gesellschaft in meiner Einsamkeit gefunden, das Schweigen hat sich mit Stimmen angefüllt, die Leere mit Traumbildern bevölkert.

In den Büchern habe ich das gefunden, was ich benötigte, jetzt gehört die Welt mir und darüber hinaus sogar noch ein Stückchen Ewigkeit. Im Gedicht heißt es: »Ich regiere über Drachen, Götter und Monde!«

Ich habe alles erleben können, nichts vom Leben ist mir verlorengegangen. Ich bin quer durch die Zeiten, bin vor und zurückgegangen, habe Landschaften und Inseln erforscht, die Menschen und ihre Geheimnisse, ihre Mißerfolge, ihre Ängste, ihre Worte und ihren Glauben kennenlernen können.

Ich habe ein Leben nur mit meinem Herzen sowie ein Leben ganz im Geist der Vernunft gelebt, doch auch der Zufall mit seinen Überraschungen hat mir nicht gefehlt.

Ich bin in große Romanzen eingetaucht und ebenso in mystische Verzückungen, in revolutionären Kampfgeist und in das Feuer der Poesie. Ich habe mir die Lust vorgestellt, und ich habe nicht nur alle Leidenschaften erlebt, sondern auch die Vielfalt in all ihren Schattierungen.

Einmal war ich Wissenschaftlerin und ein andermal Philosophin, und in beiden Fällen habe ich mir Fragen gestellt und gewußt, wo ich die Antworten zu suchen hatte. Ich ließ mich von der Musik hinreißen, die meine Seele in Aufruhr versetzte, und ich ging völlig in der Mutterschaft auf, die mich erfüllte. Ich versuchte mich als reiche, sagenhaft reiche Frau, und ebenso als gänzlich arme, die weniger als das besitzt, was für jedermann heute unentbehrlich wäre. Ich konnte das Land bebauen, das uns ernährt, und ihm die heilige Nahrung entlocken, und ich habe ebenso erfahren, wie das Leben in der unberührten Natur ist, in dem ich mich vom Wind streicheln und von der Sonne gerben ließ. Ich habe in völliger Zurückgezogenheit gelebt, fern von der Welt, und habe auch erfahren, wie es ist, diese Welt nach Lust und Laune zu durchreisen, ohne irgendwo Wurzeln zu schlagen.

Ich habe Treue und Gleichgültigkeit, Zärtlichkeit und Begeisterung, die höchsten Freuden und ebenso die Enttäuschung kennengelernt. Ich war großmütig, jähzornig, entschlossen. Ich war auch furchtsam, unterwürfig und meinem Schicksal ergeben.

Ich habe überall gelebt, wo ich gern leben wollte: in Indien, in Rußland, in Kuba und in New York, am Meeresufer und inmitten der Wüste, in den Straßen der Städte und zwischen den Ähren der Felder. Ich habe gelebt, wann ich wollte: in vergangenen Jahrhunderten sowie in allen möglichen Jahren des laufenden Jahrhunderts. Ich habe gelebt, mit wem ich wollte: zusammen mit einfachen Männern und Frauen sowie an der Seite von Helden. Große Meister haben mich auf dem Weg des Kampfes, auf dem Weg der Lust, auf dem Weg der Kunst und auf dem Weg des Glaubens geleitet.

Ich habe die unglaublichsten Wunderwerke, die erstaunlichsten Geheimnisse, märchenhafte Städte und unvorstellbare Schätze gesehen.

Ich habe von Speisen gekostet, die mit den fremdartigsten Gewürzen zubereitet waren, und ebenso von Früchten und Süßspeisen von sonderbarem Geschmack. Ich habe auf meiner Haut Duftöle, Parfums und Stoffe gespürt, von deren Existenz ich noch nicht einmal etwas geahnt hatte, ich prägte mir Metaphern über Dinge ein, die ich noch nicht gesehen habe und von denen ich nicht weiß, ob ich sie jemals sehen werde, ich habe zu Gottheiten gebetet, deren Namen mir unbekannt sind, und habe mich in Sprachen verständigt, von denen ich nicht einmal ein einziges Wort auch nur aussprechen könnte.

Ich bin durch das Land gereist, in dem die Orangen blühen, und durch das Land der blauen Berge, ich bin dort gewesen, wo der Schnee die Berghänge bedeckt, und dort, wo der Himmel leuchtend klar ist. Ich habe zu Füßen einer Birke geschlafen und am grünen, glasklaren Meer. Ich bin durch alte Dörfer gewandert und habe in kaum erleuchteten Kaffeehäusern gewartet. Ich habe Häuser und Brücken gebaut, Steine ins Rollen gebracht.

Und ich bin auch durch das Feuer der Leiden und des Schmerzes gegangen. Ich habe Drogen und Gewalt kennengelernt, Demütigungen erlitten, die die Menschen einander zufügen können, sowie den tiefsten Kummer und bin dem unausweichlichen Tod begegnet.

Und wenn ich während dieser Zeit an einem Tag Seine erhabene Gegenwart vergessen habe, so war ich an einem anderen dagegen eine fromme Gläubige. An einem Tag habe ich gezweifelt und die Hoffnung auf die göttliche Barmherzigkeit aufgegeben, und an einem anderen fand ich schließlich den Weg des Herrn.

Ja, all dies habe ich getan. Ich habe es gewagt, mir die unterschiedlichsten Masken anzulegen und eine andere zu sein, ich habe es gewagt, das Glück zu suchen, als hätte ich ein Recht darauf. Warum auch nicht?

Es gab Zeiten, da habe ich mich nach dem Sinn des Lebens gefragt, und es gab andere, da habe ich es einfach nur gelebt. Es gab Zeiten, da wollte ich aus einem Stück geschnitzt sein, und es gab andere, da bekannte ich mich zu den zahllosen Wesen, die in meiner Brust wohnen, und zu den unzähligen Gestalten, die in meinem Inneren spuken.

Es gab Zeiten, in denen ich nachdachte, Zeiten, in denen ich auf unwegsamen Pfaden wandelte, voll von dem Geröll des Verzichts, es gab Zeiten der Verwirrung und Zeiten, in denen ich begriff, daß wir hier auf Erden sind, um eine Mission zu erfüllen.

Ich habe stürmische Tage erlebt sowie Tage der Ruhe, dann wieder andere, an denen sich alles in atemberaubender Geschwindigkeit veränderte. Ich bin auf vielen Wegen gewandelt und bin in die Tiefen hinabgetaucht. Ich habe zu den Höhen aufgeblickt und habe den Lauf der Flüsse bis zur Quelle zurückverfolgt.

Viele schlaflose Nächte habe ich verbracht, viele schutzlose Nächte, viele Nachmittage mit leeren Händen. Doch habe ich mich vor dem Ertrinken gerettet, ich habe das Feuer in mir brennen gespürt, habe ein Leben im Überdruß gegen ein Leben im Wahnsinn eingetauscht, mein langweiliges Leben gegen ein Leben voller Ausschweifungen, voller Irrwege, voll von Geheimnis, voll von Magie und voller Illusionen, voll vom Unendlichen und dem Absoluten. Haben Sie den Korintherbrief des Heiligen Paulus im Kopf? »So nehmet mich an als einen Thörichten, daß ich mich auch ein wenig rühme.«

Wenn ich bei einer Fee alle Wünsche offen hätte, dann würde ich ihr sagen, daß ich nicht mehr begehre, als ich habe, daß ich dort bin, wo ich hingehöre, genau am richtigen Ort im Universum. Schön sind für mich die Tage, und so soll es auch bleiben: Ich bin Hausfrau, ich hege und pflege mein Heim und meine Lieben, ich habe eine Arbeit, die mir Freude bereitet, und ich verfüge über Zeit, über die süße Freiheit, um zu lesen, und diese unerschöpfliche Quelle läßt mich in meinen vier Wänden die wunderbarsten Abenteuer erleben.

Es heißt, niemand besitzt etwas so sehr, wie jener, der es sich erträumt. Es heißt, nur die Träume und die Sehnsüchte sind wahrhaftig. Nun ist die Welt genau so, wie ich sie haben möchte: ein Universum der Verzückung, fünfzig Universen der Verzückung ganz für mich allein. Und es warten noch so viele Wege auf mich.

Ich lebe im Land der Träume, und die, die ich bisher geträumt habe, waren herrlich. Und dafür danke ich Gott.